일본 한문학 연구 동향 1

일본 한문학 연구동향 1

초판 1쇄 인쇄 2016년 8월 24일
초판 1쇄 발행 2016년 8월 31일

편 역 성균관대학교 동아시아근대한문학연구반
편집인 마인섭(동아시아학술원)
      성균관대학교 동아시아학술원 02)760-0781~4
펴낸이 정규상
펴낸곳 성균관대학교 출판부 02)760-1252~4
등 록 1975년 5월 21일 제1975-9호
주 소 03063 서울특별시 종로구 성균관로 25-2

ISBN   979-11-5550-185-6 93810
       978-89-7986-833-3 (세트)

* 본 출판물은 2007년 정부(교육과학기술부)의 재원으로 한국연구재단
  (구 학술진흥재단)의 지원을 받아 수행된 연구임(NRF-2007-361-AL0014).

동아시아
자료총서 │ 16

일본 한문학 연구 동향 1

성균관대학교 동아시아근대한문학연구반 편역

동 아 시 아 자 료 총 서 │ 16

성균관대학교
출 판 부

한자문화는 초기에 중국에서 한반도, 그리고 한반도를 경유해서 일본에 전해졌다. 이를 통해 동아시아 한자문화권은 지식과 문화를 공유하게 되었다. 그렇다고 하여 그것이 같음을 의미하는 것은 아니었다. 특히, 중국과 달리 한국과 일본은 한글과 가나라고 하는 '국어'를 만들어내었고, 그로 인해 한자와 국어라는 이중의 언어와 문화 환경을 갖게 되었다. 이와 같은 언어 환경이 곧 중화로부터의 이탈을 의미하지는 않았다. 중화에 대한 귀속감은 '동문(同文)', 즉 문자의 공유와 이를 통한 소통에서 확인되었다.

그러나 근대에 들어서면서 한국과 일본에서는 '한자'(한문을 포함)를 중국의 글자, 외래의 것이라는 인식이 대두되었다. 문학사의 연구에 있어서도, 외래의 문자 한자로 쓰인 고전을 자국의 문학으로 보아야 하는가에 대한 공방이 있었다. 한문학은 중국문학인가. 결론 끝에, 각기 '한국문학' 혹은 '일본문학'이라는 결론에 도달하였다. 이 주장의 근거는 비록 한자가 중국의 것이지만 이를 표기 수단으로 국민의 사상, 감성, 경험을 기록하였다면 그것은 국문학으로 보아야 한다는 것이다.

한국과 일본의 한문학은 이처럼 유사한 문화적 환경을 가지고 있었음에도 불구하고, 한국의 한문학 연구도 중국을 중심으로, 일본의 한문학 연구도 중국을 중심으로 진행된 감이 있다. 중화문명이 한국과 일본에 미친 학문적, 문화적 영향이 컸기 때문일 수도 있지만,

여전히 한국과 일본은 연구에 있어서까지 서로를 주변화시키고 있는 것 같다. 물론 '조선통신사'와 같은 한일교류사 연구처럼 한국과 일본 공히 활발히 연구하고 있는 분야가 있다. 중국을 벗어나 한국과 일본이 서로를 대상으로 하여 상호의 영향관계를 조명하고 있다는 점에서 의의가 있는 연구이지만, 그럼에도 아쉬운 것은 이러한 연구를 통해 상대에 대한 이해를 높이기보다는 자국학의 범위를 확장하고자 하는 경향을 벗어나기 어렵다는 점이다. 교류에 대한 연구는 '상호성'을 중심에 둔 연구이다. 일본을 통해 한국을 이야기하고, 한국을 통해 일본을 이야기한다. 그렇기 때문에 일본에서 한국의 한문학이, 한국에서 일본의 한문학이 온전히 탐구의 대상이 되지는 않는다. 그럼 왜 우리는 일본의 한문학에 대해서 알아야 할까. 일본의 경우는 한국의 것에 대해서 말이다. 결론부터 말하자면 한국과 일본의 한문학은 서로에게 거울이 되기 때문이다.

동아시아 한문학의 가장 큰 특징은 보편성과 다양성(그리고 독자성)이 동전의 양면처럼 관계 맺고 있다는 점에서 찾을 수 있다. 동아시아 한문학의 보편성은 사마천, 이백, 두보, 한유와 같은 고전적 작가들의 고전적 글쓰기에서 찾을 수 있지만, 이들의 글쓰기가 보편성을 지닐 수 있는 것은 드넓은 동아시아 지역에서 오랜 세월에 걸쳐 수많은 문인들이 이 고전들과 대화하고 때론 고투를 벌이면서 펼쳐낸 다종다양한 글쓰기가 저변에 자리하고 있기 때문이다. 이 다양성을 확인하지 않고는 동아시아 한문학의 진면목을 도저히 알 수 없는 것이다. 그런 점에서 동아시아 한문학에 속하는 여러 문화권들은 두루두루 다른 존재를 바라보아야 비로소 자신의 모습을 볼 수 있다고 말할 수 있다. 따라서 한국 한문학을 알기 위해 우리는 반드시 일본 한문학, 중국 한문학 나아가 베트남 한문학을 살펴봐야 하는 것이다.

이런 다양성을 '아류' 혹은 '변종'이라고 보는 패권적 시각은 낡은 것이라 할 수 있다. 동아시아 한문학은 이런 자기중심성을 벗어나고 자 하는 학술적 기획이다. 열린 자세로 소통하고 상대방의 높은 성취 를 함께 기뻐하고 자신의 성취를 상대방과 함께 나누고자 하는 것이 동아시아 한문학의 정신이라 할 수 있다.

전통적으로 동아시아의 각 지역은 스스로 '중화'임을 내세우고자 하는 경향이 있었다. 여기에는 자기중심적인 태도가 자리하고 있는 것이 사실이지만, 다른 한편으로는 '중화'라고 하는 보편적 가치를 실현하기 위한 각고의 노력이 자리하고 있음도 우리는 알아야 한다. 이런 점에서 보자면 동아시아 한문학의 보편성은 어느 지역이나 국 가 또는 특정 인물에 국한될 수 없는 것임을 깨닫게 된다. 동아시아 한문학의 성취와 지향은 인류의 보편적 가치를 한 단계 높게 구현하 고자 하는 것이라 할 수 있는 것이다.

본서는 이러한 소박하고 다소 정제되지 않은 문제의식에서 출발하 였다. '동아시아 한·중·일'이라고 하지만 정작 우리의 이웃인 일본 에 대한 이해가 절대 부족하다는 반성에서 이 책을 기획하였다. 이러 한 우리의 기획은 연구라기보다는 탐색이라 할 수 있을 것이다. 본서 의 역자들은 자신의 연구 분야에 따라 본서에 논문을 선택하였다.

본서의 기획 의도를 설명하기 위해 역자들에 대해 소개해야 할 것 같다. 본서의 역자들은 성균관대학교 동아시아학술원 R/C〈동아시 아 근대한문학 연구반〉 멤버이다. 동아시아를 대상으로 그것도 '근대 라는 시기의 한문학'이라는 다소 형용모순으로 들릴 수 있는 것을 공 부하는 모임이다. 이 연구반의 취지는 근대에도 계속적으로 생산된 동아시아 한문학(한문으로 생성된 것)의 양상을 정리하고, 그 굴절과 변천 등에 대하여 다양한 시각으로 검증해 보고자 하는 데 있다. 그리고 전통적 지식이 근대의 학문과 만나며 변화하는 가운데 이뤄낸 가능성과 그리고 한계를 조명하고자 한다. 그러나 그것은 한국만을 대상으로 해서는 성과를 내기 힘들다. 그래서 전통을 공유한 중국, 일본, 베트남 등 동아시아에서의 근대 한문학도 대상으로 하고 있다.

이런 목표를 가진 연구반의 첫 번째 작업이 일본의 한문학 연구에 대한 조사 작업이었다. 근대기 지식 수용과 전파에서 주요한 역할을 한 일본에 대한 연구는, 다소 이루어지고 있지만 일본 한문학 자체에 대한 연구는 아직까지는 초보적이라고 할 수 있다. 본서에서는 8장으로 나뉘어 일본 한문학의 연구를 살펴보았다.

1장 「일본한문학약사(日本漢文學略史)」는 일본 한문학 이해를 위해 한문학사를 간략하게 정리해 놓은 것이다. 본서의 서론에 해당한다고 할 수 있다. 2장 「일본 한시의 특징」은 한시가 중국으로부터의 수용된 과정과 전개, 즉 일본의 한시사에 대한 것이다. 이 논문은 7세기의 오쓰노미코부터 19세기 나츠메 소세키에 이르는 기간을 대상으로 일본 한시의 특징을 조명하였다. 3장 「일본의 의고론 수용과 전개」는 소라이(徂徠)·슌다이(春台)·난카쿠(南郭)의 명대 의고론 수용과 양상을 다루었다. 4장 「중국과 일본의 교류와 『동영시선(東瀛詩選)』편찬에 관한 고찰」은 유월(兪越)이 『동영시선(東瀛詩選)』을 편찬하는 과정을 통해, 메이지기 일본 한시단의 양상과 전개를 소개하였다. 5장 「일본 불교의 한적 수용」은 료요 쇼게이의 저작을 중심으로 정토종의 한적 수용이 갖는 여러 양상, 특히 유학에 대한 인식에 대해 천착하였다. 6장 「근대문학과 한문학」은 다니자키 준이치의 소설 『문신(刺青)』과 이 작품 속에서 한문학의 조우를 연구하였다. 7장 「근대기 일본의 한문교육」은 메이지기 한문교육에 있어서 교과서와 검열이라는 문제에 대해 다루었다. 8장 「일본에서 한적(漢籍) 수용의 양상과 영향」은 나베시마씨가 통치하였던 오기 번과 하스노이케 번, 그리고 본번에 남아있는 문헌과 구장 목록을 통해 일본 한문학 수용의 특징을 밝혔다.

　본서는 이처럼 한시와 산문, 근대와 고전, 한문교육, 학술사 및 서지학에 대한 다양한 논문으로 구성되어 있다. 앞서 말한 바와 같이 이 자료는 우리 연구반의 일본한문학 탐색의 시작을 보여준다고 할 수 있다. 이러한 우리의 기획은 연구라기보다는 탐색이라 할 수 있을 것이다. 번역의 매끄럽지 못함은 우리의 작업이 매우 초보적인 단계라는 것을 여실히 보여줄지도 모른다. 그러나 본서의 제목을 『일본의 한문학 연구 동향 1』이라고 한 데서 알 수 있듯이, 우리는 다음 단계의 탐색을 진행할 것이다. 만일 한국의 한문학 연구자들에게 새로운 연구 방법론을 제시할 수 있고, 그리고 일본의 연구자와 학술 교류를 통해 지적 자극을 줄 수 있다면, 서툰 첫발자국이지만 한 걸음을 내딛는 일이 무의미하지만은 않을 것 같다. 여러 가지 미숙한 점에도 불구하고 우리가 감히 이 책을 세상에 펴내는 것은 그만큼 이러한 작업이 우리 학계에 시급히 필요하고 또 요긴하게 활용될 수 있다고 보기 때문이다.

　본서의 출판에 기꺼이 동의를 해주신 필자들께 감사드린다. 특히, 출판에 이르는 동안 여러 가지 성가신 일을 맡아가며 응원을 해준 니쇼가쿠샤(二松學舍) 대학의 마치 센주로(町泉壽郎) 선생에게 감사드린다. 앞으로도 성균관대와 니쇼가쿠샤 대학 즉 '유학(儒學)'과 '한학(漢學)'을 상징하는 두 대학의 학술적 교류와 협력을 기대한다.

성균관대학교 동아시아학술원
김용태·박영미

1877년에 한학자 미시마 츄슈(三島中洲)가 창립했던 한학숙을 모
태로 하는 니쇼가쿠샤 대학은, 지금까지도 일본 한학에 대한 연구와
교육을 건학 정신으로 천명하고 있다. 2004부터 2009년까지 21세기
COE 프로그램인 「일본 한문학 연구의 세계적 거점 구축(日本漢文學
研究の世界的拠点の構築)」을 추진하였고 일본 한문 자료를 데이터베이
스화하였으며 차세대 연구자의 양성, 국제적 네트워크의 구축, 한문
교육의 진흥 등을 목표로 활동하였다. 전근대 일본에서 한문은 '문자
(書記) 언어'였으며 이를 통해 배운 지식(즉, 한학)은 매우 중요한 의의
를 갖고 있었다는 점에 착안하여, 한문을 통해 일본의 학술·문화를
통시적으로 분석하는 것이 본 프로젝트의 목적이었다.

현재는 후속 사업으로 문부과학성 사립대학 전략적 연구 기반지
원 사업인 「근대 일본에서 '지'의 형성과 한학(近代日本の'知'の形成と漢
學)」을 추진하고 있다. 1800년경부터 현재에 이르는 약 200년을 대상
을 하며, 「학술연구반(學術研究班)」, 「교학연구반(敎學研究班)」, 「근대문
학연구반(近代文學研究班)」, 「동아시아연구반(東アジア研究班)」을 조직
하여 '일본학으로서의 한문연구'라고 하는 스탠스에서 연구와 교육
에 매진하고 있다.

이번에 한국어로 소개되는 일본한문학에 관한 논문은, 21세기
COE 프로그램의 일환으로 2006년 창간되어 지금까지 11호가 간행

된 학술잡지 『일본한문학연구(日本漢文學硏究)』에 수록된 일부를 선정하여 번역한 것이다. 『일본한문학연구』가 11년간 수록한 일본 한학·한문학에 관한 연구 성과는 논문, 자료소개, 강연기록 등을 합해 100여 점이 넘으며 각 분야의 활성화에 기여를 했다고 자부한다.

우리가 지향하는 일본한학연구는, 일본·중국·한국·베트남 등 동아시아 한자문화권의 문학·사상·언어·교육·의학·문화교섭 등 다양한 연구영역에 걸쳐 있는데, 이것이야말로 이 학문 영역의 특색이며 매력인 동시에 가능성이라고 생각한다.

우리 니쇼가쿠샤 대학과 성균관 대학 간에는 이미 오랜 기간 학생 교류가 있었다. 이번 논문집의 간행으로 양 대학 간의 학술연구 교류가 활성화되는 계기가 되기를 바란다.

아울러 편집과 번역을 담당한 김용태, 박이진, 박영미 선생을 비롯한 성균관대학교 여러 선생과 부산대학교 임상석 선생께 마음 깊이 존경과 감사의 뜻을 표하는 것으로 발간사를 대신하고자 한다.

니쇼가쿠샤(二松學舍) 대학 문학부

교수 마치 센쥬로(町 泉寿郎)

일러두기

- 일본어 인명은 일본어 읽기를 따랐다.
- 중국의 인명은 한국식 한자 읽기를 하였다.
- 논문은 전문을 번역하는 것을 원칙으로 하였으나 경우에 따라서 생략, 축약되기
  도 하였다. 이 점은 필자에게 정중히 사과드리며 양해를 구한다.
- 표기는 한글 위주로 하였고, 한자는 한글과 병기하였다. 그러나 반복적인 어구에
  한해 한글로 하였다.
- 인물 사전의 인명 표제어는 한자로만 표기하되 한국식 한자음으로 정렬하였다.

차례

일본한문학약사
(日本漢文學略史)

일본의 중국 학술 문화사의 학습

제 1 장

■■■■■■■■■■■■■
■■■■■■■■■■■■■
■■■■■■■■■■■■■

마치 셴쥬로(町泉壽郎)

■■■■■■■■■■■■
■■■■■■■■■■■■

1. 고대

일본과 중국의 교류가 언제부터 시작되었는지 단정할 수는 없지만, 야오이 시대의 도작(稻作)이나 금속기(金屬器) 사용은 중국대륙에서 한반도를 경유하여 전해진 것이라고 할 수 있다. 이 시기 중국과 일본의 교류에 대해 기록한 자료로 중국의『위지(魏志)』「왜인전(倭人傳)」과『후한서(後漢書)』「동이왜국전(東夷倭國傳)」이 있으며, 또한 일본에서 출토된 도장, 거울, 칼, 검에 약간의 한자가 기록된 것 등이 있다. 에도 시대 후기 치쿠시(筑紫)의 시가시마(志賀島)에서 발굴된 금인(金印)「한위노국왕(漢委奴國王)」은 서기 57년 후한의 광무제에게 조공하던 때에 하사받았던 것이라고 한다.

일본 기록에 중국 서적이 최초로 등장한 것은 응신(應神) 천황 16년인 서기 285년 '백제의 아직기(阿直岐), 왕인(王人) 등이 건너와 왕인이『논어(論語)』와『천자문(千字文)』을 헌상하였다'고 하는『고사기(古事記)』와『일본서기(日本書紀)』의 기록이 있다. 그러나 조선 역사에서는 이에 관해 서기 400년경이라고 기록하고 있다.

그 후 5세기에 왜의 다섯 왕(五王)이 남조에 조공하였고[1] 6세기에

---

1 五王:『宋書』倭國傳에 의하면 讚, 珍, 濟, 興, 武를 가리킨다.

는 백제로부터 도래자(渡來者)가 계속 이어졌으며 이로 인해 중국의 유교·불교·의약·천문학 등이 전해지게 되었다. 일본으로 귀화한 이들은 대대로 문필이나 외교를 관장하여 '후미(文)', '후히토(史)'라는 성(姓)으로 불렸으며, 왕인과 아치노오미(阿知使主)[2]의 자손은 이들을 대표하는 집안이 되었다.

수(隨)가 남북통일을 한 후, 야마토(大和) 조정에서는 스이고(推古) 천황 8년부터 22년, 서기 600년부터 614년 간, 총 6회의 견수사(遣隨使)를 파견하여 불교를 중심으로 한 최첨단의 중국문화를 열심히 익혔다. 수는 589년에 건국되어 617년에 멸망하였으나, 그 뒤를 이어 300년 가까이 유지된 당(唐)의 정치제도는 수의 율령제도를 답습한 것이었다.

왕조가 당으로 교체된 이후, 즉 서기 630년부터 894년까지 20회 정도의 견당사(遣唐使)가 파견되었다. 특히 630년부터 670년까지, 40년간 8회의 파견이 있었다. 그 후 670년부터 700년에 걸쳐 30년간의 공백이 있었고, 그 이후로는 대개 15년-20년 간격으로 견당사를 파견하였다. 그런데 670년부터 700년까지 30년의 공백이 있던 시기는 일본이 당의 문화를 흡수해 율령제의 고대국가를 만든 중요한 시기로 '일본'이라는 국호도 이 기간에 정해졌다.

나라 시대에는 한때 견당사의 총수가 500명을 넘었으며, 장기간 체류하던 견당사도 헤이안 시대에 들어설 무렵부터는 일본 내 중국 관련 기초지식이 향상되어 체류기간도 점차 단기화되기 시작했다. 이어 중

---

2 阿知使主: 일본에 기능을 전해주었다고 하는 귀화인으로, '阿智王'으로도 쓴다. 『일본서기』에는 응신 천황 20년 아들 都加使主가 黨類인 17현의 백성을 데리고 일본으로 갔다고 한다.

국에 관한 학습·교육에 대해 이야기해 보자면, 7세기 나카노오에노오우지(中大兄皇子)[3]와 후지와라노가타마리(藤原鎌足)[4]는, 견수사와 함께 유학한 미나미 부치노쇼안(南淵請安)[5]과 승려 민(旻)을 종학(從學)하였고 다이카(大化) 개신[6] 후에는 대학료(大學寮)[7]를 설치하였다.

8세기에 들어 대학료의 제도가 정비되었고, 기비노마기비(吉備眞備)[8]가 귀국 후 교수가 되었던 덴표(天平) 7년(735)에는 대학료의 학생은 400명에 달했으며 이들을 경학·삼사·명법·산술·음운·주전(籀篆) 등을 분과하여 가르쳤다. 또한 대학료·아악료·음양료·내약시·전약료의 학생에게는 학비가 지급되었고 지방에는 국학을 설치하여 군사(郡司)의 자제들을 교육하였다. 대학료는 가미(頭 장관)·스게(助 차관)·대윤(大允)·소윤(小允) 소속의 사무관과 박사(博士)·조교(助敎)·음박사(音博士)·서박사(書博士)·산박사(算博士)의 교관을 두었다. 음박사는 음독(音讀)만을 가르쳤고, 박사가 내용(內容)을 강의하였다. 교과서로는 오경(『주역(周易)·『상서(尙書)』·『모시(毛詩)』·『주례(周禮)』·『의례(儀禮)』·『예기(禮記)』·『춘추좌씨전(春秋左氏傳)』과 『효경』, 『논어』가 사용되었고, 이외에도 『문선(文選)』·『이아(爾雅)』를 통해 문장을 배웠다. 당시 인재 선발제도로 (1) 수재(秀才), (2) 명경(明經),

---

3 中大兄皇子: 38대 天智天皇(재위: 668-672)이다.

4 藤原鎌足: 中臣 鎌足으로, 아스카 시대의 관료이다. 일본 역사상 최대 씨족인 藤原씨의 시조이다.

5 南淵請安: 飛鳥 시대의 학문승으로 渡來人 출신의 지식인이다. 608년 小野妹子를 따라 수에 유학하였다. 수가 멸망하고 당이 건국되는 과정을 보았고 640년 귀국하였다.

6 大化의 개신은 아스카 시대의 孝德天皇 2년(646)에 시행된 정치적 개혁이다.

7 율령제하에 式部省 직할로 관료를 양성하던 기관이다. 관료의 후보생이 되는 학생들에 대한 교육과 시험 및 유교 의식인 석전을 행하였다.

8 吉備眞備(695-775): 나라 시대의 학자, 관료이다. 717년 견당사를 따라 유학하여 735년에 귀국하였다.

(3) 진사(進士), (4) 명법(明法)의 네 가지 코스가 있었으나 실제로 그 다지 큰 기능을 하지는 못했다.

나라 시대 말기부터 헤이안 시대 초기에 걸쳐, 한자음의 전환이 이루어졌다. 간무(桓武) 천황은 엔랴쿠(延歷) 11년(792) 칙서에 따라 옛날부터 오음(吳音) 대신에 유서(儒書)의 발음을 한음(漢音)으로 통일하는 방침을 발표하였다. 그 이후 한동안은 유서(儒書)뿐만 아니라 불서(佛書)의 발음도 한음에 기울어졌다는 것을, 엔랴큐 23년(804)에 입당한 승려 쿠가이(空海)[9]와 진언종(眞言宗)에 대한 주장이 담긴 자료에서 확인할 수 있다.

한자의 사서(辭書), 운서(韻書)에 관해 말해 보면 일찍부터 사카이베노이와츠미(境部石積)[10] 등의 『신자(新字)』44권(682)와 『양씨한어초(楊氏漢語抄)』(717-724)가 제작되었으나 전해지지는 않는다.

9세기 전반 승려 쿠가이는 시문의 수사법을 논한 『문경비부론(文鏡秘府論)』과 『문필안심초(文筆眼心抄)』, 또 원본 『옥편(玉篇)』에 간단한 해설을 더한 『전예만상명의(篆隷萬象名義)』를 집필하였다. 이 밖에도 불서(佛書)의 음의(音義)와 해석에 관한 책을 다수 저술하였다.

9세기 말에 스가와라노 고레요시(菅原是善)[11]는 『동궁절운(東宮切韻)』20권, 『회분류집(會分類集)』70권을 지었으나, 이 역시 전해지지 않는다. 거의 동시기에 승려 쇼쥬(昌住)[12]는 『신찬자경(新撰字鏡)』12

---

9 空海(774-835): 헤이안 시대의 승려로 시호는 弘法大師이다. 804년 입당하여 다음해에 돌아왔다. 고야산에 金剛峰寺를 세워 진언도량을 열었다.

10 境部石積: 坂合部石積라고도 쓴다. 아스카 시대의 관료이다. 653년 중국에 유학하였고 후에 견당사가 되었다.

11 菅原是善(812-880): 헤이안 시대의 관료이다. 문장박사를 거쳐 참의가 되었고 文德·清和天皇의 侍讀을 하였다. 道真의 아버지이다.

12 昌住: 헤이안 시대의 승려이다.

권을 저술하였으며, 9세기말부터 10세기 초에 걸쳐 미나모토노 시타고(源順)[13]는 다이고(醍醐) 천황의 황녀 긴시(勤子) 내친왕(內親王)[14]의 명(命)에 의해『양씨한어초(楊氏漢語抄)』를 저본으로『화명류취초(和名類聚抄)』를 찬술하였다. 중국의 자서(字書) 분류에 따라 한자를 배열하고 일본 훈독을 음가나로 표기하였다. 현존하는 최고의 한화(漢和) 사전이라고 할 수 있다. 이로부터 한참 뒤인 12세기 후반이 되면 한자를 훈독하고 이로하(伊呂波, 일본의 옛 히라가나인 いろは 47자)의 순으로 수록한『이로하자류초(伊呂波字類抄)』와 같은 국어사전이 만들어지게 되었다.

헤이안 시대 대학료에는 묘당(廟堂)·명경도원(明經道院)·도도원(都道院, 紀傳道院)·산도원(算道院) 등이 있었다. 유서(儒書)를 강구하는 명경도원은 기요하라(淸原)·나카하라(中原) 양가(兩家)가 명경박사가 되고, 사서와 문학을 관장한 도도원(기전도원)은 오에(大江)·스가하라(菅原)·다치바나(橘)·미나모토(源) 등의 명가(名家)가 문장박사가 되었다. 당초 대학료의 중심이었던 명경도에는 상급귀족자제가 학습하였고, 기전도는 중하급 귀족의 등용문이 되었다. 그러나 9세기에 들어서면서 귀족, 관인들 사이에『문선(文選)』·『백씨문집(白氏文集)』등의 시가 널리 애호되자 명경도보다는 기전도가 육성되었다.

9세기말, 견당사가 폐지될 즈음 일본에 전해진 한적(漢籍)을 기록한 자료로 후지와라노 스게요(藤原佐世)[15]의『일본국견재서목록(日本

---

13 源順: 헤이안 시대의 歌人, 문인, 학자로 36歌仙 중 한 사람이다.

14 勤子內親王(904-938): 헤이안 시대 다이고 천황의 넷째 황녀로 서화에 능하였다.

15 藤原佐世(847-898): 헤이안 초기의 관료이며 유자이다. 菅原是善의 문하에서 수학하여 대학두(大學頭)가 되었고 시독을 역임하였다.

國見在書目錄)』이 있는데, 이 책의 서적 분류는 『수서(隋書)』 「경적지
(經籍志)」를 따른 것이다.

당으로부터의 새로운 문화가 단절된 가운데 명경도의 학자들은 대
대로 전해진 유서를 교정하며 한당(漢唐)의 주소(注疏)에 의한 해석을
하면서 보다 타당한 훈독을 시행하는 데에 집중하였다. 초기에는 수
당의 사본 또는 전사본을 대조했으나, 11세기 송판(宋板)이 수입되면
서 이것도 참조하게 되었다.

훈독을 위한 훈점에는 구두점, 성점, 오코토점(테니하점), 가나점, 가
에리점 등이 있고, 오고토점은 전승된 사원에 따라 서로 다르기는 하
지만 8개 종류로 대별할 수 있다. 훈점을 가한 서적은 나라 말기부터
헤이안 초인 엔랴쿠 중반(782-806)의 자료에 남아 있으며, 헤이안 전
기인 9세기까지 훈점(訓点) 자료는 불서(佛書)가 많고, 한적(漢籍)에 가
점(加点)한 것은 헤이안 중기, 즉 12세기 이후에 증가하였다. 조금 특
수한 훈독으로 『천자문』의 '天地의 아마츠치, 玄黃의 쿠로기'와 같은
음독을 섞어 읽는 '가타치요미'[16]라고 하는 훈독도 생겨났다.

2. 중세

헤이안 후기에 들어서도 여전히 조진(成尋)[17]을 비롯하여 승려들이

---

16 文選讀로, 한문 훈독의 한 종류이다. 어구를 음독하고 다시 동일 어구를 훈독으로 읽
는 방법이다.

17 成尋(1011-1081): 헤이안 말기의 승려로 藤原佐理의 아들이다. 1072년 송에 가서 杭
州·天台山·浙江省·蘇州·南京·江蘇省·東京·河南省·五台山 등을 순례하였다. 송
에서 수집한 불전을 일본에 보내고 송에서 생애를 마쳤다.

단속적(斷續的)으로 송나라에 갔다(1072). 12세기 말에는 에이사이(榮西)[18]가 송으로 가서 임제선(臨濟禪)을 들여왔으며 슌죠(俊芿)[19]는 이때 유서(儒書)를 가지고 돌아왔다. 13세기가 되자 중국과의 교류가 점차 활발해져 도겐(道元)[20]은 조동선(曹洞禪)을 가지고 도입했으며 엔니벤넨(円爾辨円)[21]은 유서(儒書)를 포함하여 다수의 전적(典籍)을 가지고 왔다.

이외에도 난계도륭(蘭溪道隆),[22] 올암보영(兀庵普寧),[23] 대휴정념(大休正念),[24] 무학조원(無學祖元)[25] 등 송나라 승려도 이어서 도일(渡日)하였다. 왕조가 원으로 교체되면서부터 일산일영(一山一寧),[26] 청졸정징(淸拙正澄),[27] 명극초준(明極楚俊),[28] 축선범선(竺仙梵僊)[29] 등이 도일하

---

18 榮西(1141-1215): 헤이안·가마쿠라기의 승려로 임제종의 개조이다. 두 차례에 걸쳐 송에 가서 유학을 하였다. 博多에 聖福寺, 京都에 建仁寺, 鎌倉에 壽福寺를 세웠다.

19 俊芿(1166-1227): 가마쿠라 초기의 승려로 시호는 大興正法國師·月輪大師이다. 송에 건너가 불전, 유서, 잡서 2,000여 권을 가지고 왔다. 天台·真言·禪·律 등 諸宗兼學의 도량을 열었다.

20 道元(1200-1253): 가마쿠라의 승려로 日本 曹洞宗의 開祖이다. 시호는 承陽大師이다.

21 円爾辨円(1202-1280): 가마쿠라 시대 임제종의 승려이다. 시호는 聖一國師이다. 1235년 입송하여 1241년 귀국하였다.

22 蘭溪道隆(1213-1278): 가마쿠라 시대 남송에서 건너간 승려로 大覺派의 개조이다.

23 兀庵普寧(1197-1276): 가마쿠라 시대 남송에서 건너간 임제종의 승려이다.

24 大休正念(1215-1289): 가마쿠라 시대 남송에서 간 임제종의 승려이다.

25 無學祖元(1226-1286): 가마쿠라 시대 남송에서 간 임제종의 승려이다.

26 一山一寧(1247-1317): 원에서 건너간 임제종의 승려이다.

27 淸拙正澄(1274-1339): 원에서 건너간 임제종의 승려이다.

28 明極楚俊(1262-1336): 원에서 건너간 임제종의 승려이다.

29 竺仙梵僊(1292-1348): 원에서 건너간 임제종의 승려이다.

였고 세키시츠 센큐(石室善玖),[30] 쟈쿠시츠 겐코(寂室元光),[31] 추간 엔게츠(中巖円月)[32] 등은 원나라로 갔다.

12세기부터 14세기는 이들 승려들에 의해 송유(宋儒)의 신주가 들어있는 책이 일본에 전해지며 점차 퍼져나간 시기이다. 주희(朱熹) 생존 당시(1130-1200) 그의 책이 전해졌다고도 한다. 엔니(円爾)의 목록(『보문원장목록(普門院藏目錄)』)에도 주희의 사서 주석서가 보이고, 엔니는 자신이 가지고 온 규당(奎堂)의 어록인 『대명록(大明錄)』을 호죠 도키요리(北條時賴)에게[33] 강의하였는데 이 책에는 정명도(程明道)와 정이천(程伊川)의 설(說)이 인용되어 있었다.

한편, 원정기(院政期, 헤이안 말기에서 가마쿠라 초기)에 호학(好學)의 후지와라노 요리나가(藤原賴長)에게[34] 인정을 받으며 기요하라(清原) 가문을 중흥시켰던 요리나리(賴業)[35]는 『예기』 가운데, 「중용」·「대학」 양편을 표출(表出)하였는데 동시대인인 주희의 견해와 우연히 일치하였다는 설이 있다. 이는 고주학(古注學)을 배운 명경가가 신주학(新注學)을 받아들이는 과정에서 생겨난 전설이라고 볼 수 있다.

이어서 요리나리(賴業)의 아들 나가타카(仲隆)의 자손은 가마쿠라로 내려가 대대로 관동에서 학문을 가르쳤고, 교토(京都)의 기요하라(清原) 가문과는 다른 흐름을 만들었다. 나가타카(仲隆)의 자손인 노

---

30 石室善玖(1294-1389): 무로마치 초기의 임제종 승려이다. 원에 유학하여 古林清茂의 법을 이었고 清拙正澄를 동반하여 귀국하였다.

31 寂室元光(1290-1367): 남북조 시대의 임제종 승려이다.

32 中巖円月(1300-1375): 남북조 시대의 임제종 승려이다.

33 北條時賴(1227-1263): 가마쿠라 막부 제5대 집권자(재위 1246-1256)이다.

34 藤原賴長(1120-1156): 헤이안 말기의 公卿.

35 清原賴業(1122-1189): 헤이안 시대 귀족이며 유학자.

리타카(敎隆)는 가나자와 문고(金澤文庫)의 창설자인 호죠 사네토키(北條實時)³⁶와 교류하였으며, 문고는 아키토키(顯時), 사다토키(貞時) 대(代)에 더욱 충실하게 되었다.

가마쿠라·무로마치 시대 막부가 비호한 가마쿠라·교토의 선종사원에서는 이른바 오산(五山) 문학이 개화하였다. 엔니의 법손(法孫)에게서 나온 고칸 시렌(虎關師鍊, 1278-1346)³⁷은 『제북집(濟北集)』·『원형석서(元亨釋書)』·『취분운략(聚分韻略)』을 저술하였다.

주칸 엔게츠(中巖円月, 1300-1375)³⁸는 주자학의 영향을 받은 『중정자(中正子)』를 남겼다. 고칸의 동생이라고 하는 승려 겐네(玄惠)는 고다이고(後醍醐) 천황³⁹과 하나조노(花園) 상황(上皇),⁴⁰ 그들의 조정 신료에게 신주서(新注書)와 『자치통감(資治通鑑)』 등을 강의하였다. 무소 소세키(夢窓疎石)⁴¹ 문하의 기도 슈신(義堂周信)⁴²은 처음에는 가마쿠라에 초청되었고 후에 아시카가 요시미츠(足利義滿)⁴³에게 초청되어, 최신의 저작인 원나라 예사의(倪士毅)⁴⁴의 『사서집석(四書輯釋)』 등을

---

36 北條實時(1224-1276): 가마쿠라 중기의 무장으로 학문을 좋아하고 서적을 수집하여 만년에 稱名寺에 이를 보관하였고, 후에 이것은 가나자와(金沢) 문고가 되었다.

37 虎關師鍊(1278-1346): 가마쿠라 말기부터 남북조 시대의 승려이다. 시호는 大覺國師이다.

38 中巖円月(1300-1375): 남북조 시대 임제종의 승려이다. 원에 유학하였다.

39 96대 천황으로 재위기간은 가마쿠라 말기에서 남북조 시대 초기이다.

40 가마쿠라 시대의 95대 일본 천황으로 재위 기간은 1308-1318년이다.

41 夢窓疎石(1275-1351): 가마쿠라 말기부터 남북조 시대, 무로마치 시대 초기까지 활약한 임제종의 승려이다.

42 義堂周信(1326-1389): 가마쿠라 시대, 남북조 시대부터 무로마치 시대에 활약한 임제종 승려로 오산문학의 최고봉이라고 일컬어진다.

43 足利義滿(1358-1408): 무로마치 막부의 3대 쇼군으로, 재위기간은 1368-1394년이다. 남북조를 통일하고 막부 권력을 확립시키며 금각사를 세워 北山문화를 꽃피웠다.

44 倪士毅: 원나라 사람으로 자는 仲弘, 호는 道川이다.

강의하였다.

오산 승려들은 새로이 전해진 한적(漢籍)에 가점(加點)을 하거나 강의를 하였고, 박사가(博士家)와는 별계(別系)의 학문을 형성하였다. 유서(儒書) 중에는 기요 호슈(岐陽方秀)[45]가 처음으로 가점(加点)을 한 『사서집주(四書集註)』가 있었다. 토겐 즈이센(桃源瑞仙)[46]은 『백납오(百衲襖)』 등 원나라 호일계(胡一桂)[47]의 『주역계몽익전(周易啓蒙翼傳)』에 기초하여 역학에 관한 연구를 하였다. 사서(史書)에서도 역사가(史記家)와 한서가(漢書家)의 흐름이 형성되었으며 시문(詩文)에서는 『문선(文選)』, 『백씨문집(白氏文集)』을 대신하여 『삼체시(三體詩)』, 『고문진보(古文眞寶)』, 한유(韓愈)·유종원(柳宗元)·구양수(歐陽脩)·소동파(蘇東坡) 등의 고문이 널리 학습되었다.

관동에서는 관동 관령(管領) 우에스기 노리자네(上杉憲實)[48]가 에이큐(永享) 11년(1439)에 아시카가 학교를 부흥시켰다. 가마쿠라에서 승려 가이겐(快元)[49]을 초청하여 상주(庠主, 교장)로 삼았으며, 덴이(天矣)·난도(南斗)·규텐(九天)를 계승한 도세이(東井)·후미바쿠(文伯)·규가(九華)의 시대에는 전성기를 맞이하였다. 나아가 소긴(宗銀), 간시츠(閑室)를 이어 에도 시대 초기까지 아시카가 학교(足利學校)는 무로마

---

45 岐陽方秀(1363-1424): 임제종의 승려이다. 시도 능하였고 학문도 뛰어났다. 『日本僧寶傳』등의 史傳類를 편찬하였다.

46 桃源瑞仙(1430-1489): 무로마치 시대 임제종의 승려이다. 호는 蕉了·蕉雨·亦庵·卍庵 등이다.

47 胡一桂(1247-?): 자는 庭芳이며 휘주(徽州) 사람이다.

48 上杉憲實(1410?-1466?): 무로마치 중기의 무장이다. 関東管領이 되어 足利學校와 金澤文庫를 재흥시켰다.

49 快元(?-1469): 무로마치 중기의 임제종 승려로 역학을 배웠다. 아시카가 학교의 교장이 되어 學規를 제정하여, 三注·四書六經·列子·莊子·老子·史記·文選 이외에는 강의하지 못한다는 원칙을 확립하여 유교 중심의 학교를 만들었다.

치 시대 경학의 거점이 되어 각지에서 학생을 모집하였다.[50] 아시카가 학교에서 한적(漢籍)을 훈점한 방법은 '학교점(學校点)'이라고 불렸으나, 기본적으로 노리타카(敎隆)들이 관동으로 내려와 기요하라 가문의 훈독점법을 계승한 것이라고 일컬어진다.

오산(五山) 승려의 학업과 아시카가 학교의 성행이 자극이 되어 명경가의 학문이 되살아났다. 기요하라 요시가타(淸原良賢)[51]는 승려들에게 강의하며 『맹자』 조기(趙岐) 주(注)의 가점(加點)을 개정하였는데, 이것은 오산 승려가 신주 『맹자집주』를 강의한 것에 대항한 것이라고 할 수 있다. 요시가타의 증손인 기요하라 나리타다(淸原業忠)[52]도 널리 승려에게 강의하며 가학(家學)을 확대하였고 또한 궁중에서 사서오경을 강의하기도 했다. 그러나 그 '사서'라는 것은 '대학'·'중용'은 주희(朱熹)의 『장구(章句)』를, '논어'는 하안(何晏)의 『집해(集解)』를, '맹자'는 조기(趙岐)의 주를 사용한 변칙적인 것이었다.

이처럼 15세기 들어서면서부터 오산 승려, 아시카가 학교, 명경가, 조신(朝臣) 사이의 교류가 촉진되었고, 그 결과 점차 중세의 학문이 집대성되어 가기 시작했다. 신도가(神道家) 우라베 카네토모(卜部兼俱)[53]의 아들이며 기요하라 가(家)의 양자인 기요하라 노부카타(淸原宣

---

50 아시카가 학교의 교장은 1대 快元, 2대 天矣, 3대 南計(南斗), 4대 九天, 5대 東井子好, 6대 文伯, 7대 玉崗瑞璵(호는 九華), 8대 古月宗銀, 9대 閑室元佶(호는 三要), 10대 龍派禪珠(호는 寒松) 등으로 이어졌다.

51 淸原良賢(?-1432): 남북조 시대, 무로마치 시대의 관리이며 유자이다. 명경박사를 역임하였다. 고주를 근간으로 신주를 더하여 유교 경전을 강의하였는데, 『고문상서』와 『모시』 강석에 뛰어났으며 조기의 『맹자』 주석을 처음 강의하였다.

52 淸原業忠(1409-1467): 무로마치 시대의 유자이며 後花園天皇의 侍讀이었다.

53 卜部兼俱(1435-1511): 무로마치기의 신도가로 唯一神道(吉田神道)를 창시하였다.

賢)[54]는 매우 많은 훈점본과 다양한 서적에 대한 강의록(抄物)을 남겼는데, 그는 중세의 학문이 집대성되는 양상을 상징하는 학자이기도 하다. 이 강의록은 집안 대대로 전해지던 고초본과 새로이 중국에서 온 송(宋)·원(元)·명(明) 판본의 설을 절충하는 것이 많아, 당시의 새로운 학풍을 보여주고 있다. 교토 이외의 지역에서도 초청되어 노도(能登), 와카사(若狹), 에치젠(越前) 등까지 다니며 강의하였는데 이는 중세 시대 학문의 지방 전파 형상을 잘 말해 주고 있다.

학문 지식의 전파에 중요한 역할을 한 인쇄에 대해 말해 본다면, 불서(佛書)의 인쇄는 헤이안 시대부터 이루어졌지만 중국과 같은 유서(儒書)나 시문의 간행은 훨씬 뒤떨어졌다고 하겠다. 가마쿠라 말기의 『한산시(寒山詩)』 등과 남북조 시대에 사카이(境)에서 간행된 세이헤이판(正平版)[55] 『논어집해(論語集解)』(1364)는 무로마치 시대를 통틀어 3차례 복간되었고, 16세기에는 같은 곳인 사카이에서 덴몬반(天文板)『논어집해(論語集解)』(1532-1533)가 간행되었다.

남북조부터 무로마치 시대까지 간행된 유서(儒書)는 대개가 고주계의 텍스트로 엔토쿠(延德) 4년(1492) 가고시마(鹿兒島)에서 게이안 겐쥬(桂庵玄樹)[56]가 재간한『대학장구』가 에도 시대 이전에 유일하게 간행된 신주서(新注書)였다. 게이안은 기요 호슈의 흐름을 흡수하여, 메이오(明應) 10년(1501)에 『사서오경고주여신주지작자병구독지사(四書

---

54 淸原宣賢(1475-1550): 卜部兼俱의 아들로 무로마치, 전국시대의 유학자이며 일본 국학에도 정통하였다. 호는 環翠軒이다.

55 正平는 남북조 시대의 연호로 1346-1370년이다.

56 桂庵玄樹(1427-1508): 무로마치 시대의 임제종 승려이다. 日本에서 처음으로 朱熹의 『四書集註』를 강의하였던 岐陽方秀의 訓点을 玄樹가 補正하였고, 거기에 南浦文之가 개정을 한 것이 「文之点」이다. 文之点은 近世 四書 독해의 주류가 되었다.

五經古注與新注之作者幷句讀之事)』를 저술하였고, 에도기에 들어 그의 학통을 이은 조치쿠(如竹)가 『계암화상가법왜점(桂庵和尚家法倭点)』을 교토에서 간행하였다.

계암의 점법(点法)은 그 문하인 분시겐슈(文之玄昌)[57]의 가점(加点)에 의한 간본(刊本)인 『사서집주(四書集注)』(1626刊『대괴사서집주(大魁四書集注)』)에 의해 널리 알려졌기에 일반적으로 '분시텐(文之点)'이라고 불린다. 또 계암의 유파를 계승하며 가고시마에 전파한 주자학을 사츠난가쿠(薩南學)라 한다.

3. 근세

일본에서 유학이 불교로부터 독립한 것은, 후지와라 세이카(藤原惺窩, 1561-1619)에서 비롯되었다고 여겨진다. 시모레이제이(下冷泉) 가문에서 태어난 세이카는 처음에 승려가 되어 상국사(相國寺)에서 수학(修學)하였고, 점차 선학(禪學)에서 유학(儒學)으로 경도되어 갔다. 그는 나고야(名護屋)에 조선 침공을 위해 만든 진영으로 간 후, 도쿠가와 이에야스(德川家康, 1543-1616)에게 초빙되어 에도에서 강의를 하였고(1593), 유학의 본고장인 중국에 가고 싶어 사츠마(薩摩)의 보노츠(坊ノ津)에서 도항하려 했으나 배가 표류하여 중국에 가지 못하였다(1596). 이때 세이카가 '분시텐(文之点)'을 표절했다는 설이 일부 있었으나 증거가 반드시 있었던 것은 아니었다. 하리마(播磨) 타츠노

57　文之玄昌(1555-1620): 에도 시대 전기의 임제종 승려로, 島津氏에 출사하여 외교문서를 작성하였다.

(龍野)의 아카마쓰 히로미치(赤松廣通)[58]의 문하에서 강항(姜沆) 등 조선인 포로와 친교하며 주자학을 배웠고, 그들과의 공동 작업을 통해 '사서오경'의 신주(新注)에 기반하여 가점을 했는데 끝내 간행되지 못했다.

마츠나가 세키고(松永尺五),[59] 호리 교안(堀杏庵),[60] 나바 가쇼(那波活所)[61]와 함께 세이카의 고제(高弟)인 하야시 라잔(林羅山, 1583-1657)은 처음에는 건인사(建仁寺)에서 수학하였으나 점차 유학에 경도되어 후지와라 세이카에 입문하였다. 그 후 이에야스에게 등용되어 그의 곁에서 라잔의 박람다식(博覽多識)이 요긴하게 쓰였으나, 명경가인 기요하라 히데카타(清原秀賢)[62]에게 많은 간섭을 받았다고도 한다. 라잔은 그 후, 도쿠가와 히데타다(德川秀忠), 도쿠가와 이에미쓰(德川家光), 도쿠가와 이에쓰나(德川家綱)를 섬기고, 교학·외교·법제·편찬에 진력하였으며, 그의 자손은 막부 유자의 우두머리로 막부의 문교에 영향력을 끼쳤다.

마츠나가 세키고의 자손은 막말까지 교토에서 학문을 강의하였고, 호리 교안은 오하리(尾張) 번에서, 나바 갓쇼는 기슈(紀洲) 번에서 벼슬하며, 각각 번학(藩學)에 기여하였다. 세키고 문하에는 기노시

---

58 赤松廣通(1562-1600): 儒者 藤原惺窩를 후원하였다. 임진왜란 때 포로가 되었던 강항을 귀국시켰다.

59 松永尺五(1592-1657): 에도 전기의 유자로 교토 출신이다. 林羅山과는 대조적으로 벼슬하지 않고 사숙을 경영하였다. 문하에 木下順庵·貝原益軒·安東省庵 등이 있다.

60 堀杏庵(1585-1642): 에도 전기의 儒醫이며 林羅山·松永尺五·那波活所와 함께 사천왕으로 불렸다.

61 那波活所(1595-1648): 에도 전기의 주자학파의 학자이다. 저서로『通俗四書註者考』가 있다.

62 清原秀賢: 舟橋秀賢(1575-1614)이다. 명경가를 가업으로 하며 천황의 시독이 되었다. 활자 인쇄에 정통하였다.

타 준안(木下順庵),[63] 안도 세이안(安東省庵),[64] 가이바라 에키켄(具原益軒),[65] 우츠노미야 돈안(宇都宮遯庵)[66] 등이 있었고, 기노시타 준안의 소위 '보크몬(木門)'에서는 아라이 하쿠세키(新井白石),[67] 무로 규소(室鳩巣),[68] 아메노모리 호슈(雨森芳洲),[69] 기온 난카이(祇園南海),[70] 사카키바라코슈(榊原篁洲),[71] 미야켄 간난(三宅觀瀾),[72] 무카이 산세이(向井三省) 등이 배출되었다. 후지와라 세이카에서 시작하여 교토에서 활동한 주자학을 '경학(京學)'이라 하는데, 이는 조금 뒤에 등장한 야마자키 안사이(山崎闇齋)[73] 등의 '도학(道學)'에 비해 박학다식한 것을 이들

---

63 木下順庵(1621-1698): 에도 전기의 유자로 德川綱吉의 시강이 되었으며 林鳳岡과 함께 德川家康의 일생을 기록한 『武德大成記』를 편찬하였다. 제자로 新井白石, 室鳩巣 등의 다수가 있다.

64 安東省庵(1622-1700): 에도 전기의 유학자이다. 나가사키에 망명한 명의 朱舜水에게 수학하였다.

65 具原益軒(1630-1714): 에도 전기의 유학자·본초학자이다. 처음에는 양명학을 공부하다가 후에 주자학으로 옮겨갔지만 만년에는 주자학도 비판하였다.

66 宇都宮遯庵(1633-1707): 에도 전기의 유학자이다. 교토(京都)에서 사숙을 열었으며 경서의 표점본을 많이 저술하였다.

67 新井白石(1657-1725): 에도 중기의 학자이며 시인, 정치가이다. 기노시타 준안에게 주자학을 배웠다.

68 室鳩巣(1658-1734): 에도 중기의 주자학자이다. 의사 집안에서 태어나 기노시타 준안에게 수학하였고, 아라이 하쿠세키의 추천에 의해 막부의 유관이 되었다.

69 雨森芳洲(1668-1755): 에도 중기의 유학자이다. 의학을 공부하다 기노시타 준안의 문하에 들어가 유학을 공부하였다. 그 후 기노시타의 추천에 의해 쓰시마(對馬島) 번유(藩儒)가 되어 중국어와 조선어를 나가사키와 부산에 유학하여 배웠다. 문교와 외교 방면에서 활약하였다.

70 祇園南海(1677-1751): 에도 중기의 유학자, 시인, 화가이다. 服部南郭·柳澤淇園·彭城百川 등과 함께 일본 문인화를 개척한 인물로 평가된다.

71 榊原篁洲(1656-1706): 에도 중기의 유학자이다. 기노시타 준안에게 배웠으며 중국의 역대 제도, 명의 법제에 대해 연구하였다.

72 三宅觀瀾(1674-1718): 에도 중기의 유학자이다. 형은 大坂 懷德堂의 學主인 三宅石庵이다. 水戶藩에서 벼슬하며 彰考館에서 『大日本史』를 편찬하는 데에 참여하였다.

73 山崎闇齋(1618-1682): 에도 전기의 유학자·神道家이다. 승려가 되었다가 주자학을

의 특징으로 삼는다.

에후미(近江)의 나카에 도주(中江藤樹, 1608-1648)는 처음에는 사서대전(四書大全) 등 정주학(程朱學)을 배웠지만, 만년에는 『양명전서(陽明全書)』를 읽고 양명학으로 전향하였다. 문인(門人)으로 구마자와 반잔(熊澤蕃山),[74] 후치 고잔(淵岡山) 등이 있어 그의 학문을 계승하였다.

야마자키 안사이(1619-1682)는, 쓰오(周防)의 오우치 요시타카(大內義隆)[75]를 섬긴 미나미무라 바이켄(南村梅軒)[76]이 도사(土佐)에 있었을 때의 문인 덴시쓰(天室)[77]의 문하 다니 지추(谷時中)[78]에게 학문을 배웠다.

이처럼 도사의 남학(南學)을 배우면서 주자학에 전심한 학자였다. 세이카와 라잔이 주자학에 대해 체계적으로 이해하였다면 안자이는 주자학을 내재적으로 이해하였다고 말할 수 있다. 교토로 나온 안자이는 주자학에 침잠하는 한편, 신도(神道)에 접근해 자신만의 독특한 수양론을 제창하였고, 그의 학문은 국체 관념과 결합하여 근대에 이르기까지 오랫 동안 영향력을 발휘하였다.

배우며 환속하여 에도와 교토에서 6000여 명의 제자를 양성하였다. 후에 吉川惟足에게 신도를 배우고 神儒一致를 주장하는 垂加神道를 창시하였다.

74 熊澤蕃山(1616-1691): 에도 전기의 양명학자이다. 中江藤樹에게 양명학을 배웠다. 『大學或問』에서 막부를 비판하였다는 이유로 금고되었다.

75 大內義隆(1507-1551): 무로마치 시대의 쇼군. 문학과 학문을 좋아하였고, 『一切經』 등의 문물을 수입하였으며 기독교의 포교를 허가하였다.

76 南村梅軒(?-?): 무로마치 후기의 유학자이다. 土佐 南學을 개창하였다.

77 天室宗竺(1605-1667): 에도 전기의 임제종 승려이다.

78 谷時中(1598-1649): 에도 초기 남학파의 유학자. 승려가 되었다가 주자학을 배우고 환속하였다. 南村梅軒의 학문을 계승하여 남학파의 융성을 이끌었다. 문인으로 野中兼山·山崎闇齋 등이 있다.

하야시 라잔의 문하에서 나온 야마가 소코(山鹿素行)[79]는 후에 정주학과 결별하고 고학(古學)에 접근하였고, 또한 중화사상에 반대하여 '국체' 관념을 강조하는 역사서를 저술하였다.

호학(好學)의 장군 도쿠가와 쓰나요시(德川綱吉)는 궁중에서 유서를 친강(親講)하였고, 유시마(湯島)에 공자묘를 건설(1691), 유자의 축발(蓄髮) 등을 시행하였다. 그 이외에 라잔의 손자인 하야시 호코(林鳳岡)[80]가 초대 대학두(大學頭)에 임명되었던 것도 쓰나요시 치하(治下)의 일이다.

이어서, 장군 도쿠가와 이에노부(德川家宣)에게 등용된 목문(木門)의 아라이 하쿠세키는 하야시 호코와 항상 알력 관계에 있었다.

17세기 후반, 교토의 재야 학자인 이토 진사이(伊藤仁齋, 1627-1705)는 중국고전연구의 입장에서 본래의 유학을 추구하였다. 송유(宋儒)의 학설이 공자 맹자와 달라진 것에 의문을 품고 있던 진사이는 공맹 이후의 주석을 폐(廢)하고 직접 『논어』·『맹자』에 기준을 두었다. 그리고 정명도(程明道)의 설에 반대하여 '『대학』은 공씨의 설이 아니다'라고 주장하였다. 『상서(尚書)』에선 위고문(僞古文)을 채택하지 않고 금문상서를 채택하는 등, 청조의 고증학자보다 먼저 그들과 같은 견해를 보였다. 그는 단순한 고전해석을 벗어나 문헌학의 길을 개척했던 것이다. 진사이가 힘을 쏟았던 것은 『논어고의(論語古義)』·『맹자고

---

79 山鹿素行(1622-1685): 에도 전기의 유학자·兵學者이다. 하야시 라잔에게 입문하여 주자학을 배웠으나 이후 甲州流軍學·歌學·神道를 배웠다. 후에 주자학의 일상에서 유리된 관념적 사변과 내면적 수양을 비판하며 한당송명의 책을 매개로 하지 않고 직접 고대 성현의 가르침을 배워야 한다는 고학적 입장을 표명하였다.

80 林鳳岡(1644-1732): 에도 중기의 유학자이다. 林鵝峰의 차남이며 林家學問所가 유시마에 옮겨지고, 관학의 학문소가 되던 때에 大學頭가 되었다. 이 직위는 이후 林家에 의해 세습되었다.

의(孟子古義)』·『어맹자의(語孟字義)』·『동자문(童子問)』 등의 저작이다. 진사이가 호리가와 도오리(堀川通)[81]의 고의당(古義堂)에서 강의를 하였기에 그의 학파를 고의학파, 굴천학파라고 칭한다.

진사이의 다섯 명의 아들 모두 유자(儒者)가 되었는데 그 가운데 장남인 도가이(東涯)와 막내인 란구(蘭嵎)[82]가 유명하다. 이토 토가이(伊藤東涯, 1670-1736)는 진사이의 학업을 계승하였으며 특히 경학에 관한 아버지의 저작을 정리하는데 몰두하였고, 언어, 문자, 문법, 사상사, 법제사(法制史) 등에 관한 위대한 저작을 남기기도 하였다. 그의 업적은 아버지 진사이가 보여준 방향을, 역사적 사실에 의해 뒷받침한 것이라고 볼 수 있다. 진사이 집안 대대로 소장해온 도서는 오늘날 나라현(奈良縣) 천리 대학(天理大學) 도서관에 수장(收藏)되어 있다.

이토 진사이에 영향을 받았으면서도 그와는 다른 설을 주장한 오규 소라이(荻生徂徠, 1666-1786)는 쇼군 도쿠가와 쓰나요시(德川綱吉)의 측근인 야나기자와 요시야스(柳澤吉保)[83]를 섬겼던 인물로, 가야마쵸(茅場町, 현재 도쿄 中央區의 중동부 지역)에서 훤원숙(蘐園塾)을 열었기 때문에 그의 학파를 훤원학파(蘐園學派)라고도 부른다. 소라이는 처음에 진사이학을 비판한 『훤원수필(蘐園隨筆)』로 유명해졌다. 후에 이반룡(李攀龍)·왕세정(王世貞) 등 명의 고문사파에 자극을 받아, 진한(秦漢) 이전의 고언(古言)에 널리 통달하여 중국고전을 연구해야 한다는 주장을 펼쳤으며, 송학을 매우 신랄하게 비판하였다. 『학칙(學則)』, 『답

---

81 堀川通는 교토의 남북으로 이어진 주요 도로 가운데 하나이다.

82 伊藤蘭嵎(1694-1778): 에도 중기의 유학자이다. 著作에 「書反正」, 「詩經古言」이 있다.

83 柳澤吉保(1658-1714): 에도 중기의 大名로 문치정책을 추진하였다.

문서(答問書)』,『논어징(論語徵)』,『변명(辨名)』,『변도(辯道)』 등을 저작
하였는데,『논어징』은 유보남(劉寶楠)의『논어정의(論語正義)』, 유월(兪
樾)의『춘재당수필(春在堂隨筆)』에도 언급되었을 정도로 중국에서도
주목을 받았다.

이러한 소라이의 영향은 실로 컸다. 그의 제자인 핫토리 난가쿠(服
部南郭)[84]가 출판한『당시선(唐詩選)』은 널리 보급되었으며, 이로 인해
한시문의 작풍이 일변되었다고 말해질 정도였다. 다자이 슌다이(太
宰春台)[85]는 소라이의 경학을 계승한 이로『시서고전(詩書古傳)』,『논
어고훈(論語古訓)』 등을 남겼다. 후대 문헌학을 개척한 점에서는 야
마노이 곤론(山井崑崙)[86]의『칠경맹자고문(七經孟子攷文)』을 주목할 가
치가 있다. 이 책은 동문이었던 네모토 부이(根本武夷)[87]와 함께 아시
카가 학교(足利學校)로 부임하여, 그곳에 소장되어 있던 고초본(古鈔
本)과 송판(宋版)의『오경정의(五經正義)』를 참고로, 당시 읽히던 명판
(明版)의『십삼경주소(十三經注疏)』를 교감(校勘)한 것이다. 이는 곤론
의 사망 후, 막부에 진상되었는데 쇼군 도쿠가와 요시무네(德川吉宗)
는 소라이의 동생 홋게(北溪)[88]에게 명하여 소라이의 보유편(補遺編)

---

84 服部南郭(1683-1759): 에도 중기의 유학자이자 시인이다. 歌人으로 柳澤吉保에게 초
    빙되었고, 이때 荻生徂徠를 알게 되어 문하에 들어가 수학하였다. 이후 한시 창작에
    전심하며 당시 漢詩壇을 이끌었다.

85 太宰春台(1680-1747): 에도 중기의 유학자이다. 소라이의 경학을 계승하였으며, 현
    실이 상품 경제 원리로 돌아가는 이상 번의 전매제를 유효한 현실책으로 삼고, 부국강
    병을 적극적으로 도모해야 한다고 주장하였다. 아울러 주자학의 心의 자기통제능력을
    부정하며, 외적인 규범으로서의 예를 중시하였다.

86 山井崑崙(1690-1728): 에도 중기의 유학자이다. 伊藤仁齋・東涯父子・荻生徂徠에게
    수학하였다. 足利學校의 고적을 비교 고증하여『七經孟子攷文』을 간행하였다.

87 根本武夷(1699-1764): 에도 중기 고학파의 유학자이다. 스승인 오규 소라이의 명으
    로 山井崑崙과 함께 足利學校에서 七經을 교감하였다.

88 荻生北溪(1673-1754): 에도 시대 중기의 유자이다. 막부의 명에 의해『明律國字解』

을 다시 간행하라고 하였다. 이 책은 중국에도 전해져『사고전서(四庫全書)』에 들어갔을 뿐만 아니라 학자들에게도 인정을 받았다. 또한 완원(阮元)의『십삼경기주소교감(十三經記注疎校勘)』에도 영향을 주쳤다. 또한 요시무네의 명(命)에 의해 소라이가 번역한『명률(明律)』등 명·청의 법률 연구도 소라이학의 공적으로 들 수 있다.

이 외에 소라이학에 있어 중요한 점은 중국어를 장려하였다는 것이다. 에도 시대 중국어 학습은 (1) 나가사키(長崎) 무역의 당통사(唐通事), (2) 나가사키에 정착한 사람(流寓) 혹은 귀화한 사람들, (3) 황벽승(黃檗僧)[89]들로부터 시작되었다.

　　(1) 나가사키 무역의 당통사는, 귀화인과 그의 자손들, 그들과 접촉한 나가사키 주재 일본인으로 대통사(大通事), 소통사(小通事), 계고통사(稽古通事)가 있었으며 복주어(福州語)·장주어(漳州語)·남경어(南京語)를 배웠는데 이들은 세습되었다.
　　(2)의 예로, 초기에는 치쿠고(筑後, 현재 福岡縣의 남부 지역) 야나가와(柳川)의 안도 세이안(安東省庵)에게 몸을 의탁했다가 이후에 도쿠가와 쓰미구니(德川光圀, 1628-1701, 水戶藩의 第2代 藩主)에게 발탁된 주순수(朱舜水)[90]를 들 수 있다. 수사(修史) 사업에 뜻을 두었던 쓰미구니

의 편찬,『唐律疏義』·『七經孟子考文』의 교감과 훈점 등을 하였다.

89　黃檗僧은 선종의 일파로 중국 福建省 黃檗山의 隱元 隆琦를 開祖로 한다. 隱元은 1654년 長崎의 崇福寺 승려인 逸然의 요청으로 일본으로 가서 山城國 宇治에 黃檗山 萬福寺라는 절을 세웠다. 일본에서 황벽산 禪은 염불선의 禪風을 내세웠으며, 伽藍樣式, 讀經, 法要樣式, 法具法服 등을 명나라 식으로 하여, 일본의 임제종과는 다른 특색을 지녔다.

90　朱舜水(1600-1682): 명의 유학자로 浙江省 餘姚 출신이다. 명이 멸망하자 명의 재흥을 위한 활동에 참가하였다. 군자금을 얻기 위해 일본이나 베트남을 왕래하며 무역을 했는데 鄭成功의 남경 공략이 실패로 끝나자 일본으로 망명하였다. 일본에서 水戶藩

는 주순수에게 대의명분론을 배우고 사국(史局)인 창고관(彰考館)을 개설하여『대일본사(大日本史)』의 편찬에 착수하였다.

(3)의 예로 은원(隱元)[91]과 그가 개창한 우지(宇治)의 황벽산(黃檗山) 만복사(萬福寺)가 유명하다. 이 절은 중국의 승려가 대대로 주지직을 맡았다.

황벽승(黃檗僧)이나 통사들과 교류한 일본인은 많았고 야나기사와 요시야스(柳澤吉保)나 쇼군 도쿠가와 쓰나요시(德川綱吉, 1646-1709, 5대 쇼군) 면전(面前)에서 중국어로 토론이나 강독을 하기도 했다. 이들 중국어 학자들 중에 특기할 만한 이는 오카지마 칸산(岡嶋冠山)[92]인데, 휀원파의 역사(譯社)를 지도한 것 이외에 다수의 어학서를 지었다. 오카지마 칸산과 게이한(京阪: 교토와 오사카)에서 교류를 하였던 오카 핫쿠(岡白駒)[93]는 명청 백화소설의 영향을 받아『소설기언(小説奇言)』·『소설정언(小説精言)』 등을 간행하였다. 대다수의 학자가 당화 학습이나 희곡 소설에 심취했으나 그 외에 쓰가 태쇼(都賀庭鐘)[94]의『영초지

의 第2代 藩主인 德川光圀에게 초빙되어『大日本史』편찬에 참여하였으며 水戶學에 영향을 주었다고 한다.

91 隱元(1592-1673): 명말청초의 승려로 福建省 福州 출신이다.

92 岡嶋冠山(1674-1728): 에도 중기의 유학자이다. 나가사키 출신으로 중국어에 정통하였으며, 林鳳岡의 문하에서 수학하였다.『水滸傳』을 번역하였으며 荻生徂徠의 학파가 연 唐話學의 강습회인 譯社에서 강사로 활동하였다.

93 岡白駒(1692-1767): 에도 중기의 유학자이다. 처음엔 의사로 활동하다가 교토에서 주자학을 배웠지만 후에 古注學으로 전향했다. 백화소설의 주해와 번역을 했다.

94 都賀庭鐘(1718-1794): 에도 중기의 讀本의 작자이며 儒醫이다. 上田秋成의 스승으로 중국 소설을 번안한 작품을 썼다.

(英草紙)』[95]나 우에다 아키나리(上田秋成)[96]의 『우게쓰모노가타리(雨月物語)』와 같이 중국 소설을 환골탈태한 저작도 제법 알려져 있다. 또한 도야마 가도(遠山荷塘)[97]·에가와 순교(潁川春漁)[98]·가부라키 게이안(鏑木溪庵)[99] 등 중국 음악을 배운 사람도 등장했다. 이와 같은 동시대 중국의 풍속에 대한 관심 속에서 『청속기문(淸俗紀聞)』과 같은 우수한 작품도 탄생했다.

소라이학이 18세기 전반에서 중엽까지 풍미한 이후, 1770년대경에 소라이학에 대한 비판을 계기로 절충학(折衷學)이 제창되었다. 그 명칭은 이노우에 란다이(井上蘭台)[100]의 제자인 이노우에 킨가(井上金峩)[101]가 주희(朱熹), 왕양명(王陽明), 이토 진사이(伊藤仁齋), 오규 소라이(荻生徂徠) 등을 절충한 저작인 『경의절충(經義折衷)』에서 유래하였다. 킨가 문하에는 가메다 보사이(龜田鵬齋)[102]·야마모토 호쿠잔(山本

---

95 중국의 『今古奇觀』, 『醒世恒言』 등을 번안한 것으로 1749년 간행되었다.

96 上田秋成(1734-1809): 에도 중기에서 말기에 활동한 국학자·歌人·讀本 작가이다.

97 遠山荷塘(1795-1831): 에도 후기의 승려이다. 廣瀨淡窓에게 입문하였으며 나가사키에서 중국어와 중국 민간음악을 배웠다. 후에 에도에 살면서 『西廂記』를 강의하였다.

98 청나라 사람 林德建이 나가사키로 와 潁川春漁에게 淸音을 전수하였다고 한다.

99 鏑木溪庵(1819-1870): 에도 말기 淸樂 연주가이다. 潁川 집안에게 청대 음악을 배웠다.

100 井上蘭台(1705-1761): 에도 중기의 유학자, 극작가이다. 昌平黌에 입학하여 林鳳岡의 제자가 되었다. 후에 시강이 되었으며 조선통신사가 岡山을 통과할 때 이들을 접대하였다.

101 井上金峩(1732-1784): 에도 중기의 유학자로 진사이학과 소라이학을 배워 절충학을 대성시켰으며 소라이학을 맹렬히 비판하였다.

102 龜田鵬齋(1752-1826): 에도 후기의 유학자이다. 주자학을 비판하였고 소라이의 고문사학도 배격하였다. 歐陽修 등을 중시하였는데 異學의 禁을 위반하여 천여 명의 제자를 잃었다.

北山)[103]·요시다 고돈(吉田篁墩)[104]·다기 케잔(多紀桂山)[105] 등이 나왔으며, 호쿠잔의 문하에서 곤도 세이사이(近藤正齋)[106]·오타 긴죠(太田錦城)[107]·오타 젠사이(太田全齋)[108]·아사가와 젠안(朝川善庵)[109] 등이 배출되었다. 또한 이치가와 칸사이(市河寬齋)[110]와 그의 문인 오쿠보 시부츠(大窪詩佛)[111]·기쿠치 고잔(菊池五山)[112] 등은 고문사파의 모의 표절을 비판하였고 명의 공안파(公安派)나 남송 3대가를 참고로 한 청신청령(淸新淸靈)한 시를 쓸 것을 주장하였다.

이노우에 킨가를 전후로 하여 교토의 우노 메이가(宇野明霞),[113] 히

---

103 山本北山(1752-1812): 에도 후기의 유학자이다. 처음엔 고문사학을 공부하였으나 후에 절충학을 제창하게 되었다. 박람다식하였으며 특히 小學 연구에 뛰어났다.

104 吉田篁墩(1745-1798): 에도 중기에서 말기에 활약한 고학파 유학자이다. 水戸藩의 侍醫였다가 무단으로 왕진하여 추방되었다. 청조의 고증학에 관심을 갖고 유학 고전적의 텍스트 비평과 판본의 서지적 고증을 행하였다.

105 多紀桂山(1755-1810): 에도 중기에서 말기에 활약한 한방의이다. 이름은 多紀元簡이며 桂山은 호이다. 11代 쇼군 德川家齋의 侍醫였다. 의서의 수집·교정·복각을 하였으며, 고증학 학풍을 수립하였다.

106 近藤正齋(1771-1829): 에도 후기의 북방 탐험가이다. 이름은 近藤重蔵이며 正齋는 호이다.

107 太田錦城(1765-1825): 에도 후기의 유학자이다. 고증학자로 이름이 났다.

108 太田全齋(1759-1829): 에도 후기의 유학자이다. 한적을 연구하였고 목제활자로『韓非子翼毳』를 자가 출판하였다. 음운론에도 뛰어났다.

109 朝川善庵(1781-1849): 에도 후기의 유학자이다. 片山兼山의 아들이며 山本北山의 제자이다.

110 市河寬齋(1749-1820): 에도 중기에서 후기의 유학자이며 시인이다. 昌平黌의 學員長이 되었다. 江湖詩社를 세웠고 사실적인 시풍을 확립하는데 힘썼다.

111 大窪詩佛(1767-1837): 에도 후기의 시인이다. 宋元의 청신한 시풍을 배울 것을 주장하였다.

112 菊池五山(1769-1849): 에도 후기의 시인이다. 청의 袁枚가 쓴『随園詩話』를 모델로 1807년『五山堂詩話』를 간행하여 동시대 시인의 시를 평론하고 소개하였다.

113 宇野明霞(1698-1745): 에도 중기의 유학자이다. 교토에 소라이학을 소개하였지만 후에 이반하였다.

타치(常陸)의 도사키 탄엔(戸崎淡園),[114] 에도의 가타야마 켄잔(片山兼山),[115] 오사카의 나카이 리겐(中井履軒),[116] 쿄토의 미나가와 키엔(皆川淇園),[117] 오하리(尾張)의 쓰카다 다이호(塚田大峰),[118] 에도의 마스지마 란엔(增島蘭園),[119] 교토의 이가이 케이쇼(猪飼敬所)[120] 등 한당(漢唐)의 고주(古注)를 중시한 이들이 나타났다. 나카이 리겐은 오사카 회덕당(懷德堂)의 학풍을 확립하였고, 미나가와 키엔은 문자학에 집중하여 특색이 있는 학풍을 형성하였다.

때마침 막부에서는 마츠타이라 사다노부(松平定信, 1758-1929)가 로쥬(老中)[121] 수반(首班: 1789)이 되어 주자학을 정학(正學)으로 삼는다는 명을 내렸다. 그리고 시코쿠(四国)로부터 간세이(寬政, 연호: 1789-1801) 3박사인 시바노 리츠잔(柴野栗山),[122] 고가 세리(古賀精里),[123] 비

---

114 戸崎淡園(1724-1806): 에도 중기에서 후기의 유학자이다. 소라이학을 배웠다.

115 片山兼山(1730-1782): 에도 중기의 유학자이다. 처음엔 소라이학을 배웠지만 후에 절충학으로 전향하였다.

116 中井履軒(1732-1817): 에도 중기에서 후기의 유학자이다. 懷德堂의 창시자인 中井甃庵의 차남이다. 주자학을 배우다가 절충학으로 전향하였으며, 蘭學에도 흥미를 갖고 해부소견서를 정리하기도 하였다.

117 皆川淇園(1734-1807): 에도 중기의 유학자이다. 한자의 자의와 易學을 연구하였고 開物學을 제창하였다.

118 塚田大峰(1745-1832): 에도 후기의 유학자이다. 독학으로 일가를 이루었으며 官學에 대항하였다.

119 增島蘭園(1769-1839): 에도 후기의 유학자이다. 昌平黌 교수에서 막부 儒官이 되었다. 본초학에 정통하였다.

120 猪飼敬所(1761-1845): 에도 후기의 유학자이다. 手島堵庵에게서 心學을 배웠으나 후에 절충학파로 옮겨갔다.

121 老中는 에도 막부의 관직으로 將軍에 직속되어 정무를 통괄하는 상임 최고위 직위이다.

122 柴野栗山(1736-1807): 에도 중기의 유학자이다. 주자학을 관학으로 삼을 것을 주장하였다.

123 古賀精里(1750-1817): 에도 후기의 유학자이다. 昌平黌의 敎官이 되었다.

도 지슈(尾藤二洲)[124]를 등용하는 한편, 주자학 이외의 이치가와 가쿠메이(市川鶴鳴)[125]·야마모토 호쿠잔(山本北山)·토요시마 호슈(豊島豊洲)[126]·가메다 호사이(亀田鵬齋)·쓰카다 다이호(塚田大峰) 등을 이학(異學)의 5괴(魁)라고 지탄하였다.

그러나 오하리 번은 다이호를 임명하였고, 아키다(秋田) 번은 호쿠잔을 초빙한 것에서 알 수 있듯이, 이는 천하의 학술을 통제하는 금령이 아니라 창평판학문소(昌平坂學問所)를 직접 관할하여 막신(幕臣)의 보통교육을 일원화하기 위한 정책이었다고 하겠다.

하야시 가(林家)에서는 미노(美濃) 이와무라(巖村) 번주(藩主)인 오큐(大給)가문 출신인 줏사이(述齋)[127]를 양자로 들여 가문을 부흥시켰고(1792), 그 문하에서 사토 잇사이(佐藤一齋)[128]·마쓰자키 고도(松崎慊堂)[129]가 나왔다. 양명학도 이해하였던 잇사이는 막말 창평판학문소의 유자(儒者)로 저명한데, 요시무라 슈요(吉村秋陽)[130]·히가시 탁

---

124 尾藤二洲(1745-1813): 에도 중기에서 후기의 유학자이다. 처음엔 고문사학을 배웠으나 후에 주자학으로 옮겨갔다.

125 市川鶴鳴(1740-1795): 에도 중기의 유학자이다. 소라이학을 배웠다. 本居宣長의『直毘霊』에 대하여 비판하였다.

126 豊島豊洲(1737-1814): 에도 중기에서 후기의 유학자이다. 절충학을 배웠다.

127 林述齋(1768-1841): 에도 후기의 유학자이다. 막부의 教學行政을 담당하였다.

128 佐藤一齋(1772-1859): 에도 후기의 유학자이다. 주자학과 양명학에 정통하였다. 문인으로 佐久間象山, 横井小楠, 渡辺崋山, 中村正直 등이 있다.

129 松崎慊堂(1771-1844): 에도 후기의 유학자이다. 昌平黌에서 수학하였으며 佐藤一齋의 친구이다. 경의에 정통하였으며 시문에 뛰어난 고증학의 태두이다. 鹽谷宕陰, 安井息軒은 그의 제자이다.

130 吉村秋陽(1797-1866): 에도 후기의 유학자이다. 佐藤一齋의 제자로, 양명학자이다.

샤(東澤瀉)[131]·야마다 호코쿠(山田方谷)[132]·이게다 소안(池田草庵) 등 양명학을 계승한 이들과, 오하시 돗안(大橋訥庵)[133]·아사가 콘사이(安積艮齋)[134]·사이토 세츠도(齋藤拙堂)[135]·나가무라 마사나오(中村正直)[136]·기노시타 사이탄(木下犀潭)[137]·구스모토 세키사이(楠本碩水)[138] 등 정주학을 계승한 이들을 배출하였다. 나아가 이들 문하에서는 메이지 학계에 이름난 인물들이 나왔다.

이치이(市井) 절충학파에서는 요시다 고돈(吉田篁墩)이 구초(舊抄) 목판을 중시하며 교감학을 주창하였고, 한당(漢唐)의 주서(注疏)를 따라 고의(古義)를 연구하였다. 야마모토 호쿠잔(山本北山)의 제자인 오타 긴죠(太田錦城)는 한송(漢宋) 겸학을 중시하는 고증학을 개척한 인물이다. 그의 문하에서 가이호 교손(海保漁村)[139]이 나왔으며 교손(海

---

131 東澤瀉(1832-1891): 막말에서 메이지의 유학자이다. 존왕론을 주장하며 필사조직을 조직했다가 유배되었다. 佐藤一齋의 제자이다.

132 山田方谷(1805-1877): 막말에서 메이지기의 유학자이다. 佐藤一齋의 제자로 양명학자이다. 松山藩의 財政整理와 藩政改革에 성공하였다.

133 大橋訥庵(1816-1862): 에도 후기의 유학자이다. 존왕양이를 주장하였다.

134 安積艮齋(1791-1860): 에도 후기의 유학자이다. 아버지는 神官이었다. 林述齋, 佐藤一齋에게 수학하였다.

135 齋藤拙堂(1797-1865): 에도 말기의 유학자이다. 昌平黌에서 古賀精里에게 수학하였다. 주자학을 비롯하여 洋學, 병법, 포술 등의 실학에도 힘을 기울였다.

136 中村正直(1832-1891): 에도 말기의 사상가이자 유학자이다. 昌平黌에서 주자학을 배우는 한편 桂川國興에게 난학도 학습하였다. 『西國立志編』을 번역 출판하여 청년들에게 감화를 주었다. 明六社에 참여하였고 사숙인 同人社를 경영하였다.

137 木下犀潭(1805-1867): 에도 후기의 유학자이다. 佐藤一齋의 제자로 肥後(熊本縣) 時習館 訓導가 되어 竹添進一郎, 井上毅 등을 지도하였다.

138 楠本碩水(1832-1916): 막말에서 메이지기의 유학자이다. 楠本端山의 동생으로 廣瀬淡窓, 佐藤一齋에게 주자학을 배웠다.

139 海保漁村(1798-1866): 에도 후기의 유학자이며 고증학자이다. 1857년 醫學館의 儒學敎授가 되었다. 학풍은 경학을 중시하고 古注疏, 新注를 참고로 하여 注解補証을 하였고, 考證이 정밀한 것으로 정평이 났다.

村)의 문하에서 메이지(明治) 시기 한학의 태두(泰斗)인 시마다 시게노리(島村重禮)[140]가 배출되었다.

처음에는 정주학을 배웠던 마쓰자키 고도(松崎慊堂)는 에도의 부상(富商)으로 고증학자였던 가리야 에키사이(狩谷棭齋)[141]·이치노 메이안(市野迷庵)[142]과 교류하면서 한당학(漢唐學)으로 옮겨갔다. 막부가 여러 다이묘(大名)들에게 각서를 명할 즈음,『의각서목(擬刻書目)』을 바쳐 선본(善本)의 복각을 계획한다든지 개성석경(開成石經)[143]이나『오경문자(五經文字)』·『구경자양(九經字樣)』을 축각(縮刻)하는 등 중국 고전연구의 기초가 되는 저술을 하였다.

가리야 에키사이(狩谷棭齋)는 다수의 선본을 수장하였고 또 한당 훈고학의 방법에 의해 일본의 고전을 정리 주석하였다. 에키사이(棭齋)의 문하인 오카모토 교사이(岡本況齋)[144]는 박식함으로 유명했고, 교사이(況齋)의 문하인 기무라 마사고토(木村正辭)[145]는 메이지(明治)에 이 학통을 전하였다.

---

140 島村重禮(1838-1898): 明治 시대의 유학자이다. 海保漁村에게 고증학을 배웠다. 東京大學의 교수가 되었으며, 이때 加藤弘之에게 건의하여 文學部에 古典講習科 漢書課를 설치하였다.

141 狩谷棭齋(1775-1835): 에도 후기의 고증학자이다. 젊었을 때는 율령 연구에 몰두하여 한·당의 서적을 섭렵하였다. 일본의 고전을 고증, 주석하였고 금석문을 수집하였다.

142 市野迷庵(1765-1826): 에도 중기에서 후기의 유학자이다. 주자학을 공부하다가 고증학으로 옮겨갔다.

143 開成石經은 唐石經을 말한다. 唐 文宗 大和 7년에 시작하여 開成 2년에 완성하였다. 『周易』,『尚書』,『毛詩』,『周禮』,『儀禮』,『禮記』,『春秋左氏傳』,『公羊傳』,『穀梁傳』, 『孝經』,『論語』,『爾雅』등 12종의 유가 경전을 비석에 새겨 國子監에 세웠다.

144 岡本況齋(1797-1878): 에도 후기에서 메이지기의 국학자이다. 이름은 岡本保孝이고 況齋는 호이다. 고증학자이며 장서가이다.

145 木村正辭(1827-1913): 막말 메이지기의 국학자이며 萬葉研究家이다. 御講書始를 지냈다.

막부 직할 의학교였던 의학관(醫學館)을 주재한 막부의관 다기(多
紀)씨는 선본(善本)의 의서(醫書)를 수장(收藏)하였다. 학술에 뛰어났
던 다기 케잔(多紀桂山)의 문하에서 다기 사이테(多紀茝庭)[146] · 고지마
호소(小島寶素)[147] 등이 나왔다. 에키사이(栮齋) · 메이안(迷庵)과 이사
와 란겐(伊澤蘭軒)[148]을 수학한 의사인 고증학자 시부에 추사이(澁江抽
齋)[149] · 모리 키엔(森枳園)[150]도 의학 고전을 주석하였다.

소라이 학파 가게야마 호슈(陰山豊洲)[151]의 문하에서 수학(修學)하
고, 에키사이(栮齋) · 고도(慷堂)와 교류하며 향리 스루가(駿河)에서 문
자 · 음성을 연구하였던 야마나시 도센(山梨稻川)[152]은 『문위(文緯)』라
는 위대한 저서를 썼고 시문(詩文)에도 능하였다.

이외에도 주고쿠(中國) 지방의 간 차잔(菅茶山, 黃葉夕陽村舍 廉塾),[153]

---

146 多紀茝庭(1795-1857): 에도 후기의 의사이다. 多紀桂山의 아들로, 이름은 多紀元堅
  이고 茝庭은 호이다. 고전 의서를 교정하였으며 蘭方 의학을 반대하였다. 그는 서지학
  에서는 중국을 능가하는 성과를 내었다고 평가된다.
147 小島寶素(1797-1849): 에도 후기의 의사이다. 서지학에 정통하였고 의서를 교정하거
  나 傳寫하였다.
148 伊澤蘭軒(1777-1829): 에도 후기의 의사이며 유학자이다. 고증학자로 저명하였다.
149 澁江抽齋(1805-1858): 에도 후기의 의사이며 유학자이다. 고증학에 정통하였고 森立
  之 등과 함께 『經籍訪古志』을 저술하였다.
150 森枳園(1807-1885): 에도 후기의 의사이며 고증학자이다. 이름은 森立之이며 호는
  枳園이다.
151 陰山豊洲(1750-1809): 에도 중기에서 후기의 유학자이다. 고문사파의 시인으로 알려
  져 있다.
152 山梨稻川(1771-1826): 에도 후기의 음운학자이다. 고서를 바르게 이해하기 위해 중
  국 고대의 음운을 연구하였다.
153 菅茶山(1748-1827): 에도 중기에서 후기의 시인이다. 那波魯堂에게 주자학을 배웠으
  며, 사실을 묘사한 청신한 시풍으로 유명하다. 賴山陽의 스승이다.

규슈(九州) 지방의 가메이 난메(龜井南冥)[154]·소요(昭陽)[155] 부자(父子), 난메이(南冥)에게 수학한 히로세 탄소(廣瀨淡窓)[156]·교구소(旭莊)[157] 형제(咸宜園), 미우라 바이엔(三浦梅園)[158]과 호아시 반리(帆足萬里)[159] 등이 강학(講學)하며 각지에서 학생을 모집하였다.

마쓰자키 고도(松崎慊堂)의 고제인 야스이 소겐(安井息軒)[160]·시오노야 토인(鹽谷宕陰)[161]과 가메다 보사이(龜田鵬齋)의 아들인 료라이(綾瀨)[162]의 문하 호시노 킨료(芳野金陵)[163]는 창평판학문소(昌平坂學問所) 유자(儒者)로 모두 등용되어(1862) 분큐(文久, 연호: 1861-1864) 3박사로 불렸다.

소라이 이후 융성한 일본의 제자(諸子) 연구 가운데 수준 높은 저작

---

154 龜井南冥(1743-1814): 에도 후기의 유학자이며 의사이다. 소라이학을 배웠으며 문하에 廣瀨淡窓가 있다.

155 龜井昭陽(1773-1836): 에도 후기의 유학자이다. 소라이학을 토대로 주자학을 수용한 가학을 집대성하였다.

156 廣瀨淡窓(1782-1856): 에도 후기의 유학자이다. 신분, 연령, 학력에 관계없이 교육하는 咸宜園을 열어 인재를 양성하였다.

157 廣瀨旭莊(1807-1863): 에도 후기의 유학자이며 시인이다. 청의 兪曲園은『東瀛詩選』에서 일본 최고의 시인이라 평가하였다.

158 三浦梅園(1723-1789): 에도 중기의 유학자이며 의사이다. 유학과 양학을 조화시켜 우주의 구조를 설명하는 條理學을 제창하였다. 철학, 종교, 역사, 문학, 경제, 천문, 의학 등의 다방면에 걸쳐 연구하였다.

159 帆足萬里(1778-1852): 에도 후기의 유학자이며 理學者이다. 서구 근세 과학을 받아들였고 三浦梅園의 학설을 발전시켰다.

160 安井息軒(1799-1876): 에도 후기에서 메이지기의 유학자이다. 昌平黌에 들어가 松崎慊堂에게 배웠다. 漢唐의 고주에 기반한 고증학을 하였다.

161 鹽谷宕陰(1809-1867): 에도 후기의 유학자로 주자학을 공부하였다. 昌平黌의 儒官이 되었으며 페리의 함대가 일본에 갔을 때「籌海私議」를 지어 海防을 주장하였다.

162 龜田綾瀨(1778-1853): 에도 후기의 유학자이다. 문인으로 芳野金陵·圓山北溟·並木爽山·出井貞順·新井稻亭·中島撫山 등이 있다.

163 芳野金陵(1803-1878): 에도 후기에서 메이지기의 유학자이다. 昌平黌의 儒官이 되었고 메이지 유신 후에 대학 교수가 되어 교육과 서적 편찬에 전력하였다.

으로 야스이 소겐(安井息軒)의『관자찬고(管子纂詁)』, 호사카 세이소(浦阪靑莊)[164]의『한비자찬문(韓非子纂聞)』, 요다 리요(依田利用)의『한비자교주(韓非子校注)』, 오타 젠사이(太田全齋)의『한비자익취(韓非子翼毳)』등이 유명하다.

4. 근대

도쿠가와 막부의 교육연구기관은 메이지 신정부에도 이어져 한학을 가르치던 창평판학문소(昌平坂學問所)는 창평(昌平) 학교가 되었고, 양학(洋學)의 거점인 양학소(洋學所)는 개성(開成) 학교로 되었다가[165] 서양의학의 거점이었던 종두소(種痘所)[166]와 합해져 대학교(大學校)로 개편되었다.

황한학(皇漢學)의 대학본교(大學本校)가 얼마 지나지 않아 폐교되는 한편, 개성(開成) 학교는 남교(南校), 의학은 동교(東校)가 되어 각각 발전하다가 1877년 다시 도쿄 대학으로 통합되었다. 법(法)·이(理)·공(工)·문(文)·의(醫)의 5개 학부 가운데 법·이는 개성학교를, 의는 의학교를 계승하였고, 문학부는 사학·철학·정치학·이재학(理財學)·화한문학(和漢文學)의 학과가 설치되었다.

그러나 화한문학과에는 거의 진학하는 사람이 없어 1881년 정변

---

164 浦阪靑莊(1775-1834): 에도 후기의 유학자이다.

165 〈원주〉 洋學所는 1855, 1856년 蕃書調所, 1862년 洋書調所, 1863년 開成所로 개편되었다.

166 〈원주〉 種痘所는 1860년 직할, 1861년 西洋醫學所, 1863년 醫學所가 되었다.

(政變)¹⁶⁷ 후 별도로 고전강습과(古典講習科)를 신설하였으며 고전강습
과의 국서과(國書科)·한서과(漢書科)에서 각 두 차례 졸업생을 배출하
였다.

도쿄 대학이 제국(帝國) 대학으로 개편되고(1886), 문과대학에는 철
학과·화문학과(和文學科)·한문학과(漢文學科) 그리고 박언학과(博言學
科)가 설치되었고, 언어학과 사학을 중심으로 한 문과계 학문이 형성
되었으며 강좌제가 도입됨에 따라(1893) 학문의 분화가 촉진되었다.

그 이외에 중국어 교육은 처음에는 외무성에 어학소(語學所)가 설
치되어 나가사키(長崎) 통사(通事)나 개성(開成) 학교에서 하던 외국어
교수(敎授)를 담당하였다가 후에 문부성으로 이관되어 외국어학소(外
國語學所)가 되었다. 그 밖에 흥아회(興亞會, 후에 아세아협회(亞細亞協會)
가 됨)에 중국어학교가 생겼는데, 문을 닫게 되자 도쿄외국어학교(東
京外國語學校)로 편입되었다.

또한 일본에 청국 공사관이 설치되자 공사(公使)와 수원(隨員)이었
던 여서창(黎庶昌)¹⁶⁸·황준헌(黃遵憲)¹⁶⁹ 등과 같은 문인(文人)이 많이
부임을 하게 되었고, 도성의 시인·문사들과 교류를 하게 되면서 청
말에 유행하였던 동성파(桐城派)의 시문이 일본에도 유행하게 되었다.

---

167 1881년 국회개설, 헌법 제정 등을 둘러싸고 정부 내부의 대립으로 인해 점진파인 伊藤
博文 등이 급진파인 大隈重信 등을 추방한 사건이다. 정부는 10년 후에 국회를 개설
할 것을 약속하였다. 이 정변으로 인해 薩長藩閥體制가 확립되었다.
168 黎庶昌(1837-1897): 중국 청대의 관리이며 외교관이다. 1881년 주일공사가 되었다.
曾國藩의 막하에 있었으며 曾門四弟子로 불렸다. 동성파를 중시하였고 吳汝綸과 함
께 고문가로 알려져 있다.
169 黃遵憲(1848-1905): 중국 청대의 시인이며 외교관이다. 변법자강운동을 하는 한편,
문자개혁과 신시운동도 추진하였다.

그리고 수원(隨員)이었던 양수경(楊守敬)[170]은 일본 체재 중에 고사본(古寫本)과 고간본(古刊本)을 열람·수집하고 『고일총서(古逸叢書)』·『일본방서지(日本訪書志)』·『유진보(留眞譜)』 등을 편간(編刊)하였다.

도쿄 대학 초기 한문학을 강의한 교관들은 나카무라 마사나오(中村正直), 미시마 쓰요시(三島毅),[171] 시마다 시게노리(島田重禮), 난마 쓰나노리(南摩綱紀),[172] 시게노 야스쓰구(重野安繹)[173] 등 창평판학문소(昌平坂學問所) 출신의 구지식인들이었다. 제국대학에 개설된 한학·지나어학의 세 강좌는 시마다 시게노리(島田重禮, 제1강좌), 다케조에 신이치로(竹添進一郎,[174] 제2강좌), 장자방(張滋昉,[175] 제3강좌)이 각각 담당하

---

170 楊守敬(1839-1915): 湖北省 宜都 출신이다. 자는 惺吾이고 호는 鄰蘇이다. 1862년 擧人이 되었고 1865년 景山宮學敎習이 되었으며 금석학에 조예가 있었다. 駐日公使 何如璋의 隨員으로 일본에 갔고 귀국 후에 勤成學堂 總敎長이 되었다. 歐陽詢의 서풍을 이어받은 서예가로도 유명하며, 일본의 日下部鳴鶴, 中林梧竹 등과도 친교가 있었다.

171 三島毅(1831-1919): 에도 말기에서 다이쇼기의 한학자이다. 東京高等師範學校敎授, 新治裁判所長, 大審院判事, 東京帝國大學敎授, 東宮御用掛, 宮中顧問官, 二松學舍大學의 전신인 漢學塾 二松學舍의 창립자이다. 重野安繹, 川田甕江와 함께 메이지의 三大文宗으로 불린다.

172 南摩綱紀(1823-1909): 메이지기의 유학자이자 교육자이다. 昌平黌에서 수학하였으며 太政官文部省을 거쳐 東京大學敎授, 女子高等師範學校敎授 등을 지냈다. 日本弘道會 副會長, 斯文學會 講師 등으로 활동하였으며 御講書始를 담당하였다.

173 重野安繹(1827-1910): 에도 말기에서 메이지기의 유학자이자 역사학자이다. 昌平黌에서 수학하였으며, 修史館에서 久米邦武 등과 함께 『大日本編年史』의 편찬을 담당하며 실증사학을 주장하였다. 후에 帝國大學에서 國史科의 교수가 되었다.

174 竹添進一郎(1842-1917): 메이지기의 한학자이며 외교관이다. 호는 井井이다. 淸의 天津 領事, 北京 公使館 書記官 등을 역임하고, 1882년 朝鮮弁理公使가 되었다. 1885년 공사를 사임하고 후에 帝國大學 교수가 되어 경서를 강의하였다.

175 張滋昉(1839-1900): 메이지 시대 중국어 교사였다. 副島種臣과 만나 일본으로 가게 되었고, 興亞會興亞黌, 慶應義塾大學付属支那語科, 舊制東京外國語學校, 帝國大學에서 중국어를 가르쳤다.

였다. 이후 네모토 미치아키(根本通明)[176]와 호시노 히사시(星野恒)[177]로 교체되었고 교토(京都) 제국 대학 문과대학이 개설되기 직전인 1905년에는 지나철학·지나사학·지나문학강좌로 개편되었다. 1918년에는 사학(동양사학)이 분리되고, 지나철학·지나문학어학강좌가 되었다. 동양사학의 남상(濫觴)은 제1고등중학교, 도쿄고등사범학교의 교수로, 이후에 동경제국대학에서도 가르쳤던 나카 미치요(那珂通世)였다.[178]

제국대학과 관련이 있던 교관 이외에, 메이지 천황 시강(侍講)이었던 모토다 나가자네(元田永孚)[179]는 동향(同郷) 출신의 관료였던 이노우에 고와시(井上毅)[180]와 함께 「교육칙어(教育勅語)」를 작성하여 국민 교육의 지표를 제시하였다. 구지식인들 가운데에는 고등사범학교 또는 고등학교 등에서 한문을 가르친 사람들, 언론인으로 활동한 사람들도 적지 않았다. 한시문의 제작(製作)이 더욱 흥성하게 되면서 많은

---

176 根本通明(1822-1906): 막말부터 메이지기의 한학자이다. 藩校明德館에서 수학하였고 후에 이곳의 교수가 되었다가 제국대학 교수가 되었다. 주자학에서 고증학으로 전환하였다.

177 星野恒(1839-1917): 메이지기의 한학자이며 역사학자이다. 鹽谷宕陰에게서 배웠으며 1875년 太政官修史局에 들어가 『大日本編年史』 편찬에 참여하였다. 1888년 제국대학 교수가 되었다.

178 那珂通世(1851-1908): 동양사학자이다. 慶應義塾을 졸업하였고 1894년 東京高等師範學校 教授, 1896년 東京大學文科大學 講師를 겸임하였다. 조선, 일본, 중국의 고대사를 비교 연구하였고 『日本上古年代考』를 지어 神武天皇即位紀元의 위작성을 지적하였다.

179 元田永孚(181-1891): 막말에서 메이지기의 한학자이며 교육자이다. 儒教의 皇國思想에 기반한 교학정책을 기획하였다. 1879년에는 「教學聖旨」를 기초하고, 教育勅語의 초안작성에 참가하였으며, 1882년에는 『幼學綱要』를 간행하여 메이지 공교육의 이념 형성을 주도하였다.

180 井上毅(1843-1895): 정치가로 구마모토 출신이다. 伊藤博文의 밑에서 大日本帝國憲法·皇室典範의 기초를 담당하였다. 教育勅語·軍人勅諭 등의 칙령과 법령의 기초에 관여하였다.

정치가들이 이른바 한학의 소양을 가지게 되었다. 그리고 한편으로는 전문적인 시인들이 오네마 친잔(大沼枕山)[181]의 시타야(下谷) 음사(吟社)와 같은 막말 에도의 시풍(詩風)을 전하였고, 이어 모리 슌도(森春濤)[182]가 메이지 시단의 중심이 되었다. 모리 슌도가 발행한『신문시(新文詩)』에 대항하여 나리시마 유호쿠(成島柳北)[183]는『화월신지(花月新誌)』를 발간하였다.

중국의 문학과 문화를 개관한 서적으로는 1880년 스에마츠 겐죠(末松謙澄),[184] 다구치 우키치(田口卯吉),[185] 가노 료치(狩野良知)[186] 등의 선구적인 저작이 있었고, 문학사는 1890년부터 1900년에 고조 테이키치(古城貞吉),[187] 후지타 토요하치(藤田豊八),[188] 사사가와 타네오(笹

---

181 大沼枕山(1818-1891): 막말 메이지기의 한시인이다. 梁川星巖의 玉池吟社가 문을 닫게 된 후 下谷吟社를 열어 宋詩風을 고취시켰다.

182 森春濤(1819-1889): 막말 메이지 시대의 한시인이다. 森槐南의 아버지이다. 鷲津益齋, 梁川星巖에게 시를 배웠다. 1874년 茉莉吟社를 열었고, 다음해 한시전문잡지의 효시인『新文詩』를 창간하였다.

183 成島柳北(1837-1884): 메이지기의 시인이며 신문기자이다. 騎兵奉行·外國奉行 등을 역임하였고, 메이지 유신 후에 서구를 여행하였으며 1874년 朝野新聞社의 사장이 되어 문명 비평을 전개하였다.

184 末松謙澄(1855-1920): 메이지기에서 다이쇼기의 정치가이자 평론가이다. 伊藤博文의 사위로 호는 靑萍이다. 1878년 영국 캠브리지로 유학하였고,「源氏物語」를 영역하여 간행하였다. 귀국 후 연극개량운동을 전개하였다.

185 田口卯吉(1855-1905): 메이지기의 경제학자, 사학자이자 법학박사이다.『東京經濟雜誌』를 창간하여 자유주의 경제의 입장에서 보호무역과 정부의 경제정책을 비판하였다. 대규모의 역사자료집『國史大系』와『群書類從』의 출판을 실현하여 역사학의 발달에 공헌하였다.

186 狩野良知(1829-1906): 막말에서 메이지기의 한학자이다.『支那教學史略』를 저술하였다.

187 古城貞吉(1866-1949): 메이지에서 쇼와기의 한학자이다. 중국에 유학하였고, 東洋大교수가 되었으며『支那文學史』를 저술하였다.

188 藤田豊八(1869-1929): 메이지에서 쇼와기의 동양사학자이다. 東京帝國大學 文科大學 漢文科를 졸업하였고 중국으로 가서 교육을 담당하였다. 동서교섭사를 연구하였고

川種郎),[189] 시라카와 지로(白河次郎),[190] 다오카 사요지(田岡佐代治),[191] 구보 도쿠지(久保得二)[192] 등이 연달아 저작하였다. 철학사는 마쓰모토 분자부로(松本文三郎)[193]의 강의(講義)가 처음이라고 할 수 있다.

메이지 말기부터 다이쇼기에는 제국대학 한학강좌 주임인 시마다 시게노리(島田重禮) 교수의 문하에서 핫토리 우노키치(服部宇之吉, 철학과)[194]와 가노 나오키(狩野直喜, 한학과)[195]가 나왔다. 전자는 도쿄제대 지나철·사·문 강좌의 중심이 되었고 후자는 신설된 교토제대 지나학의 중심이 되었다. 도쿄제대에는 이들 이외에 우노 테쓰토(宇野哲

1920년에 臺北제국대학 文政學部 부장이 되었다. 저서로 『東西交涉史研究』가 있다.

189 笹川種郎(1870-1949): 메이지에서 쇼와기의 역사가이자 평론가이다. 帝國大學 國史科를 졸업하였다.

190 白河次郎(1874-1919): 메이지에서 다이쇼기의 신문기자이다. 1907년 帝國大學 한학과를 졸업하였다. 神戶新聞, 九州日報의 주간이 되었고 『支那文學大綱』, 『支那文明史』 등을 저술하였다.

191 田岡佐代治(1871-1912): 메이지기의 문예평론가, 중국 문학 연구자인 田岡嶺雲이다. 1884년 帝國大學 한학과를 졸업하였다. 중국 고전의 근대적 재생을 목표로 총서 『支那文學大綱』의 저작을 담당하였다. 중국 고전의 일본어역을 최초로 시도한 「和訳漢文叢書」(玄黄社)를 출판하였다.

192 久保得二(1875-1934): 중국 문학 연구자이며 시인이다. 1899년 제국대학 한학과를 졸업하였다. 臺北帝國大學 敎授가 되었다.

193 松本文三郎(1869-1944): 1893년 帝國大學을 졸업하고 1906년 京都帝國大學文科大學 인도철학사 교수가 되었다. 1938년 東方文化研究所 소장이 되었다. 인도, 중국 불교 유적을 조사하였고 『支那佛敎遺物』, 『印度의 佛敎美術』 등을 저술하였다.

194 服部宇之吉(1867-1939): 중국 철학 연구자이자 교육자이다. 島田重禮의 사위이다. 중국과 독일에 유학 후 도쿄대 교수가 되었고 京城帝國大學 초대 총장이 되었으며, 東方文化學院 東京研究所 소장을 역임하였다. 중국의 禮 사상을 체계화하였다.

195 狩野直喜(1868-1947): 중국 철학 연구자이자 문학 연구자이다. 경학에서는 청조 고증학을, 문학에서는 희곡·소설 등을 연구하였으며 돈황 문서를 조사하여 宋學 중심의 중국학에 새로운 바람을 불어넣었다. 東方文化學院 京都研究所 소장을 지냈다.

人)[196]가 중국철학, 시오노야 온(鹽谷溫)[197]이 중국문학을 담당하였고, 가쿠슈인(學習院) 교수 오카다 마사유키(岡田正之, 고전강습과)[198]가 일본 한문학사를 강의하였고, 제1고(第一高) 교수인 야스이 고타로(安井小太郎, 고전강습과)[199]는 경학·일본유학사로 유명하였다.

동양사학에서는 하야시 다이스케(林泰輔)[200]·이치무라 산지로(市村瓚次郎, 이상 고전강습과),[201] 구와바라 짓조(桑原隲藏, 한학과),[202] 시라토리 구라키치(白鳥庫吉, 사학과)[203]가 등장하였는데, 하야시 다이스케는 조선사학에서 중국고대사로 넓혀갔으며, 은허(殷墟)에서 출토된 갑골문 연구의 선편(先鞭)을 잡았다. 주로 중국의 역사를 강술(講述)했던 이치무라

---

196 宇野哲人(1875-1974): 중국 철학 연구자이다. 중국과 독일에 유학하였으며 중국 철학과 철학사 연구의 발전에 공헌하였다.

197 鹽谷溫(1878-1962): 중국 연구가이자 한학자이다. 1902년 제국대학 한학과를 졸업하고 독일에 유학한 후 북경 및 長沙에서 연구하였다. 元曲에 관한 연구를 하였으며 중국의 소설·희곡에 대한 연구 및 소개를 한 공이 있다.

198 岡田正之(1864-1927): 한학자이다. 帝國大學 고전강습과를 1887년 졸업하였다. 동교 교수가 되어 支那文學槪論, 支那文學史, 日本漢文學史 등을 강의하였으며 주요 저작인『日本漢文學史』는 일본 최초의 한문학사 연구서이다.

199 安井小太郎(1858-1938): 메이지에서 쇼와기의 한학자이다. 호는 朴堂이다. 모계가 朱子學派의 儒者 安井息軒이다. 雙桂塾, 草場塾(京都), 二松學舍에서 수학하였으며 斯文會·廻瀾社에 참여하였다.

200 林泰輔(1854-1922): 한학자이자 동양사학자이다. 1886년 帝國大學 고전강습과를 졸업하였다. 조선사와 중국고대사를 연구하였다. 주요저작으로『朝鮮史』(1892),『朝鮮近世史』(1901),『朝鮮通史』(1912),『上代漢字の硏究』(1914),『周公と其時代』(1916),『龜甲獸骨文字』(1921) 등이 있다.

201 市村瓚次郎(1864-1947): 동양사학자이다. 1887년 帝國大學 고전강습과를 졸업하였다. 일본의 근대적 동양사 연구의 개척자라고 평해진다.

202 桑原隲藏(1870-1931): 동양사학자이다. 1896년 帝國大學 한학과를 졸업하였다. 1909년 京都大學 교수가 되었다. 과학적 사학의 수립에 뜻을 두고 실증적 학풍을 형성하였으며 동서교섭사, 서역에 관한 연구에서 성과를 내었다.

203 白鳥庫吉(1865-1942): 동양사학자이다. 帝國大學 사학과를 졸업하였다. 근대적 동양사학을 확립하였으며 서역사 연구의 개척자이다.

와 대조적으로 시라토리는 서역사(西域史) 연구를 개척하였다.

러일 전쟁 후, 교토제대 문과대학이 설립되자(1906년 철학과, 1907년 사학과, 1908년 문학과), 저널리스트 출신의 나이토 도라지로(內藤虎次郎)[204]가 발탁되어, 가노(狩野)·구와바라(桑原)와 함께 교토제국대학의 학풍을 형성하였다. 청말 일본에 망명했던 나진옥(羅振玉)[205]·왕국유(王國維)[206]와의 교류도 교토 지나학의 형성에 자극이 되었다.

교토 지나학은 다케우치 요시오(武內義雄)[207]·오지마 스케마(小島祐馬)[208]·아오기 마사루(青木正兒)[209]·혼다 시게유키(本田成之)[210]·오카자키 후미오(岡崎文夫)[211] 등의 학자를 배출하였고, 메이지 말기 도호쿠(東北) 제국대학과 규슈(九州) 제국대학에 법문학부가 신설되자 도호쿠 제대의 중국관계 교관(敎官)은 교토제대의 지나학 학자가 독점

---

204 內藤虎次郎(1866-1934): 동양사학자이다. 호는 湖南이다. '東의 白鳥庫吉, 西의 內藤湖南', '실증학파의 內藤湖南, 文獻學派의 白鳥庫吉'라는 별칭이 있을 정도로 白鳥庫吉와 쌍벽을 이루었다.

205 羅振玉(1866-1940): 중국의 고증학자이다. 금석갑골문 연구자로 辛亥革命 때에 사위인 王國維와 함께 일본에 망명하였다. 滿州國이 건국되었을 때 監察院長이 되었다.

206 王國維(1877-1927): 중국의 역사학자이다. 1901년 일본에 유학하였다가 신해혁명 때 나진옥과 함께 일본으로 망명하였다. 금석문, 갑골문 등의 연구에 업적이 있었다.

207 武內義雄(1886-1966): 중국 철학 연구자이다. 京都帝國大學에서 狩野直喜에게 수학하였다. 중국고대사상사 연구에 문헌비판의 방법을 도입하여 『노자』, 『논어』 등을 연구하였다.

208 小島祐馬(1881-1966): 동양사학자이다. 1920년 青木正兒와 함께 『支那學』을 간행하였다. 프랑스에 유학한 후 京都帝國大學 교수가 되었고 1939년 人文科學硏究所 初代 所長이 되었다.

209 青木正兒(1887-1964): 중국 문학 연구자이다. 교토대학에서 수학하였다. 중국의 문학과 서화, 음식, 풍속 등에 관해 연구하였다.

210 本田成之(1882-1945): 교토대 출신이다. 神宮皇學館 敎授를 거쳐 佛敎大(현재 龍谷大) 교수가 되었다. 저작으로 『支那經學史論』, 『支那近世哲學史考』가 있다.

211 岡崎文夫(1888-1950): 중국 중세사 연구자이다. 교토대 사학과를 졸업하였다. 중국에 유학하였으며 중국 고대사에 대한 실증적인 연구를 하였고, 특히 위진남북조 연구의 개척자이기도 하다.

하였고 규슈제대는 도쿄제대가 독점하였다. 경성제대 법문학부와 타이페이(臺北) 제대 문정학부(文政學部)도 도쿄제대와 교토제대 출신자들이 중국관계 학문을 강의하였다.

의화단 사건 배상금에 의해 대지문화사업(對支文化事業)[212]이 다이쇼 말기 시작되자, 베이징에 인문학연구소(人文科學硏究所), 상하이(上海)에 자연과학연구소(自然科學硏究所)가 개설되었다. 핫토리(服部)·가노(狩野)가 그 설립의 중심적인 역할을 하였으나, 1928년 제남(濟南) 사건[213]이 일어나 중국 측 위원들이 탈퇴하게 되면서 도쿄와 교토에 동방문화학원(東方文化學院)을 설립하고 연구소가 개설되었다(도쿄대 동양문화연구소과 교토대 인문과학연구소의 전신).

---

212 對支文化事業은 東方文化事業으로 일본과 중국이 공동으로 운영했던 문화사업이었다. 1920년대, 중국의 반일감정을 완화시키기 위해 義和團事件 배상금을 자금으로 하여 일본 외무성 관할의 사업으로 시작하여 1925년부터 일본과 중국이 공동으로 운영하다가, 1928년 중국이 탈퇴한 이후 일본이 단독으로 사업을 진행하였다.

213 1928년 5월에 중국 山東省 제남에서 일본군과 중국 국민 혁명군이 무력으로 충돌한 사건. 국민당 북벌군이 진입하자 일본군이 자국인 보호를 핑계로 출병하여 충돌하였다. 당시 일본은 1926년 12월 25일 大正 일왕이 사망하고 같은 날 昭和 일왕이 즉위했다. 이어 1928년 6월 관동군이 만주 군벌인 張作霖을 폭살한 사건이 터져 만주에서도 반일운동이 폭발했다.

* 〈원주〉 이외의 주는 〈역자 주〉임을 밝힌다.

마치 센쥬로(町 泉壽郎)

二松學舍大學 교수

전문 분야는 일본 한문학이며, 그 중에도 15-19세기 일본의 학예
사를 유학과 의학을 중심으로 연구하고 있다. 저서로는『三島中
洲近代 - 其一』(2013),『三島中洲近代 - 其二』(2014),『三島中洲
近代 - 其三』(2015),『三島中洲近代 - 其4』(2016)(이상은 二松學舍
大學圖書館),『小野蘭山』(공저, 八坂書房, 2010) 등이 있고, 논문으로
「新出の昌平坂學問所日記 - 芳野家所藏資料」(『斯文』116, 2014.4)
등이 있다.

———————

본고는 주로 구라이시 다케시로(倉石武四郎)가 강술(講述)한
「일본의 지나학 발달(本邦における支那學の発達)」(汲古書院,
2007)을 정리하면서, 그 중 일본의 중국학술문화의 학습사와 연
구사를 개략적으로 서술하였다.

———————

이 글은 町 泉壽郎의 「日本漢文學略史」(『中國學入門』, 勉誠出版,
2015)를 번역한 것이다.

———————

번역: 박영미

일본 한시의 특징

중국 시가(詩歌) 수용과
일본의 서정성

제2장

마키즈미 에쓰코(牧角悦子)

1. 들어가며

이 글은 니쇼가쿠샤(二松學舍) 대학 일본한문교육연구 추진사업의 일환으로 베트남 하노이 사회과학 인문대학에 파견되었을 때 강연한 원고를 가필한 것이다. 베트남은 일본처럼 한자문화를 수용하여 지배계층의 문화교양을 형성한 나라이다. 근대 이후 자국(自國)의 표기는 '국어(國語, 꾸옥응으, quốc ngữ)'라는 알파벳을 독자적으로 변형한 표음문자로 통일되어 있고, 한자 일체를 폐지하고 있다. 그렇기 때문에 한자한문으로 쓰인 자국의 고전이나 그 배경이 되는 중국 고전에 대한 이해가 상당히 어려운 상황에 있다. 한자문화 연구를 계승하는 기관에는 국립대학의 중국학과 혹은 한놈연구원(漢喃硏究所, The Institute of Hán-Nôm Studies) 등이 있는데, 이번 강연을 주최한 하노이 사회과학 인문대학도 그중 하나이다.

근대 이전의 국가경영에서 중국문화가 달성한 역할의 크기는 일본에서도 베트남에서도 마찬가지이다. 다만 근대 이후 일본은 한학의 기초 위에 근대국가를 건설하고 한자문화 자체도 국어의 일부로 중시했다. 베트남은 식민지 지배로부터 탈각하기 위한 하나의 수단으로 '국어'에 해당하는 자국의 음표어(音表語)를 만들어서 독자적인 아이덴티티를 수립했다. 그 과정에서 고전(古典)과의 단절이 생겨났음은 앞서 말한 대로이다. 그러나 이러한 모국어 표기에 관한 방향성의 차이에도 불구하고 그 문화의 배후에 한자한문 문화가 뼈대를 이루며 존재하고 있음은 일본도 베트남도 마찬가지이다.

특히 젊은 연구자들을 위해 초빙된 이 강연에서는 '일본 한시'를 중심으로 해달라고 요청받았다. 이러한 상황을 감안해서 초보적인 지식의 제공을 기본으로 하면서 주로 일본 한시의 정의와 개론을 시작으로 일본에서 한자문화의 수용이 갖는 특질을 한시라는 표현 형태를 통해 생각해 보았다. 일본에서 한문문화의 수용이 갖는 특질을 명확히 함은 한자문화권 각국에서 중국문화 수용의 특질을 밝히는 것과도 연계되기 때문이다.

이 글에서는 우선 일본 한시란 무엇인지, 일본에서 중국문화의 수용과정과 특성을 통해 설명하고, 이어서 일본 한시에의 접근법을 다뤄보겠다. 후반부에서는 일본 한시의 전체상과 함께 개별 작품을 소개한다. 일본 한시의 역사를 시기에 따라 네 시대로 구분하여 각각의 시대가 갖는 양상과 대표적인 시인을 예로 들 것이다. 이러한 개설은 이노구치 아쓰시(猪口篤志)의 『일본 한시(日本漢詩)』,[1] 후지카와 히데오(富士川英郎)의 『에도 후기 시인들(江戸後期の詩人たち)』[2] 외에 선행 연구자들의 해설에 기댄 부분이 많다. 작품의 소개는 특히 특징적인 열 명을 예로 들었다. 대표적이라기보다 특징을 갖는 시인과 시를 소개하면서 마지막에 일본 한시의 특성을 정리해 보았다.

1　猪口篤志, 『日本漢詩』 新釈漢文大系45, 明治書院, 1972년 초판.

2　富士川英郎, 『江戸後期の詩人たち』 筑摩叢書208, 筑摩書房, 1973.

2. 일본 한시란?

우선 일본 한시(漢詩)란 무엇인지 살펴보겠다. 일본 한시란 일본인이 지은 한문체의 시를 말한다. 그렇다면 한문(漢文)이란 무엇인가? 그것은 일본인이 중국의 문체를 모방하고 습득해서 사용한 표현 형태이다.(아울러 '漢文'이라는 표기는 일본어이다. 중국문학 세계에서 '漢文'은 한대(漢代)의 글인 『한서(漢書)』나 『사기(史記)』와 같은 작품을 나타낸다.)

한문은 중국문화를 수용한 것이면서 일본문화의 골격을 이루는 것이기도 하다. 일본인은 문헌 표기에 한자를 사용하고 중국어 문어·문법으로 문장이나 시를 쓰는 것이 교양인으로서의 자격이었기 때문이다. 중국어 문체를 일본어로 읽기 위해 훈독(訓讀)이라는 방법을 고안해 낸 것도 일본어와 중국어의 동시 병행적 융합이라고 할 수 있는 일본인의 특이한 지혜이다. 이러한 고안을 하기까지 일본인은 중국문화를 탐욕적으로 흡수해 왔다. 이는 중국의 문화가 선진 문화로서 일본인의 교양의 기초이자 중심이었기 때문이다.

일본인에게 중국문화는 쉽게 말하자면 사상과 교양이라는 두 가지 측면에서 수용되었다. 사상이라는 것은 유교(儒敎)에서 경세제민(經世濟民)이라고 부르는 정치·통치 사상이다. 통치자다운 자격이나 지배 원리를 중국의 고전 서적으로부터 배웠던 것이다. 교양이라는 것은 지식인의 문화 활동이다. 한문으로 문장을 쓰거나 시를 짓는 기술과 문화예술에 대한 깊은 이해를 표현하는 태도를 통해 습득되었다.

이렇게 일본인은 외래에서 온 중국문화를 일본적으로 변형하고 자국의 것으로서 흡수·음미해 왔다. 그렇기 때문에 한문이나 한시는 중국문화를 그 모체로 하면서도 완전히 일본문화로서 일본인의 피와 살이 되었다고 할 수 있다.

일본인이 중국문화를 자국의 것으로 습득한 학문을 한학(漢學)이라고 부른다면,[3] 그 한학은 우선 정치학으로서 통치사상을 유지시켰다. 특히 에도(江戶) 시기에 성황을 이루었던 주자학(朱子學)에서는 개인의 정신수양론으로서 무사(士人)의 정신적 기반이 되었다. 또한 이러한 통치사상·정신수양론과는 다르게 지식인의 교양 차원에서 한문으로 문장을 쓰고 한문체로 시를 짓는 것이 문화교양으로 추구되었다. 일본 한시는 지식인의 교양으로 습득되었던 것인데, 한편으로 교양의 영역을 넘어서 개인의 서정성을 발로하는 문학의 한 형태로서 시가(歌)나 하이카이(俳諧)와 함께 중요시되었다.

이렇게 일본 한시는 일본인이 중국문화를 수용하고 음미하는 과정에서 탄생한 일본인의 시라고 할 수 있다. 그리고 그것은 일본인의 감각을 중국문화의 형태에 맞춘 것이기도 하다. 그렇기 때문에 일본 한시는 중국적인 요소와 일본적인 요소를 동시에 포함하게 된다.

참고로 현재 일본의 국어교육에는 중등학교(중학교·고등학교)의 '국어' 교과에 '고전(古典)'이라는 분야가 있다. 일본 고전 『다케토리모노가타리(竹取物語)』,[4] 『마쿠라노소시(枕草子)』[5] 등과 병행해서 당시(唐詩)와 『논어(論語)』, 『사기(史記)』를 '한문'으로 배운다. 이는 중국고전

3　'漢學'의 어의(語義)에 대해서는 『明治時代史大事典』(吉川弘文堂, 2011)의 '漢學' 항목(戶川芳郎 집필)에 자세히 나온다. 도가와 요시오는 '漢學'이라는 말이 메이지 시대가 되어서 '國學'에 대응하는 것으로 변한, 매우 사상성이 짙은 개념이었다고 한다. 그리고 오늘날 일반적으로 근대 이전에 일본인이 흡수한 중국문화 전반과 그 학문을 '漢學'이라 부른다.

4　일본에서 현존하는 최고(最古)의 '허구 이야기 소설(作り物語)'로, 성립 연도와 작자는 미상이다. 헤이안(平安) 시대 초기인 10세기 중반 이전에 쓰인 것으로 추정되며, 가나(한문 훈독체)로 표기된 일문체(和文體)이다.【역자 주】

5　일본 수필문학의 효시로, 헤이안 시대 10세기 말에서 11세기 초에 쓰였다. 작자는 여류작가 세이쇼나곤(清少納言)이다.【역자 주】

이 '한문', 즉 일본의 고전으로서 일본인 혹은 일본어 교양의 기초임을 의미한다.

3. 일본 한시에의 접근

그렇다면 이러한 일본 한시를 대상으로 어떠한 접근이 가능할까?

현재 일본에서는 일본 한시에 대한 연구가 그렇게까지 성행하고 있지 않다. 현재의 학문체계가 일본문학·중국문학 혹은 중국철학·일본사상사 등처럼 세분화되어 있어서 일본 한시와 같이 문화 횡단적인 분야는 이러한 학문체계 속에 수렴되기 어렵기 때문이다.

그렇다고 연구가 전혀 없지는 않다. 먼저 국문학(일본문학)의 입장에서 일본 한시를 문학으로서, 사상표명으로서, 또는 일본어 교육의 재료로서 다루는 연구가 있다. 이러한 연구는 주로 '일한비교문학회(和漢比較文學會)'를 비롯해서 '일본사상사학회(日本思想史學會)'나 '전국한문교육학회(全國漢文敎育學會)' 등에서 성과를 내고 있다.

한편으로 종래 일본 한시 분야에서는 중국학·중국문학 연구자에 대해 별로 주의를 기울이지 않았다. 한시는 중국이 본고장이므로 일본인이 지은 한시 등은 아류에 속한다는 고정관념이 강했기 때문이다. 사실 나 역시 중국 고전 전문가지만 일본 한시에 대한 흥미가 거의 없었다. 솔직히 말해서 중국학 입장에서 보면 일본인의 한시는 아마도 그 일부에 지나지 않을 것이다. 중국문학이라는 대하(大河)에서는 지류나 아류에 지나지 않는 정도로 취급해도 어쩔 수 없을지 모른다.

그러나 시점을 바꿔서 일본 한시를 중국문화의 수용 형태의 한 가지로 본다면 지금까지와 다른 시야가 열린다.

일본 한시는 중국문화의 수용이면서 동시에 일본 특유의 문화이다. 이는 이질적인 문화가 한자를 매개로 융합한 특수한 형태이다. 따라서 일본 한시는 일본적 요소와 중국적 요소가 동시에 혼재해 있기 때문에 순수한 일본문화와, 마찬가지로 순수한 중국문화와도 다른 특이한 양상을 포함하고 있다. 그러한 특이성을 살펴보다 보면 반대로 일본적인 것 혹은 중국적인 것의 의미를 역추적할 수도 있다. 어떤 의미에서 비교문화·비교문학의 가장 전형적인 대상이 될 수 있는 좋은 소재인 것이다. 중국학 혹은 일본문학만이 아니라 이들의 플레임을 넘어선 새로운 시점에 주의를 기울이다 보면 문화교섭의 새로운 시야가 열릴 것이라고 본다.

다만 이러한 비교에는 상당한 노력이 필요하다. 중국 고전 시(詩)와 일본문화, 양쪽 모두에 깊은 이해를 가진 연구자가 그리 많지 않기 때문이다. 그러나 여기에는 문화와 문학의 보편성을 모색할 수 있는 커다란 가능성이 있음을 확신한다. 아마도 이곳에 모인 여러분은 자국의 중국문화 수용에 대해 연구를 하고 있다는 의미에서 보면, 지금 말한 것과 공통의 문제의식을 가지고 있으리라 본다. 이번 일본 한시 소개가 비교문화 연구지평에 하나의 자료를 제공할 수 있다면 좋겠다.

4. 일본 한시 개론

여기서는 일본 한시의 역사적 변천을 개관해 보겠다. 일본 한시의 흐름은 크게 네 가지 시기로 나눌 수 있다.

먼저 제1기는 나라(奈良)·헤이안(平安) 시대(710-1192년)이다. 중국에서 한적(漢籍)이 전래되고 한문체의 사용이 시작된다. 쇼토쿠 태자(聖德太子)의 「십칠조헌법(十七條憲法)」, 그리고 『고사기(古事記)』(712년), 『일본서기(日本書紀)』, 『풍토기(風土記)』 등은 한자표기의 이른 예이다. 「십칠조헌법(十七條憲法)」은 『문선(文選)』을 통해 배운 우아(典雅)한 한문으로 쓰여 있다. 『고사기』는 한자를 표의·표음으로 이용하고 있는 독특한 표기를 사용한다.

그 이외에 한자·한문으로 된 문예에 『만엽집(万葉集)』(759년), 『회풍조(懷風藻)』(751년), 칙찬집(勅撰集)인 『능운집(凌雲集)』(814년), 『문화수려집(文華秀麗集)』(818년), 『경국집(經國集)』(827년)이 있다. 『능운집』이하는 모두 한시(漢詩)를 모아 놓은 것이다.

이 시기에 활동한 중요한 시인은 구카이(空海, 714-835년), 스가와라노 미치자네(菅原道真, 845-903년)를 들 수 있다. 또한 이 시기에 일본인이 흡수한 한적은 『문선』·『사기』·『한서』류가 중심이었다. 『문선』은 육조(六朝) 말에 편찬된 시문(詩文)의 권위적인 선집이다. 시가 세련미가 깊어서 문학의식이 숙성되었던 중국 중세문학의 종결점이라고도 할 수 있는 『문선』을 일본인은 왕조문화의 요람기에 흡수한 것이다.

이어지는 제2기는 가마쿠라(鎌倉)·무로마치(室町) 시대(1192-1600년)이다. 가마쿠라 시대는 주로 고잔(五山)의 승려가 한시문을 지으며 송나라·원나라와의 교류를 배경으로 학문적 깊이를 달성했다. 대표적인 시인이나 문인에 고칸 시렌(虎関師錬)·셋손 유바이(雪村友梅)·주간 엔게쓰(中巌円月)·기도 슈신(義堂周信)·젯카이 주신(絶海中津) 등이 있다.

무로마치 시대에는 하이쿠(俳句)로 유명한 잇큐 소준(一休宗純), 센고쿠(戰國) 시대에는 무장으로 알려진 호소카와 요리유키(細川賴之, 1530-1578년)나 우에스기 겐신(上杉謙信, 1521-1573년), 다테 마사무네 (伊達政宗, 1567-1636년) 등이 있다.

이 시기에 영향력이 컸던 한적은 『삼체시(三體詩)』· 『고문진보(古文 眞寶)』를 들 수 있다.

제3기는 에도 시대(1600-1868년)이다. 에도 시대는 한시 · 한적의 융 성기이다. 전반부에는 후지와라 세이카(藤原惺窩) 문하에서 하야시 라 잔(林羅山) · 나바 갓쇼(那波活所) · 호리 교안(堀杏庵) · 마쓰나가 세키고 (松永尺五) · 이시카와 조잔(石川丈山)이 배출되었다. 마쓰나가 세키고 의 문하에서는 기노시타 준안(木下順庵), 그리고 기노시타 준안의 제 자인 아라이 하쿠세키(新井白石) · 아메노모리 호슈(雨森芳洲) · 무로 규 소(室鳩巢) · 기온 난카이(祇園南海)가 활동했다. 또한 오규 소라이(荻生 徂徠)의 일문(一門)으로는 핫토리 난카쿠(服部南郭) · 다자이 슌다이(太 宰春台) · 야마가타 슌난(山県周南)이 배출된다.

에도 후반기에 활동한 시인에는 『일본시사(日本詩史)』, 『일본시선 (日本詩選)』의 편자인 에무라 홋카이(江村北海), 그리고 에무라와 함께 삼해(三海)로 불렸던 가타야마 홋카이(片山北海) · 이리에 홋카이(入江 北海)가 있다. 간세이(寬政, 1789-1801년간을 나타내는 연호)의 삼박사(三博 士)라 칭송되었던 시바노 리쓰잔(柴野栗山) · 비토 지[니]슈(尾藤二洲) · 고가 세이리(古賀精里), 또한 가메이 난메이(亀井南冥) · 라이 슌스이(頼 春水) · 라이 산요(頼山陽) · 간 차잔(菅茶山) · 이치카와 간사이(市河寬齋), 그리고 히로세 단소(廣瀬淡窓) · 히로세 교쿠소(廣瀬旭荘) · 야나가와 세 이간(梁川星巖) · 오타 긴조(大田錦城) 등이 중요하다.[6]

---

6   富士川英郎, 『江戸後期の詩人たち』 참조.

제4기는 메이지 유신(明治維新) 이후(1868년-)이다. 급속한 서양화와는 반대로 한시는 이 시기에 원숙함의 극치를 이룬다. 대표적인 시인으로 기쿠치 산케이(菊池三溪)·나루시마 류코쿠(成島柳北)·모리 가이난(森槐南)·요다 가카이(依田學海)·가와다 오코(川田甕江)·미시마 추슈(三島中洲)·쓰치야 호슈(土屋鳳洲)가 있다. 이외에도 나쓰메 소세키(夏目漱石)·마사오카 시키(正岡子規)·모리 오가이(森鷗外)는 근대문학을 대표하는 작가들인데, 상당히 격조 높은 한시를 많이 남기고 있다.

5. 작품 소개

다음으로 특징적인 시인의 시를 구체적으로 읽어보면서 일본 한시의 특성에 관해 생각해 보고자 한다. 여기서는 열 명의 시인의 한시를 소개한다.

(1) 오쓰노미코(大津皇子)

먼저 가장 오래된 한시인(漢詩人) 중 하나로 오쓰노미코(663-686년)가 있다. 덴무 천황(天武天皇)의 두 번째 황자로 "시부(詩賦)의 중흥은 오쓰로부터 비롯된다."[7]고 할 정도의 문재(文才)이면서 황위 계승을 둘러싼 음모 속에서 모반의 죄를 뒤집어쓰고 죽게 된다. 당시 24세였다. 여기에 소개하는 시가는 모반의 죄를 뒤집어쓰고 죽음을 명령받은 황자가 임종(辭世) 때 남긴 노래로 전해지는 것이다.

---

7 『日本書紀』(日本古典文學大系68, 岩波書店, 1965) 卷30, 持統天皇 항목.

臨終　　　　임종

金烏臨西舍　　금오의 서쪽 집에 앉았으니

皷聲催短命　　북소리 짧은 목숨을 재촉하네.

泉路無賓主　　황천길은 손님도 주인도 없으니

此夕誰家向　　오늘 저녁 누가 집으로 향할까.[8]

【해석】 태양이 서쪽으로 지려 하니 때를 알리는 북소리가 내 목숨의 끝
을 재촉하는 듯하다. 황천국으로 가는 길에는 손님도 주인도 없다. 지
금 나는 이 석양빛 어디로 향해 갈까.

이 시와 관련하여 중국 육조 말기, 망국의 군주 진후주(陳後主, 陳叔
宝)도 아주 유사한 시를 남겼다.[9] 그 영향관계에 대해서 다양하고도
흥미로운 고찰이 이어지고 있다.[10] 여기서 주목하고 싶은 점은 이 시
대의 많은 시인이 한시와 함께 노래를 남기도 있다는 것이고, 그 대
부분이 『만엽집』에 수록되어 있다는 것이다. 『만엽집』에 수록된 황자
의 임종 때의 노래에는 다음과 같은 것도 있다.

8　『懐風藻』(日本古典文學大系69, 岩波書店, 1964)에서 인용함. 다만 훈독 및 번역(해
　　석)은 필자에 의함. 제4구 '此夕誰家向'은 『회풍조(懐風藻)』에서는 '此夕離家向'으로
　　되어 있기도 한데, '誰'로 지은 저본을 바탕으로 했다.

9　陳叔宝의 「鼓声催命短 日光向西斜 黄泉無客主 今夜向誰家」라는 시. 이 시는 釈智光
　　撰의 『浄名玄論略述』에 인용된다.

10　小島憲之의 「近江朝前後の文學 その二 - 大津皇子の臨終詩を中心として」(『万葉以
　　前 - 上代びとの表現』, 岩波書店, 1986) 외에, 金文京의 「黄泉の宿」(『興膳教授退官記
　　念中國文學論集』, 汲古書店, 2000) 등이 있다.

「大津皇子の被死らしめらゆる時, 磐余の池の陂に涕を流して御作りたまいし歌」

ももづたふ磐余の池に鳴く鴨を今日のみ見てや雲隠りなむ(『万葉集』巻三 挽歌)[11]

「오쓰 황자가 죽을 때 이와레(磐余)의 연못가에서 눈물을 흘리며 지은 노래」

계속해서 이와레(磐余) 연못에서 우는 오리를 오늘만 보고서 저 세상으로 가는구나

같은 장면에서 읊은 임종의 노래가 한시와 와카(和歌)라는 전혀 다른 형식으로, 그러나 똑같이 노래되고 있다. 어떤 특별한 상황 아래서 절실한 감정을 표현할 때 일본인은 시가와 한시라는 두 가지 형태를 동시에 선택하고 있음이 상당히 흥미롭다.[12]

(2) 사가 천황(嵯峨天皇)

사가 천황(786-842년)은 헤이안쿄(平安京, 교토의 옛 이름, 794-1868년까지의 수도)의 기초를 닦고 정치적 사회적 안정기를 이끎과 동시에 궁정을 중심으로 한문학을 크게 발전시킨 명주(明主)이다. 또한 구카이(空海)나 다치바나노 하야나리(橘逸勢)와 함께 삼필(三筆)이라 칭송받

---

11 『万葉集』(日本古典文學大系4, 岩波書店, 1957).

12 여기서 소개한 오쓰 황자(大津皇子)의 임종시와 『만엽집(万葉集)』에 실려 있는 노래에 대해서는 모두 위작이라는 설이 있다. 비극적인 이야기가 전해지는 가운데 이야기의 클라이맥스에 노래를 집어넣는 수법은 『사기(史記)』 등에서도 자주 보이는데, 황자의 노래도 그러한 비극의 최후를 전달하는 이야기 속에서 가탁되었다고 충분히 생각할 수 있다. 그리고 같은 배경 하에서 노래와 동시에 시가 남겨져 있다는 점은 중국과 다르다.

는 달필가이기도 했다. 다음의 시는 『문화수려집(文華秀麗集)』 권두의
1수이다. 요도가와(淀川) 인근의 가야노미야(河陽宮)에서 봄날의 아침
을 읊은 것이다.

江頭眷曉　　강둑의 봄날 새벽

江頭亭子人矣睽　강둑 정자에서 인간사를 등지고
欹枕唯聞古戍鷄　베개를 기울이고 그저 古戍의 닭 울음소리를 듣네.
雲氣濕衣知近岫　구름 기운 옷에 적시니 산속 굴이 가까움을 알고
泉聲驚寢覺鄰溪　샘물 소리 잠을 깨우니 계곡이 옆에 있음을 깨닫네.
天邊孤月乘流疾　하늘 끝의 고독한 달은 시간을 따라 빠르게 움직이고
山裏飢猨到曉啼　산속의 굶주린 원숭이는 새벽이 이르도록 울어대네.
物候雖言陽和未　생물의 기운은 아직 봄기운이 멀다고 해도
汀洲春草慾萋萋　정주(汀洲)의 봄풀은 무성하게 피려고 하네.[13]

【해석】 강을 따라 있는 정자에서 잠시 현실에서 해방되어 베개를 기울
이고 그저 고세키(古関)의 닭 울음소리를 들을 뿐이다. 상의에 가득 찬
습기의 많음에 동굴이 가까움을 느끼고, 샘물 소리에 잠이 깨어 자신이
계곡 연안에 있음을 느낀다. 하늘 저편에 홀로 걸려있는 달빛 질주하는
흐름에 떠오르고, 산속에서는 굶주린 원숭이가 아침까지 계속 운다. 계
절의 풍물은 아직 봄의 날씨가 멀다고 해도, 물가나 중주(中洲)의 봄풀
은 당장이라도 튀어나오려고 준비를 하고 있는 듯하다.

---

13 시 원문은 『문화수려집(文華秀麗集)』 巻上(日本古典文學大系69, 岩波書店, 1964)에
　　서 인용한다. 다만 일본어역과 해석은 이 책을 따르지 않았다.

사가 천황의 한시는 율시의 규칙에 필적하고,[14] 형식을 갖추고 있으면서도 계절감이나 개인의 서정을 교묘하게 읊어낸다.

사가 천황은 또한 견당사(遣唐使)로 중국의 많은 불전(佛典)을 가져온 구카이(空海)를 극진하게 대우했다. 다음의 시는 구카이와의 대화로 시간 가는 줄 모르고 헤어짐을 애석해 하는 정을 노래하고 있다.

與海公飮茶送歸山　구카이 공과 차를 마시고 산으로 돌려보내다

道俗相分經數年　도속(道俗) 서로 나눠 지내길 벌써 수 해
今秋晤語亦良緣　이 가을 마주보고 이야기하는 것도 좋은 인연이네.
香茶酌罷日云暮　향기로운 차 마시길 끝내니 해도 저물고
稽首傷離望雲烟　무릎 꿇고 절하며 이별이 속상해 운연(雲烟)을 바라
　　　　　　　　　보네.[15]

【해석】 불도와 속세에 떨어져 산 지 수 년, 이 가을의 좋은 날에 이렇게 마주 보고 말할 수 있는 것은 참으로 좋은 연분이라 할 수 있을까. 향기로운 차를 서로 끝낼 때 하루도 저물어, 조용히 고개를 숙이고 이별을 아쉬워하고, 운연(雲煙) 저편으로 돌아가는 그대를 나는 보낸다.

사가 천황은 율시·절구 외에 악부(樂府)도 남기도 있는데, 중국의

14　사가 천황의 시에 平仄의 실수(遺漏)가 없음에 대해서는 興膳宏의『古代漢詩選』(日本漢詩人選集 別卷, 硏文出版, 2005) 第3章「嵯峨天皇」항목에 자세하다.
15　『經國集』卷十(覆刻 日本古典全集『懷風藻·凌雲集·文華秀麗集·經國集·本朝麗藻』, 現代思潮社, 1982).

시가를 상당한 수준으로 이해하고 또 흡수하고 있음을 알 수 있다.

(3) 구카이(空海)

진언종(眞言宗)의 개조(開祖) 구카이(774-845년, 시호는 弘法大師)는 사가 천황과 교류하던 승려로, 헤이안 전반기를 대표하는 문화인이다. 유·불·도 삼교 중에서 불교의 우위를 설파한 『삼교지귀(三敎指歸)』, 육조의 문장론에 기초한 작시론(作詩論)인 『문경필부론(文鏡秘府論)』과 같은 저서에서는 중국문화에 대한 깊은 이해를 엿볼 수 있다.

다음의 시는 신라에서 온 승려에게 선사한 것이다.

與新羅道者詩　　신라 도자(道者)에게 주는 시

青丘道者忘機人　청구(青丘)에서 온 도자(道者)는 속세를 잊은 사람
護法隨緣利物賓　불법을 지키고 인연에 따라 만물을 이롭게 하는 귀빈.
海際浮盃過日域　바닷가에 술잔을 띄워 일본으로 건너오니
持囊飛錫愛梁津　바랑을 들고 석장을 흔들며 부처의 가르침을 전하네.
風光月色照遶寺　바람과 햇살, 달빛이 절 주변을 비추고
鶯囀楊花發暮春　휘파람새 울고 버들 꽃은 늦봄에 만개하네.
何日何時朝魏闕　언제쯤일까? 궁궐 문을 들어와서
忘言傾蓋裹煙塵　말을 잊고 수레 맞댄 채 연진(煙塵)을 거닐 날은.[16]

【해석】 신라의 청구에서 온 이 도자(道者)는 세상의 약삭빠름과 거리가

16　『性靈集』 卷三(日本古典文學大系71, 岩波書店, 1965)에서 인용했다.

먼 사람, 법을 수호하고 불도의 인연에 따라 중생을 돕는 자이다. 대해 (大海)에 작은 배를 띄워서 일본으로 건너오니, 잡다한 물건을 넣은 바랑을 들고 석장(錫杖)을 흔들며 방방곡곡으로. 깊어진 봄바람과 빛 속에 달빛이 후미진 절간을 비추고, 휘파람새 지저귀고 사시나무가 하얀 실을 부는 늦봄의 계절, 도읍 궁정에 입궐하시는 건 언제쯤일까, 그때는 말을 넘어선 친한 대화 속에 마음의 안개를 풀고 싶다.

에무라 홋카이(江村北海)에게 "불교색이 짙어서 시적 조화가 부족하다"[17]고도 비판을 받은 구카이의 한시는, 그러나 곳곳에 중국 고전의 전거(典據)를 사용하고 있으면서 넓은 교양의 폭을 보여준다.

(4) 스가와라노 미치자네(菅原道真)

스가와라노 미치자네(845-903년)는 일본 한시인 가운데서도 가장 뛰어난 시인 중 하나이다. 율시(律詩)·고시(古詩) 양 분야에서 질적으로나 양적으로나 모두 높은 수준의 시를 남긴 헤이안 왕조 시대 최고의 시인이라 해도 좋다. 문장박사를 세습한 명문가 스가와라 집안 출신이면서 정권투쟁의 소용돌이에 휘말려 규슈(九州) 다자이후(大宰府)로 유배되어 그곳에서 죽었다. 여기서 소개하는 두 수는 유배지인 다자이후에서 고독한 나날을 보내는 고뇌와 분개를 노래하고 있다. 또한 도읍에 남은 가족이 보내 온 편지를 읽고 망향의 마음과 가족에

---

17 江村北海의 『日本詩史』(『詞華集日本楽府』 卷2 所收, 汲古書院, 1983)에서는 "率讚佛喩法之言, 非詩家本色(대체로 찬불 유법의 말만을 하니 시인의 본색이 아니다)"라고 평가되고 있다.

대한 그리움이 격해져서 애절하고도 서정성이 넘쳐난다.

不出門   두문불출

一從謫落在柴門   오로지 적락(謫落)하여 사립문 안에 살며

萬死兢兢踢蹐情   수만 번 죽기를 긍긍하며 절절매노라.

都府樓纔看瓦色   도부루(都府樓)도 겨우 기와 색만 바라볼 뿐

觀音寺只聽鐘聲   관음사(觀音寺)도 그저 종소리만 듣고 있을 뿐.

中懷好逐孤雲去   가슴 속으로는 즐겨 외로운 구름을 쫓아가고

外物相逢滿月迎   외물(外物)은 서로 둥근 달을 기다려 맞이하네.

此地雖身無檢繫   여기 이곳에서 이 몸을 구속할 것 없지만

何爲寸步出門行   어째서 한 발짝도 문을 나서지 못하는가![18]

【해석】 유배의 몸이 되어 폐가의 주인이 되면서, 모든 것이 목숨을 위협하는 듯해 마음은 꽉 메어진다. 도부루(都府樓)의 정청(政廳)도 기와를 볼 뿐이고 관세음사의 종도 소리를 들을 뿐이다. 내 마음은 두둥실 떠가는 구름의 흘러가는 것을 추격할 뿐으로, 어느새 밖의 세상에서는 보름달이 고독한 나를 맞이해 주는 듯이 빛난다. 이곳에 내 몸을 구속하는 것이 있지 아니한데, 나는 조금도 문을 나와서 걸을 마음이 생기지 않는다.

---

18 원문은 『菅家後集』(日本古典文學大系72, 岩波書店, 1966)에서 인용했다. 훈독과 해석은 필자에 의한다.

讀家書　　집에서 온 편지를 읽다

消息寂寥三月餘　소식 적요(寂寥)한 지 삼 개월 남짓
便風吹著一封書　바람 편으로 날아온 한 통의 편지.
西門樹被人移去　서문(西門)의 나무는 사람들이 베어내고
北地園教客寄居　북쪽 정원에는 객이 머물고 있다 하네.
紙裹生薑稱藥種　종이에 싼 생강은 약으로 쓰라 말하고
竹籠昆布記齋儲　대롱에 담은 다시마는 반찬이라 적었네.
不言妻子飢寒苦　굶주림과 추위로 괴롭다는 말 없으니
爲是還愁懊惱余　오히려 걱정이 되어 시름에 휩싸이네.[19]

【해석】 소식이 끊겨서 쓸쓸한 마음 삼 개월 남짓이 지났을 때, 바람을
타고 한 통의 편지가 도착했다. 우리 집 서문(西門)의 수목은 사람들에
게 철거되고, 북쪽 정원에는 타인이 살고 있다고 한다. 편지 외에 종이
에 쌓인 생강은 약 종류이고, 대나무 속에 넣은 다시마는 재계(齋戒)의
양식이라 적혀 있다. 굶주림이나 추위의 고통을 말하지 않는 아내, 그
것이 오히려 괴롭게 나를 오뇌하게 한다.

　미치자네의 시는 격률의 정확함이나 어의의 풍부함도 갖추고 있으
면서, 여기에 나타나 있는 정(情)의 절실함을 통해 알 수 있듯이 누구
도 범접할 수 없는 고고(孤高)함이 있다. 처한 상황의 심각함 때문만
이 아니라 슬픔이나 분개를 담은 언어의 긴박감을 낳는 배경에 현실
과 그 고뇌를 완전히 받아들이고 직시하며 노래할 수 있는 힘을 지닌

---

19 상동.

깊은 영혼이 있기 때문일 것이다.

(5) 기도 슈신(義堂周信)

기도 슈신(1325-1388년)은 남북조(南北朝) 시대의 선승(禅僧)이다. 이 시대는 고잔(五山) 문학이라고 해서 문학과 학문의 담당층이 주로 승려였다. 그러나 승려이면서 그의 시는 지극히 염아(艶雅)하고, 요염한 감성과 선명한 서경(敍景)이 인상적이다.

　　對花懷昔　　　꽃을 보고 옛날을 회상하다

　　紛紛世事亂如麻　분분한 세상사, 어지러운 게 마(麻)와 같고
　　舊恨新愁只自嗟　오래된 원망과 새로운 근심에 절로 한숨만 나오네.
　　春夢醒來人不見　봄날 꿈에서 깨어보니 사람은 보이지 않고
　　暮檐雨瀉紫荆花　해질녘 처마에서 자형(紫荊)의 꽃 위로 비가 쏟아지네.[20]

【해석】 세상에서 벌어지는 일은 분분하게 뒤섞인 마(麻)와 같다. 낡은 원망(恨)과 새로운 근심에 한탄만 할 수밖에 없다. 봄날의 꿈에서 화들짝 잠이 깨면 그 사람은 없다. 황혼의 처마에서 떨어지는 비가 자형(紫荊)의 꽃을 적신다.

---

20 『空華集』卷第2「奉左武衛命三詠時同故令叔大休寺殿, 其二」(上村観光編, 『五山文學全集』第2卷, 五山文學刊行會, 1936)에서 인용했다.

(6) 우에스기 겐신(上杉謙信)·다케다 신겐(武田信玄)

우에스기 겐신(1530-1578년)과 다케다 신겐(1521-1573년)은 센고쿠 (戰國) 시대의 무장(武將)이다. 우에스기 겐신은 「9월 13일 밤(九月十三 夜)」이라는 시에서 전쟁 중에 본 이향의 만월 풍류를 노래했고, 다케 다 신겐은 「여관에서 꾀꼬리 소리를 듣네(旅館聽鶯)」라는 시에서 봄날 의 아름다운 서정을 노래했다. 당시 전란으로 어지러운 세상을 무장 으로 싸우며 살면서도 불교에 귀의해 학문을 닦고 풍아한 시문을 남 긴 무장들이 있었음은 아주 중요하다. 문(文)과 무(武) 모두 뛰어났던 문인이자 '무사'라는 존재는 일본의 독특한 존재이기 때문이다.

九月十三夜　9월 13일 밤(우에스기 겐신)

霜滿軍營秋氣清　군영엔 서리 내리고 가을 기운 상쾌한데
數行過鴈月三更　몇 줄기 날아가는 기러기 떼에 달빛이 깊었네.
越山併得能州景　에치고(越後)를 병합하고 노슈(能州)에 이르렀으니
遮莫家鄉憶遠征　잠시 접어둘까나! 원정 길에 고향 집 생각을.[21]

【해석】 군영 전체에 서리는 가득하고 가을 기색은 상쾌하다. 기러기 떼 가 줄을 지어 날아가는 십삼일 달밤은 깊어간다. 에치고(越後)의 산천 을 병합하고 지금 노토(能登)의 풍경을 바라본다. 고향에서 원정 떠난 나를 그리워하는 가족에 대해서도 지금은 잠시 생각을 버려두자.

---

21 菅野軍次郎의『日本漢詩史』(大東出版社, 1941)에서 인용했다.

旅舘聽鶯	여관에서 꾀꼬리 소리를 듣네 (다케다 신겐)

空山綠樹雨晴辰	빈 산엔 푸른 나무, 비 개인 아침
殘月杜鵑呼夢頻	새벽달 두견새 소리는 자주 꿈길을 부르네.
旅舘一聲歸思切	여관에서 듣는 그 소리에 고향 생각 애절하니
天涯瞻戀蜀城春	하늘가 먼 타향에서 촉성(蜀城)의 봄을 연모하네.[22]

【해석】 인기척 없는 산에 푸르게 싹트는 나무들, 비 그친 아침의 새벽달에 두견새 우는 소리가 자꾸만 꿈길로 이끈다. 여행길 숙소에서 그 소리를 들으니 고향에 대한 그리움이 애달프게 다가온다. 촉(蜀) 나라로 돌아가지 못하고 두견새가 된 망제(望帝)처럼 나도 이 머나먼 타향에서 고향의 봄을 연모한다.

(7) 오타 긴조(大田錦城)

오타 긴조(1765-1825년)는 에도 후기 유자(儒者)이다. 교토에서 미나가와 긴엔(皆川淇園)에게, 에도에서 야마모토 호쿠잔(山本北山)에게서 사사한 후, 요도하시(豊橋)에서 번교시습관(藩校時習館)[23]의 창설에 즈음하여 교수가 되었다. 가을날 강변의 풍경을 노래한 「가을 강(秋江)」의 첫째 수를 소개한다.

---

22 상동.

23 규슈 구마모토 번(熊本藩, 현 구마모토 현 구마모토 시) 제8대 번주(藩主) 호소카와 시게카타(細川重賢)가 1755년에 설립한 학교로, 주로 제후들의 자제를 교육했다.【역자 주】

秋江   가을 강

蓼花半老野塘秋   여뀌 꽃 반쯤 시든 가을날의 둑방 길
水落空江澹不流   말라버린 텅 빈 강은 조용히 흐르지도 못하네.
渡口漁家將夕照   나루터 어부의 집에는 막 저녁노을이 비추고
一雙白鷺護虛舟   한 쌍의 백로(白鷺)만이 빈 배를 지키네.[24]

【해석】황야의 제방을 따라 피어 있는 여뀌 꽃도 반쯤 시든 가을날에 수
량이 줄어서 바싹바싹 공동(空洞)이 된 듯한 강물은 조용하게 흔들거리
며 흘러가지도 못한다. 나루터에 있는 어부의 집에 바야흐로 저녁노을
이 비추고, 한 쌍의 백로가 비어 있는 작은 배를 주시하고 있다.

에도 시대 후기가 되면 한시는 원숙기에 들어가고 풍경이나 심정
묘사에 세련미가 짙어진다. 이 시는 일본적인 감성과 한자의 조사(措
辭)가 독자적인 서정성을 자아내는 인상적인 풍물시라고 할 수 있다.

(8) 석 료칸(釋良寬)

석(釋, 법명 앞에 붙이는 자) 료칸(1758-1831년)은 에도 후기의 선승(禪
僧)이자 하이카이(俳諧) 작가이다. 열여덟에 출가해서 오카야마(岡山)
의 다마시마(玉島)에서 수업한 후 고향인 에치고(越後)로 돌아갔다. 무
욕염담(無欲恬淡)한 성격으로 평생 머물 절을 짓지 않았고, 아이들의
동심을 사랑하며 서민들 옆에서 일생을 보낸 것으로 알려져 있다. 료

---

24 猪口篤志의『日本漢詩』(上)에서 인용했다.

칸은 시에 구태여 제목을 붙이지 않는데, 자신의 시는 시가 아니라고 말하기도 하고 한위시(漢魏詩)나 당시(唐詩)를 흉내 내려는 형식주의자를 야유하는 시를 짓기도 했다. 아이들과 놀며 지내는 하루의 여유로움을 노래하기도 했다.

| (無題) | 제목 없음 |

可憐好丈夫	가엽구나 훌륭한 장부(丈夫),
閒居好題詩	한가히 지내며 제목을 달아 시 짓기를 좋아하네.
古風凝漢魏	고풍(古風)은 한위(漢魏)라 정해 놓고
近體唐作師	근체(近體)는 당(唐)을 스승으로 삼는다.
斐然其莫章	화려하게 그 문장을 짓고
加之以新奇	거기에 더해서 신기(新奇)함을 가져오네.
不寫心中物	마음속 사물을 비추지 못하니
雖多復何爲	많다고 해도 역시 무슨 도움이 되랴![25]

【해석】 가엽게도 훌륭한 어른들은 생활 실감이 없는 속에서 제목에 맞추어 시를 읊는 게 능숙하다. 고풍(古風)이라 함은 한위(漢魏)를 모방하는 것이고, 근체(近体)라 함은 당시(唐詩)를 스승으로 삼는다. 아름다운 문식(文飾)을 궁리하고 거기에 신기(新奇)함을 더해서 완성한 시, 마음속의 사물을 비추어내지 않는 그런 시는 많이 짓는다고 해도 아무런 도움이 되지 않을 것이다.

---

25 内山知也 他編 『定本良寬全集』 第1集 詩集(中央公論新社, 2006)에서 인용했다.

(無題)　　　　　제목 없음

日日日日又日日　　하루 하루 또 하루

閒伴兒童送此身　　한가롭게 아이들 따라 이 몸을 보낸다.

袖裏毬子兩三箇　　소매 속에는 둥근 공 두세 개

無能飽醉太平春　　하는 일 없이 태평한 봄날에 실컷 취하네.[26]

【해석】 하루 하루 그리고 또 하루, 아무 일도 하지 않고 아이들과 함께 나를 보낸다. 소매 속에는 두세 개의 공(手毬), 무능하기에 오히려 이러한 태평한 봄을 취할 정도로 만끽할 수 있는 것이다.

위의 한시와 함께 료칸은 비슷한 심사를 하이쿠(俳句)로도 노래하고 있다.

来てみれば わがふるさとは 荒れにけり 庭も籬まがきも 落ち葉のみして

霞立つ 永き春日を 子どもらと 手まりつきつつ この日暮らしつ

飯乞ふと わが来しかども 春の野に すみれ摘みつつ 時を經にけり[27]

와 보면 우리 고향은 황량하다. 정원에도 대나무 울타리에도 떨어진 꽃잎만 있네.

봄 안개 피는 긴 봄날을 아이들과 계속해서 공놀이하며 그 날을 보낸다.

배고파 탁발하러 왔는데 봄날 들판에서 줄곧 제비꽃 따며 시간을 보낸다.

26　猪口篤志『日本漢詩』(上)에서 인용했다.

27　内山知也 他編『定本良寛全集』第2集 歌集(中央公論新社, 2006)에서 인용했다.

하이카이(俳諧)와 한시를 나란히 비교해 보면 앞서 본 오쓰 황자의 경우처럼 묘칸도 역시 시나 하이카이를 통해 자신의 심정을 토로하고 있다.

(9) 노기 마레스케(乃木希典)

근대에 들어서도 한시는 일본인에게 정통성 있는 서정의 수단이었다. 노기 마레스케(1849-1912년)는 메이지 시대의 군인, 육군 대장이다. 러일전쟁에서 여순(旅順)을 공격해 전승에 공헌했는데, 메이지 천황이 붕어할 때 부인과 함께 순사했다. 노기의 삶은 '메이지'라는 시대의 하나의 상징이었다고 해도 좋을 것이다.

「금주성 아래에서 지음(金州城下作)」이라는 시는 러일전쟁 중에서도 최대의 결전지였던 (요동반도의) 남산(南山) 격전지의 흔적을 조문했을 때 지은 시이다. 노기는 이 전투에서 장남을 잃었다.

金州城下作	금주성 아래에서 지음

山川草木轉荒涼	산천초목은 한층 더 황량해지고
十里風腥新戰場	십리 바람에 피비린내 나는 새로운 전쟁터.
征馬不前人不語	군마는 나아가지 못하고 사람들은 입을 다문 채
金州城外立斜陽	금주성 밖으로 저녁노을이 비끼네.[28]

【해석】 산도 강도 풀도 나무도 전부가 점점 황량해져 가고 피냄새 나는 바람이 이 새로운 전쟁터 십리에 불어온다. 말은 나아가지 못하고 사람은 말하지 못하고, 금주(金州)의 성 밖에 저녁놀이 비추면서 나는 서성

일 뿐이다.

풍경과 서정성이 융합된 일본적 서정시의 한 스타일이 여기에
있다.

(10) 나쓰메 소세키(夏目漱石)

마지막으로 나쓰메 소세키(1867-1916년)를 소개하면서 일본 한시의
특성에 관해 정리하기로 한다. 나쓰메 소세키는 메이지·다이쇼기의
작가이다. 니쇼가쿠샤(二松學舍)에서 한적을, 세이리쓰가쿠샤(成立學
舍)에서 영문을 배워 도쿄제국대학 영문과를 나온 후에 영어 교사가
되었다. 영국으로 유학을 가서 귀국 후 도쿄대학에서 문학론을 강의
하고, 이후 작가가 되어 많은 근대소설을 남긴 것은 주지의 사실이다.
그러한 소세키가 슈젠지(修善寺)에서 큰 병을 앓고 구사일생으로
회복했을 때 무제(無題)로 하나의 시를 남겼다.

(無題) 1910년(明治 43) 9月 20日[29]

秋風鳴万木	가을바람은 만 그루의 나무를 울리고
山雨撼高樓	산속 비는 고루(高樓)를 흔들어댄다.
病骨稜如劍	병약한 뼈 모서리가 마치 검과 같으니
一燈靑欲愁	푸르른 한 줄기 등불 속에 근심이 서려 있네.

---

28 猪口篤志의『日本漢詩』(上)에서 인용했다.
29 인용한「無題」두 수의 원문은『漱石全集』第18卷(岩波書店, 1995)에서 인용했다.

【해석】 가을바람이 만 그루나 되는 나무들을 올리고 산에 내리는 비는 이 고루(高樓)를 흔들흔들 흔들어댄다. 병으로 야윈 몸에서 튀어나온 뼈는 마치 검처럼 뾰족하다. 그런 나를 비추는 한 줄기의 등불은 잔뜩 근심어린 푸른빛을 내뿜고 있다.

(無題) 1910년(明治 43) 9月 25日

風流人未死	풍류가 있어 사람을 살아있게 하니
病裡領清閑	병치레로 맑고 한가로운 시간을 보내네.
日日山中事	하루 하루 산속의 일상들
朝朝見碧山	아침이면 푸른 산을 마주하네.

【해석】 그야말로 풍류구나, 나는 아직 죽지 않고 병 덕분에 마음도 고요한 시간을 지내고 있다. 매일 매일 산에 둘러싸여 지내면서 매일 아침 매일 아침 푸르게 빛나는 산을 바라본다.

소세키는 근대적 감성을 한시의 율격(格律)에 담아서 독특한 세계를 그려냈다. 슈젠지에서의 「무제(無題)」로 지은 시는 대표적인 예이다. 그렇다면 소세키가 여기서 말하는 '풍류'란 과연 어떠한 경지였을까? 그리고 그러한 풍류를 한시로 읊는다는 것이 어떤 의미를 가지는 것일까? 이러한 문제는 일본인의 한시 창작의 특성을 가장 잘 애기해주는 테마라고 생각하기에 다음 장에서 따로 논의하기로 한다.

6. 일본 한시의 서정성

나쓰메 소세키는 '풍류'와 시창작에 대해서 『생각나는 일들(思ひ出す事など)』[30]이라는 회상 속에서 다음과 같이 말하고 있다.

> 그런데 병을 앓으면 대부분 취향이 달라진다. 병이 들었을 때에는 자신이 한걸음 현실 세상을 벗어난 기분이 든다. 다른 사람도 나를 한걸음 사회로부터 멀어진 듯이 관대하게 봐준다. 이쪽에서는 한 사람 몫을 못해도 된다는 안심이 생기고 상대편에서도 제대로 된 한 사람으로 대하는 게 미안하다고 배려한다. 그래서 건강할 때는 절대 어림없는 한가로운 봄이 그러는 동안에 솟아난다. 이렇게 평온한 마음이 곧 나의 구(句), 나의 시(詩)이다. 따라서 솜씨 여부는 우선 차치하고서 완성한 것을 태평의 기념으로 보는 당사자에게는 그것이 얼마나 귀한지 모른다. 병중에 얻은 구와 시는 무료함을 달래기 위해 한가함에 떠밀려진 것이 아니다. 실생활의 압박에서 비껴 있는 내 마음이 본래의 자유로 파급되어서 충분한 여유를 얻었을 때 유연하게 넘쳐서 떠오르는 천래(天來)의 채문(彩文)이다. 나도 모르게 흥이 일어나는 것이 이미 기쁘고, 그 흥을 포착해서 갈고 닦아서 그것을 구답게 시답게 만들어 내는 순서의 과정이 또한 기쁘다.

여기서 소세키는 자신의 한시가 실생활에서 해방된 마음의 본래의 상태, 평온한 심경에서 나온 '천래의 채문'이라고 말한다. 그리고 자연스럽게 떠오른 흥취를 한시라는 형식으로 완성해 내는 시창작의

---

30 『漱石全集』第12卷(岩波書店, 1994).

경위를 즐기고 있다.

이어서 한시의 율격을 지키는 것에 대해 이렇게 서술한다.

나와 같이 평측(平仄)도 분별하지 못하고 운각(韻脚)도 불확실하게 기억하는 자가 무엇을 고민해서 지나인(支那人)에게밖에 효력이 없는 궁리를 구태여 했는지 말해 보자면, 실은 나로서도 모르겠다. 그렇지만 (평측운자는 제쳐두고) 시의 흥취는 왕조 이후의 전습(傳習)으로 오랫동안 일본화되어서 오늘에 이른 것이기 때문에 나 정도의 연배 있는 일본인의 머리에서는 쉽게 이를 빼낼 수 없다. 나는 평생 일에 쫓겨서 간단한 하이쿠 정도도 짓지 못한다. 게다가 시는 귀찮아서 또한 손을 내린다. 그냥 그렇게 현실계를 멀리 보고 아득한 마음에 조금의 응어리가 없을 때에만 구(句)도 자연스럽게 솟아오르고 시(詩)도 흥을 타서 다양한 형태로 떠오른다. 그리고 나중에 되돌아보면 그것이 나의 생애에서 가장 행복한 시기이다. 풍류를 이뤄야 할 그릇이 무작법(無作法)한 열일곱 자와 난해한 한자 이외에 일본에서 발명된다면 어떨지 모르지만, 그렇지 않다면 나는 이러한 때에 이러한 경우에 임해서 언제라도 그 무작법과 그 난해함을 참아내고 풍류를 즐기니 후회 없는 자이다. 그리고 일본에 다른 멋진 시의 형태가 없음을 아쉬워하리라고는 결코 생각하지 않는다.

평측운자(平仄韻字)를 지키는 일은 일본인에게 결코 쉬운 작업이 아니다. 그러나 그럼에도 불구하고 한시라는 형태는 왕조 이래 일본인에게 몸에 깊이 스며든 전통적인 형태라고 소세키는 말한다.

이는 에무라 홋카이(江村北海)가 일본의 한시인의 작품을 시사(詩史)라는 형태로 정리해 놓은 책에 '일본 한시'라고 제목을 붙이지 않고

『일본시사(日本詩史)』라 이름을 붙인 것과도 공명한다. 일본인의 시라고 말할 때 그것을 '일본 한시'라 칭하지 않아도 한시를 가리키는 것이었다는 점, 다시 말해서 일본인에게 시는 한시였음을 의미한다.

또한 소세키가 하이쿠나 와카(和歌)와 한시, 혹은 소설과 한시를 병행해서 노래하고 있는 것도 중요하다. 소세키는 료칸의 하이카이로부터 시경(詩境)을 얻은 한시를 쓰거나 만년에는 소설『명암(明暗)』을 집필하면서 동시에 병행해서 다수의 한시를 쓰기도 했다. 특히『명암』집필 중에는 오전에 소설을 쓰면서 마음에 눌러 붙어 있는 현실 세계의 추악함을 씻어내리듯이 오후의 한때를 한시 작성에 할애했다고 한다.

중국문학에서 '시'라는 장르는 문학의 정통임과 동시에 또 그렇기 때문에 현실 사회와의 관계를 추구하고 사회적 가치나 효용에 정면으로 맞서는 것이었다. 시는 뜻(志)이자 현실 참여의 의사를 강하게 추구하는 것이었다고 할 수 있다. 그것은 근대적 의미에서의 서정시와는 이질적인 표현 형태였다. 물론 그 뿐만이 아니라 서정적인 것, 개인의 나이브한 내면이나 아름다운 정경과 그것으로부터 불러일으켜지는 마음속 정감을 노래하는 시도 있었다. 그러나 사대부의 표현의 형태로서 서정에 가까운 시가는 '시'가 아니라 '악부(樂府)'나 '사(詞)'와 같은 다른 장르에서 표현된 게 많기도 했다. '시'라는 표현 형태는 어디까지나 현실성·사회성을 추구하는 것으로 인식되었기 때문이다.

그렇지만 일본 한시의 경우는 이러한 시가 문학의 정통, 사대부의 의사 표현처럼 사명감으로부터는 완전히 해방되어 있다. 그것이 우선 일차적으로 서정성에 무게를 둔 감정 발로의 수단이었다는 것은 오쓰 황자나 료칸, 그리고 나쓰메 소세키가 한시와 노래(歌), 하이카이를 같은 경지에서 읊고 있는 점에서 잘 알 수 있다.

사대부적 정통성을 갖는 시와 서정적인 시, 이렇게 스탠스가 서로 다른 두 형태의 시를 고지마 노리유키(小島憲之)는 '공적인 시'와 '내적인 시'라는 개념으로 구분해 놓고 있다.[31]「오우미조 전후의 문학 (近江朝前後の文學)」에서 고지마는 일본에서 오우미조(近江朝)[32]의 문학이『문선』을 중심으로 한 중국의 정통파 시문의 영향을 받으면서도 거기에 '술회(述懷)'를 주제로 해서 '심중(내면)'을 서술하는 시가 많이 존재한다고 지적한다.

이러한 고지마의 지적을 중국문학의 시가사(詩歌史)와 관련해 생각해 보자. 중국 시가의 역사에서 '술회', 즉 심중을 노래하는 시는 결코 정통이 아니었다. 그것은 시의 한 분야로서 육조 말기 무렵부터 의식되기 시작해 초당(初唐) 위징(魏徵)의 '술회'가 등장하면서 정착되어 간다.[33] 그러나 그것은 초당, 그것도 태종을 중심으로 한 그룹이 지녔던 일시적 경향이지 결코 중국 시가의 주류라고 할 수 없었다. 또 일시적인 경향이긴 했지만 덧붙여서 초당 시가의 특징으로 남조 말기에 유행한 가행체(歌行體), 궁체시(宮體詩)·염시(艷詩)라고 불리던 서정성 짙은 염아한 시체의 계승이 있다. 초당 사걸(四傑), 특히 낙빈왕 (駱賓王)·노조린(盧照鄰)·류희이(劉希夷)로 대표되는 이러한 칠언가행

---

31 小島憲之,「近江朝前後の文學 その一 - 詩と歌」(『万葉以前 - 上代びとの表現』, 岩波書店, 1986.

32 오우미 오쓰미야(近江大津宮, 현 시가(滋賀) 현)에 수도가 있었던 시기로, 667년에서 672년간을 이른다.【역자 주】

33 이른바 '述懷' 시는『文選』의 시 장르 중에서 '詠懷'라는 항목으로 분류되어서, 거기에는 완적(阮籍)「詠懷」·사혜련(謝惠連)「秋懷」·구양견석(歐陽堅石)「臨終詩」세 수가 실려 있다. 시라는 장르를 항목별로 분류해 놓은 하나의 항목에 '詠懷'가 있었다는 사실은 시라는 것이 본래 심중을 노래하는 것이 아니었음을 의미한다.

(七言歌行, 예를 들어 「장안고의(長安古意)」, 「대백두음(代白頭吟)」과 같은 작품)은 주관이 강하고 서정성이 농후하여 육조에서 당조에 이르는 시의 전개에 커다란 영향을 주었다. 이것도 '술회'처럼 중국 시가의 역사 중에서는 일시적인 것이고 시의 정통에는 들어가지 않는 것이었다.

반대로 일본 한시를 보면, 한시 작성의 여명기인 오우미조(近江朝)의 시는 이러한 초당 시가의 영향을 상당히 농후하게 받고 있다. '술회'시의 다작, 칠언가행으로부터의 어휘 섭취, 그리고 가행체의 독특한 수사기법의 모방 등, 중국에서는 정통이 아니었던 초당시의 특징이 일본에서는 시 역사의 최초의 단계에서 확연하게 계승되어 왔고 또한 시의 정통이 되어 있는 것이다.[34]

일본 한시가 지닌 서정성 속에 단순히 이러한 초당시의 영향만 있었다고 할 수는 없을 것이다. 그것은 오히려 일본적 서정과 시가에 대한 의식 그 자체가 지닌 차이에 기인하는 것이라고 봐야 할 것이다. 그러나 중국에서 뿌리를 내리지 못했던 농후한 서정성이 일본 한시 속에는 초기 단계에서 정착하고 있음은 주목해야 할 점일 것이다.

일본 한시는 일본인에게 정통의 표현 형식으로 존재했다. 여기에는 중국의 시와는 다른 특질이 존재한다. 시가(歌), 하이카이, 소설이라는 다른 장르와의 융합을 가능하게 하는 독특한 서정성을 가졌던 것이다. 일본 한시가 중국문화의 영향을 강하게 받으면서도 일본이라는 풍토에서 성숙된 일본적 문화의 한 형태로 봐야 한다는 점은 이러한 한시에 나타나 있는 일본적 서정성이 갖는 특질을 보면 분명하다.

---

34 상대(上代) 후기 시문이 초당(初唐)의 영향을 크게 받았다는 지적은, 柿村重松의 『上代日本漢文學史』(日本書院, 1947)에 나와 있다.

마키즈미 에쓰코(牧角悦子)

二松學舍大學 교수

전문 분야는 중국시가사, 문일다(聞一多) 연구, 중국 근대학술이
다. 저서로『詩經·楚辭』(角川ソフィア文庫, 2012)·『中國古代の
祭祀と文字』(創文社, 2006)·『列女傳 ― 傳說になった女性たち』
(明治書院, 2001) 등이 있다.

이 글은『日本漢文學研究』8에 수록된 牧角悦子의 [特別寄稿]
「日本漢詩の特質 ― 中國詩歌の受容と日本的抒情性について」를
번역한 것이다.

번역: 박이진

일본의 의고론
수용과 전개

소라이(徂徠) · 슌다이(春台) ·
난카쿠(南郭)에게 있어서의 모의와 변화

제 3 장

이비 다카시(揖斐 高)

1.

오규 소라이(荻生徂徠)가 제창했던 고문사학(古文辭學)이 이반룡(李攀龍)과 왕세정(王世貞) 등에 의해 추진되었던 '고문사(古文辭)'라고 하는 중국 명대 문학운동의 영향을 강하게 받았던 것임은 잘 알려져 있다. 이 점에 대해 소라이 자신은 미토(水戶) 번의 주자학자였던 아사카 탄바쿠(安積澹泊)에게 보낸 「안탄바쿠에게 답신하다(安澹泊に復す)」 (『徂徠集』 권28)에서 다음과 같이 말했다.

중년에 이반룡과 왕세정의 문집을 구하여 읽었는데 대개 고어(古語)가 많아 걸핏하면 읽어 나갈 수가 없었다. 이 때문에 발분(發憤)하여 고서(古書)를 읽었다. 동한(東漢) 시대 아래로는 눈길을 주지 말자고 경계했으니 또한 이반룡의 가르침대로 하여 대개 몇 해를 보낸 것이다. 육경(六經)에서 출발하여 서한(西漢)에서 끝을 맺고는 다시 처음으로 돌아가서 순환하기를 끝없이 하였다. 오래되어 익숙해지니 내 입에서 나오는 것처럼 되었을 뿐만 아니라 문장의 의미도 이곳저곳 참조하며 깨닫게 되어 다시는 주해(注解)를 필요치 않게 되었다. 그런 연후에는 이반룡과 왕세정의 문집이 달콤한 사탕수수를 먹는 것과 같이 되었다. 이에 머리를 돌려 후유(後儒)들의 해설을 보니 오류들이 전부 보였다. 다만 이반룡과 왕세정은 마음을 역사에 두었기에 육경에 미칠 겨를이 없었다. 나로서는 마음을 육경에 썼다는 점에서 다르다 할 수 있다.

소라이는 이반룡·왕세정이 말하는 '고문사'를 '양사(良史, 우수한 문필)'를 위한 방법으로만 그치지 않고 육경 해석의 방법으로까지 확대시켜서 '고문사학'이라는 새로운 유학의 학설을 세웠다고 자랑스럽게 기록하고 있는데, 우선 이 문장에서 주목하고 싶은 것은 '시·서·예·악·역·춘추'를 지칭하는 '육경'을 소라이가 강조하고 있다는 점이다. 주자학자라면 『논어』, 『맹자』, 『대학』, 『중용』이라고 하는 '사서(四書)'를, 이토 진사이(伊藤仁齋) 문하의 고의학자(古義學者)라면 『논어』, 『맹자』를 강조할 터인데, 소라이는 어째서 '육경'을 말했을까? 소라이 이전 유학자들이 가장 중시한 공자의 언행을 기록한 『논어』를 소라이는 어째서 들지 않은 것일까?

물론 소라이도 "나의 도(道)는 공자가 도(道)로 여긴 것이다"(『徂徠集』권28, 「東玄意의 질문에 답하다」)라고 기술하고 있듯이 '공자가 도라고 여기는 것'을 기록한 『논어』를 존중하지 않은 것은 아니다. 그러나 공자가 유교의 도를 창시했다고 소라이는 보지 않았다. "선왕의 도(道)가 공자에게 모여 만세(萬世)에 전해졌다."(『徂徠集』권9, 「七經孟子考文叙」)라고 말하고 있듯이, 유교의 도란 '선왕의 도'이며 소라이가 공자에 대해 인정한 것은 조술(祖述)한 사람으로서의 지위였다.

'육경'의 가장 이른 용례는 『장자(莊子)』 「천운(天運)」 편에 보인다. "공자가 노담(老聃)에게 말했다. '저는 시, 서, 예, 악, 역, 춘추, 육경을 공부하였습니다. 스스로는 오래되었다고 여기고 있으니 내용을 잘 알고 있습니다.' …… 노자가 말했다. '다행이로다, 그대가 치세(治世)의 군주를 만나지 못함이여. 육경이란 선왕의 지난 자취일 뿐이다.'"

이 공자와 노자의 대화에서 '육경'이라는 말이 두 차례 사용되고 있다. '선왕의 도'의 자취를 '육경'에서 구하고자 했던 소라이 유학설의 근거는 아마도 이『장자』의 고사에 의해 지지된다고 볼 수 있겠다. 그렇지만 여하튼 소라이가 파악했던 '선왕의 도', '공자의 도', '육경'의 관계를, 앞서 잠깐 언급한 「동현의(東玄意)의 질문에 답하다」에 이어지는 부분을 인용하여 다시 한번 확인하도록 하자.

> 내가 도(道)로 삼는 것은 공자가 도(道)로 삼았던 것이다. 공자가 도(道)로 삼은 것은 곧 선왕(先王)이 천하를 편안히 한 도이다. …… 오늘날 학자들은 공자의 도가 곧 선왕의 도인 줄을 알지 못한다. 공연히 이것을 논어와 맹자에서 찾을 뿐이고 육경에서 찾아야 할 줄을 알지 못한다. '인(仁)'에 대해서도 '측은(惻隱)'이라는 말에 구애되어, 천하를 안정시키는데 중점을 두어야 함을 알지 못한다. 혹은 '응당 행해야 할 도'라고도 하고, 혹은 '지나간 길'이라고도 하고, 혹은 '윤상(倫常)의 도'라고도 하는데, '예악'이 도인 줄을 알지 못한다.

소라이는 유교의 도라는 것은 선왕들(고대 중국 夏殷周 삼국의 현명한 군주)이 천하를 편안히 다스리기 위해 제정한 예악을 말하는 것이지, '응당 행해야 할 길', '지나간 길', '윤상(倫常)의 도'가 아니라고 말한다. '응당 행해야 할 길', '지나간 길', '윤상(倫常)의 도'라는 것은 정확히 말하면 주자학의 '인사(人事)에 있어 마땅히 그러한 이치'(『朱子語類』)라던가, 고의학(古義學)의 '인륜과 일용사에 마땅히 행해야 하는 길'(『語孟字義』)이라는 도의 개념 규정을 말한다. 이와 같은 주자학이나 고의학에서의 도의 규정은 결국 도를 도덕이라고 하는 인간 생활의 규범으로 환원하는 것이었다. 소라이는 그러한 선행 학설에서 말하는 도의 규정을 비판하고서, 도는 '예악'이라고 하는 구체적인 제도라고 주장했던 것이다.

인간 내부의 문제인 도덕을 인간 외부에 있는 제도의 문제로 새롭게 규정함이, 고문사학 곧 소라이학의 특색인 '도의 외재화'라고 할 수 있다. 그런데 선왕이 만든 예악, 곧 도는 이미 사라져 버렸다. 그러나 '육경은 그 구체적인 물건'(『弁道』)이라고 말하듯이 선왕의 도의 자취가 '구체적 물건'으로써 육경에 남아 있다. 육경을 공부함으로써 이미 사라진 위대한 선왕의 도를 오늘날 복원하는 것이야말로 유자가 힘써야 할 것이라고 소라이는 주장했다.

다행스럽게도 소라이 당대에는 선왕의 시대와 같은 봉건제가 쓰이고 있었다. 『변도(弁道)』 등에서 말하듯이 중국에서는 진한(秦漢) 이후로 봉건제가 중앙집권적 군현제로 대체되어, 예악으로 다스리는 선왕의 도는 사라지고 법률로 통치하는 세상이 되어 타락이 시작되고 말았다. 이에 반해 봉건제를 채용한 도쿠가와 시대라면 선왕의 도를 회복하는 것이 가능하다고 소라이는 생각했다.

이러한 복고에 관한 주장은 앞에서도 인용했던 「안탄바쿠에게 답신하다(第三書)」에서 다음과 같이 기술되고 있다.

> 내가 생각건대 도의 위대함을 어찌 용렬한 자들이 능히 알 수 있겠는가. 성인의 마음은 오직 성인이 된 이후에야 알 수 있다. 또한 요즘 사람들이 능히 알 수 있는 것도 아니다. 그러므로 추측할 수 있는 것은 '사(事, 일)'와 '사(辭, 말)'일 따름이다. '일'과 '말'은 비록 하찮은 것이지만 유자의 업이란 다만 장구(章句)를 잘 지켜 이것을 후세에 전하는 것이다. 힘을 다해 이를 분수로 여길 뿐이다.

선왕(先王, 聖人)이 만든 도가 위대하다는 것은 소라이에게는 자명한 전제이며 믿을 만한 것이기에 검증의 대상이 아니었다. 이러한 점은 성인 이외의 인간으로서는 '불가지(不可知)'의 문제였으니, "다만 그 위대한 사업과 신묘한 교화의 지극함은 제례작악(制禮作樂)을 벗어난 것이 없었다. 그래서 성인이라 명명할 따름이다."(『弁名』聖)라고 하였다. 또 『논어(論語)』 '술이(述而)'편의 표현을 근거로 말하자면 "믿고 좋아(信而好古)"할 만한 것이었으며(『徂徠集』 권9, 「七經孟子考文叙」), 후세 유자들의 임무는 육경의 '장구(章句)' 가운데에서 선왕의 도를 밝히고 그 복고의 실천을 위정자들에게 기대하는 것이었다. "힘을 다해 이를 분수로 여길 뿐이다."라고 말하듯이 선왕의 도를 회복하기 위한 실천적 행위는 그런 일을 할 만한 지위에 있는 위정자들의 임무이며, 유자가 직접 거기에 관여하는 것은 분수를 넘는 것이라고 소라이는 생각했다. 고문사학, 소라이학은 선왕의 도를 회복할 것을 제창하기 위해 필연적으로 정치적 색채가 짙은 유학설이 되었지만 소라이는 학문과 정치적 실천의 사이에 분명한 경계를 그었던 것이다.

『변도(弁道)』에서 보았듯이, 선왕의 도의 자취는 구체적으로 육경에 남아 있다고 소라이는 생각했다. 이것은 「안탄바쿠에게 답신하다」에 나오는 표현을 빌리자면 선왕의 도는 '일과 말'의 형태로 육경에 기록되어 있다는 것이다. '일'이라는 것은 육경에 기록된 구체적 사물이나 사적을 지칭한다고 생각해도 좋을 것이다. 문제는 '사(辭)'이다. 육경의 '사(辭)'라는 것은 무엇을 의미하고 있는 것일까?

2.

　고문사학을 제창한 뒤에 소라이는 이토 진사이가 주창했던 고의학 (古義學)에 대한 비판자가 되었지만, 원래 소라이는 '반주자학'의 진영을 펼쳐 고의학을 제창한 진사이의 입장에 공감하고 있었다. 소라이의 고문사학이 진사이의 고의학에 의해 촉발되었으며, 고의학을 넘어서려는 학설이었음은 분명한 사실이다. 진사이의 '고의(古義)의 학'으로부터 소라이의 '고문사의 학'으로 전개되는 의미, 이에 대한 검토가 아마도 '사(辭)'의 의미를 부각시킬 수 있을 것이다.

　근세 전기의 주자학자들은 주희(朱熹)를 중심으로 하는 송대 유자들의 주석을 통해 사서오경(四書五經)이라는 유교 경전을 공부했다. 그러나 동일한 말이라 하더라도 송대의 어의(語義)와 사서오경이 성립한 춘추전국시대의 어의 사이에는 미묘한 차이가, 경우에 따라서는 커다란 차이가 있지 않겠는가 하는 의문을 진사이는 품고 있었다. 경전 중에서도 특히 『논어』와 『맹자』를 중시했던 진사이는 「동자문 (童子問)」에서 다음과 같이 기술하고 있다.

　　논어 맹자를 읽는 초학자가 주석을 버리고서 능히 본문을 깨닫는 것은 가능하지 않다. 만약 집주(集註)와 장구(章句)를 이미 익힌 다음에 모든 주석을 버리고서 다만 본문에 나아가 숙독(熟讀)하고 상미(詳味)하여 넉넉히 체득하게 되면 곧 공맹의 본지를 이해함에 있어 깊은 잠에서 단박에 깨어나는 것과 같이 스스로 마음과 눈 사이에 분명하게 될 것이다.

　송유의 주석을 버리고서 직접 『논어』와 『맹자』의 원문을 보며 고대 중국에 있어서의 언어적 의미, 즉 '고의(古義)'에 따라 그것들을 해석하지 않으면 공맹의 진의를 알 수 없다는 것이다. 진사이의 학술은 이러한 방법론에 기초하고 있다는 점에서 '고의학'이라고 칭해진다. 언어의 의미는 역사적으로 변화한다는 당연한 명제를 의식화했다는 점에서 '고의학'은 근세 유학의 전개에 새로운 국면을 열었다.

그러나 진사이가 주목했던 것은 언어적 의미의 역사적 변화라는 문제였는데, 언어표현에 있어 한 가지 더욱 중요한 요소인 '수사(修辭)'에 대해서는 별다른 고려를 하지 않았다. 이 점에 착안했던 사람이 소라이였다. 소라이는 「평자빈(平子彬)에게 주다(세 번째)」(『徂徠集』 권22)에서 언어표현에 있어서 '사(辭)'를 통상의 '언(言)'과 구별하여 다음과 같이 설명하고 있다.

무릇 사(辭)와 언(言)은 같지 않다. 족하는 이를 같다고 여기지만 이는 왜인(倭人)의 고루한 견해이다. '사'라고 하는 것은 '언'의 꾸밈이다. '언'은 꾸며지길 원한다. 그래서 '사를 높인다[尙辭]', '사를 수식한다[修辭]', '꾸밈으로써 족히 말할 수 있다[文以足言]'라고 하는 것이다. 그렇다면 말은 무엇을 가지고서 꾸미는가? 그것은 군자의 말이다. 옛날의 군자는 예악을 몸에 갖추었다. 그러므로 말을 수식한다는 것은 곧 군자의 말을 배우는 것이다.

'사(辭)라고 하는 것은 언(言)의 꾸밈이다'라고 말하듯이, '사(辭)'는 문채가 화려한 레토릭 즉 표현을 의미한다. 이것과 동시에 "옛날에는 도(道)를 문(文)이라고 했으니 예악을 말하는 것이다. …… 문이라는 것은 도이며 예악이다."(『弁道』)라고 말하고 있듯이, 소라이는 문채가 화려한 것이 선왕의 도의 본질이라고도 생각했다. "무릇 사람은 말을 하면 깨닫고, 말하지 않으면 깨닫지 못한다. 그런데 예악은 말을 하는 것도 아닌데 어떻게 언어로 사람을 가르치는 것보다 나은가? 사람을 교화시키기 때문이다. (예악을) 익혀 익숙하게 되면 아직 깨닫지 못했다 하더라도 그 마음과 몸이 이미 가만히 (예악과) 더불어 교화되니 마침내 깨닫지 않겠는가?"(『弁名』禮)라고 말하듯이, 선왕의 도라는 것은 금지나 명령의 언어에 의해 백성을 직접적으로 규제하는 것이 아니라 저절로 교화에 의해 백성들을 이끄는 것이라 말할 수 있다. 선왕의 도는 문채가 화려한 예악의 제도이며 백성을 저절로 교화시키는 것이 가능하므로 백성을 법령과 같은 이치의 언어로 속박하는 것이 아니라는 것이 소라이의 확신이었다. 그러므로 육경으로부터 선왕의 도를 복원하기 위해서는 단지 무엇이 '사(事, 구체적 사건)'로써 기록되어 있는가를 아는 것만으로는 충분치 않으며, '사(辭, 문채가 화려한 표현)'에 의해 그 사건들이 어떻게 기록되어 있는가를 체득하지 않으면 안 된다고 소라이는 말하고 있다. 그리고 언어의 역사적 변화라는 것은 진사이가 말하듯이 어의(語義)에만 보이는 것은 아니고 어느 정도 '사(辭)'에도 존재하고 있음을 소라이는 「수진암(藪震庵)에게 주다(第一書)」(『徂徠集』卷20)에서 다음과 같이 기술하고 있다.

사(辭)의 도(道)는 또한 시대와 더불어 오르기도 하고 내리기도 한다. 나는 처음에 정주학을 익히고 구양수와 소식의 문장을 익혔다. 그 당시에는 선왕과 공자의 도가 이 글들에 있다고 여겼으니 이는 다름이 아니라 송대의 문장을 익혔기 때문이었다. 후에 명대 사람들의 말에 감화된 이후에야 사(辭)에도 고금(古今)이 있음을 알게 되었다. 그러한 뒤에 정주의 글을 취해 다시 읽어 보니 선왕과 공자의 도와 합치되지 않음을 차차 알게 되었다. 그런 뒤에 진한 시대 이전의 책을 취해 이른바 고언(古言)을 구하고 육경에까지 미루어 가자 육경의 뜻이 손바닥 보듯 분명해졌다. 이 또한 다름이 아니라 고문사(古文辭)를 익혔기 때문이었다.

송대 문장의 '사(辭)'와 진한 이전 고대 문장의 '사(辭)'는 다른 것인데, 문장의 이해는 그 문장이 쓰인 시대의 어의(語義)만으로는 부족하고 '수사(修辭)'가 어떠한가를 변별할 때에야 비로소 완전하게 된다. 유학의 목적인 선왕과 공자의 도를 밝히기 위해서는 고대 중국어로 쓰인 육경과 논어를 읽고 이해하지 않으면 안 되며, 그러기 위해서는 고문의 어의 즉 '고의(古義)'만으로는 부족하고 고문의 수사 즉 '고문사(古文辭)'의 습득이 불가피하다고 소라이는 말하고 있다.

'무엇이 쓰여 있는가?'라고 하는 '어의'나 '문의'를 번역하는 것은 가능하다. 그러나 '그것이 어떻게 쓰여 있는가?'라고 하는 '수사'를 번역하는 것은 어렵다. 그런 점은 중국어와 일본어라고 하는 다른 언어 사이에서는 말할 것도 없고, 같은 언어일지라도 시대가 다른 경우에도 일어날 수 있다고 소라이는 생각했다. 「굴경산(屈景山)에게 답하다」(『徂徠集』권27)에는 다음과 같이 서술되어 있다.

대개 고문학이 어찌 다만 읽기만 하는 것이겠는가. 또한 반드시 손에서 써지기를 구해야 하니 능히 손에서 써지게 되면 고서는 내 입에서 나오는 것과 같아진다. 그러한 연후에야 곧바로 고인과 더불어 한 집에서 인사를 나누게 되니 서로 소개할 필요도 없다. …… 학문의 방법은 고(古)에 근본을 두는 것이다. 뜻을 세움도 이와 같다. 어찌 모의와 표절을 하려는 것이겠는가. 이로써 보건대 (고문사를 비판하는 것은) 질시가 아니고 무엇이겠는가? 또한 학문의 방법은 모방을 근본으로 하는 것이다. …… 그러므로 바야흐로 처음 배울 때에는 표절과 모의를 하더라도 또한 괜찮다. 오래되어 변화하여 습관이 천성과 같이 되면 비록 외부로부터 온 것이지만 나와 더불어 하나가 된다. 그러므로 자사(子思)가 말하길 '안과 밖을 하나로 만드는 도(道)이다'라고 말한 것이다. 그러니 모방을 비판하는 자들은 배움의 도를 모르는 자들이다. 그리고 우리나라에서 화문(華文)을 배운다고 하면, 한유와 구양수를 배운다 하더라도 모의가 아니면 어떻게 배울 수 있겠는가. 어찌 꼭 모의를 싫어하는가.

고문사를 반복하고 모방함으로써 점차 고인(古人)으로 변화해 가는 것, 그것에 의해서 고문사를 나의 것으로 만들 수는 없다. 그런데 또한 그렇게 하지 않고는 유자(儒者)의 임무인 선왕의 도를 밝히는 것이 불가능하다고 소라이는 말하고 있다. 이런 '의고(擬古)'의 방법을 '모의표절'이라고 비난하는 사람도 있지만 그것은 학문의 근본이 '모방'임을 알지 못하는 자의 시샘하는 말에 불과하다. 고문사학에서 '모의표절'은 기피할 대상이 아니다. 오히려 고문사학을 성립시키는 근본적 방법이라고 소라이는 주장하고 있다.

3.

"대개 선왕의 도는 인정(人情)에 따라 베풀어진 것이다. 만약 인정을 알지 못한다면 어떻게 천하에 두루 통해 막히는 바가 없게 할 수 있겠는가?"(『弁名』義)라고 말하고 있듯이, 선왕의 도가 저절로 백성을 교화하고 이끌 수 있는 것은 백성의 인정을 따라 만들어졌기 때문이라고 소라이는 생각했다. 그러므로 선왕의 도를 밝히기 위해서는 선왕 시대의 인정에 대해 잘 아는 것이 필수적이었다. 인정이라는 것을 무엇보다 잘 표현하는 것이 문학이라고 본 소라이는 선왕 시대의 인정을 이해하기 위해서도 고문사를 모방하는 방법에 의해 "시문장을 지을 수 없다면, (인정을) 터득함에 어려움이 많을 것이다."(『徂徠先生答問書』)라고 했던 것이다.

앞 절에서 '고문사'는 '표절모의'하는 것이라고 했던 소라이의 의고주의가 사(辭)의 번역 불가능성이라고 하는 언어관에서 나온 것임을 지적했는데, 그것과 함께 소라이의 고문사학은 어디까지나 '도(道)'가 가장 중요한 것이라 하더라도 '도'와 '인정'의 상보적 관계에 대한 인식에 근거를 두고 있다는 것을 다시 한번 확인시켜 둘 필요가 있다.

인정에 기반하여 선왕이 만든 이상적 정치 제도인 '도'는 고대 중국의 육경 속에 '사(事)'와 '사(辭)'로 표현되고 있다. 이것을 시대와 언어가 다른 근세 일본인이 선왕 시대 인정의 본래적 모습까지 포함해 바르게 이해하기 위해서는 어의(語義)의 풀이만으로는 충분치 않으며 육경의 언어인 고문사를 체득하는 것이 요구되었다. 그러므로 그것을 위한 가장 효과적인 방법은 고문사를 '모의'하여 인정의 표현인 시문(詩文)을 스스로 지을 수 있을 정도의 능력이 필요하다. 이와 같이 하여 고문사를 마치 자기 자신의 언어인 것처럼 충분히 구사할 수 있게 되었을 때 비로소 육경의 진의를 바르게 이해하는 것이 가능하며 '도'를 당대에 재현하는 것이 가능하게 된다고 소라이는 보았던 것이다.

이는 복고주의 경학론으로서는 흠잡을 데 없는 방법론적 틀이라고 말해도 좋을 것이다. 그러나 경학론이 아니라 문학론으로서, 특히 시론으로 본다면 소라이의 주장에 문제가 없는 것은 아니다. 아래에서는 그 가운데 가장 중요하다고 생각되는 문제를 들어 검토하고자 한다.

무릇 『시경(詩經)』 '대서(大序)'에서 "시(詩)는 지(志)가 움직이는 것이다. 마음속에 있으면 지(志)라 하고 말로 표현하면 시가 된다. 정(情)이 마음에서 움직여 말에 나타난다."고 하였듯이 유교에 있어서 시는 마음의 정이 움직여 언어에 표현된 것이라고 이해되어 왔다. 소라이도 그렇게 생각했다. 『조래집(徂徠集)』 권25에 실린 「기양(崎陽)의 전변생(田辺生)에게 답하다」에서 소라이는 다음과 같이 말하고 있다.

> 무릇 시라는 것은 정어(情語)이다. 희로애락이 마음에 가득 차서 밖으로 발하는 것이다. 수많은 말을 쌓더라도 그 기운을 평온하게 할 수 없으니 이에 멈출 수 없어서 탄식하고 영탄하게 된다. 입으로 노래하고 손으로 춤을 추며 몇 마디 말에 그 기운이 새어나오게 되면 나의 정(情)을 펼칠 수 있다.

고대 중국의 고문사를 모의하여 지어지는 시가 당대 일본의 시가 될 수 있는 것은 시의 근원이 되는 정(情)이 시대와 지역의 차이를 초월한다고 소라이는 생각했기 때문이다. 소라이는 「역문전제제언십칙(訳文筌蹄題言十則)」(『徂徠集』 권19)에서 다음과 같이 기록하고 있다.

> 중화와 이곳의 정태(情態)는 완전히 똑같다. 그런데 많은 사람들은 말하기를 고금의 사람들은 서로 만날 수가 없다고 한다. 하지만 내가 삼대(三代) 이전의 책을 읽어 보니 인정과 세태가 지금과 완전히 부합된다. 이 '인정세태'를 가지고 이 언어로 표현함에 무슨 어려움이 있겠는가?

이는 지역이 다르고 시대가 달라도 인정은 같다는 인식이다. 이런 인식을 바탕으로 하여 에도(江戸)의 사람이라도 고문사를 모방함으로써 고대 중국인과 같아질 수 있으며, 아울러 고문사를 모의하여 지어진 시도 에도의 시로써 현실적으로 통용 가능하다고 소라이는 생각하였다. 그런데 소라이가 말하고 있듯이 고대 중국과 에도의 '인정세태'는 과연 완전히 같은 것일까? '인정'이 풍토와 시대를 초월한 일종의 보편성을 갖추고 있다는 것은 인정할 수 있다. 그러나 '세태' 또한 풍토와 시대를 초월하여 완전히 같은 것이라고 할 수 있을까? 역사라는 것은 시간의 진행에 동반하여 '세태'의 변화에 의해 만들어지는 것이다. 그리고 또한 풍토의 차이가 '세태'의 존재 양태에 커다란 영향을 끼치지 않을 수 없다. 시대와 지역을 달리하는 고대 중국과 에도의 '세태'는 분명히 다른 것이다. 그러한 '인정'과 '세태'를 하나로 묶어 완전히 같은 것이라고 판단해 버리는 소라이의 논리 진행은 엉성한 점이 있다고 말하지 않을 수 없다.

시(詩)라고 하는 것은 '인정'에 근원하는 것이라 하더라도 그것만으로 시가 산생되는 것은 아니다. 인정과 세태 사이의 조화와 괴리, 알력과 모순이 있어야 시는 산생된다. 그러므로 만일 '인정'이 시대나 지역을 초월한 보편성을 지닌 것이라 해도, '세태'가 다르다면 저절로 시는 다른 것이 될 터이다. 고문사를 모의하여 지어진 시가 그대로 에도의 시가 될 수 있다는 것은 우격다짐의 의론에 가깝다. 그것이 에도의 시라고 할 수 있으려면 고문사를 규범으로 했다 하더라도 적어도 에도의 '세태'를 반영하지 않으면 안 될 것이다. 그러나 이러한 시각이 소라이의 시론에 관련된 발언들에는 결여되어 있다.

이는 무슨 이유 때문일까. 그 이유를 생각해 보기 전에 다음의 사항에 대해서도 한 가지 더 소라이의 사고방식을 문제 삼고 싶다.『춘추좌씨전』양공(襄公) 31년 조에는 정자산(鄭子産)이 "사람 마음이 같지 않음은 그 얼굴이 같지 않음과 같다. 내가 어찌 감히 그대의 얼굴과 내 얼굴이 같다고 할 수 있겠는가?"라는 말이 실려 있다. 이는 사람의 얼굴이 다르듯이 사람의 마음도 제각각 다르다고 하는 말인데, 소라이도 마음에 들어 하는 전고였다. 그래서 「굴경산(屈景山)에게 답하다(첫 번째)」(『徂徠集』권27)에서 "무릇 사람들의 마음은 얼굴과 같아서 기호가 각각 다르다."라고 하는 등 여러 차례 소라이는 자신의 문장에서 이 전고를 활용했다. 그런데 이러한 소라이의 사고방식이 『조래선생답문서(徂徠先生答問書)』에서는 다음과 같은 형태로 변주되어 있다.

> 기질(氣質)은 하늘로부터 품부(稟賦)받고 부모로부터 부여받는 것이다. 기질을 변화시킨다는 것은 송유(宋儒)의 망설이니, 불가능한 것을 사람에게 요구하는 무리한 것이다. 기질은 무엇으로도 변화시킬 수 없다. 쌀은 어디까지나 쌀이고, 콩은 어디까지나 콩이다.

이것이 널리 알려진 소라이의 '기질불변설(氣質不變說)'이다. 소라이는 '인심'과 '기질'은 각자 고유한 것이어서 서로 바꾼다거나 변화시키는 것이 불가능하다고 말하고 있는 것이다. 보다 일반화시키자면 한 사람 한 사람이 지닌 개성의 절대성을 인정하는 발언이라고 말할 수도 있을 것이다.

앞서 '시는 정어(情語)다'라고 하는 소라이의 발언을 소개했다. 시는 '인정'의 표현이라고 말하는 것인데, '인정'은 '인심'에서 생겨나는 것이다. 그렇다고 한다면 '인정'도 또한 '인심'이나 '기질'과 마찬가지로 각자 개인마다 고유한 것이라는 측면이 없을 수 없다. 소라이는 지역이 다르고 고금이 달라도 인정은 같다는 인식에 기반하여 고문사를 모의하는 시법(詩法)의 정당성을 주장했다. 그러나 시란 개인의 마음의 움직임이므로(개인의 마음에 집단성과 공동성이 투영되는 경우가 있다 해도) 인정이 지역과 시대를 초월해 동일하다는 견해만으로 시의 존재방식이 충분히 설명될 수 없다. 소라이 자신도 인식하고 있는 '인정의 개별성'과 고문사를 모의하는 시법(詩法)과의 관련성을 어떻게 처리할 수 있을까에 대해 소라이는 설명해야만 했다. 그러나 이 점에 대해 파고드는 의론은 소라이의 저작 가운데서 볼 수가 없다.

결국 소라이는 시의 존재양상에 있어 중요한 요소인 '세태'의 지역적이고 역사적인 차이라든지 '인정'의 개별성의 문제에 관해서는 의식적이든 무의식적이든 의론을 회피하고, 오로지 고문사의 모의라고 하는 방법의 정당성을 주장하고자 했다고 말할 수 있다. 이제 앞서 보류해두었던 질문에 이르렀다. 소라이는 어떤 이유로 이러한 것들을 시론의 문제로 다루려고 했던 것인가.

소라이에 따르면 '세태'도 '인정'도 그 이상적인 형태는 중국 선왕의 시대에서 찾아지며, 그 이후의 시대는 '세태'도 '인정'도 기본적으로는 타락과 하강의 길을 걷게 되고 말았다. 그러므로 육경(六經)으로 대표되는 고문사 가운데에서 선왕 시대의 세태와 인정을 찾아내어 그 이상을 당대의 일본에 회복시키는 것이 과제였다. 다시 말해 선왕 시대의 이상적인 세태와 인정을 체득하기 위해 고문사를 모의하여 시를 짓는 것이 요구되었던 것이지 다른 이유가 아니었다.

요시까와 고오지로(吉川幸次郎)는 「조래학안(徂徠學案)」(日本思想大系 『荻生徂徠』 해설)에서 "개인 즉 '소(小)'의 선(善) 또는 행복을 도모하더라도 그것의 집적(集積)이 '대(大)' 즉 집단의 선 또는 행복에 도달하는 것은 아닌 것이다. 커다란 집단의 선 또는 행복을 도모하면서도 그 가운데에 있는 '소'의 운동을 다양하게 '활물(活物)'로 성장시켜, 쌀은 쌀이 되고 콩은 콩이 되도록 성장시키는 것"이 소라이 유학설의 요체 가운데 하나라고 정리하였다. 즉 소라이 학문의 기본 성격은 개개인의 문제를 포괄하여, 고대 중국에 실현된 '선왕의 도'인 정치제도나 인간생활의 얼개를 밝혀 그것을 현실에 유용하게 하려는 복고주의의 경학이었으며, 고문사학은 그것을 위한 필수적인 방법이었다고 할 수 있다. 분명 '도(道)'와 '인정'은 상보적 관계이며 소라이의 경학에 있어 고문사로 시를 짓는 것은 빼놓을 수 없는 것인데, '소(小)'의 문제인 '인정'에서 출발한 시(詩)가 '대(大)'의 문제인 '도'를 과제로 삼는 경학에 종속되어 있다는 점은 의심의 여지가 없다 하겠다.

그러나 그렇다 하더라도 시의 문제를 고찰하는 소라이의 뇌리에 '세태'의 지역적 역사적 차이라던가, '인정'의 개별성이라고 하는 문제가 오고가지 않았던 것은 아니라고 생각된다. 왜냐하면 예컨대 소라이가 문인인 나가토노(長門)의 번유(藩儒)였던 야마카타 슈난(山県周南)에게 주었던 편지 「현차공(県次公)에게 주다(第三書)」(『徂徠集』 卷21)에 다음과 같은 문장이 있기 때문이다.

　　고시 악부 등 여러 시체(詩體)들은 선현들이 걸어간 길이므로 이 것을 버리고 따라가지 않고서 능히 깊은 지경에 도달한 경우는 있지 않다. 모의하면서도 변화를 이루어야 하니 차공(次公)은 이에 힘쓸지어다.

고시와 악부를 짓는 데 있어 고문사의 모의가 중요한 것임을 가르치고 있는 것인 데, 여기에 부언한 '모의하면서도 변화를 이룬다'는 말에 주목할 필요가 있다. 원래 이 말은 『역경(易經)』 「계사전(繫辭

傳)」의 "모의한 뒤에 말하고 논의한 뒤에 움직이니 모의와 논의로 그 변화를 이룬다(擬之而後言, 議之而後動, 擬議以成其變化)"는 구절에 근거를 두고 있다. 역(易)의 상(象)과 효(爻)에 견주고 논의에 의거함으로써 일의 변화에 대응한 언동(言動)을 할 수 있다는 의미인데, 명(明)의 고문사파인 왕세정(王世貞)도 「이우린선생전(李于鱗先生傳)」에서 이반룡(李攀龍)의 표현법에 대해 "모의하고 의논하여 변화를 이루면 날마다 새로워지고 풍부해진다"고 지적하는 형태로 사용하고 있다.

소라이는 이것을 전고로 하여 '모의변화(模擬變化)'라는 말을 사용하고 있는 것인데 이 말이 의미하는 바는 고문사를 모의하는 것만으로는 충분치 않으며, '모의하고 논의'함으로써 지어진 시에도 '변화'가 초래되어야 한다는 것이다. 그러나 '모의'하는 것에 그치지 않고 더 나아가 '모의하고 의논'한다는 것은 구체적으로 어떤 것을 가리키고 있는 것일까. 이에 대해 소라이 자신은 기술하고 있는 것이 없지만 '모의하고 의논'하는 것의 내용에는 당연히 시를 짓는 사람을 포함하는 '세태'의 존재방식이나 시를 짓는 사람의 개별적 '인정'이 관련된다는 것은 충분히 예상할 수 있다.

그러나 소라이는 이러한 '모의변화'가 의미하는 것을 시론으로 심화하지는 않았다. 소라이에게 가장 큰 관심사는 선왕의 도라고 하는 정치제도나 인간생활의 얼개에 관한 큰 문제였으며, 시에서의 '세태'의 차이나 '인정'의 개별성 등의 작은 문제는 그대로 놔두기만 하면 저절로 귀결될 곳으로 귀결되는 일에 지나지 않는 것이었다. 단정적으로 말하자면 소라이는 본질적으로 경학자였지 시인이나 논시가(論詩家)는 아니었던 것이다.

4.

소라이에 의해 주창된 이러한 의고적 시론은 그 이후 문인들에 의해 어떻게 계승되었을까? 한시문의 훈독 문제를 통해 이 문제를 검토해 보고자 한다.

가에리텐(返り点)과 오쿠리가나(送り仮名)[1]를 보충하여 한시문을 일본어의 구문으로 치환하여 읽는 '훈독'은 헤이안 시대 초기에 이미 일정한 방식이 생겨났다고 할 수 있으며 그 이후 일본에서는 유교의 경전이나 한시문 작품을 대부분 훈독의 방법에 의해 읽어 왔다. 한시문의 훈독은 한시문을 고전 일본어에 의해 직역하는 것이라고 말할 수 있을 텐데, 소라이는 이에 대해 "이곳에는 스스로 이곳의 언어가 있고 중화에는 스스로 중화의 언어가 있어 체질이 본래 다르다. 무엇을 말미암아 억지로 일치시킬 수 있겠는가. 그러므로 일본식 음과 뜻으로 돌려 읽어서 의미가 통하는 것 같기도 하지만 실은 견강부회하는 것이다."(『訳文筌蹄』題言)라고 하여 훈독을 부정하고 중국음에 의한 직독(直讀)과 당대의 속어에 의한 번역으로써 이를 대체하고자 하였다.

지금까지 살펴본 소라이의 고문사론에 따른다면, 문의(文意)를 전달할 수는 있어도 수사나 표현의 색채를 전달하는 것이 불가능한 훈독을 부정하고, 중국음에 의해 직독을 주장하며 지역과 시대가 달라도 '인정'은 같다는 인식의 바탕에서 속어에 의한 번역으로 대체하고

---

1 가에리텐은 한문을 훈독할 때 한자 왼쪽에 붙여 아래에서 위로 올려 읽는 차례를 매기는 기호이고, 오쿠리가나는 한자로 된 말을 분명히 읽기 위하여 한자 밑에 다는 가나를 말한다.【역자 주】

자 하는 것은 원리적으로는 당연한 귀결이라고 말해도 좋을 것이다.

그러나 일본에 있어서 한자는 중국어를 표기하는 문자에 그치는 것이 아니었다. 한자는 일본어를 표기하는 국자(國字)로서도 사용되었기에 일본인은 한자의 음과 뜻의 구분에 의한 훈독을 통해 유교 경전이나 한시문을 이해하고 향유하는데 익숙하였다. 그래서 긴 역사의 과정에서 한문 훈독은 화문(和文, 日文)의 골격을 형성하는 데에도 깊이 관여해 왔던 것이다.

이처럼 훈독은 긴 역사 속에서 형성되어 왔기에 한자와 한시문을 둘러싼 '세태'에는 강고한 무언가가 있었으니, 소라이의 훈독 부정론은 원리적으로는 정당성을 주장할 수 있다 해도 실제로는 커다란 어려움을 수반하였다. 위에서 살펴본 『역문전제』의 제언에서 소라이 자신도 다음과 같이 기술하고 있다.

> 키요(崎陽, 나가사키의 옛 명칭)의 학문이 세상에 아직 널리 유행하지 않고 있다. 그러므로 궁벽한 고장의 연고도 없는 자들을 위해 두 번째 공부법을 정해준다. 먼저 관례에 따라 사서(四書), 소학(小學), 효경(孝經), 오경(五經), 문선(文選)과 같은 책을 주어 이곳의 독법에 따라 가르친다. 때때로 그 중 극히 이해하기 쉬운 한두 구절을 택해 수준에 따라 이어(俚語)로 해설하여 스스로 깨닫도록 한다.

'키요의 학문'이란 나가사키 통역관들의 학문이니, 곧 한문(漢文)을 중국음으로 직독해서 이해하는 공부를 뜻한다. 그러나 소라이가 제창한 대로 중국음으로 한문을 직독하여 이해하는 방법은 좀처럼 세상에 유포되지 않았으므로 '두 번째 공부법'이라고 하는 유보적 단서를 달긴 했지만 현실적인 측면에서는 소라이도 '이곳의 독법' 즉 훈독을 인정하지 않을 수 없었던 것이다.

이에 대해 소라이의 문인으로 한문훈독법 해설서인『왜독요령(倭讀要領)』을 저술한 다자이 슌다이(太宰春台)는 다음과 같이 말했다.

> 무릇 중화의 책을 읽는다면 중화의 음으로 위에서부터 아래로 차례대로 읽어 그 의미를 얻는 것이 좋다고 할 수 있겠지만, 우리나라 사람이 중국음으로 읽기를 익히는 것이 용이하지 않다면 어쩔 수 없이 우리 식대로 읽게 된다. 그렇게 해서 문의(文義)를 잃지 않는다면 그 독법은 사람들의 마음에 맡겨 두어야만 한다.

슌다이는 스승인 소라이가 제창한 훈독 폐지론을 원리적으로는 승인하면서도 실제로는 소라이가 '두 번째 공부법'이라고 하여 제한적으로는 훈독을 용인하지 않을 수 없었던 데에서 한 걸음 더 나아가 "문의를 잃지 않는다면 그 독법은 사람들의 마음에 맡겨 두어야만 한다"라고 하여 실질적으로는 훈독 용인론으로 전환하였던 것으로 알 수 있다. 슌다이는 원리보다는 '세태'를 중시하였던 것이다.

이와 같은 한문 훈독론을 둘러싼 소라이와 슌다이의 차이는 시문 제작에 있어 고문사를 어떻게 쓸 것인가에 대한 두 사람의 생각의 차이와 연결되어 있다. 슌다이는 「주씨시전고맹후서(朱氏詩傳膏肓後序)」(『春台先生文集』後稿 卷四)에서 복고를 목표로 했던 소라이의 의고주의 시론에 계발되었던 취지를 다음과 같이 기록하고 있다.

> 뒤에 소라이 선생을 뵙고 시에 대해 여쭈었다. 선생이 말씀하시길 "지금의 시는 고대의 시와 같다." 하시니 식견 있는 말씀이었다. 나는 물러나 이에 대해 생각했다. 오랜 뒤에 홀연 시에는 고(古)와 금(今)이

없다는 것을 깨달았다. 고금에 걸쳐 사(辭)가 존재하니 진실로 사(辭)를 얻는다면 곧 시경(詩經) 삼백편도 지금 지을 수 있는 것이다.

그러나 명나라의 이반룡과 왕세정이 주장하고 소라이도 이에 근거해 주창했던 고문사 시론을 슌다이가 똑같이 받아들였던 것인가 하면 그것은 그렇지 않았다. 고문사에 대하여 슌다이는 「문론 – 세 번째(文論 三)」(『春台先生文集』後稿 巻七)에서 다음과 같이 말하고 있다.

무릇 수사(修辭)의 도(道)는 힘써 그 사(辭)를 선택하는 것이다. 만약 시를 짓는다면 『시경』으로부터 아래로 한위육조(漢魏六朝)를 거쳐 당시(唐詩)에 이르기까지 각각 그 사(辭)가 있어서 서로 섞일 수 없음을 알아야 한다. 서로 섞는다면 곧 체(體)를 잃어 시가(詩家)의 전통을 성립할 수 없다. 그렇다면 시사(詩辭)에는 또한 두 가지가 있는 것이니 독용(獨用)의 사(辭)가 있고 통용(通用)의 사(辭)가 있다. 『시경』의 사(辭)를 가지고서 한위 이후의 시에 쓸 수는 없으며, 육조의 사를 가지고서 당시에 쓸 수 없는 것이 바로 독용의 사(辭)이다. 『시경』의 사를 가지고서 한위육조의 시에 써도 되고 또한 당시에도 쓸 수 있는 것이 통용의 사이다. 시를 짓는 자는 이를 몰라서는 안 된다.

한데 묶어 고문사라고 해도 그 시대에만 쓸 수 있는 독용(獨用)의 사(辭)와 시대를 초월해서 쓸 수 있는 통용(通用)의 사(辭) 두 종류가 있으니, 의고(擬古) 시를 지을 때에는 이러한 차이를 아는 것이 중요하다고 말하고 있는 것이다. 고문사 가운데의 사(辭)를 이처럼 구별하고자 하는 의식이 스승인 소라이에게는 없었다. 그리고 이런 사(辭)의 차이를 의식하지 않던 당대 고문사파의 시문에 대해 슌다이는 「문론 – 두 번째(文論 二)」(『春台先生文集』後稿 巻七)에서 다음과 같이 통렬하게 비판하고 있다.

　고문사의 학이 일어나자 문장을 짓는 자들은 한 글자 한 구절이라도 반드시 고인에게서 취했다. 명나라의 왕도곤(汪道昆) 같은 문인은 실로 이에 뛰어났다 할 수 있다. 지금 오당(吾黨)의 배우는 자들은 겨우 붓 잡는 법을 알자마자 곧 고문사를 말한다. 그들이 문장 짓는 것을 보자면 고인의 성어를 뽑아 그것을 연결하는 것일 뿐이다. 문리도 이어지지 않고 문의도 통하지 않는다. …… 이 같은 부류를 내가 일찍이 희롱하여 '분잡의(糞雜衣)'와 같다고 하였다.

　여기서 '분잡의(糞雜衣)'란 똥 먼지 속에 버려져 헤진 옷을 누덕누덕 기워 만든 의복을 이른다. 당대 고문사파가 시문을 짓는 것은 낡은 고인의 성어를 누덕누덕 기워 만든 '분잡의'와 같은 것이라고 말하고 있는 것이다. 그렇다면 이러한 당대 고문사의 결점을 넘어서서 시문의 진정한 복고를 꾀하기 위해서는 어떻게 해야 하는 것인가. 슌다이는 중요한 것은 고인의 성어를 엮어 합하는 것이 아니라 시법(詩法)과 문법(文法)을 고(古)로 되돌려야 한다는 것을 「문론 - 여섯 번째(文論六)」(『春台先生文集』 後稿 卷七)에서 다음과 같이 주장하고 있다.

　고문사가들은 말하길 "서한(西漢) 이전이 고(古)가 된다. 그러므로 힘써 그것을 모의한다."라고 한다. 모의는 할 수 있다. 그러나 나는 힘써 고인의 성어를 주워 엮기만 하면 금법(今法)을 가지고도 모의를 할 수 있다는 주장을 싫어한다. 이들은 다만 사(辭)를 고(古)로 되돌리는 것만 알지, 법(法)을 고로 되돌리는 것은 알지 못한다. 이것이 어찌 고(古)를 온전하게 하는 것이겠는가. 나는 말한다. "사마천(司馬遷) 이후로 능히 고법(古法)을 쓴 사람은 오직 한유(韓愈)뿐이다." 진언(陳言, 진부한 말)을 없앰으로써 반드시 고(古)가 될 수 있다. 신사(新辭)를 쓰듯이 고법(古法)을 쓰는 것이 고(古)를 온전히 회복하는 것이다.

고(古)를 모의하는 것, 곧 의고(擬古)는 좋은 방법이다. 그러나 그것이 고인의 성어(成語)를 주워 모아 놓고 지금의 시법(詩法)과 문법(文法)에 맞추어 나란하게 하는 것을 말하는 것은 아니다. 차라리 '신사(新辭)'(새로운 표현)를 옛 시법과 문법에 맞추어 쓰는 것이 진정한 의미의 의고라고 말할 수 있다. 이러한 견지에서 슌다이는 당(唐)의 한유를 높이 평가하였다. 이는 소라이의 고문사 주장과는 명백히 다른 관점을 제시하고 있다.

물론 소라이도 고문의 부흥을 주창했던 한유를 좋게 평가하였다. 그러므로 소라이는 복고를 위한 작문 규범을 제시하고자 『사가전(四家儁)』을 편찬하여 당(唐)의 한유, 유종원(柳宗元)과 명(明)의 이반룡, 왕세정 4인의 한문 작품을 수록했는데, 이와는 별도로 "한유는 맹자를 존숭하여 진부한 표현을 없앴다. 그래서 좌씨(左氏)를 지나치게 과장되었다고 폄하하였다. 이 문인들은 장점을 다투는 상태이니 어찌 이들에게만 전적으로 의지할 수 있겠는가?"(『徂徠集』卷二十四,「水神童に復す(第二書)」)라는 비판도 하고 있다. 결국 소라이의 한유에 대한 평가는 부분적인 긍정일 뿐이었다. 소라이가 가장 긍정적으로 평가했던 것은 이반룡이었다. 이러한 소라이의 평가와는 반대로 슌다이는 「이반룡의 문장을 읽다(讀李于鱗文)」(『春台先生文集』後稿 卷十)에서 이반룡을 준엄하게 비판했다.

고문사론이 일어난 이래로 이를 즐겨 실천한 인물로 이반룡 같은 이가 없다. 내가 그의 문장을 살펴보니, 애써 읽기 어렵고 이해하기 어렵게 만든 것이었다. 앞의 말을 아직 다 하지도 않았는데 뒷말이 돌출하고, 갑(甲)을 이야기하는 것이 아직 끝나지도 않았는데 옆에서 을(乙)의 사건이 튀어나온다. 또한 많은 고인의 성어를 주워 엮어 문장을 이룬다. 이 때문에 말에 조리도 없고 맥락도 없다.

더욱이 위와 같은 글에서 "고문사가는 다만 고사(古辭)를 모을 줄만 알지 고법(古法)에 대해서는 묻지 않는다. 그래서 이런 걱정거리가 생기고 말았으니 이반룡 또한 이에서 벗어나지 못하고 말았다"라 하고, 또 "이반룡은 일생 동안 애써 읽기 어렵고 이해하기 어려운 글을 짓는 것으로 스스로 자부하여, 죽을 때까지 그것이 고인과 다른 점이라는 것을 자각하지 못했던 것은 안타까운 일이라 할 수 있다"고 기록했다. 슌다이는 한유를 높이 평가하였는데 이는 스승인 소라이와는 같지 않은 것이었으며 이반룡류의 고문사에 대해서는 부정적이었던 것이다.

그래서 이런 점은 스승인 소라이에 대한 슌다이의 비판으로 이어지게 되었다. 앞의 「이반룡의 문장을 읽다」에서 인용한 부분에 이어서 슌다이는 다음과 같이 기록하고 있다.

소라이 선생은 기이함을 좋아하는 벽(癖)이 있었다. 중년에 고문사를 좋아하였는데, 이로 말미암아 마침내 고훈(古訓)에 통하였던 것은 대단한 일이었다. 그런데 이를 지키기만 하고 변화하지 않은 채 십여 년이 흘러 돌아가시고 말았다. 내가 선생의 호걸스런 자태를 생각해 보니, 젊어서부터 노년에 이르기까지 학술과 지식이 여러 차례 변화했다. 만일 선생에게 몇 해가 더 주어졌다면 오래지 않아 반드시 고문사의 잘

못을 깨닫고 결국 끝내 그것을 좋아하지 않았을 것이며 문장 또한 반드시 일변했을 것이다. 안타깝게도 하늘이 내려준 세월이 길지 않아 최후의 일변에는 이르지 못하고 돌아가셨다.

소라이 선생의 고문사 주창은 '기이함을 좋아하는 벽'에 의한 것이었으며, 조금 더 오래 살았더라면 고문사의 잘못된 점을 깨닫고 반드시 고문사를 부정하였을 것이라고 하고 있다.

이렇게 하여 이반룡과 소라이류의 고문사에 기반한 시문 창작을 부정하였던 슌다이가 주장한 것은 앞서 살펴보았듯이 새로운 표현을 고대의 시법(詩法)과 문법에 맞추어 조합하는 것에 의해 시문의 복고를 꾀하는 것이라고 말할 수 있다. 그리고 그렇게 하여 일가의 새로운 작품이 탄생할 수 있을까 하는 가능성에 대하여, 사마천『사기』의 문장을 예로 들어「문론 – 여섯 번째」(『春台先生文集』後稿 卷七)에서 슌다이는 다음과 같이 기술하고 있다.

좌씨(左氏)의 문장은 스스로 하나의 법(法)이 되니 이에 앞서 고인(古人)이 있는 것이 아니다. 사마천의 문장도 또한 스스로 하나의 법이 된다. 한(漢)이 일어난 다음의 일을 엮은 것은 곧 그가 스스로 찬술한 것이고, 오제(五帝)로부터 진초(秦楚)의 즈음에 이르는 시기를 엮은 것은 곧 경전과 제가(諸家)의 유문(遺文)을 모아 그것으로 본기(本紀), 세가(世家), 열전(列傳)이라 하였다. 경전과 제가의 유문을 모은 것이라고 해도 그 가운데 상당한 원문을 교정하였으니, 그렇게 하는 데에서 가법(家法)을 썼다. 이것이 사마천이 능히 일가를 이룰 수 있던 까닭이다. 무릇 사마천이 능히 일가를 이룰 수 있었던 까닭 가운데 백세토록 우뚝한 점은 그 변화를 능히 할 수 있었다는 점이다. 사마천 이후에 변화를 능히 하는 자는 천년 동안 오직 한유뿐이었다.

복고(復古)를 도모하면서도 일가를 이룰 수 있는 까닭을 슌다이는 사마천과 한유에게서 찾아 그것을 '변화'라고 하는 말로 정리하고 있다. 이반룡과 소라이류의 고문사론에서 '모의변화(模擬變化)'라고 하였던 것과 같은 '변화'라는 개념이다. 그러나 슌다이가 말하는 '변화'라는 것이 어떠한 의미 내용을 가리키고 있는 것일까. 유감스럽게도 슌다이도 또한 그것을 구체적으로 논한 것은 없다.

5.

소라이 문하에서 다자이 슌다이와 함께 쌍벽을 이루던 사람이 핫토리 난카쿠(服部南郭)이다. 유아사 죠잔(湯浅常山)이 쓴 소라이 문하의 일화를 기록한 『문회잡기(文會雜記)』에 슌다이의 문인 마쓰자키 간카이(松崎観海)의 다음과 같은 담화가 실려 있다.

일본에서 참된 고문이란 것은 『학칙(學則)』[2]의 제일칙(第一則) 또는 난카쿠의 『남곽집(南郭集)』 가운데 조금 있다. 삼고(三稿)에 보이는 장문(長門)의 후(候) 관동천준(関東川浚)의 비(碑)와 같은 종류가 참된 고문일 것이다. 난카쿠의 글 또한 이반룡도 아니고 왕세정도 아닌 고문의 한 체제를 갖춘 흥미로운 글이다. 그의 시(詩)는 해내(海內)에 비견할 만한 것이 없다. 다카노 란테이(高野蘭亭)가 시의 뛰어난 기량을 갖추

---

2   오규 소라이의 저술 제목. 육경을 공부하는 방법론에 대해 논하는 내용이다. 【역자 주】

어서 일동(日東)에서 독보적이라 할 수 있으나 역시 난카쿠에게는 미치지 못한다. 문(文)에 있어서는 참된 고문이라 하는 것이 『남곽집』에 조금 있을 뿐이다.

소라이의 문인 가운데 시인·문장가로서 난카쿠가 가장 뛰어나다고 보는 것은 간카이 혼자만의 평가는 아니다. 이는 동문(同門) 내에서 또한 동시대에 정평이 나 있었는데, 간카이는 '난카쿠의 글 또한 이반룡도 아니고 왕세정도 아닌 고문의 한 체제를 갖춘 흥미로운 글이다'라고 지적하고 있다. 이 구절만을 떼어 놓고 보면 난카쿠의 글이 이반룡·왕세정의 명대 고문사와는 이질적으로 다른 것이었다는 말이 된다. 그것은 결과적으로 난카쿠의 작품에는 독자성이 보인다는 지적인데, 난카쿠의 시법(詩法)과 문법(文法)이 이반룡·소라이류의 고문사를 부정한 슌다이와는 차이가 있다. 그가 이반룡·소라이류의 고문사법을 계승한 것은 틀림이 없다.

예를 들어 난카쿠는 간단한 형태로는 '시를 구상할 때 그저 새롭고 재미있는 것을 말하려고 취향을 지어내려는 일도 있다. 이는 무척이나 나쁜 것이다. 다만 옛 사람의 풍체(風体)와 사(詞)의 좋은 점을 모범으로 삼아 오로지 그 모습과 비슷해지려 하는 것이 좋은 것이다'(『南郭先生燈下書』) 라고 했고, 또 '무릇 문(文)의 어려움은 내가 하고자 하는 말을 꾸며서 고인(古人)의 마음을 잘 헤아려 이것에 맞추는 것에 있으니 옛것을 취해 지금을 다스리는 것이다. 문(文)이라 함은 내가 다른 사람과 같아지는 것이 아니겠는가'(『南郭先生文集二編』 卷 6,「金華稿刪序」) 라고 말하고 있듯이, '문(文)은 진한(秦漢), 시는 한위성당(漢魏盛唐)'이라는 기치를 규범으로 삼아 그 표현을 모의(摸擬)하고, 모의라는 방법을 통해 스스로를 고인으로 변화시킴으로써 '내'가

시문을 지으려 했다. "내가 이반룡의 방법에 전심으로 힘쓴 것이 오늘에 이르러 19년이다. 점점 그의 말대로 하지 않으면 안 된다는 것을 알게 될 뿐이다. 뚫을수록 더욱 견고하고 우러러볼수록 더욱 높아서 나로서는 도달할 수 없을 것 같다."(『南郭先生文集二編』卷6「重刻滄溟集序」)라고 기술하고 있듯이 난카쿠가 이반룡에게 경도된 것은 소라이에 뒤지지 않았다.

그러나 이반룡과 소라이류의 고문사 방법에 의거하면서 또 난카쿠의 작품에 독자성이 있다고 한다면 그것은 어느 정도 난카쿠의 개성에 원인이 있을 것인데, 역시나 난카쿠의 시론에는 이반룡과 소라이류의 고문사 범위로 모두 수렴될 수 없는 무엇인가가 싹트고 있었다고 생각해 볼 수 있지 않을까. 후쿠오카(福岡)의 번유(藩儒)였던 이도로케이(井土魯坰)에게 보낸 답신 「지쿠젠에 있는 이도생에게 답하다(筑前の井土生に答ふ)」(『南郭先生文集二編』卷10)에서 난카쿠는 세상에서 고문사를 두고 '상습(相襲)'이니 '표탈(剽奪)'이니 하며 비판함에 대해 다음과 같이 반론하고 있다.

이 도(道, 고문사의 도)는 곧 내면에서 깨닫는 것이다. 깨달아도 다른 사람에게 전할 수는 없다. 혹시 깨닫지 못했다면, 애를 써서 하루 종일 이에 대해 말해주어도 이해하기에 충분치 않다. 만일 깨닫게 되면 곧 본디 이미 의거하는 바가 있다고 해도 진부해지지 않고, 또한 반드시 의거하지 않아도 고(古) 됨에 지장이 없다. 이를 깨달음에 도가 있으니 수양하지 않으면 깨닫지 못하고, 배우지 않으면 수양할 수 없다. 그러므로 배움을 먼저 한다. 그것이 지극한 데에 이르면 몸이 변화하고 외면을 거짓으로 꾸미지 않게 된다.

난카쿠는 고문사를 수득(修得)하는 것의 중요성을 말하고 그것이 자신의 내부에 확실히 체득된다면 전거(典據)가 있는 표현의 모의(模擬)라고 해도 그것은 '진부'하지 않다고 반론한다. 이러한 논법은 소라이가 물려준 것인데, 주목되는 바는 이 말에 이어지는 '또한 반드시 의거하지 않아도 고(古) 됨에 지장이 없다'는 구절이다. 이것은 고문사의 법(法)을 체득하면 꼭 전거가 있는 표현을 모의하지 않아도 고문이 될 수 있다는 말이다. 일자일구(一字一句)도 전거가 없지 않다고 평가받는 이반룡의 고문사법이나 이에 동조하는 소라이의 방법에서는 볼 수 없는 난카쿠의 독자적인 시각이라고 말해도 좋겠다.

그리고 난카쿠는 신슈(信州)의 다카시마(高島) 번주(藩主)인 스와 다다토키(諏訪忠林)로부터 '최근 내가 짓는 시의 격조가 떨어지는 듯이 느껴지는데 시를 어떻게 지으면 좋을지 알 수 없어졌다'는 상담을 받은 적이 있다. 이에 대한 답신인 「아호후(鵞湖侯)에게 답하다(鵞湖侯に答ふ)」(『南郭先生文集四編』卷10)에서 난카쿠는 이렇게 회답한다.

무릇 시(詩)란 제목에 임하여 뜻을 정하고 흥취에 나아가 사(辭)를 얻는 것이 원래 그렇거니와, 또한 조(調)를 통해 사(辭)를 얻고 사(辭)에 따라 뜻을 얻기도 한다. 다만 먼저 뜻을 세우지 않으면, 곧 체(體)도 역시 서기 어렵고 종종 가구(佳句)가 있다고 해도 주된 뜻이 일관되지 않고 전후로 치우치고 손상되어 한 편의 시를 이루기 어렵다. …… 옛날에 사람이 있었는데 스스로 시격(詩格)은 생각하지 않고 천박함에 떨어질 것을 걱정하는 자였다. 오규 소라이는 다음과 같이 가르쳤다. 조(調)를 통해 뜻(思)을 구상하고 사(辭)를 얻어 편(篇)을 만들라. 먼저 성당(盛唐)의 여러 명가(名家)의 잘된 작품들의 구조(句調)를 외우고 익힌 후에 그것으로부터 배울 뿐이다. 꼭 먼저 뜻을 세우지 않고도 그저 고인(古人)과 닮음을 추구한다. 이것 또한 하나의 도(道)이다.

스와 다다토키의 질문에 대한 회답으로 난카쿠는 소라이의 발언을 인용해서 우선 '조(調)'와 '사(辭)'를 우선시해서 시를 짓는 것이 '일도(一道)', 즉 하나의 시작법이라고 다다토키에게 권한다. '조'와 '사'를 중시해서 그것을 모의하는 것은 소라이가 제창한 선왕의 도를 이해하기 위한 고문사의 요체였다. 따라서 그것을 다다토키에게 권하는 일은 난카쿠로서는 당연한 것인데, 주목되는 바는 난카쿠가 그것에 '일도'라는 한정을 붙이고 있는 점이다. 결국 난카쿠는 그것이 반드시 작시(作詩)의 본령이라고 말하고 있는 것은 아니기 때문이다.

그렇다면 난카쿠는 무엇을 시 짓기의 본령으로 생각했을까? 앞서 인용문 서두에 나타나 있는 '무릇 시(詩)란 제목에 임하여 뜻을 정하고 흥취에 나아가 사(辭)를 얻는 것이 원래 그렇거니와' 하는 부분이 그것이라 할 수 있다. 소라이가 말하는 '조(調)를 통해 사(辭)를 얻고, 사(辭)를 따라 뜻(意)를 얻는다'고 하는, 즉 조(調)→수사(修辭)→시의(詩意)라는 흐름을 갖는 시작법은 선왕의 도를 알기 위한 방법으로써 다시 말해 경학에 종속되는 시작법으로는 유효할지 모른다. 그런 상황 내에서 '하나의 방법'일 수는 있지만 작시의 본령은 '제목에 임하여 뜻을 정하고 흥취에 나아가 사(辭)를 얻는'다고 하는, 즉 시제(詩題)→시의(詩意)→흥취(興趣)→수사(修辭)라는 흐름에 있다고 난카쿠는 인식하였던 것이다.

난카쿠는 소라이가 제창하는 경학의 방법으로 고문사학을 계승하고 이반룡과 소라이류의 의고 시론을 따르기도 했다. 그러나 시인인 난카쿠는 일반론적으로 시 짓기의 출발점을 우선 제의(題意)와 흥취(興趣)라는 층위에 있다고 보았기 때문에 조(調)나 수사(修辭)는 또 다른 층위의 문제라고 생각했다는 것이다. 여기서는 소라이 문하의 경학자인 난카쿠와 시인인 난카쿠가 분열하는 모습이 노정되고 있다고 해도 좋다. 다른 말로 표현하자면 시인 난카쿠의 시론(詩論)은 소라이의 경학적 고문사 시론의 범위에 들어 있지 않았다는 말이다.

난카쿠가 시 짓기의 출발점으로 우선 제의와 흥취를 생각했던 이유는 소라이가 시론의 과제로 방치했던, 시에 있어서의 '세태'의 차이와 '인정'의 개별성을 어떻게 처리할까라는 문제를 난카쿠 자신이 시인으로서 방치할 수 없었음을 나타낸다. 이 점에 관해서 아주 흥미로운 자료로 제시된 것이 난카쿠의 「도귀덕(島帰徳)에게 주다(島帰徳に与ふ)」(『南郭先生文集初編』卷10)라는 문장이다.

'도귀덕'은 소라이의 문인이기도 했으며 막부의 오쿠보즈(奧坊主)[3]였던 나루시마 긴코(成島錦江, 또는 成島道筑)이다. 어느 날 나루시마가 두보의 칠언율시 연작인 「추흥팔수(秋興八首)」를 모의한 「추흥팔수(秋興八首)」라는 시를 짓고 그것을 난카쿠에게 보낸 적이 있다. 난카쿠는 나루시마의 시에 화운(和韻)해서 답했다. 난카쿠가 지은 화운시는 「가을날 지은 팔수, 도귀덕에게 화답하다(秋日の作八首, 島帰徳に和す)」라는 제목으로 『난카쿠선생문집초편(南郭先生文集初編)』 권4에 실려 있다. 이때 난카쿠는 화운시의 시제로 '추흥'이라는 글자를 사용하지 않고 '가을날 지음(秋日作)'을 사용했다. 왜 그랬을까? 그 이유를 알 수 있는 문장이 「도귀덕에게 주다」이다.

「추흥팔수」는 두보가 쉰 다섯 때인 '기주(夔州) 시절'에 지은 절창(絶唱)으로 명성이 높은데, 난카쿠도 "「추흥」이 한번 나오니 천고(千

---

3   오쿠보즈(奧坊主): 에도 막부 시절의 직명(職名). 에도성 내의 다실(茶室)을 관리하고 쇼군(将軍)과 다이묘(大名) 외 관리(役人)에게 차를 접대하는 사람.【역자 주】

古)의 궤이(詭異)로 더 높일 것이 없어졌다. 누구인들 감탄하고 흥기 하지 않으리오."라고 절찬했다. 두보의 「추흥팔수」는 이후 "드디어 후세 사람들로 하여금 다투어 흉내 내는 광대가 되어 감히 어지럽게 날뛰지 못하게 하였다. 이에 공동(空同, 명나라 前七子의 한 사람인 李夢陽 의 호)의 무리가 당대(當代)를 오시(傲視)하고는 각고의 노력으로 모의 하였는데 방불하게 비슷하지 않은 것은 아니었다"는 말처럼 수많은 모의 작품을 탄생시켰다. 이들 모의 작품이 서로 비슷하지 않은 건 아니지만 모두가 원시(原詩)가 지닌 박력에 압도되어서 그 시인이 가 진 평소의 기량조차 다 발휘할 수 없을 정도라고 난카쿠는 비판하기 도 했다.

어째서 '각의모의(刻意摸擬)'에 의해서는 원시에 육박할 정도의 시 를 지을 수 없는 걸까? 자문하던 난카쿠는 이렇게 말한다.

소릉(少陵, 杜甫의 호)의 시대에는 '진중(秦中)'과 '기부(夔府)' 같은 지역이 있었고, '무협(巫峽)' 같은 지역도 있고, '백제(白帝)' 같은 지역 도 있었으며, '곤명(昆明)'·'봉래(蓬来)'·'화악(花萼)' 같이 황제가 머무 는 여러 궁궐의 장관이 있었으며, 여러 문물(文物)과 산천(山川)이 있었 다. 그런데 지금 그 가운데 하나라도 여기에 있는가? 당 현종(唐玄宗)의 사치와 화려함 그리고 신선술과 변방의 사건 같은 것들이 있었으며, 두 보가 조정의 반열에 서고 또 영락하게 되는 감개 같은 것이 있었다. 그 런데 지금 그 가운데 하나라도 여기에 있는가?

다시 말해서 두보가 「추흥팔수」를 지을 때에 시의 재료가 된 '문 물', '산천', '감개' 어느 것 하나도 '모의 시'가 만들어지는 시대의 작 자에게는 없다. 그리고 "시는 무릇 사물에 접해 감흥"하는 것이며,

"비록 두보가 다시 나온다 해도 아마도 이처럼 비장하지는 않을 것인데 하물며 우리들은 어떠하겠는가?" 설사 두보 본인이 다른 시대, 다른 지역에서 태어났다고 해도 그 '문물', '산천', '감개'가 그 시대에 있지 않으면 「추흥팔수」의 '비장'함은 재현할 수 없을 것이다. 하물며 에도 시대 일본에 태어난 우리가 온 힘을 다해 모의한다고 해도 그것을 재현할 수는 없다고 난카쿠는 말한다. 모의하는 자에게는 없는 '문물', '산천', '감개' 등등이 두보에게는 시상과 흥취를 불러일으키는 '세태'와 '인정'이라는 말로 치환될 수 있다. 시의 출발점이 되고 기본이 되는 이러한 시대성과 개별성의 문제를 시인 난카쿠는 무시할 수 없었던 것이다.

난카쿠의 이러한 인식은 확실히 소라이의 고문사 시법과는 모순된다. 이는 난카쿠와 소라이의 실제 의고시를 비교해 보면 일목요연하게 이해될 것이다. 현실감이 희박한 소라이의 작품에 비해서 난카쿠의 작품은 같은 의고시라고 해도 작품 속에 난카쿠의 현실이 표현되어 있다. 소라이는 「굴경산(屈景山)에게 답하다(第一書)」(『徂徠集』 卷27)에서 "생각건대 고문사학(古文辞學)이 어찌 다만 읽는 것일 뿐이리오. 또한 반드시 그 손가락으로 써지도록 해야 한다. 능히 이것을 그 손가락으로 쓸 수 있으면 고서(古書)가 마치 입에서 나오는 것과 같은 것이다. 그렇게 된 이후에야 곧바로 고인과 한 집에서 서로 인사를 할 수 있으니 소개도 필요 없게 된다"고 말했다. 소라이에게 고문사를 모의해서 시를 짓는 것은 '곧 고인과 한 집에서 서로 인사하는' 것이었으니, 고문사를 모의함으로써 두보와 같은 성당(盛唐)의 시인이 표현한 '고화웅혼(高華雄渾), 고아비장(古雅悲壮)'(『徂徠集』 卷26, 「江若水に与ふ(第八書)」)을 재현하는 것이 원리적으로는 결코 불가능하지 않은 것이 된다. 그러나 시인 난카쿠에게 그것은 너무나도 원리적인 재단

(裁斷)일 뿐이었으니, 시를 짓는 행위의 미묘한 사정을 이해하지 못하는 논리라고 생각하지 않았을까.

그리고 난카쿠는 앞서 소개한 인용에 이어 다음과 같이 기술한다.

> 모의하여 짓는다는 것은 실은 그 사람 자체를 빼앗아야 겨우 가능한 것이다. 그렇지 않다면 그저 덮어두어야 한다. 즉 졸박함도 또한 나의 졸박함이다. 어찌 호랑이를 그리다 실패하는 것보다 낫지 않겠는가.

모의해서 시를 지어도 그 작자, 그 사람을 완전히 자신의 것으로 할 수 없다면 비록 어설퍼도 서툰 자신의 시를 짓는 편이 낫다는 말이다. 이러한 어투는 고문사파의 모의표절을 비판한 성령파(性靈派)의 현실주의적 개성을 중시하는 시론에 상당히 가깝다. 예를 들어 야마모토 호쿠잔(山本北山)이 고문사파 비판을 위한 책으로 출판한 『작시지구(作詩志彀)』에서 '남의 시를 표절해서 교묘히 하기보다는 나의 시를 분출해서 서툰 것이 낫다는 마음가짐'이라는 단언과 거의 큰 차이가 없다고 해도 좋을 정도이다.

그렇다고 해도 난카쿠 자신이 의식적으로 고문사를 시 창작의 규범으로 삼는 의고주의 복고주의 시인의 길을 따랐던 것은 확실하다. 그러나 한편으로 이반룡과 소라이류의 고문사 시론에 모두 수렴되지 않는 부분이 그에게 있었던 것도 지금까지 봐온 것처럼 부정할 수 없는 사실인 것이다. 시인 난카쿠의 과제는 소라이가 방치하였던 문제, 즉 시에 담긴 '세태', '인정'의 시대성과 개별성 문제를 어떻게 복고주의 시론에 적용할 수 있을까 하는 점이었다. 그런 점에서는 소라이의 시론이나 슌다이의 시론을 살펴본 말미에서 검토했던 '의의변화(擬議變化, 모의하고 논의하여 변화한다)'라는 것이 역시나 난카쿠한테도 문제였던 것이다.

확실히 난카쿠의 문장 중에도 이러한 '의의변화'라는 표현이 등장한다. 소라이가 명나라 고문사파 시인의 절구(絶句)를 선별해 주해(注解)해 놓은 『절구해(絶句解)』에 붙인 난카쿠의 서문 「오칠절구해서(五七絶句解序)」(『南郭先生文集二編』 卷7에도 수록됨)에 나와 있는 "소라이 선생이 시를 지음에 있어 이반룡과 왕세정을 꿈꾼 지 몇 해가 된다. 그들의 성과를 찬수(纂修)함으로써 법칙을 삼고, 그 유래를 의의(擬議)함으로써 변화를 본다"라는 문장이 그것이다. 그러나 소라이 문집이나 슌다이 문집과 비교해도 난카쿠의 문집에는 시론에 관련된 발언이 적다. 있다고 해도 대부분 소라이의 논의를 조술(祖述)하는 수준이다. 난카쿠는 재능이 풍부한 시인이긴 했지만 시를 둘러싼 문제를 논리적으로 분석하는 시론가는 아니었다. 결국 이상과 같은 문제의식을 갖고 있던 난카쿠도 역시 의고시에서 '의의변화(擬議變化)'가 어떤식으로 가능할 수 있는가 하는 문제에 관해서는 의식적으로 적극 몰두하지 않았다.

이후에 고문사파의 모의격조(摸擬格調) 시를 에도의 시단(詩壇)에서 구축하고, 현실주의적인 성령(性靈)의 시로 시풍(詩風)을 전환시키는 계기가 된 시론서 『작시지구(作詩志彀)』에서 야마모토 호쿠잔은 '의의변화'에 대해서 이렇게 말한다.

'의의(擬議)해서 그 변화를 이룬다'는 말이 이반룡에게는 표절했다는 비방을 막는 도구였다. 그러나 옛 성인이 이 말을 『역경(易經)』에서 하였지만, 이것이 시에 대해 말한 것이었다는 이야기는 아직 듣지 못했다. …… 또한 의의(擬議)를 가지고 변화를 일으킨다는 말은 있어도, 의의(擬議)를 가지고 진부(陳腐)를 이룬다는 말은 없다. 시험 삼아 이반룡의 시를 보라. 의의(擬議)는 있지만, 변화가 결코 없다. 붓을 놀리기만 하면 중원(中原)·만리(万里)·천지(天地)·건곤(乾坤)·양춘(陽春)·백설(白雪)·풍진(風塵)·백운(白雲)과 같은 부류의 시어들이 거의 중복(重復) 첩출(疊出)되니 참을 수 없다. 너무 역겹고 추하도다.

'의의변화'는 이반룡이 '표절'이라는 비난을 피하기 위해『역경』에 나온 표현을 원용해서 임의로 갖다 붙인 말이므로, 고문사의 모의(模擬) 시법에 '진부'함은 있어도 '변화' 같은 것은 없다는 것이 호쿠잔이 고문사파를 공격하는 주장이었다. 그러나 지금까지 봐온 것처럼 소라이 일파에게도 '의의변화'를 문제시하려던 경향은 존재했다. 그렇지만 결국 고문사파 내부에서 이러한 호쿠잔의 비판에 반론을 제기하기 위해 '의의변화'에 관한 설득력 있는 시론이 끝내 제출되지는 못하였다.

이비 다카시(揖斐 高)

成蹊大學文學部 명예교수.
전문 분야는 近世漢詩, 특히 柏木如亭를 연구하였다.
저서로 『近世文學の境界 個我と表現の變容』(岩波書店, 2009),
『江戶の文人サロン 知識人と芸術家たち』(吉川弘文館 歷史文化
ライブラリー, 2009), 『江戶幕府と儒學者 林羅山・鵞峰・鳳岡三
代の鬪い』(中央公論新社 中公新書, 2014) 등이 있다.

이 글은 『日本漢文學研究』4에 실린 揖斐高의 「擬古論 — 徂徠・
春台・南郭における模擬と變化」를 번역한 글이다.

번역: 김용태

중국과 일본의 교류와 『동영시선(東瀛詩選)』 편찬에 관한 고찰

메이지(明治) 한시단(漢詩壇) 그리고 일·중 관계와의 관련을 중심으로

제 4 장

가와베 유타(川辺雄大)

1. 시작하며

유월(兪樾)[1]이 편찬한 『동영시선(東瀛詩選)』(40권 보유 4권, 메이지 16년 (1883) 간행, 이하 『시선(詩選)』)은 537명, 5319수라는 방대한 양의 일본 한시(漢詩)를 수록(收錄)한 한시집(漢詩集)으로, 편집의 수락에서 간행까지, 약 1년 3개월(1882 여름~1883 10월)이라는 짧은 기간 동안에 이루어졌다. 지금까지 이루어진 『시선(詩選)』의 편찬에 관한 연구는 다음과 같다.

오카이 신고(岡井愼吾)의 「기타가타 신센(北方心泉) 상인(上人)」[2]은 오카이의 스승이었던 미야케 신겐(三宅眞軒)[3]에게서 들은 『시선(詩

---

1 兪樾(1821-1906): 河南學政提督을 담당하였고, 曾國藩·李鴻章 등과 관계가 깊었다. 北方心泉이 면회할 당시, 유월은 소주에 거주하였고 항주에는 별장이 있었다.

2 『書苑』, 三省堂, 1943.

3 三宅眞軒(1850-1934): 이름은 貞, 통칭은 小太郞, 자는 子固, 松軒, 후에 眞軒, 大小廬라고 호를 하였다. 학문은 富川春塘·井口犀川·永䟽亥軒·金子松洞에게 배웠고, 犀川의 사후에 독학을 하였다. 前田家에서 나온 『四庫提要』를 정독하였다. 1875년경부터 1883년에 걸쳐 益智館이라는 책방에서 일하였는데, 1883년 이후에 石川縣 전문학교·石川縣 심상중학교·제4고등중학교 교원을 역임하였다. 『詩選』이 완성된 다음해 1884년 加賀의 藩政 시대의 장서에 관한 목록인 『石川縣勸業博物館書目』 권1을 편집하였다. 1903년부터 1916년까지 광도고사(廣島高師)에서 교편을 잡았고, 그 후에 동경으로 옮겨가 前田家의 서적을 정리하여 『尊經閣文庫漢籍分類目錄』(1933,4)을 편집하는 등 漢學에 정통한 인물이었다.

選)』편찬에 관한 이야기를 기술한 것이다. 요시다 사부로(吉田三郞)의
「유월척독(兪樾尺牘)」[4]은 기타가타 신센(北方心泉)[5]이 지주로 있던 상
복사(常福寺, 石川縣 金澤市)에 소장된 유월이 신센(心泉)에게 보낸「곡
원태사척독(曲園太史尺牘)」(이하 척독) 14통을 소개하였고 일본어 번역
을 부기하였다. 이경(李慶)의 『동영시묵-근대중일문화교류희견자료
집주(東瀛遺墨-近代中日文化交流稀見史料輯注)』[6]는 위의 척독을 번각(翻
刻)한 것이다. 다카시마 카나메(高島要)의『동영시선 본문과 총색인(東
瀛詩選 本文と總索引)』[7]은『시선』전문의 번각과 색인을 작성하는 한편
채록(採錄)된 전거(典拠)에 대해 고찰을 더하였다. 오가와 타마키(小川
環樹)의「중국인이 본 에도 시대의 한시(中國人が観た江戶時代の漢詩)」[8]
는 유월의 선택기준·기호 등에 대해 논하였다. 채의(蔡毅)의「유월과
동영시선(兪樾と東瀛詩選)」[9], 왕보평(王寶平)의「근대중일학술교류의
연구(近代中日學術交流の硏究)」[10]는「유월척독」등 상복사 소장 자료를
사용하여 편찬과정에 대해 고찰하였다.

　이외에 도역강(島力崗)의「『동영시선』연구에 관한 두세 가지 문제

4　本岡三郞,『北方心泉 人と藝術』, 二玄社, 1982.

5　北方心泉(1850-1905): 金澤 상복사 제14대 주지이다. 이름은 蒙, 호는 心泉, 小雨, 月
　　莊, 文字禪室, 聽松閣, 酒尚和尙 등이 있다. 1877년부터 1883년까지 청국포교 사무계
　　로 上海 별원에 근무하였다. 1883년 폐병 때문에 귀국하여 나가사키에서 요양 생활
　　을 하게 되었다. 그 후에 三宅眞軒의 조언을 따라 書學을 본격적으로 배우기 시작해,
　　1890년에 개최된 제3회 國內勸業博物會에 書作을 출품해 입상하였다. 일반적으로 楊
　　守敬과는 별도로 일본에 북파 서풍을 들여온 서가로 알려져 있다.

6　上海人民出版社, 1999.

7　勉誠出版, 2007.

8　『文學』46호, 岩派書店, 1978년 6월.

9　『島大言語文化』제1호, 島根大學法文學部紀要, 1996.

10　汲古書院, 2005.

(『東瀛詩選』研究に関する二, 三の問題)」[11] 및 「유월과 이홍장 - 『동영시선』성립에 관해(兪樾と李鴻章 - 『東瀛詩選』成立をめぐって)」[12]는 기시다 긴코(岸田吟香)가 유월의 인맥, 구체적으로 증국번·이홍장과 관련 있는 인맥을 만들기 위해 시선을 편집하였을 가능성이 있다고 지적하였다.

그런데 『시선』의 편찬이 어떻게 이루어졌는가는 매우 흥미로운 문제이다. 지금까지 메이지기 동본원사(東本願寺) 상해(上海) 별원에서 포교 활동을 한 기타가타 신센(北方心泉)이나 마쓰바야시 고쥰(松林孝純)[13] 등이 시선 편찬의 발안자인 기시다 긴코와 유월의 연락책을 담당했다는 사실이 알려졌으며, 상복사(常福寺)에는 『시선』 편찬에 관한 자료로 앞서 서술한 「유월척독(兪樾尺牘)」(14통) 이외에 신센(心泉)이 유월에게 보낸 서한 「심천초고(心泉草稿)」(7통) 등이 남아 있다.

본고에서는 선행연구와 상복사 자료를 더해 『시선』이 편집되었던 당시 일본 국내의 한시단(漢詩壇)이나 중·일 관계 등을 고려하며, 『시선』의 편집과정, 한시인의 채록 상황, 중일 쌍방의 편찬의도의 차이, 나아가 유월과 그가 간행한 『시선』이 일본의 한시인(漢詩人)이나 중국학자에게 준 영향과 평가에 대해 검토하고자 한다.

11 『文藝論叢』제66호, 大谷大學文藝學會, 2006.

12 『大谷大學大學院研究紀要』제23호, 大谷大學大學院, 2006.

13 松林孝純(1856경-?): 청에 있을 때의 호는 行本. 越後糸魚川正覺寺에서 태어났다. 오사카의 難波別院敎師敎校 지나어과에서 汪松坪에게 남경어를 배웠다. 1881년 11월 본산 경학부에서 청국 유학을 명받고 蘇州에서 소주어를 배웠다. 이때 유월의 『東瀛詩選』편찬에 중개 역할을 하였다.

2. 메이지(明治) 전기 한시단

이 장에서는 메이지 전기 즉 메이지 초기부터 『시선』이 편찬된 1882·3년경 일본 국내 한시단에 대해 서술하고자 한다.[14] 메이지 초년, 유력한 시단(詩壇)의 세력으로

① 히로세 탄소(廣瀨淡窓)의 함의원(咸宜園) 문하(玉川吟社, 香草吟社),

② 오카모토 가테이(岡本花亭) 문하인 에도 시가(詩家) 가운데 유로 (遺老)인 간 차잔(菅茶山)의 시풍을 전하는 세력,

③ 야나가와 세이간(梁川星巖)의 옥지음사(玉池吟社) 문하(下谷吟社 등),

세 개의 계통이 있었다.

함의원(咸宜園)은 히로세 단소가 설립한 사숙(私塾)으로 왕맹위유 (王孟韋柳)를 종지로 삼았던 단소를 중심으로, 시를 잘한 문하생인 단소의 동생 교구소(旭莊), 단소의 양자인 세이손(靑村), 교구소(旭莊)의 아들인 린가이(林外), 메이지 유신 후 메이지 신정부의 관료가 된 쵸산슈(長三洲) 등이 있었다.

함의원은 창평횡(昌平黌)이나 번교(藩校)와는 달리 무사 계급 이외의 사람들에게도 개방되었고, 숙생(塾生)의 3분의 1은 승려였으며 그중에서도 조동진종(曹洞眞宗)의 승려가 많은 것이 특징이었다. 동본원사(東本願寺)의 승려인 문하생 중에는, 유신 후에 상해(上海)에서 포교

---

14 이 장의 집필에는 三浦叶의 『明治漢文學史』(汲古書院, 1998), 倉石武四郎의 『本邦における支那學の發達』(汲古書院, 2007), 乾照夫의 『成島柳北研究』(ぺりかん社, 2003)를 참조하였다.

를 한 오구루스 코쵸(小栗栖香頂)·와타나베 테쓰칸(渡辺徹鑒)이나 코쵸(香頂)의 동생인 오구리 푸가쿠(小栗布岳), 『시선(詩選)』에도 한시가 채록되었던 히라노 고가쿠(平野五岳), 오사카의 욱장숙(旭莊塾)에서 수학하고, 후에 상해 별원 윤번(上海別院輪番)이 된 마츠모토 하카(松本白華)[15] 등이 있다. 그리고 1871년 도쿄(東京)에서 쵸 바이가·산슈(長梅外·三洲) 父子와 아키쓰키 키즈몬(秋月橘門·土新) 父子가 중심이 되어 옥천음사(玉川吟社)·향초음사(香草吟社)를 결성하여 활동하였다. 그러나 1877년을 기점으로 연이어 동인(同人)들이 세상을 떠나며 쇠퇴하게 되었고, 1895년 쵸 산슈(長三洲)의 죽음을 계기로 그 활동을 중단하였다.

야나가와 세이간(梁川星巖) 문하에는 오노 고잔(小野湖山)·오누마 친잔(大沼枕山)·무코야마 코손(向山黃村)·도야마 운조(遠山雲如)·에마 덴코(江馬天江)·스즈키 쇼토(鱸松塘)·오카모토 코세키(岡本黃石)·모리 슌도(森春濤)·오하라 뎃신(小原鐵心)·쿠사바 센잔(草場船山)·타니 뇨이(谷如意) 등이 있었으며 노비(濃尾) 출신의 문인이 다수 있었다. 유신 후에는 특히 오노 고잔·오카모토 코세키·오누마 친잔 등이 도쿄에서 활약하였고 그 중에서 친잔(枕山)이 창립한 하곡음사(下谷吟社)가 앞서의 두 세력을 압도하게 되었다.

한편, 모리 슌도는 1874년 상경, 말리음사(茉莉吟社)를 창립하여 명말청초의 시를 소개하였고, 1875년 4월 『동경재인절구(東京才人絶句)』,

---

15 松本白華(1838-1926): 加賀松任의 사람으로 本誓寺의 26대 지주이다. 명은 嚴護이며 白華·西塘·仙露閣 등의 호가 있다. 막말, 오사카에서 히로세 교구소의 塾에서 수학하였다 1872년 4월 敎部省에 출사하였고, 9월 新門柱 大谷光瑩(現如)와 成島柳北와 함께 歐洲를 시찰하였다. 다음 해에 귀국하여 교부성에 다시 출사하고 1877년 10월부터 1879년 2월까지 동본원사 상해 별원 輪番으로 일하였다. 洋行을 한 전후로 옥천음사·향초음사에 소속되었고, 長三洲를 비롯한 메이지 고관들과 한시를 통해 교류하였다.

7월 한시잡지인『신문시(新文詩)』, 1877년 10월『청삼가절구(淸三家絶句)』, 1878년 8월『청이십사가절구(淸二十四家絶句)』 등을 출판하면서 친잔(枕山)과 세대 교체하게 되었다.

또한 나루시마 유호쿠(成島柳北)도 자신이 주재하는『조야신문(朝野新聞)』이나, 한시잡지인『화월신지(花月新誌)』에 한시를 게재하였는데 이 일은 유호쿠(柳北)가 사망한 해인 1884년까지 이어졌다.

이외에 창평횡(昌平黌) 출신자를 중심으로 1872년에 결성된 구우사(舊雨社)가 있었고, 오노 고잔은 비평을 담당하는 중진(重鎭)으로 활약했다.

이처럼『시선』이 편찬되었던 1882·3년경 일본 내 한시단은 앞서의 세 계통에서 나온 오누마 친잔, 모리 슌도, 나루시마 유호쿠의 이 세 계통이 주가 되었다.[16]

다음으로 이런 배경 하에 막말 유신기 마쓰모토 하카(松本白華)에 대해 살펴보고자 한다.

앞서 말한 대로 하카(白華)는 막말 오사카 욱장숙에서 수학하였고 1871년 상경하여 종문(宗門)의 활동을 하면서 신(新) 문주(門柱) 오타니 고에이(大谷光瑩)와 함께 나루시마 유호쿠, 오쓰키 반게이, 도죠 간다이(東條琴臺) 등 에도의 한시인과 교류하였다.[17] 특히 하카와 유호쿠는 아사쿠사 본원사 내에 있는 숙(塾)에서 함께 교편을 잡았다. 하카의 한시집『금성번화삼십규(金城繁華三十閨)』에는 유호쿠의 비평이 게재되어 있다. 1872년 9월 두 사람은 종교사정시찰(宗敎事情視察)을

16　이 밖에 1870년 9월에는 星巖 문하인 鱸松塘의 七谷吟社, 向山黃村의 晚翠吟社 등이 설립되었다.

17　『宜園百家詩二編』 권4.

위해 구미에 같이 갔을 정도로 친한 사이였다.

한편 앞에서 말한 대로 하카는 함의원 출신자들이 결성한 옥천음사·향초음사의 동인이었으며 1872년부터 1887년까지의 전성기에 같이 활동하였다. 현재 하카가 지주로 있었던 본서사(本誓寺, 石川縣 白山市)에는 동인들의 단체사진과[18] 상해 별원 윤번 시대에 교류했던 청말 문인(陳鴻誥·王冶梅·錢子琴·孫士希·曹受圻·蔣文虎·毛祥麟·梁景鴻)의 서발(序跋)·비점(批點)이 있는 시고(詩稿)가 소장되어 있다. 1877년 하카와 함께 상해에 건너가 후에『시선』편찬에 관여한 신센은 하카가 주재한 요구사(遙久社)에서 수학하였지만 메이지 유신 후에 상경하여 1873년 구미에서 돌아온 유호쿠(柳北)에게 영어와 한시를 배웠다. 현재 상복사에는 유호쿠과 기쿠치 산게이(菊池三溪)의 비평이 들어간 신센의 시고가 소장되어 있고, 유호쿠가 주재한 한시잡지인『화월신지』[19]에도 투고되어 있다. 이처럼 하카나 유호쿠 등 당시 조동진종(曹洞眞宗) 승려는 함의원이나 유호쿠 등의 시단과 가까운 사이였다고 할 수 있다.

3. 메이지 전기의 중일 관계

이 장에서는 메이지 초년부터 1882·3년경의 중·일 관계에 대해 서술해 보고자 한다.

---

18 松本白華와 옥천음사·향초음사에 대해서는 「松本白華と玉川吟社の人々」(二松學舍大學 21세기 COE プログラム,『日本漢文學硏究』제2호, 川邊雄太·町泉壽郎 공저, 2007)를 참조한다.

19 제15호(1877년 7월 4일), 「次人觀都踊之韻二首 加賀心泉迂生北方」.

1873년 청일수호조규가 체결되었고, 조약체결의 교섭을 담당하였던 소에지마 타네오미(副島種臣, 蒼海)와 다케조에 세이세이(竹添井井)[20]가 청국에서 문인·정치가와 교류를 하였다. 특히 다케조에는 처음으로 유월을 만난 일본인이었다. 1877년 청국 공사관이 도쿄에 설치되었고 하여장(何如璋)·황준원(黄遵憲) 등의 외교관이 파견되는 한편, 공사관원의 수원(隨員)으로 왕치본(王治本)이, 중국어 교사로 주유매(周幼梅)·섭송석(葉松石) 등이, 그 외에 위주생(衛鑄生), 진홍고(陳鴻誥) 등 해상파를 중심으로 한 문인들이 일본으로 건너갔고, 각지에서 일본 문인과 교류가 전개되었다.

한편, 동본원사는 1873년 타종파보다 먼저 오구루스 코쵸(小栗栖香頂)를 북경에 약 1년간 파견하여 포교의 가능성을 타진하였다. 1876년 8월 상해 별원이 설치되고 일본인 유학승 대상의 중국어(남경어, 상해어) 교육과 중국인 대상의 중국어 설교(說敎)가 개시되었으며, 1877년 10월, 하카와 신센이 파견되었다.

하지만 중국의 포교에는 커다란 장애가 있었다. 그것은 구미열강과는 조약에 의해 보장되었던 포교권이 청일수교 조약에는 어떠한 것도 명기되어 있지 않았다는 것과, 생각처럼 포교활동이 잘 진행되지 않았다는 것이었다. 지금까지는 1881년경에 동본원사가 포교 문제에 직면한 것으로 알려져 있었지만,[21] 상복사에 소장된 「상신서(上

---

20 竹添井井은 1877년 소주에서 일본인 최초로 유월과 만난 인물이며 心泉에게 소개장을 써주기도 하였다. 竹添는 가끔씩 上海를 방문하였고 1878년에 上海에서 객사한 육군 중위 向郁의 묘비문 등을 썼는데 당시 일본인 묘지를 관리하였던 香頂이나 白華·心泉 등 상해 별원 근무 중이었던 포교승과 면식이 있었던 듯하다.

21 佐藤三郎,「中國における日本佛教の布教權をめぐって: 近代日中交渉史の一齣として」,『山形大學紀要(人文科學)』제5권 제4호, 1964.

申書, 초고)」를 보면 상해 별원이 설치된 1876년 8월 20일 이전에 동본원사는 이미 이 문제에 관해 인식하고 있었다는 것을 알 수 있다.[22]

그 때문에 일본에 가본 경험이 있고 일본어가 뛰어났던 필묵(筆墨)상인 풍경삼(馮耕三)의 중개에 의해, 그림판매를 주로 하는 소위 '해상파(海上派)' 문인과 한시문을 매개로 한 교류가 성행하게 되었다. 그렇지만 신센을 비롯하여 당시 상해에 거주하던 우쓰미 기치도(內海吉堂), 기시다 긴코 등 일본문인의 해상파에 대한 평가는 좋지 않았고, 또한 이들 중 누구도 청국 정부요인과의 인맥을 가진 인물이 없었다.

이런 정황 하에서 포교를 원활하게 하기 위해, 이홍장이나 증국번과 인맥이 있던 문인인 유월에게 접근하게 된 것이다. 이리하여 1881년 5월 신센은 다케조에한테[23] 받은 소개장을 갖고 기시다 긴코와 함께 항주에 있던 유월을 방문했으나 마침 유월은 부재중이었다. 그래서 신센은 다음해 5월 다시 항주로 가서 유월을 만나게 되었다.[24] 긴코가 유월에게 『시선』을 제안한 것은 이후의 일이다.

당시 일본정부는 청일수호조규가 1883년 4월 29일을 기점으로 종료할 것이라고 예상하고 있었고, 동본원사는 정부가 조약개정을 위한 교섭을 개시할 것이라고 생각하였다. 그 때문에 동본원사는 포교권 획득에 관해 이와쿠라 토모미(岩倉具視), 이노우에 가오루(井上馨)

---

22 정부와 긴밀한 관계였던 서본원사는 해외포교는 시기상조라고 보았다. 청국에 포교를 본격적으로 개시한 것은 청일전쟁 후였다.

23 당시 井井은 건강이 악화되어 귀국 중이었다. 井井은 이홍장과 琉球 귀속에 관해 교섭을 하고 있었다. 松崎鶴雄의 『柔父隨筆』(座于寶刊行會, 1943)에 따르면 청일수호조규의 문제점에 대해 인식하고 있었고, 포교권에 대해서도 잘 인식하고 있었다고 한다.

24 동본원사에서는 同年 11월 오사카 難場別院에서 남경어를 배운 松林孝純과 松ヶ江賢哲를 소주와 항주에 각각 어학 습득을 위해 파견했다.

등에게 진정(陳情)을 하였다. 또한 조약 개정 후의 포교를 대비하여 1883년 5월 23일 상해 별원을 착공하였다. 하지만 조약개정교섭은 개시되지 않았고, 9월 12일 별원은 낙성(落成)했으나 9월 14일 청국 포교 중지가 결정되었으며, 10월 4일에는 이를 알리는 통지가 상해에 도착하였다. 그리고 10월 9일 「유월척독 십사」에는 『시선』의 인쇄가 완성되었음을 알리는 취지의 글이 실려 있다.

이처럼 『시선』이 편찬된 시기는 본원사가 청국 내에 조약개정 후를 예측하고 한창 포교활동을 준비하고 있던 와중이었다.

또한 기시다 긴코는 1880년 상해에 낙선당(樂善堂) 지점을 개설하여 의약품 판매 외에 화각본(和刻本)이나 그 판목을 수출하고, 화각본 및 과거 시험용 수진판(袖珍版)을 판매하였다. 특히, 1881년부터 1883년에 걸쳐서 수진본을 비롯한 한적(漢籍)을 다수 간행하였다. 한편, 일본 국내에서는 이미 청국 공사관원이나 청국 문인이 쓴 서적이 복수 출판되었다. 또한 섭송석(葉松石)과 공사관원인 요문동(姚文棟)·황매음(黃梅吟)이 일본 한시집을 편찬하려는 계획을 가지고 있었고,[25] 실제 1883년 3월에는 진홍고가 편찬한 『일본동인시선(日本同人詩選)』이 출판되었다. 아마도 긴코는 청말 문인과 일본 문인의 교류를 통해 이와 같은 출판 계획을 알고 있었을 것이다. 그런 연유로 긴코는 공사관이나 도일(渡日) 문인과는 별도 계통의 인물인 유월에 접근하여 『시선』을 출판하고자 기획한 듯하다.[26]

---

25 王寶平, 『淸代中日學術交流の硏究』(주 260 참조).

26 吟香는 편자인 진홍고와 이미 상하이에서 만났고, 구우사에 참가하였다. 그리고 동 시선에 채록된 小野湖山과도 아는 사이였기에, 출판 전에 이 책이 편집되고 있다는 것을 알았을 수도 있다.

4. 『동영시선』 편찬의 과정

이 장에서는 『시선』의 편찬과정에 관해 서술하고자 한다. 이미 채의(蔡毅)에 의해 『시선』의 편찬과정이 밝혀졌으며,[27] 왕보평은 전술한 「유월척독」 14통과 「심천초고」 7통을 사용하여 연표화 한 바 있다.[28] 본고에서는 약간의 새로운 자료를 보충하면서 요점을 정리하고자 한다.

앞서 말한 대로 1882년 5월 신센이 유월을 항주에서 만난 것은 포교의 목적이었다. 그 후, 긴코가 『시선』 편찬을 의뢰하고 유월이 이를 승낙한 것은 「유월척독 삼」(날짜 불명)에 기재되어 있으며, 1882년 6월에서 8월 사이에 쓴 것으로 추정되는 척독 가운데 다음과 같은 내용이 있다.

기시다 긴코 선생이 귀국 일본의 여러 이름난 시인들의 시를 선정할 것을 제게 요청하였습니다. 제 학문은 얕고 시인을 평가할 정도가 도저히 되지 못합니다. 다만, 일본의 문물에 관해 경앙(敬仰)하는 점이 있기에, 만약 그 연해(淵海)를 찾아 정화(精華)를 딸 수 있다면 매우 행복할 것 같습니다.

이처럼 유월이 일본 한시집의 편찬을 승낙한 것은 일본인의 저작과 일본의 풍물에 대한 관심을 갖고 있었기 때문이다. 1866년 오규 소라이의 『논어징(論語徵)』을 읽고, 1877년 다케조에에게 야스이 소

---

27 주 9 참조.
28 주 10 참조.

켄(安井息軒)의 『관자찬고(管子纂詁)』를 받은 것 이외에, 시오노야 토인(鹽谷宕蔭)의 『탕음존고(宕蔭存稿)』와 하야시 하루노부(林春信)의 『매동집(梅洞集)』을 읽었다. 더욱이 1870년대 항주에 주재해 있던 일본인 화가 우쓰미 기치도(內海吉堂)에게 일본의 13괴기담을 입수하여 『우대선관필기(右臺仙館筆記)』에 수록하였고, 그 후에 편찬된 『차향실총초(茶香室叢鈔)』에는 『선철총담(先哲叢談)』 등의 일본 기사가 수록되어 있다.[29]

그 후에 신센(心泉)은 「심천초고(心泉草稿) 三」(1882년)에서 다음과 같이 말하였다.

　　나의 벗인 긴코가 우리나라의 한시를 선택하는 건 때문에 현재 일본으로 귀국하여 자료를 수집하고 마침내 250부를 보내주었습니다. 여기에 보내드리는 목록을 보셨으면 합니다. 선택과 권수는 모두 일임하며 아울러 서문, 범례, 평어를 부탁드립니다.

이에 대하여 유월은 「유월척독 오」(1882년 11월 1일)에, 신센에게 "일전에 마츠바나시 상인에게 받았던 친서와 긴코 선생에게 귀국의 시집 179가(家)를 받았습니다만, 제가 마침 병이 나는 바람에 아직까지도 읽지 못하고 있습니다."라고 적고 있고, 이어 『시선』 편찬에 관해 구체적인 사항을 쓰고 있다.

　　시는 시인(詩人)에 따라 구분하고 시체(詩體)에 의해 구분하지 않는

29　이 후에 유월은 心泉과 楢原陳政에게 일본의 벚꽃을 보내달라고 의뢰하는 등 일본의 문물에 관심을 가지고 있었다.

편이 좋다고 생각합니다. 각각 시인의 작품 중 고체시(古体詩)와 금체시(今体詩) 몇 수(首)를 선정하고, 사람은 시대 순으로 배열하였습니다. 다행히 『화한년계(和漢年契)』라는 책을 참조할 수 있었기에 앞뒤가 바뀌는 실수는 없었습니다. 다만, 아직 자세히 보기 않았기에 각각의 시집 가운데 연도 표기가 되어 있는지 어떤지 알 수가 없습니다. 인명에 있어서는 이름 아래 관직, 출신지가 실려 있어야 하는데, 아마도 그렇지 않은 것 같습니다. 자(字)는 생략할 수 없습니다. (중략) 그렇지만 권점(圈点)과 평어(評語)는 모두 고서에는 없었으나, 중국에서는 명 이후 시문이 성행하여 더욱 속서(俗書)의 체례(體例)로서 고서의 면목(面目)을 변하게 하였기에 식자(識者)의 비웃음을 샀습니다. 이 같은 일은 가능한 한 해서는 안 될 일입니다. 그것보다도 각 작가 밑에 그 전집이나 생애에 대해 평론하거나 혹은 채택되지 못한 아름다운 시구를 적록(摘錄)하여 독자로 하여금 한 번에 전모(全貌)를 엿볼 수 있게 하고 더욱이 세상을 의론하는 지식인들에게 도움이 되었으면 합니다. 지금 우선 시험 삼아 오규 소라이(物茂卿)씨의 몇 가지 문(文)을 선택해 체재(体裁)를 별지에 기록하여 긴코 선생에게 전송(転送)한 후 결정을 기다리고 있습니다. (중략) 이 선집은 수량은 미정이며 대충 예상해 보더라도 3천여 篇으로, 제법 분량이 많은 책이 될 것 같습니다. 지시한 것을 보면 상해에서 간행하고자 하시고, 제 책의 판형(版型)에 맞추는 것이 편리하다고 하시는데, 이곳에서도 친절한 각공(刻工) 도승보(陶升甫)가 있으며, 또 그가 적임자라고 생각합니다. 제 저서는 모두 그가 번각한 것으로 보통판은 백자(百字)가 160문(文)을 넘기지 않고, 이판(梨版)으로 해도 백자가 200문이 될 것입니다. 상해보다도 다소 싼 듯하고, 게다가 소주(蘇州)에서 간행하게 되면 제가 가까이서 지도하여 체재(体裁)의 오류도 없게 하여 더욱 좋은 책을 만들 수 있지 않을까 합니다. 긴코 선생과 의논해 주시기 바랍니다.

이처럼 유월은 11월의 단계에서 이미 당시 상해 별원에 있던 신센을 통해 긴코에게 편찬에 관해, 권수(卷數)·서발(序跋) 등을 위임 받았고 긴코가 보낸 한시집 250집 가운데 170집을 신센이 보냈던 것이다. 유월은 병 때문에 이 시집 등을 자세히 보지 못했지만 배열, 인물의 소개, 채록수, 각공, 판식, 요금 등 전체의 구상을 이미 정해 놓았던 것이다. 이것은 간행된 『시선』 판본의 판식(版式)과 서(序), 혹은 예언(例言)에 수록된 편집 방침과 비교해 보면 실제의 채록수 이외에는 대부분 일치한다.

그 후 『시선』의 편집은 진행되었는데 「유월척독 육」(1883년 1월 1일)에서 유월이 "이 선집은 78권으로 버젓한 거편(巨篇)이 됩니다."라고 말하였듯, 전체 견적(見積)은 78권이었다. 그리고 「유월척독 구」(1883년 2월 24일)에는,

이때에 40권을 선정하였고, 또한 제가(諸家)의 선본(選本) 가운데 500여 首를 선정하여 보유(補遺) 4권을 만들었습니다. 여기에 목록을 보시고 긴코 옹에게 전송(転送)해주시기 바랍니다. 각공 도승보는 작년에 이미 1권을 마쳤기에 여기에 인쇄한 것을 드리니 판단해주시기 바랍니다. 당신과 긴코씨의 인가(認可)가 있다면 이어서 계속하겠습니다.

라고 되어 있는데 여기에 40권과 보유(補遺) 4권은 실제 간행된 완성본과 같은 형태이다. 하지만 「유월척독 십」(1883년 3월 17일)에는 "긴코씨에게서 답신이 있었는지 알 수 없습니다. 이 책은 언제 출판되겠습니까."라고 적혀 있는 것으로 보아 유월은 간각(刊刻)의 허가를 긴

코에게 구했지만 긴코로부터 답은 없었던 것 같다.

도쿄에서는 3월 16일 구우사의 모임이 있던 때였고, 긴코는 비로소 멤버인 문인들에게 『시선』이 편집되고 있음을 밝혔다. 그러자 오노 고잔과 동인(同人)들은 『시선』의 채록 상황에 관해 다양한 의견을 표출했는데, 이에 관해서는 후술하겠다.

이 건에 관해 긴코(吟香)는 고잔이 보내는 편지도 동봉하여 신센에게 보냈고, 신센이 유월에게 전달해주었던 것이, 바로 「심천초고 칠」(날짜 불명이나 1883년 3월 22일-27일 사이의 것으로 추정된다.)에 있다. 하지만 기시다와의 연락을 담당하였던 신센은 병이 나서 3월 28일에 귀국하였고 그 후 나가사키에서 요양생활을 하게 되었다. 그로 인해 더 이상 편찬의 중개를 할 수가 없게 되었다. 그 후 상해 별원의 시로오 긴도(白尾錦東)와, 소주의 조동진종 승려인 마쓰바야시 고준(松林孝純)이 상해로 와서 유월과의 연락 및 잔무처리를 담당하였다.[30]

이 해 10월, 『시선』은 완성되어 신센에게 보내졌다. 「유월척독 십사」(1883년 10월 9일)에는 다음과 같이 서술되어 있다.

긴코 거사가 위촉한 귀국의 시선은 최근 완각(完刻) 되었고 청본(淸本)으로 인쇄하여 16책으로 장정을 하였으니 모쪼록 봐주시기 바랍니다. 만약 잘못된 부분이 있다면 상인(上人)과 긴코 옹에게 교정을 구하고, 거듭 각공(刻工)에게 명(命)하여 수정하도록 하겠습니다.

동년(同年) 12월 10일에는 『우편보지신문(郵便報知新聞)』에 게재된 「상해경황(上海景況, 전호를 이어서)」에 『시선』의 편찬이 완료되었다는

---

30 「심천초고 칠」(날짜 불명, 1883년 3월 17일-27일), 「유월척독 십삼」(동년 5월 11일).

내용의 기사가 실렸는데, 이 기사에 의하면 『시선』은 이미 판각을 마쳤고 이 시점에서는 초편(初編)만이 소주(蘇州)에서 출판되었고 아직 상해에 있는 서점에서는 판매되지 않고 있는 듯하였다.[31]

더욱이 이듬해 1884년 12월 28일에 긴코는 송림(松林)과 함께 소주의 유월을 방문하였고 『시선』 등을 일본 국내에서 판매할 수 있게 해달라는 허가를 요청하였다.[32] 같은 해 4월 17일 『조야신문(朝野新聞)』[33]에 『시선』 초질(初帙) 4책 판매를 하는 낙선당(樂善堂)의 광고가 실렸으나 실제적으로 전체가 구비되었던 것은 훨씬 뒤의 일이었다.[34] 현존하는 『시선』이 적은 것도 출판 총수가 많지 않았기 때문이었던 것 같다.

---

31 (전략) 근래 종종 일본인의 저작을 좋아하게 되어 이미 수백 부의 서적을 소장하게 되었다. 이보다 앞서 竹添井井에게 일본인 시문을 얻고 이것을 아주 소중히 간직하고 있었다. 그 후에 또 西京의 승려인 心泉에게 일본 근고의 시문집을 많이 구해줄 것을 부탁하고 일본 시선 한부를 편찬하고자 하였다. 그러다가 수년 교정을 거쳐 최근에야 초판이 간행되었다는 것을 들었으나 아직 상해의 서림에는 발매되지 않았다. 蘇城의 지인에게 부탁하여 한부를 구하고자 한다(이하 생략).

32 『朝野新聞』 1884년 4월 5일, 「吳中紀行」.

33 淸國 兪曲園太史編纂 東瀛詩選 初帙 四冊 定價 金一円二十五錢.
(전략) 지금 초질이 우선 완성되어서 서점에 발행하였으며, 2질·3질도 계속하여 완성되어 4질에 이르게 된다면 전질이 16책이 됩니다. 바라건대 사방의 시단에서 여러 대가들이 하루 빨리 오셔서 흔쾌히 서가를 봐 주셨으면 합니다.
東京 銀座 二丁目 岸田店 樂善堂書房 謹白.

34 岡千仞은 동년 7월 소주에서 유월과 만나 『시선』에 자신의 시가 채록된 것에 감사하다고 하였다. 하지만 草森紳一는 『문자의 대륙 더러운 도시 - 메이지인 청국 견문록(文字の大陸 汚穢の都 - 明治人淸國見聞錄)』(大修館書店, 2010)에서 이 시기는 아직 千仞의 시를 수록한 34권이 출판되지 않았을 수도 있다고 지적하였다.

5. 한시의 채록에 관해

그렇다면『시선』에는 어떤 인물의 한시가 채록되었을까. 다음과 같이 50수 이상 채록된 인물을 배열해 보고자 한다.

히로세 교구소(廣瀬旭莊)	권23·24	175수
핫토리 난가쿠(服部南郭)	권3	125수
석 니쿠뇨(釋六如)	권37	123수
간 차잔(菅茶山)	권11	120수
다카노 란데이(高野蘭亭)	권5	117수
야나가와 세이간(梁川星巖)	권16	101수
히로세 란소(廣瀬淡窓)	권17	90수
오쿠보 시부쓰(大窪詩佛)	권19	86수
오누마 친산(大沼枕山)	권31	86수
라이 쿄헤이(賴杏坪)	권13	82수
오노 고잔(小野湖山)	권22	76수
하시모토 세이호(橋本靜甫)	권34	76수
무로 규소(室鳩巢)	권73	73수
야마나시 도센(山梨稻川)	권15	68수
쵸 바이가이(長梅外) (南梁)	권29	64수
오하라 테심(小原鐵心) (栗卿)	권32	64수
오쓰키 반게이(大槻盤溪)	권32	63수
오우치 유지(大內熊耳)	권8	60수
무라세 고테이(村瀬栲亭)	권9	59수
요코야마 치도(横山致堂)	권20	58수

나카지마 소인(中島棕隱)	권18	56수
기쿠치 게이킨(菊池溪琴)	권18	53수
야마다 수이우(山田翠雨)	권30	53수
다케조에 세이세이(竹添井井)	권35	53수
석 겐세이(釋元政)	권39	50수

以上, 25명을 들 수 있지만 계통을 분류해보면 대략 다음의 넷으로 나누어 볼 수 있다.

1. 에도 초기, 오산 시대의 당송 시풍을 계승한 계통
   : 무로 규소, 오우치 유지, 석 겐세이
2. 소라이학을 흡수한 훤원파
   : 핫토리 난가쿠, 다카노 란데이, 야마나시 도센
3. 청신파 및 강호시사 계통
   : 석 니쿠죠, 야나가와 세이간, 오구보 시부쓰, 오누마 친산, 라이 고헤이, 오노 고잔, 하시모토 세이호, 오하라 텟신, 오츠키 한게이, 무라세 고테이, 요코야마 치도, 나가지마 소도, 기쿠치 게이킨, 야마다 수이우
4. 함의원 계통
   : 히로세 교구소, 히로세 탄소, 쵸 바이가이

유월은 서문에서 "초기에는 송 말기의 유파를 전례로 하였으나 그 뒤로는 소라이학이 나타나 고학(古學)을 제창하고, 개연(慨然)히 복고(復古)를 가르쳐 마침내 시가(詩歌)에도 창명(滄溟)한 시집이 있게 하였으며 사람들로 하여금 엄주(弇洲)의 책을 끌어안고 배우도록 만들

었다. 그리하여, 사조(詞藻)는 고양(高揚)되고 풍골(風骨)은 엄중해져 거의 명대 칠자(七子)와 나란히 할 정도였다. 그러나 그것을 전수한 지도 이미 오래되어 야나가와 세이간(梁川星庵), 오츠키 반게이(大槻盤溪) 등 여러 시인이 등장하자 다시 변하게 되어 정령을 묘사하거나, 경물(景物)을 유연(流連)하게 하며 모의(模擬)에 힘쓰는 것을 달가워하지 않았다. 그리고 청신(淸新)하고 준일(俊逸)하며 각각의 장점들이 있어 특히 사람들에게 읽히면, 그것을 읽을수록 감탄하게 되었다."라고 하여 에도 시대 일본 한시의 흐름을 1부터 3까지 계통을 들어서 개설(槪說)하였고, 채록(採錄)도 각 유파와 함의원 계통에서 각각 행하였다.

한편, (이 부분은 따로 후술하겠으나) 긴코(吟香)가 지적하고 있는 것처럼 기온 난가이를 비롯하여 본래 채록되어야 할 인물이 채록되지 않았다. 예를 들면 대다수의 연구자가 지적하고 있듯이 야마모토 호쿠잔(山本北山)이라는[35] 인물도 채록되지 않았다. 그 이유의 하나로 유월의 채록에 대한 태도를 들 수 있겠지만 일본 측이 제공한 한시집에 치우침이 있었다는 것이 지금까지의 연구에서 밝혀진 것이다.[36]

『시선』에 채록된 한시는 『시선』의 권두와 인물소개, 혹은 척독 등을 가지고 판단해 보면, 주로 간행된 시집에서 채록한 것이고, 서문(序文)과 예언(例言)에 의하면 『일본시선』과 『선철총담』도 참고하였다고 한다.

이 밖에 채의(蔡毅)와 다카지마 가나메(高島要)의 연구에 의해 당시 사용된 것으로 여겨지는 시집(詩集)이 추측 혹은 특정(特定)되고

---

35 北山은 한시집도 간행되지 않았고 남긴 한시도 적었기 때문에 유월은 北山의 한시에 대해 보지 못했을 가능성이 높다.

36 佐野正已, 「해제」(『東瀛詩選(영인본)』, 汲古書院, 1981), 小川環樹(주 258 참조), 蔡毅(주 259 참조).

있다.[37] 또한 오카이 신고(岡井愼吾)가 사장이었던 미야케 신겐에게서 들은 이야기에 의하면『시선』을 편집할 때 사용된 시집류가 상복사(常福寺)에 남아 있으며, 이 시집(詩集)에는 왕왕 편집한 시(詩)에 유월이 자구(字句)를 수정한 것을 볼 수 있다고 한다. 하지만 오카이가「기타가타 신센(北方心泉) 상인(上人)」을 연재한 1943년 시점에서 이 시집류는 완전히 산실되어 버렸다.[38]

『시선』의 채록에 특히 주목할 점은 히로세 교쿠소와 야마나시 도센을 높이 평가했다는 것이다. 종래에는 교구소(旭莊)보다는 도리어 형인 탄소(淡窓)에 대한 평가가 높았다. 그리고 야마나시 도센은『시선』에 한시가 채용됨에 따라 일약 각광을 받게 된 에도 후기의 설문학자(說文學者)인데,『시선』의 자료가 된『도천시초(稻川詩草)』는 목활자본이라 입수가 힘들었다.[39] 그렇다면 유월은 이 판본을 어떻게 볼 수 있었을까.『시선』에 관련했던 인물의 주위에는 신센의 친구이자, 소학·금석학에 조예가 깊은 미야케 신겐이 있었다.『시선』이 편집되었던 1882·3년 당시, 신겐(眞軒)은 가나자와의 책방에서 일하고 있었기에 서적에 정통했을 뿐만 아니라 서적을 수입하기도 쉬운 상황이었다. 1884년『이시가와 현 권업박물관서목(石川縣勸業博物館書目)』을, 이듬해인 1885년에는 신센의 서학 습득을 위해 주로 소학·금석류를 수록한『문자선실필비서목(文字禪室必備書目)』(상복사 소장)을 편찬하였다. 즉 신겐은 상하이에 체류하며, 일본 한시를 수집하기 힘든 신센을

---

37 高島는『시선』의 편찬에 사용된 한시집은 167집이라고 하였다. 채의는 163집(개인시문집 142집, 선집 21집)이 사용되었다고 하였다.

38 岡井愼吾,「北方心泉上人」(주 252 참조).

39 内藤湖南,「山梨稲川の學問」(1927년 5월 15일 稲川先生百年祭講演, 1929년 6월 간행『山梨稲川』소재).

대신해 한시집을 수집하는 등 채록에 관여했을 가능성이 있다.

이외에 승려의 시가 많이 수록되어 있는 것도 매우 큰 특징이다. 후술하겠지만「기시다 긴코 서한(岸田吟香書翰)」(1883년 3월 21일) 중에 오노 고잔(小野湖山)은 선정목록을 들어 승려의 시 대부분을 생략해야 한다고 하였다. 구체적인 예로 정토종 승려인 우가이 데쓰조(養鸕徹定, 후에 知恩院 주지 淨土宗 管長)가 편찬에 참여한 증상사(增上寺) 승려의 한시집『연산시총(緣山詩叢)』에 수록된 작품의 대다수가 실려 있는 점을 들었다. 텟테이(徹定)와 하카는 하카가 교부성(敎部省)의 관리였던 때에(1872년-1877년, 외국에 갔던 때를 제외) 텟테이는 교도직으로 교류를 하였다. 현재 하카문고에는 우가이 데쓰조 저작의 초본(鈔本)이나 간본(刊本) 등이 소장되어 있는데, 그 가운데 초본『경포필담(瓊浦筆談)』과 같은 것은 다른 데서는 소장하고 있지 않은 책도 있다. 이를 염두해 두지 않으면 이 채록은 설명하기가 어렵다고 생각한다.

이외에『시선』에 채록된 쵸 산슈(長三洲)·나카지마 시교구(中島子玉)·히라노 고가쿠(平野五岳)·기타가타 신센(北方心泉)에 관해서는 간행된 한시집이 아니라 간행되지 않은 원고가 사용되었는데 이에 관해서도 후술하겠다.

찬자(撰者)인 유월은『시선』의 채록에 관해 어떠한 태도를 취하였을까. 오가와 타마키(小川環樹)는 야마나시 도센(山梨稻川)의 한시를 예로 들고, 유월은 채록할 때 성조에 관해 매우 엄격했다고 하는데,[40] 오카이 신고는 미야게 신겐의 말을 들어 다음과 같이 이야기하고 있다.[41]

---

40 小川環樹, 주 8 참조.
41 岡井愼吾, 주 2 참조.

일찍이『동영시선(東瀛詩選)』에 관련했던 저는 신겐 선사(先師)에게 다음과 같은 것을 들었습니다. 상인(上人)이 곡원(曲園) 옹에게 물어본 이야기는 어쩌면 다른 얘기에서 나온 것인지는 분명하지 않지만 저는 상인에게서 나온 것이라고 생각한다. "동영시선에 채록된 시의 엄중함은 어느 정도인가.『국조별재집(國朝別裁集)』의 취사(取捨)를 표준으로 삼으면 어떨까."라고 물었다. 곡원의 답은 "아마도 찬(撰)하기 힘들 것이다. 동인(東人)의 시는 의미는 있으나 성조가 모두 어긋난다. 혹은 성조가 아름다우면 의미가 통하지 않는다. 이 둘 모두 격이 있는 것은 없다고 해도 좋을 것이다."

일본인의 시를 채록하기 위해 장점을 발굴하고 단점을 눈감아준 방침이 있었다는 것을 알 수 있다.

6.『동영시선』편찬에 관한 중·일 쌍방의 인식 차이

이상『시선』의 편찬 과정에 대해 살펴보았는데, 1883년 3월 16일 구우사(舊雨社)의 시회(詩會)에서 문제된 점에 대해 시회가 끝난 후에 신센(心泉) 앞으로 보낸「기시다 긴코 서한(岸田吟香書翰)」(1873년 3월 21일)을 자료로 삼아 살펴보고자 한다. 우선, 서한(書翰)의 모두(冒頭)에 다음과 같이 기록되어 있다.

앞서 보내드린 편지에서『동영시선』편집에 관해 말씀드렸습니다만 지난 3월 16일 있었던 구우사 시회에서[42] 오노 고잔, 시게노 야스쓰구(重野安繹),[43] 오카 센진(岡千仞),[44] 모리 슌도(森春濤),[45] 스즈키 소도

(鱸松塘)⁴⁶ 등과 의논을 하였는데 참가자 중에는 아직도 편찬에 관해 알지 못하고 있는 사람이 많았고, 여러 가지 의견이 나왔으나 아직 결론이 나지 않은 채 마침내 산회(散會)하게 되었습니다.

기시다가 유월에게 『시선』 편찬을 의뢰한 지 약 반년이 지나고 나서야 구우사의 문인들 대부분이 처음으로 이 일을 알게 되었다. 즉 이때까지도 구우사의 문인들은 관여하고 있지 않았던 것이다.

다음으로, 원래대로라면 채록되어졌어야 할 인물이 선정되지 않은 것이 문제가 되었고, 구우사에서는 시집을 수집하여 유월에게 송부하였다.

시네노·오카 등과 조금 더 의논해 보았는데, 고인의 한시 중에도 이번 선정에서 누락된 것도 많고, 유명한 대가인 기온 난가이(祇園南海)⁴⁷·아키야마 교쿠산(秋山玉山)⁴⁸·아메노모리 호수(雨森芳洲)⁴⁹·가타야마 홋카이(片山北海)⁵⁰·다케토미 이난(武富圯南)⁵¹·간 텐쥬(韓 大

42 구우사의 회합을 가리킨다.
43 重野安繹(1829-1910): 『시선』 편찬 당시 청국 공사관원과 활발하게 교류를 하였다.
44 岡千仞(1833-1919): 호는 鹿門. 1884년 청국으로 가서 『시선』 편찬에 참여하던 포교 승려인 松林孝純의 안내로 유월과 만났다. 『시선』에 7수가 채록되었다.
45 森春濤(1819-1889): 『시선』에 16수가 채록되었다.
46 鱸松塘(1824-1898): 『시선』에 14수가 채록되었다.
47 祇園南海(1676-1751): 『시선』에 3수가 채록되었다.
48 秋山玉山(1702-1863): 『시선』에 2수가 채록되었다.
49 雨森芳洲(1668-1755): 『시선』에 1수가 채록되었다.
50 片山北海(1723-1790): 『시선』에 1수가 채록되었다.
51 武富圯南 (1808-1875): 白華와 함께 옥천음사 소속이었으며 本誓寺에 단체사진이 남아 있다. 자세한 것은 주 268 참조.

年은 韓 天壽)[52] · 호쿠죠 가테(北條霞亭) · 가시와기 죠테(柏如亭)[53] · 기타가와 모코(北川明皮는 北川猛虎)[54] · 이에사토 히데(家里衡, 磊軒)[55] · 고노 뎃토(河野鉄兜)[56] 등은 채록되어야만 했던 분들이라 생각됩니다. 이 인물들의 시집은 아마도 출판되어 있으리라고 생각되므로 찾아보고 보내드리겠습니다.

그리고 야나가와 세이간, 히로세 탄소를 채록한 권16을 일단 정지해줄 것을 요구하였다.[57]

한편, 선정되지 말아야 할 인물이 채록된 것도 문제로 삼았다. 서한에,

시게노 · 오카 · 오노 · 이와타니 등이 말한 것은, 이번에 보여준 선정목록에 권29 이후에 채록된 인물들 대부분은 시에 대한 평가도 들어보지 못하였고, 누군지도 모르는 사람들입니다. 그중에 가와지 도시요시(川路利良)와[58] 같은 인물도 채록되어 있고 아직 소년인 사람도 있습니다.

---

52 韓大年(1727-1795): 天壽, 즉 中川長四郎이다.

53 柏如亭(1768-1819): 즉 柏木如亭이다.

54 北川明皮(1762-1833): 北川猛虎이다.

55 家里衡(1827-1863): 『시선』에 1수가 채록되었다.

56 河野鉄兜(1825-1867): 『시선』에 8수가 채록되었다.

57 이미 星巖의 부분은 나무에 새겨 시험 삼아 인쇄하여 돌려보았습니다. 이보다 앞서 채록한 徂徠 · 南郭 등의 것도 이미 간행을 하였는지도 모르겠습니다. 또한 그 후에도 계속해서 인쇄되었는지도 모르겠습니다. 만약에 인쇄가 되었다면 梁川星巖, 廣瀨淡窓의 한시까지를 제1집이나 제1첩으로 삼으셨으면 합니다.

58 川路利良(1834-1879): 薩摩 사람이다. 호는 龍泉. 초대 警視總監 등을 역임하였다. 한시집에 『龍川遺稿』(1881)가 있다.

쵸 산슈,[59] 오카 센진처럼 아직 시집이 간행되지 않은 인물도 채록되어 있습니다. 이들의 한시는 아마도 『메이지시집』 혹은 『신문시』 등에서 채록된 것 같습니다. 이 『동영시선』은 청조 일류 학자인 유곡원 선생이 선정한 것으로 우리나라가 시작된 이래 미증유의 성대한 사업이기 때문에 가능하면 정선(精選)하였으면 합니다. 아래와 같이 유명하지도 않은 속작(俗作)은 제외해주길 바랍니다.

라는 글 외에 긴코 자신도 다음과 같이 적고 있다.

곡원 선생은 어쩌면 혼자서라도 많은 한시를 채록하고 싶다고 생각하고 있는지도 모르겠습니다. 하지만 지난번 이후로, 고인(古人) 및 현금인(現今人)의 한시집을 좋아하든 아니든 간에 닥치는 대로 많이 보냈던 것은 전부 채록되기를 바랐던 것은 아니고, 어디까지나 편집의 재료(材料)로 보내드린 것입니다. 하지만 유월은 한 사람당 2수씩의 한시를 반드시 채록해야 한다는 의지로써, 별 볼일 없는 속작(俗作)까지도 선정한 것은 아닐까 하고 생각합니다.

모처럼 대유(大儒)인 유월이 일본인 한시집을 편찬하는 유례가 없었던 기회였기에, 가능하면 정선(精選)하여 그다지 시인으로 이름나지 않은 사람은 제외하고, 또한 쵸 산슈나 오카 센진과 같이 저명하나 시집도 간행되지 않은 인물의 시를 『메이지시문』, 『신문시』와 같은 한시 잡지에서 가져오는 손쉬운 방법으로 수록하는 일이 없도록 요구했다. 그리고 긴코로서는 송부한 자료가 어디까지나 참고자료

---

59 長三洲(1833~1895): 『시선』에 17수가 채록되었다.

수준의 것들도 포함되어 있기 때문에, 이것이 가능한 한 많은 인물들의 시를 채록해 주었으면 하는 의도가 있었던 것은 아니었다. 그리고 시게노 세이사이(重野成齋)는 유월에게서 온 선정 목록 중에 채록에 적당하지 않은 인물을 가려내었다.[60]

서한(書翰)의 내용처럼 사법성(司法省) 관원(官員)으로, 훗날 초대 경무총감이 된 가와지 도시요시의 한시(4수)가 수록된 것에 대해, 구우사의 동인이나 미야게 신겐은[61] 매우 불만이었다. 이것은 가와지가 단순히 관료여서만이 아니라 서남전쟁에서 사이고 다카모리 암살을 위해 밀정을 보내고, 더구나 동지에게 총구를 겨눈 일로 당시에 나쁘게 평가되었던 인물을 채록한 것에 대한 불만이었을 것이다. 이와 같은 일본 국내의 상황을 몰랐던 유월은 가와지를 서남전쟁에서 적군과 싸운 공적이 있는 용감한 군인으로 인식하였고, 가와지가 궁중에 초대되었을 때 읊은 「금원관국(禁園觀菊)」 2수 등을 채록하였다. 서남(西南)전쟁 후 유신이나 서남전쟁에 공적이 있었던 원훈 군인들의 한시집이 차례로 출판되었지만, 『시선』에는 가와지의 시만이 채록되었다. 이 채록에 관해 하카의 관여가 있었을지 모른다. 하카와 가와지는 1873년 9월 같은 배를 타고 양행을 한 면식이 있던 인물들이기 때문이다. 또 서남전쟁에 즈음하여 하카는 문주(門柱)와 동행하여 구마모토(熊本)에서 구호활동을 하였다. 같은 조동진종 승려이며 함의원 출

---

60 「岸田吟香書翰」(心泉宛, 1883년 3월 21일)
    보내 주신 선정목록에 대하여 이제야 답신을 드립니다. 重野成齋(重野安繹)에게 보
    내었더니 주저 없이 朱印을 들고 더럽혔습니다. 대단히 죄송합니다. 아울러 이들 인물
    에 붉은 동그라미를 가한 것은 선정을 취소할 사람에 대해 부호를 붙인 것입니다.
61 岡井愼吾, 주 2 참조.
    三宅眞軒은 川路 大警視의 시가 있는 것을 싫어했다고 한다.

신인 오구리 푸가쿠(小栗布岳)는 군인의 밀정이 되었으며, 히라노 고가쿠(平野五岳)는 전쟁 전에 사이고 다카모리(西郷隆盛)와 접촉하고 있었다.[62] 하지만 그들은 에토 신페이(江藤新平)·기도 다카요시(木戶孝允)·산조 사네토미(三條實美)·오쿠보 도시미치(大久保利通) 등 메이지 신정부 중심인 인물과도 관계가 깊었고, 가와지와도 관계가 깊었다고 생각된다.

구우사 동인은 쵸 산슈처럼 한시집이 미간인 인물의 시는 『신문시』·『메이지시문』 등의 잡지에서 채록한 것이라고 보았다. 하지만 쵸 산슈에 대해 『시선』에서는 "長芰, 字 □□, 號 三洲, 著有 『三洲詩草』 一卷. 三洲詩未刻. 余從小雨山人處得其小本一冊"이라고 기록되어 있다. 소우산인(小雨山人), 즉 신센(心泉)이 가지고 있던 미간본 『삼주시초』 1권을 사용하였던 것이다. 당시 상해에 있던 신센은 일본의 자료를 충분히 수집할 수 있는 입장은 아니었다. 그렇지만 신센의 주위를 살펴보면, 하카의 구장서를 정리한 하카문고에는 함의원 관계자에게 받은 것으로 보이는 한시집이 다수 소장되어 있고, 하카가 1856년 쵸 산슈에게 빌려 서사한 『소동파시초』(말미에 '安政二年乙卯三月以長芰太郎本謄寫'라고 되어 있다.)와 쵸 산슈의 일기인 『운화루일기(韻華樓日記)』(1872년) 등이 소장되어 있는 것으로 보아 『시선』의 채록을 위해 하카의 장서를 사용했을 가능성이 있다.

쵸 산슈 이외에 나카지마 베이카(中島米華), 히라노 고가쿠도 당시 한시집이 미간이었기에 사본에서 채록하였다. 나카지마 베이카에 대해 『시선』에서는 "中島大賚. 字子玉. 號米華, 豊後人. 著有 『米華遺

---

62 小栗憲一, 『布岳懷舊詩史』(1916). 五岳가 주지였던 專念寺(大分縣 日田市)에는 布岳가 그린 西郷隆盛의 초상화가 소장되어 있다.

稿』二卷. (中略) 詩未刊刻止有寫本."이라고 되어 있다. 저서로『미화유고』가 있는데, 사본이 존재 할 뿐, 간행되지는 않았다.「유월척독팔」(1883년 2월 17일)에도「일본영사악부」1권(1869년)을 사용했다고했으며, 이 책에서 채록한 한시에 대해 그 취지를『시선』에서 언급한바 있다. 한편, 이 책에 미수록된 한시도 다수 채록되어 있는데, 일본국회도서관에 소장된『미화유고』2권과 같은 것을 사용한 것 같다.

히라노 고가쿠에 관해서도 "僧岳, 字五岳, 號竹邨, 豊後人. 著有『古竹邨舍詩』一卷. 以下二人(※心泉·五岳)皆有稿藏余處"라고 되어있다. 고가쿠에게는『고죽촌사시』1권이 있었고, 고가쿠와 신센의 채록에는 사본을 사용하였다고 적고 있다. 고가쿠의 시집이 판본으로는『오악시초』1권(1888년)·『속오악시초』1권이 있으나[63] 모두『시선』에 채록되었던「제양비세록아도(題楊妃洗祿兒圖)」·「정유춘일(丁酉春日)」두 편은 수록되어 있지 않았고, 간행된 것도『시선』이 간행된후였다. 사본에『고죽노납시집(古竹老衲詩集)』[64]이 있고, 이 두 편의 시를 수록하고 있는데 시제(詩題)로 보건대『시선』간행 이후인 1890년이후에 쓴 것이다. 백화문고(白華文庫)에는 사본『고죽촌사시초』1권이 소장되어 있고,『시선』에 채록된 2수가 채록되어 있는데 시제(詩題)로 판단해 봐도 1881년 이전에 저작된 것이라고 추정되며 이 책이채록될 때 사용되었을 가능성이 있다.

긴코는 상인(商人)의 관점에서『시선』의 편찬에 대해 다음과 같이말하였다.

---

63 『眞宗全集』72권 수록.

64 京都大學圖書館藏,『眞宗全集』72권 수록.

권수가 많아지면 판간 비용이나 종이 값도 많이 들기 때문에 책의 가격도 비싸지게 됩니다. 가격이 비싸지면 바람직하지 않으므로 정선(精選)해서 권수를 줄여주시길 바랍니다.

덧붙여 "저도 판매와 관련이 있는 사람이기에 압니다만, 가격도 대략 1부를 23엔 정도로 내놓지 않는다면 팔리지 않을 것입니다. 권수가 많아지지 않길 바랍니다."라고 하였다. 긴코가 계획한 『시선』은 인물과 한시를 정선하여 정가 23엔 정도의 선집을 만드는 것이었다. 당시 막 출판된 일본 한시집인 『일본동인시선』(陳鴻誥 편, 1883년)이나 당시 출판된 모리 순도(森春濤)의 『청삼가절구』, 『청이십사가절구』 등 분량이 많은 것과는 다른 선집을 의식하였던 것 같다.[65]

이처럼 구우사에서는 채록할 인물을 정선하고, 긴코로서도 판매를 위해서 인물·시의 수를 정선할 필요가 있었다.

하지만 이 서한을 받은 신센은 귀국 중이었다. 이 때문에 「심천초고 칠」(날짜 불명, 1883년 3월 22일-27일 간인 듯하다.)에서 "긴코에게서 온 답장을 어제 수령하였습니다. 편지에 따르면 선정은 전부 훌륭하였고 각공도 훌륭하였기에 차례로 판각해 줄 것을 부탁하였습니다. 다만 35권 이하는 번각을 기다려 주시기 바랍니다. 채록을 취사선택하고 싶습니다."라고 하고, 구우사 동인이 지적했던 문제점에 대해서는 전달하지 않았다.

이 「기시다 긴코 서한」에는 구우사 시회 후에 오노 고잔이 긴코 앞으로 보낸 서한(1883년 3월 19일)이 동봉되었고, 내용 중에 고잔(湖山)은 "『시선』의 건에 대한 제 의견이 받아들여져 매우 기쁩니다. 부디

---

65 1879년 일본을 방문한 王韜의 일본여행기인 『扶桑遊記』는 25전에 판매되었다.

먼저 1편을 빨리 출판하시길 바랍니다.(※기시다 주: 제1편, 제2편을 연달아 출판해야 한다는 의견이었다.)"라고 하였는데,『시선』의 편찬에 대해서 다양한 의견을 말하기도 하였지만 하루빨리 1편과 2편을 간행할 것을 바랐다. 또한 신센은 유월에 대해 권36 이하에 채록된 승려, 여성에 대해 번각을 기다려줄 것을 요청하였지만, 이것도 구우사의 석상에서 고잔(湖山)이 말한 "승려, 규수의 부분에도 반드시 생략해야 할 만한 것이 많았다."라고 한 것을 받아들인 것이다. 유월이 매우 신경을 쓰며 몇 차례 조회(照會)하였던 성, 자, 출신지 등의 기재에 관해서도 일본 측은 유월처럼 신경도 쓰지 않았고, 알지 못하는 인물에 대해서는 '□□'라고 공백을 둔 채 번각하였다. 이것도 오노 고잔이 "혹은 명(名)과 자(字)가 결락(缺落)될 수도 있는 것이나, 해외에서 하는 일이기 때문에 그런 일로 너무 고생하지 않으셨으면 합니다."라고 한 것을 이은 것이다. 이처럼 구우사의 시회에서 다양한 의견이 나왔지만 최종적으로 신센은 이 모임뿐만이 아니라 메이지 시단의 중심인물이었던 오노 고잔의 의견을 우선시하여 유월에게 전달하였다.

앞서 서술하였던 것처럼「유월척독 오」(1882년 11월 1일)를 보면, 유월은 이미 편집 방침과 판식·금액·채록수·권수에 관해 결정해놓고 있었음에도 불구하고 긴코는 유월에게 편집을 일임하였다. 본래 긴코가 기대했던『시선』은, 서문에 "그렇지만 이 선집은 저들 나라에서는 실로 분량이 많은 총집이니 반드시 집집마다 1편씩을 두고 송습(誦習)에 대비해야 할 것이다."라고 하였듯이, 유월의 손에 의해 총집으로 간행되었던 것이다.

이처럼『시선』의 편집은 당시 문인들이 관여하지 않은 채 진행되었고 출판 단계에서 내용이 공표되어져 생존한 사람, 평판이 나쁜 인물, 무명의 작가, 많은 승려의 한시가 수록되었던 반면, 역대에 반드시 채록되었어야 했던 인물의 한시가 없었기에 수정을 요구받았으나 그렇다고 그것이 반드시 반영된 것은 아니었다. 시게노(重野) 등 당시의 문인들에게 있어서는 이 점이 불만이었기 때문에, 이상한 한시집이라고 생각했음이 틀림없다.

7. 마치며

마지막으로, 간행된 『시선』과 유월의 학문에 관해, 그리고 일본의 시단과 학술에 끼친 영향에 대해 확인하고 싶다. 『시선』의 간행 후, 유월의 문하에 세키구치 다카마사(関口隆正)・나라하라 노부마사(楢原陳正)・시게노 소이치로(重野紹一郎)가 입문하였고, 사토 소사이(佐藤楚材)・하시구치 세이겐(橋口誠軒)・유키 치쿠도(結城蓄堂)처럼 휘호(揮毫)・제자(題字)・서발(序跋)을 청한 일본인이 증가하였다.[66]

그렇다면 1883년 이후 간행된 『시선』은 어떠한 평가를 받았던 것일까. 오노 고잔처럼 『시선』의 편찬이 계기가 되어 유월과 시문 교류를 시작한 인물도 있지만 당시 일본의 한시단에서 반향은 그다지 크지 않았던 듯하다.

이유는 구우사 동인들이 지적했듯이 채록된 한시가 일본의 입장에서 보면 부적절하고 불충분한 점이 있었기 때문이라고 할 수 있다. 그러나 애초부터 『시선』 자체의 간행수가 적었고 입수가 힘들었기에 『시선』을 실제로 읽은 사람은 그렇게 많지 않았던 것으로 보인다. 게다가 구우사 동인과 동세대였던 네모토 미치아키(根本通明)와 요다

---

66 유월이 서문을 쓴 서적으로는 佐藤楚材의 『牧山樓詩鈔』(1890년)가 있다.

가카이(依田學海) 등의 유월에 대한 평가도 결코 좋지만은 않았다.[67]

『시선』의 출판보다 "중국인 대학자가 어떻게 일본 한시를 평가하였는가."라는 관심은, 메이지 전기에 활동했으며 에도 시대부터의 전통을 그대로 이어 온 한시인에게는 그다지 없었다. 오히려 그 다음 세대에 출생한 오야나기 시게다(小柳司氣太) · 나이토 코난(內藤湖南) · 신무라 이즈루(新村出) · 스즈키 토라오(鈴木虎雄) · 구보 텐주이(久保天隨) · 이마제키 텐포(今關天彭)[68]와 같은 지나학자에 의해 메이지 후반부터 쇼와 시대에 걸쳐 더욱 평가되었다고 할 수 있다.

---

67 『學海日錄』 1887년 11월 18일.

68 小柳司氣太, 「兪曲園に就て」(『東洋思想の研究』, 森北書店, 1942), 久保天隨, 「漢學研究法」(『國語漢文講話』, 早稻田大學出版部, 1906), 鈴木虎雄, 「山梨稻川の詩」(『藝文』第三年第八号, 1912), 內藤湖南, 「山梨稻川の學問」(주 289 참조), 新村出, 「稻川の人物學問の大觀」(『山梨稻川集』 제4卷, 山梨稻川集刊行會, 1929), 今關天彭, 「山梨稻川」(『書苑』 제3卷 7 · 8호, 三省堂, 1939)이 있다.

가와베 유타(川辺雄大)

二松學舍大學 강사. 法政대학 沖繩문화연구소 국내연구원. 전문
분야는 근대 중·일 문화 교류사, 일본 한문학이다. 저서로『東本
願の寺中國布教』(硏文出版, 2013)·『近代日中關係史人名辭典』
(공편, 東京堂出版, 2010) 등이 있다.

이 글은『日本漢文學硏究』8호에 실린 川辺雄大의「東瀛詩選
編纂に関する一考察 － 明治漢詩壇と日中関係との関わりを
中心して」를 번역한 것이다.

번역: 박영미

일본 불교의 한적 수용

정토종(淨土宗)의
한적(漢籍) 수용에 대하여

제 5 장

스즈키 히데유키(鈴木英之)

1. 들어가며

료요 쇼게이(了譽聖冏, 1341-1420년)는 남북조(南北朝)에서 무로마치(室町)기에 걸쳐 활약하고 후에 정토종칠조(淨土宗七祖)·정토종 중흥의 시조라 불리는 정토종 진서류(鎭西流) 백기파(白旗派)의 학승(學僧)이다. 쇼게이는 당시 공식적으로 하나의 종파로 인정받지 못했던 정토종의 지위 확립을 위해 백 수십 권에 이르는 저작을 남겼다. 그 학문은 정토교학(淨土敎學)에 한정되어 있지 않고 한적(漢籍)이나 신도서(神道書)와 같이 이른바 '외전(外典)'에 대한 관심도 높았다. 예를 들어 신도서에 대해서는 초기 저작『가시마 문답(鹿島問答)』에서『일본서기(日本書紀)』 등을 인용하면서 지방의 신기신앙(神祇信仰)에 관해 다양한 고찰을 더했고, 또 만년에는『일본서기사초(日本書紀私鈔)』,『여기기습유초(麗気記拾遺鈔)』라는 신도서 주석을 여러 권 저작한 것으로 알려져 있다.[1]

한적은 신도서처럼 그 자체로 독립된 저작은 아니다. 그러나 쇼게

---

1 쇼게이의 신도(神道) 연구에 관해서는 졸고「了譽聖冏『鹿島問答』における本地垂迹説」(『東洋の思想と宗教』21, 東京·早稲田大學東洋哲學會, 2004),「了譽聖冏の神観『麗気記拾遺鈔』を中心に」(『宗敎硏究』339, 東京·日本宗敎學會, 2004)를 참조하기 바란다.

이의 정토교학서(淨土敎學書)에서 엄청나게 많은 수의 인용을 볼 수가 있고, 한적에 대해 상당히 높은 수준의 교양과 지식을 소유하고 있었음을 알 수 있다. 그러나 종래의 쇼게이 연구를 보면 주로 불전(佛典)에 대한 출전 고증에 치우쳐 있고 한적에 주목한 연구는 거의 없다. 그 이유는 쇼게이의 저작이 백 수십 권이나 되기 때문에 그 개요를 아는 것만으로도 상당한 품이 들기 때문이다. 또한 정토교학과 한적 모두에 대한 지식이 필요하기 때문에 선뜻 다루기 어려운 점도 있다. 그러나 앞서 말했듯이 쇼게이의 정토교학서에는 다수의 인용이 확인되는 바, 쇼게이의 학문체계를 고찰하는 데 있어서도 이는 간과할 수 없는 문제이다. 따라서 이글에서 우선 쇼게이 저작에 인용된 한적에 대한 대략적인 출전 고증을 하고자 한다. 그리고 다음으로 한적이 구체적으로 어떻게 수용되었고 또 그것에 담겨있는 사상, 특히 일본에서 강한 영향력을 갖고 있던 유교(儒敎)를 쇼게이가 어떻게 받아들였는지 살펴보겠다.

2. 쇼게이 저작에 인용된 한적 개관

개요를 살펴보기 위해 먼저 쇼게이의 정토교학서에 인용되어 있는 한적의 출전 고증을 해보았다. 대상이 된 저작은 이하의 28개 종류의 서책으로 전 124권이다.[2]

---

2 『淨土宗全書』,『淨土宗全書(続)』,『淨土傳燈輯要』에 번각(翻刻)되어 있는 것을 대상으로 조사했다. 쇼게이는 정토교학 형성에 커다란 영향을 미친 학승이기 때문에 거의 모든 저작이 번각되어 있다. 상기에 실려 있는 것만으로도 충분히 개요를 알 수 있다. 자세한 것은 다음과 같다.『傳通記糅鈔』(淨全三),『往生禮讚私記見聞』(淨全四),『決

『傳通記糅鈔』48卷,『浄土二蔵二教略頌』1卷,『釈浄土二蔵義』30卷,

『二蔵義見聞』8卷,『浄土略名目圖』1卷,『浄土略名目圖見聞』2卷,

『往生禮讃私記見聞』1卷,『決疑鈔直牒』10卷,『一枚起請之註』1卷,

『授手印傳心鈔』1卷,『領解授手印徹心鈔』1卷,『決答疑問銘心鈔』2卷,

『浄土迷聞口決鈔』2卷,『浄土迷聞追加口決鈔』1卷,『教相十八通』2卷,

『三六通裏書』1卷,『心具決定往生義』1卷,『渭分流集』1卷,

『鹿島問答(破邪顕正義)』1卷,『観心要決集』1卷,『隼疑岊決集』1卷,

『佛像幖幟義』1卷,『勧心往生慈訓抄』1卷,『涇顕浄土傳戒論』1卷,

『浄土真宗付法傳』1卷,『五重指南目録』1卷,『白旗式定』1卷,

『初重和語口決之大事』1卷

다음에 소개하는 것은 쇼게이 저작에 인용된 한적의 일람이다. 쇼게이의 인용은 반드시 명확한 것만 있는 것이 아니고 발췌나 해설(取意文), 재인용도 상당수 포함되어 있다. 이글은 개요를 확실히 밝히는 것을 가장 큰 목적으로 하므로 너무 엄밀하게는 구분하지 않았고, 또한 대략적인 분류 속에서 그 횟수를 세어보았다. 따라서 다소의 오차가 있는 것도 부정할 수 없는데, 대체적인 경향을 살피기에는 충분할 것이다. 아래는 그것들을 나름대로 분류해 본 것이다. ( )안의 숫자는 인용 횟수를 나타낸다.

疑鈔直牒』(浄全七),『一枚起請之註』(浄全九),『授手印傳心鈔』,『領解授手印徹心鈔』, 『決答疑問銘心鈔』(이상은 浄全一〇),『浄土迷聞口決鈔』,『浄土迷聞追加口決鈔』(이상은 浄全一一),『浄土二蔵二教略頌』,『釈浄土二蔵義』,『二蔵義見聞』,『浄土略名目圖』,『浄土略名目圖見聞』,『教相十八通』,『三六通裏書』,『心具決定往生義』,『涇渭分流集』,『鹿島問答』,『観心要決集』,『隼疑岊決集』,『佛像幖幟義』(이상은 浄全一二),『勧心往生慈訓抄』,『顕浄土傳戒論』(이상은 浄全一五),『浄土真宗付法傳』(浄全続一七), 『五重指南目録』,『白旗式定』,『初重和語口決之大事』(이상은『浄土傳燈輯要』).

• 經書·註釋類

『古文孝經』(55), 『論語』(17), 『論語正義』(2), 「論語(馬融註)」(2),

「論語註(孔安國註)」(2), 「論語註(鄭玄註)」(1), 「論語註(未詳)」(1),

『尙書』(4), 『尙書正義』(8), 『尙書大傳』(1), 「尙書註(孔安國註)」(1),

『禮記』(11), 「禮記(鄭玄註)」(1), 『周禮』(4), 『中庸』(2), 『詩經(毛詩)』(2),

『詩經箋註』(1), 『春秋』(1), 『春秋公羊傳』(1), 『春秋左傳』(1),

『國語(春秋外傳)』(1), 『白虎通義』(2), 『太極圖說』(2)

• 易經·註釋類

『周易』(2), 「周易(王弼註)」(1), 「周易(韓康伯註)」(1), 「周易(古註)」(1)

• 道家·諸子·註釋類

『老子』(14), 『老子經述義』(1), 『老子道德經音義』(1), 『莊子』(6),

「莊子傳」(2), 『韓非子』(1)

• 史書·註釋類

『史記』(13), 『三十國春秋』(1), 『漢書』(3), 『後漢書』(2),

『漢書音義』(1), 『東觀漢記』(2), 『三國志』(2), 『孝德傳』(1), 『魯史』(1),

『歷代帝王紹運圖』(2), 「大唐代記」(1)

• 字書·韻書

『玉篇』(70), 『爾雅』(4), 『廣雅』(2), 『切韻』(1), 『唐韻』(1), 『廣韻』(5),

『宗韻』(1), 「字書」(2), 『說文解字』(5), 『玄應音義』(5), 『事林廣記』(1),

『助覽』(1)

• 詩文·文學·註釋類

『文選』(11), 『六臣註文選』(2), 「文選註」(1), 「註千字文」(3),

『宗門千字文』(3), 『蒙求』(2), 「蒙求註」(2), 『白氏文集』(1),

「樂天云」(1), 『樂府』(1), 『漢武內傳』(1), 「君子集」(1)

• 本草·醫書

『大觀本草(証類本草)』(1), 「唐本草」(1), 『千金方』(1), 『博聞錄』(2),

『古今譯經圖記』(1)

• 그 외(偽疑經典 포함)

『山海經』(1), 『述異記』(1), 『准南子』(3), 「河圖」(1), 『五行大義』(1),

『揚子法言』(1), 『周書異記』(2), 『清浄法行經』(4)

개관해 보면, 『고문효경(古文孝經)』, 『논어(論語)』와 같은 경서나 그
주석서류, 『노자(老子)』, 『장자(莊子)』와 같은 도교 교전(道敎敎典), 『사
기(史記)』, 『한서(漢書)』 등의 사서, 『옥편(玉篇)』, 『이아(爾雅)』, 『설문해
자(說文解字)』와 같은 자서류, 『문선(文選)』, 『악부(樂府)』 등의 문학서,
『대관본초(大觀本草)』, 『천금방(千金方)』 등의 본초·의학서, 『산해경(山
海經)』, 『술이기(述異記)』 등의 잡서류, 그리고 『오행대의(五行大義)』나
『청정법행경(清浄法行經)』과 같이 중국에서는 산실된 전적까지 인용
하고 있다. 인용서 목록은 약 100서로 300수십여 개에 달하는 용례가
나타나고 있어 놀랄 정도로 광범위한 한적을 사용하고 있음을 알 수
있다.

인용의 경향은 ① 쇼게이의 주요 저서 『석정토이장의(釈浄土二蔵
義)』·『이장의견문(二蔵義見聞)』·『전통기유초(傳通記糅鈔)』·『결의초

직첩(決疑鈔直牒)』에 그 대부분이 집중되고 있는 것,[3] ② 자서(字書)인 『옥편(玉篇)』을 제외하면 『고문효경(古文孝經)』의 인용이 상당히 많거나 중요시되고 있다고 생각되는 것,[4] ③ 『역경(易經)』과 이와 관련된 서적이 『결의초직첩』에만 인용되고 다른 곳에는 거의 보이지 않는 것, ④ 주자학의 영향이 희박한 것(선종의 易과 주자학의 적극적인 수용을 비교할 때 대조적임), ⑤ 게다가 신즈이(信瑞)의 『정토삼부경음의집(淨土三部經音義集)』, 료추(良忠)의 『관경소전통기(観經疏傳通記)』・『선택전홍결의초(選択傳弘決疑鈔)』, 료교(良曉)의 『판하견문(坂下見聞)』과 같은 정토종 선학의 저작으로부터의 재인용이 거의 전체의 1~2할 정도 포함되어 있는 것으로 정리해 볼 수 있다.

쇼게이는 과연 어떻게 해서 수많은 한적을 열람하고 입수했던 것일까? 아쉽지만 쇼게이가 거점을 두고 있던 히타치(常陸)의 조후쿠지(常福寺)[5] 주변은 남북조기 동란으로 잿더미로 변했고, 당시의 목록류가 현존하지 않기 때문에 지금으로서는 그것을 알 길이 없다. 다만

---

3 『釈浄土二蔵義』가 30권, 『二蔵義見聞』이 8권, 『傳通記糅鈔』가 48권, 『決疑鈔直牒』이 10권. 모두 방대한 저작이기 때문에 한적을 인용하는 경우가 많았다고 추측된다. 각 서적이 지닌 성격 차에 기인한 것은 아닌 듯하다.

4 『孝經』에는 금문(今文)과 고문(古文)이 각각 있는데, 쇼게이는 주로 『古文孝經』을 사용하고 있다. 쇼게이의 저작 『決疑鈔直牒』 卷10에는 '금문'과 '고문'의 차이나 현재의 서적이 '고문'임을 서술하고 있는 것으로 볼 때, 그는 『고문효경』을 중용했음을 알 수 있다.

「今私云, 此義尤非. 孝經有二古今一. 今文十八章, 古文二十二章也. 今世本非レ是今文一. 何云二十八章中等一乎. 随而次下引二同註一. 然今文非二孔子所傳一. 安國不レ註. 何云二同註一乎. 此乃不下分中別今文舊本古文新本不同上所レ致レ之歟. 比興比興」(浄全七, 593쪽 하단)

5 히타치(常陸)는 현재의 이바라기 현(茨城県)의 대부분을 지칭하는 옛 지명이다. 조후쿠지(常福寺)는 1338년에 건설된 정토종 사원으로, 중요문화재로 지정되어 있다. 【역자 주】

쇼게이가 여러 지방(國)을 편력하며 내외의 전적을 수집했다는 것,[6] 또한 중세기 간토(關東) 지역 정토종의 대표적인 학문소(學問所)였던 시모후사 요코조네(下総横曽根)[7]에 있던 단기쇼(談義所)[8]와 밀접한 교류가 있었던 사실이 알려져 있고, 일정한 양의 한적이 주변에 있었으리라 추측된다.

용법으로서는 사전·자서류에 이용하고 있는 것이 대부분으로, 예를 들어서 『전통기유초』 卷28에서는 『옥편(玉篇)』에 기초해 어구 설명을 하고 있다.

● 輩也等者, 又玉篇云, 曹昨勞切, 輩也, 群也〈矣〉.[9]

輩는 '무리'이다, 또 玉篇에서 이르길, '曹는 昨과 勞의 反切이니, 輩요, 群이다. '라고 하였다.

또한 『이장의견문』 卷7에서는 『예기(禮記)』 제의편(祭義篇), 『논어』 팔일편으로부터의 인용이 보인다.

儒則内齋外定等者, 禮記祭義云, 至〓齋於内〓, 散〓齋於外〓〈矣〉. 四時殺命等者, 論語云, 子貢欲レ去〓告朔之餼羊〓. 子曰, 賜也. 爾愛〓其羊

6　聖冏, 『鹿島問答』 서문.
　「余醫年当初, 偏心講肆留. 五五歳末, 専眼掛〓其扉〓. 自レ爾已来南北往還, 東西歴. (中略) 云レ内云レ外迷〓助道方便〓」(浄全一二, 809쪽 상단) 참조.
7　시모후사(下総)는 지금의 치바 현(千葉県) 북부 및 이바라기 현(茨城県)의 일부를 지칭하는 옛 지명이다. 요코조네(横曽根)는 이바라기 현에 있는 미즈카이도 시(水街道市, 현 조소 시(常総市)로 통합)를 가리킨다. 【역자 주】
8　에도 시대에 제정된 정토종 승려 육성을 위한 학문소로 18개의 절을 총칭한다. 【역자 주】
9　聖冏, 『傳通記糅鈔』 卷28(浄全三, 622쪽 하단~623쪽 상단).

一. 我愛二其禮一〈矣〉. **10**

儒는 內齋하고 外定하는 것이니, 『禮記』「祭義」에 이르길, '안에서 至齋하고 밖에서 散齋한다'고 하였다. 四時는 殺命이니, 『論語』에 이르기를, "자공이 초하룻날에 종묘에 告由하면서 희생양을 없애려고 하자, 공자가 말하기를, 너는 그 양을 아까워하느냐? 나는 그 예를 아까워하노라."라고 하였다.

또 『전통기유초』 卷29에서는 『사기』 본기(本紀) 卷8 · 고조본기(高祖本紀) 第8에 있는 고사를 통해 주석을 붙여 놓았다.

朝謂朝宗也. 民朝二於王一. 故王名レ朝. 史記云, 高祖五日一朝二太公一. 如二家人父子禮一. 太公家令説二太公一曰, 天無二二日一, 土無二二王. 高祖雖レ子, 人主也. 太公雖レ父, 人臣也. 奈何令下人主拝中人臣上. 如レ此則威重不レ行. 後高祖朝二太公一. 擁篲迎レ門〈矣〉. **11**

朝는 朝宗을 말한다. 백성들이 왕에게 朝會를 하니, 때문에 왕이 '朝'라 명명한 것이다. 『史記』에 이르길, 高祖가 5일에 1번 太公에게 조회하니, 太公의 家令이 太公에게 말하기를, "하늘에는 두 해가 없고 땅에는 두 왕이 없는 법입니다. 高祖가 비록 아들이나 임금이요, 太公이 비록 아버지이나 신하입니다. 어찌 임금으로 하여금 신하에게 절을 하게 하겠습니까? 이와 같이 한다면 위엄이 행해지지 못할 것입니다." 그 후로는 高祖가 太公에게 조회하자, 빗자루를 들고 문에서 맞이하였다. 라고 하였다.

---

10 聖冏, 『二蔵義見聞』卷7(浄全一二, 501쪽 상단).
11 聖冏 『傳通記糅鈔』卷29(浄全三, 652쪽 하단).

이러한 용례는 일일이 다 헤아릴 수 없고, 한적은 학문상 의거(依據)해야 할 지식으로 수용되고 있음을 알 수 있다.

다만 물론 모두가 사전·자서류와 같은 용례만 있는 것은 아니다. 단순한 어구의 인용뿐 아니라 유교나 도교의 교리를 상세하게 검토하고 불교와의 비교 검토도 하고 있는 부분이 여러 곳에서 확인된다. 예를 들면『석정토이장의』卷30에서는 유불도(儒佛道) 삼교 공통의 용어에 대해 다음과 같이 논의한다.

> 無極体等者, 經具云二皆受二自然虛無之身無極之体一.
>
> 問, 或云二自然一, 或云二虛無一, 或云二無極一. 皆是儒道両宗所詮也. 謂自然者天性義也. 孝經云, 父子之道天性〈已上〉. 中庸云, 人誰無二虛霊性一. 皆一レ根同レ元. (中略) 老子經曰, 人身猶如二槖籥機一哉〈已上〉. (中略) 老子經云, 無名天地之始, 有名万物之母. 有レ物混成. 先二天地二生常徳不レ忒, 復二於無極一〈已上〉. 今浄土実義不レ出二彼義一. 何号二出世法一耶. [12]
>
> 무극의 본체에 대해 여러 經書에 이르기를, "모두 자연허무의 몸, 무극의 본체를 받았다."라고 하였다. 묻기를, 어떤 사람은 '자연'이라 하고, 어떤 사람은 '허무'라 하고, 어떤 사람은 '무극'이라 하니, 모두 儒家와 道家 양 종파에서 설파한 것이다. 자연이라고 한 것은 천성을 뜻한다. 『孝經』에 이르길, "부자의 도는 천성이다. 『中庸』에 이르길, 사람이면 누구나 허령성이 없겠는가! 모두 한 뿌리 같은 근원이다." (중략) 『老子』에 이르길, "사람의 몸은 풀무와 같은 것인가!" (중략) 『老子』에 이르기를, "無名은 천지의 시작이요, 有名은 만물의 어머니이다. 어떤

---

12 聖冏『釈浄土二蔵義』卷30(浄全一二, 344쪽 상하단).

물건이 혼연히 이루어져 천지보다 먼저 생겨나 떳떳한 덕이 어긋남이 없이 무극으로 돌아간다. (이상) 이제 정토의 실제 뜻이 저 뜻에서 벗어나지 않으니 어찌 '출세법'이라 부르는가?"라고 하였다.

『무량수경(無量壽經)』에서는 "모두 자연히 허무의 몸, 무극의 신체를 받았다(皆受自然虛無之身無極之體)."라고 하는데, '자연(自然)', '허무(虛無)', '무극(無極)'이라는 말은 『효경(孝經)』, 『중용(中庸)』, 『노자(老子)』 등에 나타나있듯이 유교와 도교 양쪽에서 설파되고 있다. 그렇다면 결국에는 유도(儒道)의 영역을 벗어나지 않는 게 아닐까. 그런데 왜 '출세법(出世法)'이라 부르느냐는 것이다. 쇼게이는 답한다.

答, 自然虛無無極之言, 且雖ㄴ似ㄴ彼, 其意遙異. (中略) 皆是借二儒道名目一, 其義遙異. 況今是梵土唄書. 豈借二孔老假名一乎. 唯是彼浅名自似二此深号一也. [13]

답하기를, "자연, 허무, 무극의 말들이 또한 비록 저것과 비슷하지만, 그 뜻은 아득히 다르니, (중략) 이것은 모두 유가와 도가의 名目을 빌린 것이요, 그 뜻은 아득히 다른 것이다. 하물며 이제 인도의 佛書에서 어찌 공자와 노자의 이름을 빌린 것이겠는가? 오직 이것은 저들의 천박한 이름이 우리의 심오한 호칭과 우연히 같은 것이다."라고 하였다.

용어가 비슷하다고 하나 의미가 전혀 다르니 어째서 공자나 노자

---

[13] 聖冏, 『釈浄土二藏義』 卷30(浄全一二, 344쪽 하단). '자연(自然)'이라는 말을 둘러싸고 노장사상의 정토경전에서 받은 영향에 대해 쇼게이가 일정의 판단을 내리고 있는 점은 상당히 흥미롭다. 상세한 것은 다른 글에서 검토하기로 한다.

의 가명(假名)에서 빌릴 필요가 있느냐. 공노(孔老)의 천박한 명칭이 때때로 의미 깊은 명호(名號)와 비슷할 뿐이라는 말이다. 그리고 뒤에 『열반경(涅槃經)』이나 『무량수경』이 인용되고 '自然虛無身無極之體'는 '대보리(大菩提)'의 의미라고 결론을 붙이고 있다(본문은 생략). 이러한 결론 자체는 정토종의 전통적인 해석을 서술하고 있는 것뿐으로 새로운 설은 아니다. 그러나 쇼게이가 『고문효경』이나 『중용』, 『노자』라는 한적을 일부러 제시하고서 자기 해설을 전개하고 있음은 주목된다. 다른 부분에서도 '도덕'이라는 말을 둘러싸고 유교와 도교의 양설을 든 다음 불교의 우위성을 설파하는 등,[14] 설사 불교에 적합하지 않는 설이라고 해도 무시하지 않고 굳이 상대의 주장과 증문(証文) 등을 제시한 후에 반론한다. 상당히 학문적인 태도로 한적을 접하고 있음을 엿볼 수 있다.

3. 공노(孔老)에 대한 정의

그렇다면 한적의 대표적인 담당자인 공자(孔子)나 노자(老子)와 같은 중국의 성인(聖人)들을 쇼게이는 어떻게 평가하고 있었을까? 여기서는 정토종 삼조(三祖) 료추(良忠)의 저작에 기초해서 쇼게이의 설을 검토해 보겠다.

료추(良忠, 1199-1287년)는 정토종 제일가는 학승으로 『관경소전통기(観経疏傳通記)』, 『선택전홍결의초(選択傳弘決疑鈔)』 등을 저술하고 정토교학의 기초를 이뤄낸 것으로 알려져 있다. 쇼게이는 『전통기유

---

14 聖冏, 『傳通記糅鈔』 卷33(浄全三, 729쪽 하단~730쪽 상단).

초』·『결의초직첩』과 같은 주석서를 쓰는 등, 료추에게서 다대한 영
향을 받았다. 쇼게이의 교학(教學)은 료추의 설을 기본으로 해서 성립
되었고, 한적이나 공노(孔老)를 평가할 때에도 료추의 설을 함께 검토
하고 있기 때문에 보다 자세하게 그 특색을 알 수 있다.

료추의 『관경소전통기』(이하 『전통기(傳通記)』)에는 다음과 같은 글
이 있다.

> 問曰, 如是等計但是己事. 於二衆生一有二何苦惱一蹈二於五逆重罪一耶.
> 答曰, 若無下諸佛菩薩説二世間出世間善道一教中化衆生上者, 豈知レ有二仁
> 義禮智信一耶. [15]
>
> 묻기를, 如是等은 但是 己事를 許한다. 중생들은 어찌 五逆과 重罪를
> 겪는 고뇌가 있는 것인가? 답하기를, 만약 諸佛菩薩이 世間·出世間의
> 善道로 중생들을 교화하지 않았다면, 어찌 仁義禮智信을 알았겠는가?

'제불보살(諸佛菩薩)'이 '세간(世間)·출세간(出世間)의 선도(善道)'를
설파하지 않았다면 '인의예지신(仁義禮智信)'을 알 길도 없었다고 한
다. 다시 말해서 료추는 세간의 선도(善道)인 불교만이 아니라 유교의
덕목도 부처나 보살이 설파한 것이라는 인식을 보이고 있다.

당연히 의문도 생겨난다. 공자가 가르침을 설파한 것은 불법 전래
이전의 일인데 어째서 '제불보살(諸佛菩薩)'이 설파한 것이 될까? 쇼
게이는 『전통기유초』에서 다음과 같은 견해를 보인다.

> 問, 佛法未レ度前, 孔子老子等出, 弘二仁義道徳法一. 何今釈偏云二諸

---

15 良忠, 『観經疏傳通記』 玄義分記 第4(浄全二, 162쪽 상단).

佛菩薩説世間出世間善道等=哉. 答, 彼亦如来使故, 而無=其相違=. 清
浄法行經云, 我遣=三聖=化=彼震旦=. 禮儀開前, 大小乘後. 迦葉菩薩
彼云=老子=, 儒童菩薩彼云=孔子=, 光浄菩薩彼云=顔回=〈矣〉. 16

　　묻기를, 불법이 전해지기 전에 공자, 노자 등이 나와 인의도덕의 법
을 널리 펼치지 않았는가? 그런데 어째서 지금 풀이하기를, 제불보살
이 세간, 출세간의 선도를 설파하였다고 하는가? 답하기를, 그들 역시
여래의 심부름꾼이므로 서로 다를 것이 없다. 『淸淨法行經』에 이르길,
'내가 세 聖人을 보내어 저 震旦을 교화하게 하였으니, 禮儀로 앞을 열
고 大小로 뒤를 이은 것이다. 가섭보살 그를 노자라고 이르고, 유동보
살 그를 공자라고 이르고, 광정보살 그를 안회라고 이르는 것이다.

　　공자도 노자도 '여래(如來)의 심부름꾼(使)'이기에 료추가 말하는
것과 '다름(相違)'은 없다. 『청정법행경』에 따르면 공자, 노자, 안회 삼
인의 성인은 실은 여래가 파견한 보살이라는 말이다.

　　『청정법행경』은 『노자화호경(老子化胡經)』에 대항해서 육조(六朝)
말기에 만들어졌다고 추측되는 중국에서 찬술한 위경(僞經)이다. 신
불(神佛) 관계를 설파하는 일본의 본지수적(本地垂迹)과 같은 설이 보
이는 점에 특징이 있고, 불교측이 유도(儒道) 세력을 수중에 넣기 위
해 많이 이용했다고 알려져 있다. 17 쇼게이는 료추의 설을 계승하고

---

16 聖冏, 『傳通記糅鈔』卷18(浄全三, 425쪽 하단).

17 牧田諦亮, 『疑經研究』(京都·京都大學人文學研究所, 1976) 참조. 『淸淨法行經』은 중
　　국에서 일찍이 산실되었고, 오랫동안 여러 경론(經論) 속 인용에서밖에 그 내용을 살
　　펴볼 수 없었다. 그런데 나고야(名古屋)의 나나쓰데라(七寺)에서 발견되어 전체 내
　　용을 확인할 수 있게 되었다. 落合俊典 編, 『七寺古逸經典研究叢書』第2卷(東京·大
　　東出版社, 1996)의 영인·번각본, 石橋成康, 「新出七寺蔵 『淸淨法行經』攷」(同書所收
　　『東方宗教』78(1991) 초출의 재록·증보) 참조.

여기에 『청정법행경』을 방증으로 이용함으로써 공자나 노자와 같은 성인이 보살이라고 일단은 인식하고 있던 것이다.

4. 오상(五常)과 오계(五戒)

이렇게 공자와 노자를 보살과 동일시하는 인식은 당연히 교리의 접근을 촉진시켰다. 여기에서는 공자의 가르침인 유교에 초점을 모아서 생각해 보겠다. 료추는 『전통기(傳通記)』에서 다음과 같이 말한다.

> 問, 中下品者世俗凡夫. 何云=遇小=. 答, 五常即是当=五戒=故. 謂, 孔子敎若約=能化善巧方便=是遇小也. 淸淨法行經云, 吾今先遣=弟子三聖=. 悉是菩薩. 往ㄴ彼示現. 摩訶迦葉称=老子=, 光明童子称=仲尼=, 月明儒童號=顏淵=〈已上〉.[18]
>
> 묻기를, 중하품자인 세속의 범부를 어째서 遇小라 하는가? 답하길, 五常이 바로 五戒에 해당한다. 그러므로 공자의 가르침은 부처의 善巧方便을 요약한 것이니 이것이 遇小이다. 『청정법행경』에 이르길, 내가 지금 먼저 제자 三聖을 보내어 모두 보살로 示現하게 하였으니, 마하가섭은 老子라 부르고 광명동자는 仲尼라 하며 명월유동은 顏淵이라 부른다.

유교의 '오상(五常)'은 불교의 '오계(五戒)'에 해당하고 '공자의 가르침(孔子敎)'인 유교는 방편이라 생각한다면 '우소(遇小)', 즉 불법

---

18 良忠, 『観経疏傳通記』玄義分記 第5(浄全二, 185쪽 하단).

(佛法)과 작지만 인연을 갖고 있는 것이라고 한다. 오상은 인(仁)·의(義)·예(禮)·지(智)·신(信)으로 유교에서 수학해야 할 다섯 가지 덕목이고, 오계는 불살생(不殺生)·불투도(不偷盜)·불사음(不邪淫)·불망어(不妄語)·불음주(不飮酒)로 불교의 주된 재가신자(在家信者)의 계율이다. 양자는 물론 전혀 다른 것이나 료추는 앞서 소개한 『청정법행경』을 근거로 해서 오상이 부처의 사자(使者)인 공자가 설파한 것이고, 불교 중의 오계에 해당한다는 견해를 보이고 있다.

그러나 쇼게이는 료추의 설을 따르지만 무조건 그것을 인정하는 건 아니었다. 『전통기유초』에는 다음과 같은 내용이 있다.

> 直釈意, 約_能化密意_且名_遇小_. 五常当_五戒_故. 雖レ然, 内外道異. 不レ可_直云_於小乗教_. 世善上福之釈, 正不レ摂_遇小_之意也. 然今時, 有_愚人_列_教相_之時, 直以_四韋·五經·周漢史書等_編_入小乗教中_. 既是暗_五明大綱_. 焉弁_二教殊致_. (中略) 今雖_文中細釈_, 記主弁之即以_善巧密意_. 若有_彼意_, 何不レ許レ之耶. **19**

> 直釈意에 이르기를, 부처의 密意를 또한 遇小라고 이름하였으니, 五常이 五戒에 해당하기 때문이다. 비록 그렇지만 内典와 外典은 도가 다르니, 바로 小乗教라고 할 수는 없다. 世善上福의 풀이에 바로 遇小의 뜻을 포섭할 수는 없는 것이다. 그렇지만 지금 어리석은 사람이 부처의 설법을 열거하면서 바로 四韋·五經·周漢史書 등을 小乗教에 편입시켰으니, 이것은 이미 五明大綱에 어두운 것이다. 두 가르침이 다른 것을 어찌 분별하겠는가? (중략) 이제 비록 문장 가운데 사소한 풀이이지만 記主가 주석을 붙여서 善巧密意(중생교화의 방편)라고 하였으니,

---

19 聖冏, 『傳通記糅鈔』卷21(浄全三, 485쪽 하단~486쪽 상단).

만약 저러한 뜻이 있다면 어찌 인정하지 않겠는가?

중생을 교화하려 하는 부처의 '밀의(密意)'에 의해 임시로 '우소(遇 小)'라고 이름 붙인 것이고, 그 의미에 있어서 오상(五常)은 오계(五戒) 에 배당된다. 하지만 그렇다고 해도 내전(內典)·외전(外典)의 '도(道)' 는 다르다. 지금은 외도(外道)의 경전(經典)이나 오경(五經) 또는 주 (周)나 한(漢)의 사서(史書) 등을 '소승교(小乘敎)' 속에 포함시키는 '우 인(愚人)'이 있는데, 어떠한 근거도 없는 것이라고 말한다.

그렇지만 이는 료추를 비판하고 있는 것이 아니다. '기주(記主)'(=료 추)는 '선교밀의(善巧密意)', 즉 중생의 교화를 위한 방편이라는 전제 위에서 말하고 있기 때문에 오상(五常)을 오계(五戒)에 포함시키는 것 도 허용된다. 쇼게이는 '여러 가지 전제를 이해해 본다면'이라는 조 건부로 료추의 설을 인정하고 있는 것이다.

쇼게이가 활약한 남북조에서 무로마치기에 걸쳐 선종(禪宗)을 중심 으로 다양한 종파에서 활발하게 유불(儒佛) 일치를 설파했고, 오상을 오계에 배당하는 움직임이 다수 있었음이 지적되고 있다.[20] 그러나 쇼게이는 내전(內典)은 내전, 외전(外典)은 외전이라는 입장을 견지하 면서 방편으로 삼는 이외의 한적들을 불전에 포함시키는 것을 허용 하지 않았다. 그런 의미에서는 앞서 서술한 공자와 노자를 보살이라 고 하는 설도 방편의 범주를 벗어나지 않는다고 생각한다. 쇼게이는

---

20 虎関師錬, 『濟北集』 卷18, 夢巖祖応, 『旱霖集』 天秀説, 中巖円周, 『中正子』 戒定慧 論 등을 참조. 물론 선승(禪僧)들에게도 오상을 오계에 배당하거나 유교를 소승교에 포함시키는 경우는 방편(方便)임에 틀림이 없다. 그러나 유불 일치의 논의가 왕성해 짐에 따라 방편으로 수렴할 수 없는 불가해한 설도 일부에서는 횡행하고 있었던 것 같다.

료추의 설을 계승하고 게다가 상세하게 검토를 해서 세상의 안이한 풍조를 비판한 것이다.

다만 료추 자신은

> 仁慈是止悪故, 雖ﾚ通二大小両乗一, 正論二攝属一則是小戒. 故五常行成二小乗果一也. [21]
>
> 仁慈는 止悪(악을 방지하는 도리)이니, 따라서 비록 大乗과 小乗에 다 통하지만 攝属을 따진다면 小戒에 해당하는 것이다. 때문에 五常을 小乗果에서 행하여 이루는 것이다.

라고, 단순하게 내용상 오상을 소승에 포함시키는 경우도 있다. 상당히 유동적으로 포착하고 있던 듯하다.

한편 쇼게이는

> 又智論十八云, 邪見有二三種一. (中略) 今私云, 第一当二此土孔子自然教一. 第二当二此土道士虚無道一. 第三此土無ﾚ之. 若是今上邪歟〈云云〉. [22]
>
> 또 「智論」十八에 이르길, 邪見에는 3종류가 있다. (중략) 이제 사사로이 이르길 제1은 孔子自然教에 해당하고, 제2는 道士虚無道에 해당하고, 제3은 없으니, 이것은 지금의 上邪인가? 라고 하였다.

라며, '사견(邪見)'의 하나로 유교(孔子自然教)를 간주하고 있는 경우

---

21 良忠, 『観經疏傳通記』 散善義記 第3(浄全二, 420쪽 하단).
22 聖冏, 『傳通記糅鈔』 卷18(浄全三, 429쪽 상단).

도 있고, 료추 이상으로 엄밀한 해석을 하고 있는 경우도 살펴볼 수
있다.

5. 정토교와 세선(世善)

이러한 엄밀함의 차이는 료추와 쇼게이 간의 유교에 대한 평가 방
법의 차이에서 기인한다고 보인다. 다음에 소개하는 것은 앞서 살펴
본『전통기유초』의 첫 머리 부분이다.

> 直釈意, 約二能化密意二且名二遇小一. 五常当二五戒一故. 雖レ然, 内外道
> 異. 不レ可二直云二於小乗教一. 世善上福之釈, 正不レ攝二遇小一之意也. 23
> 　直釈意에 이르기를, 부처의 密意를 또한 遇小라고 이름하였으니, 五
> 常이 五戒에 해당하기 때문이다. 비록 그렇지만 內典와 外典은 도가
> 다르니, 바로 小乗教라고 할 수는 없다. 世善上福의 풀이에 바로 遇小
> 의 뜻을 포섭할 수는 없는 것이다.

오상을 오계로 이해하는 것은 보살(能化)의 밀의(密意)에 의한 것이
고, 내외의 도(道)는 본래 다르다. 소승교라고 하는 것은 본래 불가능
한 것이라고 하고 있다. 한편 여기서 주목해야 할 것은 오상 등의 '세
선상복(世善上福)'이 정확하게는 '우소(遇小)'에 포함되지 않고 불교와
어떠한 인연을 갖고 있지 않다고 말하는 부분이다. 근본적인 의미를
확인하면서 생각해 보자.

23　聖冏,『傳通記糅鈔』卷21(浄全三, 485쪽 하단).

우선 '세선상복(世善上福)'은 당나라 때 정토교를 대성시킨 것으로
알려져 있는 선도(善導)의 『관무량수경소(觀無量壽經疏)』(이하 『관경소
(觀經疏)』)에 의하면,

次就_中品下生位中_, 亦先擧, 次弁, 後結. 即有_其七_. 一從_中品
下生_已下, 正明ᅡ総擧_行名_弁ᅲ定其位ᅡ, 即是世善上福凡夫人也.[24]
다음으로 中品下生位에 나아가 또한 먼저 들고, 다음으로 弁하고 뒤
에 結하였다. 그 중에 7가지가 있는데, 한결같이 中品下生을 따랐으니
이하 正明総擧와 行名弁과 定其位는 곧 世善上福의 평범한 사람이다.

라며, 극락왕생함에 있어 구종(九種)의 자리 중 하나인 '중품하생
(中品下生)'에 해당하는 인간이 수학하는 '선(善)'이라고 한다.[25] 또한
『관무량수경(觀無量壽經)』(이하 『관경(觀經)』)에서 설파하고 있는 '삼복
(三福)'[26]의 제일에 해당하는 것이 '세복(世福)'으로, 『관경소(觀經疏)』
에서는

今言_三福_者, 第一福即是世俗善根. 曾来未ㄴ聞_佛法_. 但自行_孝

---

24 善導, 『觀經疏』 散善義(大正三七, 275쪽 하단~276쪽 상단).
25 중품하생(中品下生)은 극락왕생하는 구종(九種)의 지위를 나타낸다. 「九品」(上品上
生·上品中生·上品下生·中品上生·中品中生·中品下生·下品上生·下品中生·下品
下生) 중의 하나를 말한다.
26 삼복(三福)은 『관무량수경(觀無量壽經)』에서 설파하고 있는 삼종(三種)의 복업(福
業, 世福·戒福·行福)을 말한다. 세선(世善)·세법(世法)을 생각할 때, 료추와 쇼게이
가 논거의 하나로 자주 이용했다.

「欲ㄴ生_彼國_者, 当ㄴ修_三福_. 一者, 孝_養父母_, 奉ㄴ事_師長_, 慈心不ㄴ殺, 修_十善
業_. 二者, 受_持三帰_, 具_足衆戒_, 不ㄴ犯_威儀_. 三者, 発_菩提心_, 深信_因果_,
讀_誦大乗_, 勸_進行者_. 如ㄴ此三事名為_浄業_(大正12, 341쪽 하단)

養仁義禮智信﹣. 故名﹦世俗善﹦也. **27**

　이제 三福을 말하자면, 제일의 복은 세속선에 뿌리가 있으니 일찍이 불법을 듣지 않고, 다만 자연스럽게 효양인의예지신을 행하는 것이다. 때문에 世俗善이라고 하는 것이다.

라고 해서, 아직 과거의 불법(佛法)을 들은 적이 없는 사람들이 스스로 행하는 효양(孝養)이나 오상(五常) 등을 '세속선(世俗善)'이라고 한다.

　'우소(遇小)'에 관해서 『관경소(觀經疏)』에서는,

　　何者, 上品三人是遇大凡夫. 中品三人是遇小凡夫. 下品三人是遇悪凡夫. **28**

　　무엇을 말하는가? 上品三人은 遇大의 凡夫요, 中品三人은 遇小의 凡夫요, 下品三人은 遇悪의 凡夫이다.

라며, 중품(中品)의 삼생(上生·中生·下生)에 해당하는 사람들이라고 하고 있다.

　료추는 이러한 해석을 받아들여서,

　　問, 中下品者世俗凡夫. 何云﹦遇小﹣. 答, 五常即是当﹦五戒﹣故. 謂, 孔子教若約﹦能化善巧方便﹣是遇小也. **29**

　　묻기를, 中下品者인 세속의 凡夫를 어째서 遇小라고 하는가? 대답

27 善導, 『觀經疏』散善義(大正三七, 270쪽 중간).
28 善導, 『觀經疏』玄義分(大正三七, 249쪽 중간).

하기를, 五常이 곧 五戒에 해당하기 때문이다. 이르기를, 공자의 가르
침은 부처의 善巧方便을 요약한 것이니, 遇小이다.

라며, '공자의 가르침(孔子敎)' 즉 유교가 '우소'에 포함된다고 생각
했다.

양쪽 해석에서 기본이 되고 있는 것이 『관경(觀經)』第15觀의 '중
품하생(中品下生)'이다.

中品下生者, 若有二善男子善女人一, 孝二養父母二行二世仁義一. 此人命
欲ㄴ終時, 遇下善知識, 爲ㄴ其廣說二阿弥陀佛國土楽事一, 亦說中法藏比丘
四十八大願上. 聞二此事二已, 尋即命終, 譬如下壮士屈二伸臂二頃上, 即生二
西方極楽世界一. 生經二七日一, 遇二観世音及大勢至一, 聞ㄴ法歓喜得二須
陀一. 過二一小劫二成二阿羅漢一. [30]

善男善女와 같은 中品下生者는 父母를 孝養하고 仁義를 행한다. 이
러한 사람들은 임종 때에 善知識을 만나서 그를 위해 阿弥陀佛의 國土
楽事를 널리 설파하고 또 法藏比丘의 四十八大願을 설파하니, 이 일을
듣고는 그뿐이요 얼마 있다가 명이 끝나게 된다. 비유하자면 壮士가 팔
을 굽혔다 펴는 것과 같으니, 곧 서방극락세계에 태어나서 7일이 경과
하면 観世音과 大勢至를 만나서 法歓喜를 듣고 須陀를 얻어서 一小劫
을 지나면 阿羅漢을 이루게 된다.

'중품하생(中品下生)'이란 부모를 '효양(孝養)'하고 세상의 '인의(仁

29 良忠, 『観經疏傳通記』玄義分記 第5(浄全二, 185쪽 하단).
30 『観經』(大正一二, 345쪽 하단).

義)'를 행하는 사람을 말하고, 임종 때에 선지식보다 불법(佛法)을 들음으로써 극락왕생하는 위치라고 한다. 『관경(觀經)』이 한역(漢譯)되는 과정에서 '仁義', '孝養'이라는 번역어가 선택된 것인데, 선도나 료추는 여기에서 외교(外敎)와의 관계를 생각하고 임종 때 불교를 들으면 왕생할 수 있기 때문에 유교 등의 세속의 '선(善)'이라도 불교와 조금이라도 인연을 갖고 있는 '우소(遇小)'라고 해석하는 것이다. [31]

그러나 쇼게이는 선도나 료추와 의견을 달리하여 세선(世善)·세복(世福)을 '우소(遇小)'에 포함시키지 않았다. 이는 『관경』의 문맥을 보다 상세히 검토한 결과로 보인다. 다시 말해서 '중품하생'의 인간은 임종 때 선지식보다 불법을 들음으로써 왕생하지만 생각해 보면 그 때까지 수양해 온 '세선(世善)', '효양(孝養)', '인의(仁義)' 자체에는 불교와 조금도 인연이 없다. 따라서 정확히 '우소(遇小)'에 포함되지 않는다고 해석한 것으로 생각된다.

사실 쇼게이는 『전통기유초』에서 '사(師)'[32]가 세선(世善)·세복(世福)이 불법(佛法)에 들어가면 왕생의 업이 된다고 주장하고 있는 것을

---

[31] 료추는 『観經疏』 散善義 卷3(浄全二, 418쪽 하단)에서 '孝養父母行世仁慈'에 주석을 달고, 靈芝(元照)의 『観經義疏』를 인용해 유교 등의 세속의 법을 생전(生前)의 적선(積善)이라 생각한다. 따라서 임종 때 불교와의 인연을 만난다는 견해도 보이고 있다.

[32] 師説은 유교 등 세속의 법에 대해서 언급할 때 '師仰云'으로 종종 이야기된다. 師説은 기본적으로 유불일치의 입장을 취하기 때문에 內典·外典을 엄격히 구분하는 쇼게이는 그것을 대부분 부정하고 자신의 설을 전개해 간다. 정토종 내에서도 유교 등 세법의 평가를 둘러싸고 의견이 분분할 것이다. '師'는 쇼게이의 정토교학의 師라면 蓮勝(浄土宗5祖), 了実(浄土宗6祖), 定慧(浄土宗 4祖 寂慧良暁의 제자) 중 누군가를 가리키는 것으로 생각되지만 정확하지 않다. 또한 『傳通記糅鈔』 卷33의 '世福是舊医法等'에 대한 주에는 '師仰云'(浄全三, 731쪽 상단)이라고 나온다. 같은 곳에 달려 있는 두주(頭註)를 통해 寂慧良暁, 『観經疏傳通記見聞』 序文義 卷3(浄全続三, 213쪽 상단)에 거의 같은 문장이 있었음을 알 수 있다. 따라서 료추의 제자인 定慧의 설일 가능성이 높은데, 이것만으로 단정할 수는 없다. 또한 '師説' 모두가 동일 인물의 말이라는 확증도 없다. 이에 이글에서는 가능성을 지적하는 것으로 끝내기로 한다.

다음과 같이 반론한다.

今直釈意云, 孝養父母, 奉事師長, 雖⼆是世俗法⼀, 已入⼆佛法⼀, 不乚
捨⼆前所行⼀. 設入⼆佛法⼀, 佛法之中非乚戒非乚行故, 如乚本孝養奉事応乚
名⼆世福⼀也. 會釈意云, 但不遇未聞等者且従⼆本達⼀. 若約⼆行相⼀, 入⼆
佛法⼀後孝養奉事故是世善攝也〈云云〉.[33]

이제 直釈意에 이르기를, 부모를 孝養하고 師長을 奉事하는 것이 비
록 世俗의 法이지만, 佛法에 들어오고 나서도 앞에서 행하던 것을 버리
지 않는 것이다. 가령 불법에 들어왔더라도 불법의 中非와 戒非를 행하
기 때문에 본래 孝養奉事했던 것처럼 世福에 応名하는 것이다. 會釈意
에 이르기를, 다만 만나지 못하고 듣지 못한 자는 또한 本達을 쫓고 行
相을 약정하여 불법에 들어간 뒤에 孝養奉事하는 것이다. 따라서 이것
은 世善攝이다.

'효양부모, 봉사사장(孝養父母, 奉事師長)'[34](『관경』에서 말하는 世福의 내
용)은 설사 불법(佛法)에 들어갔다고 해도 불법(佛法)에서 말하는 '계
(戒)'나 '행(行)'에 해당하는 것이 아니기 때문에 '본(本)' 그대로 '세복
(世福)'이라 이름 붙이는 것이다. 또한 그 양상을 생각해 봐도 불법에
들어간다 해도 '본(本)'인 '효양봉사(孝養奉事)'임에 틀림없기 때문에
'세선섭(世善攝)', 즉 세속의 '선(善)'에 포함되는 것이라고 한다. 다시
말해서 '세복(世福)'을 불법(佛法)의 범주에 포함시키는 것은 기본에

---

33 聖冏, 『傳通記糅鈔』卷33(浄全三, 731쪽 하단).
34 『관경(觀經)』에서 말하는 '세복(世福)'에 대한 설명(大正12, 341쪽 하단). '孝養父母,
奉事師長'가 '孝養奉事'로 축약되기도 한다.

해당하지 않는다는 말이다.

또한 『석정토이장의』 卷14에서는,

世福四等者, 大師釈云, 第一福即是世俗善根. 曾来未ㄴ聞二佛法一. 但
自行二孝養仁義禮智信一. 故名二世俗善一也〈已上〉. 問, 何故名二世福一耶.
答, 世謂世俗. 佛法外儒道両宗善故名二世善一也. 是世法佛法相対名目
也.[35]

世福四等에 대해 大師釈에 이르기를, 제일복은 世俗善根이니, 일찍
이 불법을 들은 적이 없으면서 다만 스스로 孝養仁義禮智信을 실천하
는 것이다. 때문에 世俗善이라고 한다. 묻기를, 무엇 때문에 世福이라
하는가? 답하기를 世는 世俗을 말한다. 佛法 이외에 儒家와 道家 두 종
파의 善이기 때문에 世善이라고 하는 것이다. 이것이 世法과 佛法이
서로 대비되는 名目이다.

라며, 앞서의 『관경소』를 언급한 후에 '중품하생(中品下生)'에 해당
하는 인간이 행하는 오상이나 효도 등, 세속의 '선(善)'이란 불법(佛
法) '밖(外)'에 있는 유교·도교의 '선(善)'이고 불법(佛法)과 '상대'되
는 명목이라며 명확하게 구별하고 있다.

이는 선도나 료추의 설에 기초하면서 기본이 되는 『관경』의 문맥
에 보다 충실하게 따라 내전(內典)과 외전(外典)을 구분한 결과라 생
각된다. 료추와 쇼게이의 엄밀함에 있어서의 차이는 이러한 자세의
차이에서 기인한 것이다.

---

35 聖冏, 『釈浄土二蔵義』 卷14(浄全一二, 163쪽 하단~164쪽 상단).

6. 자연행효(自然行孝) - 『고문효경』의 수용

그렇다면 불법(佛法)과는 전혀 별개의 법으로 간주되는 세선(世善)·세복(世福)인 유교를 쇼게이는 구체적으로 어떻게 이해하고 있었을까? 쇼게이가 유교의 근본이라고 생각한 '효도(孝道)'에 대한 해석을 통해 검토해 보자.[36] 다시금 선도, 묘추의 저작을 기초로 생각해 보겠다.

선도의 『관경소』 현의분(玄義分)에서는 『관경』의 '중품하생(中品下生)'의 주석으로,

中下者, …此人在ㇾ世自然行孝, 亦不ㇾ為=出離-故行=孝道-也.[37]

中下者, … 그들은 세속에서 자연스럽게 孝를 행하는 자들이니, 또한 출가하지 않았기 때문에 효도를 실천하는 것이다.

라고 해서, '중품하생(中品下生)'의 인간은 불법을 듣지 않고 출가(出離)의 법을 알지 못하기 때문에 자연히 효도를 행한다고 설명하고 있다. 여기서 주목되는 점이 '자연히(自然)'라는 말이다. 앞서 본 『관경소』에도 "다만 자연스럽게 효양인의예지신을 행한다(但自行孝養仁義禮智信)."[38]는 말이 있는 것처럼 선도에게는 '중품하생(中品下生)'으로 효(孝)나 오상(五常)을 행하는 것이 '자연히', '저절로' 되는 것이라

---

36 聖冏, 『決疑鈔直牒』 卷1.
　　「孔子道孝道也. 孝人高行孝悌忠信義禮典不易不ㇾ違=帰蔵-」(浄全七, 445쪽 하단)
37 善導, 『観經疏』 玄義分(大正三七, 249쪽 상단).
38 善導, 『観經疏』 散善義(大正三七, 270쪽 중간).

는 인식이 있다. 이는 『관경』에서는 볼 수 없는 요소로 선도가 독자적으로 덧붙인 것으로 추측된다.

료추는 이러한 '자행효양(自行孝養)'에 주석을 붙여서,

> 但自行孝養者, 世行二孝道一是自然道. 不レ待レ諭也. 玄義分云二自然行孝一, 与レ今不レ殊. [39]
>
> 다만 스스로 자연스럽게 孝養을 행하는 자들은 세속에서 孝道를 실천하는 것이니, 이것은 自然의 道요, 가르침을 기다리지 않는 것이다. 「玄義分」에 이르기를, '자연스럽게 孝를 행하는 것은 지금과 다르지 않다.'고 하였다.

라며, 세간에서 효도를 행하는 것이 '자연스러운 이치(道)'이기에 어떠한 가르침('諭')을 기다리지 않는다고 한다. 여기서 말하는 '불대유(不待諭)'는 다음에 나오는 『고문효경』 서문에 나와 있는 내용에 바탕을 둔 표현이다.

> 貫首弟子顔回・閔子騫・冉伯牛・仲弓性也, 至孝之自然, 皆不レ待レ諭而寤者也. 其余則悱悱憤憤, 若レ存若レ亡. [40]
>
> 貫首의 제자인 顔回・閔子騫・冉伯牛・仲弓의 성품은 자연스러운 효의 지극한 경지이니, 모두 가르침을 기다리지 않고 깨달은 자들이다. 그 나머지는 완전히 깨우치지 못한 경지이니, 있는 듯 없는 듯한 존재

---

39 良忠, 『観經疏傳通記』散善義記 第1(浄全二, 372쪽 하단).

40 『古文孝經』 인용은 三千院藏本에 의한다(『三千院藏 古文孝經』東京・古典保存會, 1930). 이하 동일.

들이다.

    이는 선도가 '자연스러운(自然)'이란 뉘앙스를『관경』에 덧붙인 것,
또는 법연(法然)이 세간의 '효양(孝養)'을 '효경등설(孝經等說)'[41]로 말
했던 것을 토대로 도출된 표현으로 보인다. 이러한 부분은『고문효
경』의 주석서『효경술의(孝經述議)』卷1[42]의 해석에 따르면, 안회(顔
回)나 민자건(閔子騫)과 같은 네 명의 수제자들이 선천적으로 훌륭한
효덕(孝德)의 자질을 가졌기 때문에 공자의 가르침을 기다리는 일 없
이 자연히 효도를 깨달았다고 한다. 료추는 '자연히(自然)', '깨달음을
기다리지 않는다(不待論)'는 두 가지 점에 착목해서 수제자들이 아니
라 효도 그 자체의 설명으로『고문효경』을 이용한 것이다.

    쇼게이도 료추의 설과 마찬가지로『고문효경』서문을 이용해 주석
을 달고 있다.

今私思レ之曰, 夫人孝道, 自レ有二天地人民一已来, 自有レ之也. 故云二
自然高行一. 其高行者, 上恵下順. 是豈待レ論乎. 百行八不易, 五常三要
道, 基本二一道一. 道本自然自然自然. 自然之道雖レ有レ違レ道, 更本自然.
道道道全非二為レ道之道一. 百姓万代末, 只是古今自然道. 曰二之自然不

待論一. 孝經序云, 自レ有二天地人民一以来而孝道著〈矣〉. 又云, 顔回・閔
子騫・冉伯牛・仲弓性也. 至孝之自然皆不レ待レ論而寤者也. 其余則悱
悱憤憤, 若レ存若レ亡〈矣〉. 引文是順文也. ⁴³

이제 혼자 생각하기를, 대개 사람에게 있어 효도는 세상에 인류가 나
고부터 저절로 있었던 것이다. 그래서 自然高行이라는 말이 있는 것이
다. 高行이란 윗사람은 은혜를 베풀고 아랫사람은 따르는 것이니, 바로
가르침을 기다리지 않는 경우가 아니겠는가? 百行의 八不易과 五常의
三要道가 그 기본은 하나의 道이니, 道란 것은 본래 자연스럽고 자연스
러운 것이다. 自然의 道는 비록 道에 어긋난 것이 있더라도 다시 自然
에 근본하는 것이다. 우리가 道라고 말하는 道는 인위적인 道와는 완전
히 다른 것이니, 백성 萬代에 이르는 古今自然의 道일 뿐이다. 그러니
'자연히 가르침을 기다리지 않는다'고 하는 것이다. 「孝經序」에 이르기
를, '이 세상에 천지와 인민이 있어온 이래 효도가 나타났다'고 하였고,
또 이르기를, '顔回・閔子騫・冉伯牛・仲弓의 성품은 자연스러운 효의
지극한 경지이니, 모두 가르침을 기다리지 않고 깨달은 자들이다. 그
나머지는 완전히 실천하거나 깨우치지 못하였으니, 있는 듯 없는 듯 한
존재들이다.'라고 하였으니, 인용한 글은 이 글들을 따른 것이다.

사람의 '효도'는 '천지인민(天地人民)'이 나타나면서부터 '저절로'
존재한 것이다. 따라서 효행은 '자연(自然)'스러운 고상한 행위이고
'깨우침(諭)'을 기다릴 필요가 없다. 공자가 설파한 오상(五常) 등의
덕목도 모두 이것에 기본을 두고 있고 그렇기 때문에 세간에서 '인의
효양(仁義孝養)'을 행하는 것이 '자연스러운 도(自然道)'이자 '저절로

---

43 聖冏, 『傳通記糅鈔』(浄全三, 912쪽 상단).

생겨서 깨달음을 기다리지 않는다(自然不待諭)', 즉 공자와 같은 성인에게서 어떠한 가르침을 듣기를 기다리지 않고 자연히 존재하고 있던 것이 효도라는 것이다.[44]

첫 머리의 "대개 사람에게 있어 효도는 세상에 인류가 나고부터 저절로 있었던 것이다(夫人孝道, 自有天地人民已来, 自有之也)."는 쇼게이도 친히 설명하고 있는 것처럼『고문효경』서문에 나오는 "이 세상에 천지와 인민이 있어온 이래 효도가 나타났다(自有天地人民以来而孝道著矣)."[45]는 구절에 바탕을 둔 표현이다. 쇼게이는 기본적으로 료추의 설을 계승한다. 그러나『고문효경』의 다른 기술을 대체하고 덧붙여서 '자연스럽게 그것이 있었다(自有之也)', '저절로 생겨서 깨달음을 기다리지 않는다(自然不待諭)'는 식으로 자연스러움을 더욱 강조함으로써 오상과 같은 덕목의 원천이 되는 효도의 출현을 공자를 비롯한 성인의 가르침이 미치지 않는 옛 시대로까지 소급시키고 있는 것이다.

다른 부분에서도 유교를 '공자의 자연교(自然敎)'[46]라 하고, 또 "오제(五帝) 이후로는 자연교(自然敎)라고 일컬을 만한 것이 없으니, 공자

---

44 聖冏,『釈浄土二蔵義』卷14에도 같은 설이 보인다.

「孝養奉事世出世者, 孝養奉事各有=世間出世=也. 世間孝養者, 自=天子-以来至=于庶人-, 以=孝一字-而為=百行本-. 故知, 自ㄴ有=天地人民-以来而孝道著〈矣〉. 人君之曰=善政-, 人臣之曰=忠勤-, 人子之曰=孝行-. 夫実一道也. 譬如=河流随ㄴ處, 名異河水無-ㄴ別故. 古人云, 総ㄴ之而言則曰=之孝道-, 分ㄴ之而名則曰=之孝悌忠信仁義禮典-〈已上〉」(浄全一二, 164쪽 상단)

45『孝經述義』卷1에서는, 천지 사이에서 인간이 태어나고 부부가 되어 아이를 낳으면 자식은 반드시 효를 통해 부모에게 보답하기 때문에 인민이 출현함과 동시에 효도도 나타난다고 해석하고 있다.

「人受=陰陽之気-生=於天地之間-, 天地既形人民必育. 陰陽相配乃至為=夫婦-, 男女遘ㄴ精乃生=子息-. 凡有=性霊-皆知ㄴ慈愛. 親既以ㄴ慈加ㄴ子, 子必以ㄴ孝報ㄴ親. 故知, 初有=人民-, 孝道既已著矣」(『孝經述議復原に関する研究』, 71~72쪽)

46 聖冏,『傳通記糅鈔』卷十八(浄全三, 429쪽 상단).

는 자연(自然)의 도(道)를 깨달은 것인가."[47]라고 말하는 등, 공자나 유교에 대해서 서술할 때는 항상 위의 해석을 염두해 두었음을 알 수 있다. 쇼게이에게 유교란 공자가 천지인민이 출현한 이래 자연의 도에 대해서 서술한 가르침이었던 것이다.

그렇다면 쇼게이는 '효도(孝道)'의 해석에 무엇 때문에 이런 정도로 집착했을까? 이유는 명기되어 있지 않지만 아마도 내전(內典)과 외전(外典)을 사상적으로 명확하게 구별하기 위해서라고 추측된다.

잘 알고 있는 것처럼, 정토교는 극락왕생을 목적으로 하고 이 세상을 '예토(穢土)'라 해서 거리낌이 있는 곳으로 주장한다. 세속의 '교(敎)'인 유교는 예토의 '교(敎)'이고 설사 그것이 아무리 뛰어나다고 해도 방편으로 삼는 외에는 버려야 할 대상임에 틀림이 없다. 그렇다면 오상을 오계로 배당하는 등, 무리하게 유교를 소승교에 포함시켜서 받아들이기보다 왕생을 위해 정토교를 선택해야 함을 사상적으로 강조하는 편이 도리에 맞다. 유교의 근본인 효행(孝行)이 인위적인 관여가 미치지 않는 '천지인민 출현 이래의 자연의 도'라는 것은 인도 역사상 석가(釋迦)가 설파한 불법과는 시간적으로 다른 법임을 의미한다. 쇼게이는 효도를 단순한 도덕관념의 영역을 넘어선 자연의 법으로까지 높이고 인위적인 관여를 근본에서 폐함으로써 내전(內典)의 가르침인 불교와 외전(外典)의 가르침인 유교를 구별해서 평가하고 있다고 할 수 있다.[48]

---

47 聖冏, 『傳通記糅鈔』卷四十二(浄全三, 911쪽 하단~912쪽 상단).

48 앞서 말한 『清浄法行經』과 같이 역사상(歷史上)의 석가불이 아니라 구원실성(久遠実成)의 부처의 존재를 생각한다면, 유교도 부처가 설교한 것으로서 불교의 범주에 포함시키는 것도 가능하다. 그러나 쇼게이의 주장에서 생각해 보면, 기본적으로 방편의 경지는 아니라고 생각했던 것으로 보인다.

이렇게 쇼게이는 정토종 선학의 해석을 바탕으로『고문효경』서문의 문구를 자유자재로 이용해 유교를 평가하고 불교와의 관계성을 밝힌다. 이는 선도 이래 이어져 온 정토종의 전통적인 외전(外教) 해석에 하나의 결론을 부여한 것으로서 주목되는 바이다.[49]

7. 글을 마치며

지금까지 료요 쇼게이 저작을 중심으로 정토종의 한적 수용이 갖는 여러 양상을 고찰했다.

쇼게이는 분야를 불문하고 광범위하게 한적을 이용하고 있었다. 쇼게이는 이러한 한적에 관한 깊은 조예와 정토종 선학의 설에 기초해서 외전(外典)인 한적과 내전(內典)과의 차이를 분명히 했고 또 유교에 대한 검토를 행하였다.『고문효경』서문을 개변(改變)해서 이용하고 유교의 근본 개념인 '효도'를 '천지인민 출현 이래의 자연의 도'라 정의했다. 쇼게이가 생각한 유교란 공자가 자연의 도인 효도에 대해서 서술한 가르침이고 불교와의 인연도 없으며 방편으로 하는 이외에 유불일치 등은 있을 수 없는 것이었다.

쇼게이는 오상(五常)이나 효도 등, 외전(外典)의 가르침을 내전(內典)에 포함시키지 않는다. 그러나 무자비하게 내버리지도 않는다. 각

---

49 '不待論' 해석을 둘러싸고 정토종 내에서도 논쟁의 여지가 있었던 듯하고, 쇼게이는 자신의 설 외에 '師仰云', '今云(相傳義趣)', '有人云(二説)'이라는 네 가지 설을 열거한다(淨全三, 911쪽 하단~912쪽 상단). 여러 설의 시비는 접어두고서라도 중세의 정토종에서 유교를 생각할 때『古文孝經』序文에 기초한 해석이 하나의 논제가 되었던 것은 크게 주목되는 바이다.

각의 가치나 존재를 인정하면서 정토교학과의 관련선상에서 그 의미를 모색해 간다. 쇼게이의 한적 수용은 단순한 인용에 머물지 않고 정토종의 전통을 계승하면서 유교를 비롯한 '외교(外教)'와의 관계를 명확히 하고, 나아가 정토종을 선양(宣揚)하려는 사상적인 행동의 하나였다고 생각된다.

스즈키 히데유키(鈴木英之)

早稻田大學日本宗敎文化硏究所 招聘硏究員, 早稻田大學·學習院大學 非常勤講師.

전문 분야는 일본 불교, 사상사, 일본 문학이다.

저서로 『中世學僧と神道 — 了譽聖冏の學問と思想』(勉誠出版, 2012.8), 『古鈔本『江都督納言願文集』』(공저, 二松學舍大學21世紀COEプログラム「日本漢文學硏究の世界的拠点の構築」, 2009年3月) 등이 있다.

[부기] 본 논문에 관해서는 졸저 『中世學僧と神道 — 了譽聖冏の學問と思想』(勉誠出版, 2012.8)에 증보·개정한 것을 발표해 놓았다. 함께 참조해 주기 바란다.

이 글은 『日本漢文學硏究』2에 실린 鈴木英之의 「浄土宗における漢籍受容 – 了譽聖冏著作を中心に」를 번역한 글이다.

번역: 박이진

근대문학과 한문학

소설 『문신(刺青)』과 한문학

제 6 장

스기시타 모토아키(杉下元明)

1.

魚菜吹腥市幾場	물고기와 채소 비린내 풍기는 저자거리
東都四里是中央	東都에서 4리 되는 곳, 에도의 한복판이라네.
誰言二十八間短	누가 말했나! 28간(間) 다리가 짧다고
宛見秦橋虹彩長	진교(秦橋)와 홍채(虹彩)를 물끄러미 바라보네.

위의 시는 1878년(明治11)에 간행된 오누마 진잔(大沼枕山)의 『에도 명승시(江戶名勝詩)』에 실려 있는 「니혼바시(日本橋)」이다. '진교(秦橋)' 는 진(秦)나라 소왕(昭王)이 만든 다리다. 시장으로 둘러싸인 에도 중심에 놓여 있는 28간(間)의 길이를 자랑하는 니혼바시의 번화함을 칭송한, 그야말로 에도시대의 명성을 느끼게 하는 시이다. 막말(幕末)·유신(維新)기에 활동한 대표 시인을 대라면 대부분 오누마 진잔과 나루시마 류호쿠(成島柳北)를 들 것이다. 류호쿠가 막말에 읊은 한시에 관해서는 졸고 「젊은 날의 나루시마 류호쿠(若き日の成島柳北)」(『江戶漢詩』, へりかん社, 2004)에서 다룬 적이 있다.

막말·유신기에 한시문은 융성함을 과시했다. 그러나 메이지(明治) 후기에 이르러 한시 작가는 이렇다할 성명(盛名)을 얻지 못하게 된다. 한문학 소양이 일절 맥을 상실한 걸까?

그렇지 않고 어떠한 형태로 근대문학에 활용되었다는 게 이 글의 입장이다. 이하『에도 명승시』의 간행에서 8년이 지나 니혼바시 일대에서 태어난 다니자키 준이치로(谷崎潤一郎)를 중심으로 그가 한문학으로부터 어떠한 영향을 받고 있는지, 작품집『문신(刺靑)』을 대상으로 살펴보고자 한다.

『문신』은 1911년(明治44)에 간행되었다. 단편소설「문신(刺靑)」외에「기린(麒麟)」,「소년(少年)」,「어릿광대(幇間)」,「비밀(秘密)」, 그리고 희곡「코끼리(象)」와「신서(信西)」를 수록했다. 유명한 소설이기는 하지만「문신」의 개요를 소개해 둔다(『別冊國文學54 / 谷崎潤一郎必携』, 2001. 11. 64쪽, 前田久德 집필).

문신사 세이키치에게는 오래된 숙원이 있었다. 빛나는 미녀의 피부에 자신의 영혼을 새겨 넣는 일이다. 마음에 드는 여인을 찾아다니길 네 번째 되는 여름 날 저녁, 가마에서 삐져나와 있는 하얀 발을 보고 그 주인이야말로 그가 계속해서 찾아 헤매던 여인임을 확신하게 된다. 그러는 사이 가마는 누가 탔는지 모르게 떠나 버린다. 이듬해 봄 중반, 우연히 가마의 주인공 소녀가 그의 집을 찾아왔다. 세이키치는 소녀에게 두 개의 두루마리를 보여주며 "이것이 너의 미래를 화폭에 펼친 것이다."라고 말한다. 그림은 폭군 주왕(紂王)의 총애를 받던 왕비 말희(末喜)가 지금 당장이라도 형벌에 처해질 것 같은 남자를 바라보며 안타까워하는 것과 젊은 여자가 벚꽃 가지에 몸을 기댄 채 발밑 남자들의 야해(野骸)를 바라보고 있는 '비료'라는 제목의 것이었다. 그림 속 여인의 성품이 [본인에게도] 있음을 고백하며 두려워 차마 그림을 쳐다보지 못하는 소녀에게 세이키치는 마취 가스를 마시게 한다. 그리고 하루 밤낮 동안 소녀의 등에 무당거미 문신을 가득 새긴다. 그것은 세이키치의 영혼과 모든 생명을 쏟아 부은 것이었다. 잠에서 깨어난 소녀는 소심한 성격이 완전히 사라지고 세이키치에게 "당신이 가장 먼저 내 비료가 되었네요."라고 공언을 한다. 돌아가기 전에 다시 한번 문신을 보여 달라고 부탁하는 세이키치의 소원을 들어주며 옷을 벗은 소녀의 등은 때마침 아침 햇살을 받아 찬란하게 빛났다.

또 다른 소설 「기린(麒麟)」의 개요는 다음과 같다(「谷崎潤一郎必携」, 65쪽, 前田久德 집필).

몇 명의 제자를 거느리고 여행길에 오른 공자(孔子)는 위(衛) 나라를 찾았다. 남자(南子) 부인의 미색이 내뿜는 마력에 지배를 받고 있던 영공(靈公)에게 공자는 도덕의 귀중함을 얘기하고 개인적인 욕망을 극복하라며 설파했다. 영공은 공자의 감화를 받아 부인의 마력에서 벗어난 듯했다. [이에] 자신의 매력으로 공자를 사로잡겠다고 큰소리친 남자(南子) 부인은 공자와 대면해 "무릇 세상의 사람들이 꿈도 꾸지 못하는 강하고 격렬하고 아름다운 황당한 세계"를 연출하는 향기와 술과 고기를 권했다. 그러자 공자의 얼굴은 일그러질 뿐이었다. 공자의 덕도 부인에게는 미치지 못함을 과시하기라도 하듯이 부인과 영공이 탄 수레가 공자를 태운 수레를 거느리고 도읍을 행진했다. 한때 부인에게서 벗어난 듯했던 영공은 다시 그녀의 곁으로 돌아오고, 공자는 위(衛)를 떠난다.

본격적으로 『문신』에 관해 논의하기 전에 우선 10년 정도의 시간을 거슬러 올라가 보겠다.

2.

1901년(明治34) 10월, 열여섯이 된 다니자키는 『학우회잡지(學友會雜誌)』에「목동(牧童)」이라는 제목의 시를 발표했다(愛藏版全集第24卷). '제1년급생 갑조(甲組) 다니자키 준이치로'라는 서명이 있다.

牧笛聲中春日斜　　목적(牧笛) 소리 들리는 가운데 봄볕은 기울고
青山一半入紅霞　　청산(青山)의 한쪽 절반이 붉은 노을에 잠겼네.
行人借問歸何處　　행인(行人)이 묻노라, 어디로 돌아가야 하나!
笑指梅花溪上家　　웃으며 가리키네, 매화 핀 개울 가의 집.

같은 해 12월(추정)에 발간된 『학우회잡지』에도「모리요시왕(護良王, 혹은 모리나가왕)」,「달맞이(觀月)」,「잔국(殘菊)」, 이렇게 세 수의 한시를 발표했는데, 이는 나중에 다시 언급하기로 한다. 그가 읊은 한시 중에 오늘날 잘 알려져 있는 것은 이 네 수이다. 그리고 다음에서 소개하는 작품을 포함하면 한 수가 더 추가되게 된다.

한편 다니자키에게「신동(神童)」(1916년)이라는 제목의 중편 소설이 있다(전집 제3권). 주인공 세가와 하루노스케(瀨川春之助)는 발군의 성적으로 교사는 물론이고 교장도 칭찬을 하는 학생이었다. 심상소학교(尋常小學校) 4년생 때의 일로, '은하수(天の河)'를 제목으로 작문 숙제를 하게 된 하루노스케는 20분 정도 생각하고는 한시 한 수를 지었다(앞서 '한 수가 더 추가'된다는 말은 바로 이 시를 가리킨다).

日没西山外　　해는 서산 밖으로 지고
月昇東海邊　　달은 동해 가에 떠오르네.

星橋彌兩極　　　은하수는 양극으로 펼쳐져
爛々燿秋天　　　가을 하늘에 반짝반짝 빛나네.

　다른 뭔가를 개작한 게 아닐까 의심한 교사는 하루노스케에게 이
번에는 "하쓰세 들판에서 마을 아이들에게 묵을 집을 물어보니 노을
에 물든 매화의 곧은 가지를 가리킨다(はつせのや里のうなゐに宿問へば霞
める梅のたちえをぞさす)."라는 게이추(契沖)[1]의 와카(和歌)를 번역해 보
라고 한다. 그러자 하루노스케는 분필로 술술 칠판에 한시를 써내려
간다. 그것이 앞서 소개한 다음의 시였다.

　　牧笛聲中春日斜
　　青山一半入紅霞
　　借問兒童歸何處
　　笑指梅花渓上家

　소설 「신동」은 '자전적인 내용이지만 허구성도 강하다'(『谷崎潤一郎
必携』, 76쪽, 細江光 집필)고들 한다. 생각건대 '자전적'이라고는 해도 과
연 초등학생 시절의 다니자키에게 이 정도로 재능이 있었을 리 없고,
자신이 열여섯에 발표한 「목동」을 ─ 아니면 이후에 게이추의 와카와 비슷
하다고 생각한 것인지도 모른다 ─ 이러한 형태로 재수록한 것이 아닐까
추측된다. 뿐만 아니라 전구(轉句)는 '行人借問歸何處(행인이 묻길 어

─────────────

1　게이추(契沖, 1640-1701년): 에도 시대 중기 진언종(眞言宗) 승려이자 고전학자. 일
　본 고쿠가쿠(國學)의 기초를 닦고, 역사적 가나표기법(歷史的假名表記法)을 제정한
　것으로 유명하다. 『만엽집(万葉集)』에 주석을 단 『만엽대장기(万葉代匠記)』를 완성했
　고 시가집 『만음집(漫吟集)』외 국어학 관계의 여러 저작을 남겼다. 【역자 주】

디로 돌아갈까)'였는데, 이것을 「신동」에서는 '児童借問(아이가 묻길)…' 로 고쳐 쓰고 있다. '問'은 측음(仄音), '童'은 평음(平音), '何'는 평음 (平音), '人'도 평음(平音)이므로 평측(平仄)으로 해서는 '行人借問…' 이라는 편이 더 가지런하다. 'うなゐ'²를 한역(漢譯)할 필요가 있었고, 소설 「신동」에서 이 시는 즉흥적으로 노래한다는 설정이므로 너무 지나치게 정리되어 있지 않은 편이 적당하다고 판단한 것일까.³

초등학교 시절부터 자유자재로 한시를 노래한다는 것이 비록 픽션 이라 할지라도 실제 다니자키에게 한시의 재능이 어느 정도나 있었 을까. 앞서 말했듯이, 열여섯의 다니자키가 발표한 한시 중에 「모리 요시왕」이 있다. 남북조 시대 아시카가(足利) 씨에 의해 가마쿠라의 토굴에서 살해된 오토노미야(大塔宮) 모리요시[모리나가] 친왕(護良親 王)을 노래한 시이다. 전구(轉句)와 결구(結句)를 훈독해 보자.

天闇未掃妖雲影　천암(天闇)은 침침하고 요상한 구름 드리우니
賊子屠龍土窟中　적자(賊子)가 토굴 속에서 용을 죽였네.

"天闇"은 천제(天帝)의 문지기, 또 제왕(帝王)의 궁문(宮門)으로 결 국 아시카가 씨가 모리요시[모리나가] 친왕을 살해한 것을 가리키는 데, 친왕을 용에 비교해서 "屠龍"이라 표현한 것에 많은 독자가 위화 감을 느낄 것이다. "屠龍"하면 제일 먼저 떠오르는 것이 『장자(莊子)』

2　うなゐ는 아이들의 헤어스타일 중 하나로, 머리를 목덜미 정도까지 길러서 가지런히 자른 형태이다. 【역자 주】

3　게다가 原田親貞 「中國文學と谷崎潤一郎(1)」(「學苑」348号, 45-60쪽. 1968)에서는 「기린」, 「이단자의 슬픔」 등에 영향을 주고 있는 한적(漢籍)에 관해 자세히 논의하면 서 「신동」에 이 한시가 사용되고 있는 것도 언급하고 있다.

열어구(列禦寇)에서 유래하는 '실제 쓸모없는 기술'이라는 숙어이기 때문이다.[4]

다니자키의 한시는 그 수도 적고 또 표현에 있어서도 이처럼 다소 미숙한 점이 보인다.

참고로 1901년(明治34)은 마사오카 시키(正岡子規)가 죽기 한 해 전이다. 졸고 「젊은 날의 나루시마 류호쿠」에서는 류호쿠와 비교하며 1867년(慶応3)생인 시키가 한시를 즐겨 지었으나 어느 시기를 경계로 한시 창작에서 멀어졌다는 사정을 논했다(346~350쪽). 시대적으로는 마치 시키와 교대하듯이 문학 활동을 시작한 다니자키이지만, 어느 정도의 소양을 가지고 있었다고 해도 시키 등이 활동한 세대와 비교하면 한시 창작은 거리가 먼 편이었음을 알 수 있다. 「신동」의 주인공이 한시에 능통해 있었다는 것은 다니자키의 실제 자서전과는 다른 픽션으로 봐야 할 것이다.

다니자키에게 한적(漢籍)의 영향은 오히려 한시문의 표현이나 레토릭을 소설에 활용한 점에서 찾을 수 있다.

네 편의 한시를 발표하고 3년 후인 1904년(明治37) 5월, 다니자키는 『학우회잡지』에 '문예와 도덕주의(文藝と道德主義)'라는 글을 실었다(전집 제24권). 주지하는 바와 같이 다니자키는 이 글에서 『열자(列子)』천서편(天瑞篇)을 인용한다. 인용문은 한문에 가에리텐(返り点)[5]

---

4 『장자(荘子)』를 인용할 때는 편의상 『신석한문대계(新釈漢文大系)』에 따라 훈독해 둔다.
   "주평만(朱泙漫)은 용을 죽이는 것을 지리익(支離益)한테서 배웠다. 천금(千金)이나 되는 가산을 탕진하고 3년 만에 그 재주를 이어받았지만 그 재주를 쓸 곳이 없었다."

5 일본에서 한문을 훈독할 때 한자 왼쪽에 붙여 아래에서 위로 올려 읽는 차례를 매기는 기호. レ, 一·二·三, 上·中·下, 甲·乙·丙, 天·地·人 등으로 표기한다. 【역자 주】

을 매겨놓은 것인데, 그 일부를 편의상 훈독해서 소개한다(다니자키는 '爲憂', '若此'에 가에리텐을 붙이지 않았지만 보완해서 훈독한다).

임류(林類)가 웃으며 말하길 "내가 즐거움으로 삼는 까닭을 사람이면 누구나 가지고 있건만 그러나 사람들은 그것을 도리어 근심으로 삼는다. 소년시절에 부지런히 힘써 행하지 않고, 장성하여 시운을 잡으려 노력하지 않으니 그런고로 장수함이 이와 같을 수 있는 것이다. 늙어서 처자가 없고 죽을 때가 장차 이르려 하니 그러므로 즐거움이 이와 같을 수 있다." 이에 자공이 말하길 "장수하기를 바라는 것은 사람의 인정이요, 죽음은 누구나 싫어하는 것입니다. 그런데 당신은 오히려 죽음으로써 즐거움을 삼는데 어째서입니까?" 임류가 말하길 "죽는 것과 사는 것은 한번 가고 한번 돌아오는 것이다. 따라서 여기에서 죽은 사람이 어찌 저세상에 살지 않는다는 것을 알겠는가. 그러므로 내가 그 서로 같지 않음을 어찌 알겠는가. 또한 내가 지금의 죽음이 전생의 삶보다 낫다는 것을 어찌 알겠는가?"

그런데 단편집 『문신』에 수록한 「기린」은 6년 후 1910년(明治43) 12월에 제2차 『신사조(新思潮)』 제4호에 게재된 소설이다(전집 제1권). 『문신』을 지었을 시절, 즉 메이지 말년에 다니자키에게 한적의 영향이 보이는 것은 도쿠다 스스무(德田進)의 「다니자키 문학과 중국고전과의 교섭(谷崎文學と中國古典との交涉)」(『中國古典と日本近代文學との交涉』, 芦書房, 1988, 70~88쪽), 그리고 니시하라 다이스케(西原大輔)의 『다니자키 준이치로와 오리엔탈리즘(谷崎潤一郎とオリエンタリスム』(中央公論新社, 2003) 제2장 '문단에 나오기까지(文壇に出るまで)' 등에 자세히 서술되어 있다. 이들도 지적하고 있지만, 「기린」에서 『열자』의 일화

가 충실하게 패러프레이즈(paraphrase)되고 있는 것은 잘 알려져 있는 듯하다. 예를 들어 다음과 같다.

"내가 기쁨으로 삼는 까닭을 세상 사람들이 모두 가지고 있으나 오히려 근심으로 삼는다. 어릴 때 행동을 삼가지 않고 성년이 되어 때를 다투지 않고 늙어서 처자도 없이 차츰 죽을 시기가 가까워진다. 그렇기 때문에 이렇게 즐거울 수 있다."

"사람은 모두 장수를 바라고 죽음을 슬퍼하는데 선생은 어째서 죽음을 기쁘다 할 수 있습니까?"

자공은 거듭 물었다.

"죽음과 삶은 한번 와서 한번 돌아가는 것이다. 어디서 죽는가는 어디서 태어나느냐이다. 나는 살기 위해 악착같이 하는 것이 미혹한 일임을 알고 있다. 지금 죽는 것이 예전에 태어난 것과 다르지 않다고 본다."

「기린」에는 이외에도 여러 한적(漢籍)이 영향을 끼치고 있다. 가장 인상적인 것은 「기린」의 마무리 부분이다.

다음 날 아침, 공자의 일행은 조(曹) 나라를 향해 다시 여행길에 올랐다.

"내가 아직까지 덕(德)을 좋아하길 색(色)을 좋아하는 것같이 하는 사람을 보지 못했다(吾未見好德如好色者也)."

이것이 위(衛) 나라를 떠날 때 성인의 마지막 말이었다.

이 말은 그의 고귀한 논어라는 책에 실려서 오늘날까지 전해지고 있다.

'色'은 아름다움(美) 또는 성(性)으로 바꿔 말할 수 있다. '아름다움'이나 '성'의 힘에 의한 질서 붕괴의 공포 혹은 감동이라는 것은, 다니자키의 평생의 주제였다. 좀 더 상상력을 발휘해 보자면, 다니자키는 오히려 '吾未見好德如好色者也'라는 자한편(子罕篇) 일절에서 그의 문학적 주제와 일치하는 것을 발견했기 때문에 공자(孔子)를 주인공으로 하는 소설을 쓰려 한 것은 아닐까, 하는 생각마저 든다.

「기린」과 한적(漢籍)의 관계에 대해서는 이미 알려진 사실을 확인한 것뿐이고, 이 글의 목적은 젊은 날의 다니자키가 한적을 가까이하고 창작에 활용한 것의 일부를 살펴보는 것이다. 참고로 역시 『문신』에 실려 있는 희곡 「코끼리(象)」에서는 에도 시대의 한시집 『영상시(詠象詩)』(1729년, 享保14)가 언급되는데, 세부적으로 이 시집에서 배운 흔적이 있는 것은 호소에 히카루(細江光)의 「『코끼리』, 『문신』에 나오는 전거에 관해서(『象』『刺青』の典拠について)」(笠原伸夫編 『谷崎潤一郎「刺青」作品論 集成2』, 초출은 「甲南文學」39号, 1992. 3)에 잘 서술되어 있다.

3.

다니자키의 「이단자의 슬픔(異端者の悲しみ)」이란 중편 소설이 있다(전집 제4권). 이 소설은 「이단자의 슬픔, 머리말(異端者の悲しみはしがき)」과 함께 「중앙공론(中央公論)」 1917년(大正6) 7월호에 발표되고, 그 해 9월 「만춘일기(晩春日記)」 등과 함께 간행되었다. 이때 머리말의 요약이 "서문"의 형태로 권두에 실려 있다. "서문"은 이렇게 말한다.[6]

---

6 후에 1958년 다니자키는 신서판(新書版) 『谷崎潤一郎全集』 第6巻에 「이단자의 슬픔」을 수록하면서 이 부분에 해당하는 여러 줄을 삭제한다.

이 단편집 대부분을 차지하는 것은 말할 것도 없이 권두의 자전적 소설 ―『이단자의 슬픔(異端者の悲しみ)』이다. 이것은 나의 유일한 고백서로 참회록이다.

회고해 보면 스무다섯 살 여름, 내가 처음 문단에 등단하고 서른두 살인 올해 가을에 이르기까지 7년 동안 발표한 작품(物語)의 수는 이미 40편에 가깝다. 그 가운데 단순히 예술적 가치로 볼 때 이 참회록을 능가하는 것이 반드시 전무하다고 할 수는 없다. 그렇지만 나로서는 가장 잊기 어렵고 가장 감동 깊은 것이 바로 이 한 편이다.

「이단자의 슬픔」은 '자전적 소설'이며 '참회록'이다. 주인공 쇼자부로(間室章三郎)의 모델은 다니자키 자신이었다. 소설 「이단자의 슬픔」은 다음처럼 마무리된다.

그리고 두 달 정도 지나 쇼자부로(章三郎)는 어느 단편 창작을 문단에 발표했다. 그가 쓴 것은 당시 세상에 유행하던 자연주의 소설과는 전혀 경향을 달리하고 있었다. 그것은 그의 머리에서 발효하는 요상한 악몽을 재료로 한 감미로우며 방렬(芳烈)한 예술이었다.

쇼자부로가 발표한 '요상한 악몽을 재료로 한 감미로우며 방렬한 예술'의 모델은 무엇일까? 그것은 단편집 『문신』에 수록되어 있는 「문신」이나 「기린」임에 틀림없다. 거꾸로 말하면 「이단자의 슬픔」은 1911년(明治44) 무렵의 다니자키 자신을 모델로 했다는 사실을 확인하면 충분한 것이데, 그 「이단자의 슬픔」에 다음과 같은 일절이 있다.

그날도 그는 변소에 쭈그려 앉아 여느 때처럼 여러 가지 얼토당토 않는 사상의 편린을 차례차례 머릿속에 그리고는 지우고, 지우고는 다시 떠올리길 계속했다. 그러는 사이 그는 어느 틈엔가 지나(支那)의 백낙천(白樂天)을 생각하고 있었다.

"잠깐, 나는 어제도 변소에서 백낙천에 대해 생각하고 있던 기억이 나네."

그는 문득 이런 생각이 들었다.

(중략)

점차 연상의 흐름을 소급해서 탐구하는 동안에 그는 곧 관계를 찾아낼 수 있었다. 마침 변소 마룻바닥 위에 이삼일 전 신문지 조각이 떨어져 있고, 그 중 하코네(箱根) 온천에 관한 기사가 자연스럽게 쇼자부로의 눈에 띄도록 놓여 있다. 원인은 아마 여기에 있는 듯했다. 온천 기사를 읽고 싶지 않지만 읽고 있으면서 그의 영혼은 [자신도] 모르는 사이에 예전에 가 본 적이 있는 하코네의 취람(翠嵐)을 떠돌고 시원한 계곡 기슭에 마련된 어느 여관 욕실의 광경을 떠올리고 있었다. 청량한, 투명한 온천수가 끊임없이 넘쳐나는 온천탕 바닥에 몸을 담글 때처럼, 마치 오체(五體)가 풀리는 듯한 피부 감촉을 회고하자 이번에는 입욕의 쾌감을 노래한 유명한 당시(唐詩)의 문구 '온천수 기름 엉긴 살결을 씻어주네(溫泉水滑洗凝脂)'라는 〈장한가(長恨歌)〉의 구절이 낡은 옛 기억 속에서 소환되었다. 그렇게 〈장한가〉에서 필연적으로 백낙천에 대한 연상이 그의 머리에 떠올랐던 것이다.

〈장한가(長恨歌)〉는 백낙천 뿐 아니라 모든 한시 중에서 가장 잘 알려진 시이다.[7]

---

7 참고로 다니자키의 중편 소설 「춘금초(春琴抄)」에는 맹인 여성이 열탕에 얼굴을 씻고

뿐만 아니라 '溫泉水滑洗凝脂'라는 문구는 〈장한가〉의 거의 서두 부분에 있기 때문에 쇼자부로가 이 구절을 기억하고 무의식중에 떠올린 것은 전혀 이상하지 않다. 참고로 〈장한가〉는 120구로 되어 있는데, 처음의 12구를 소개한다.

漢皇重色思傾國	황제는 여색을 밝혀 아리따운 여인을 구했으나
御宇多年求不得	여러 해가 되도록 얻지를 못하였네.
楊家有女初長成	양씨 집안에 딸이 있어 겨우 장성하였는데
養在深閨人未識	규중에 갇힌 몸이라 사람들이 모르는구나.
天生麗質自難棄	천성의 아름다운 자태 그래도 숨길 수 없는 법
一朝選在君王側	궁중으로 뽑혀 가 군왕을 모시게 되었네.
廻眸一笑生百媚	눈동자 굴려 한 번 웃으면 백 가지 교태가 나타나니
六宮粉黛無顔色	여섯 궁의 미녀들 모두 빛이 바래었네.
春寒賜浴華清池	추운 봄날 화청지(華清池)에서 목욕을 하니
溫泉水滑洗凝脂	온천수가 기름 엉긴 살결을 부드럽게 씻어 주네
侍児扶起嬌無力	부축해 일으키는 시녀에게 힘없이 몸을 맡기니
始是新承恩沢時	비로소 오늘 밤 처음으로 황제의 은총을 받는구나.

이 〈장한가〉는 단편 소설 「문신」에도 흔적을 드리우고 있어 보인다. 「문신」은 세이키치라는 문신사가 아름다운 여인의 다리를 보고, 이후 그녀와 재회해서 마취시켜 재우고 등에 무당거미 문신을 한다는

화상을 입는다는 이야기가 나오는데, 화상을 입은 후의 주인공을 묘사하면서 '사실은 화안옥용(花顔玉容)에 끔찍한 화를 일으켰다'고 표현하고 있다. '花顔玉容'은 〈長恨歌〉의 "雲鬢花顔金歩揺", "玉容寂寞涙闌干"이라는 시구에서 생각해 낸 것인지 모른다.

소설이었다. 여인과 재회하는 장면에서 세이키치는 이렇게 말한다(전집 제1권).

　　마침 이로써 햇수로 5년, 나는 너를 기다리고 있었다. 얼굴을 보는 것은 처음이지만 너의 다리는 기억하고 있다.

다만 세이키치가 그녀의 다리를 본 것은 5년 전의 일이 아니다. 그 직전에 "너는 작년 6월경, 히라요시(平淸)에서 가마를 타고 돌아간 적이 있는데"라고 말하고 있듯이, 1년 전의 일이었던 것이다.

기묘한 말투라 하지 않을 수 없다. 세이키치는 처음 4년간 본 적도 없는 '너'를 기다렸다고 하고 있으니 말이다.

내가 이 말에서 떠올린 것이 '여러 해가 되도록 얻지를 못하였네'라는 시구이다.

4.

〈장한가〉의 서두 부분과 「문신」의 구조는 비슷하다.

두 작품 모두 남자가 이상형의 미녀를 찾는 이야기다. '황제가 여색을 밝혀 아름다운 여인을 구했으나'라는 어구에 대응하듯이 「문신」에 "그의 오랜 숙원은 빛나는 미녀의 피부를 얻어 그것에 자신의 영혼을 새겨 넣는 일이었다. (생략) 삼년, 사년은 공허하게 동경했지만 역시나 그는 그 바람을 버리지 않았다."는 묘사가 있다. 여기서 '황제'라고 했는데, 실제로 〈장한가〉는 당나라 현종(玄宗) 황제를 모델로 한다. 「문신」도 역시 막부 말기를 시대 배경으로 삼고 있어 보이

는데, 확실히 명기된 바는 없다.[8]

〈장한가〉에 '궁중으로 뽑혀가 군주를 모시게 되었네'라는 문구에 대응하듯이 「문신」에서도 어느 날 재회한 여인은 세이키치 곁에 남는다. 그 후 문신을 받은 여인은 목욕을 할 때 "세이키치의 손을 뿌리치고 극심한 고통에 탕 옆 마루에 몸을 던진 채", "아, 물이 자극을 해서 고통스러워요."라며 중얼거린다. 이 묘사 또한 '부축해 일으키는 시녀에게 힘없이 몸을 맡기니, 비로소 오늘 밤 처음으로 황제의 은총을 받는구나'라는 〈장한가〉의 시구를 연상시킨다.

이것도 제2장에서 언급한 니시하라 씨의 『다니자키 준이치로와 오리엔탈리즘』에 소개된 바 있는데(62, 119, 136쪽), 다니자키는 1922년(大正11)에 '지나 취미라는 것(支那趣味と云ふこと)'이라는 글을 쓰고 있다(전집 제22권). 그는 "가끔씩 나는 이십 년도 전에 애독한 이백(李白)과 두보(杜甫)를 다시금 펴 본다. (생략) 내 책상 좌우에 있는 책장 위에는 아메리카의 활동 잡지와 함께 고청구(高青邱)와 오매촌(呉梅村)이 놓여 있다."며 이어서 이렇게 말한다.

다시 한번 고청구(高青邱)를 읽어보면, 단 한 줄의 오언 절구를 본 순간 그 한적한 경지에 매료되어 지금까지의 야심이나 활발했던 공상은 물을 끼얹은 듯이 식어 버린다. "새로운 것이 무엇이더냐, 창조가 무엇이더냐, 인간이 다다를 수 있는 궁극의 심경은 결국 지금의 오언 절구에 모두 나타나 있지 않은가." 그렇게 말하는 듯하다. 나는 그것이 무섭다.

---

8 「문신」의 시대배경이 애매한 것에 관해서는 高橋俊夫, 「『刺青』と江戸・深川」(笠原伸夫編, 『谷崎潤一郎「刺青」作品論 集成2』, 초출은 「芸術至上主義文芸」 5号, 1979. 12)에 지적되어 있다.

앞으로 나는 어떻게 될까? ─ 당장은 될 수 있는 한 지나 취미에 반항하며 역시 가끔 부모의 얼굴을 보고 싶은 듯한 마음으로 몰래 그곳으로 돌아가는 일을 되풀이하고 있다.

다니자키는 1927년(昭和2)에 발표한 「요설록(饒舌録)」에서도 이 구절을 인용해 "이 유혹은 지금도 변함이 없을 뿐더러 오히려 점점 강화되고 심화되어 간다."고 쓰고 있는데, 여기서 말하는 '지나(支那) 취미'는 고청구의 시 등과 같은 한적으로부터 친숙하게 익힌 경향이라 이해할 수 있다. 이러한 '지나 취미'에 그가 젖어 있던 것은 〈장한가〉가 「문신」에 영향을 미쳤을 가능성을 뒷받침하는 유리한 증거라 할 수 있다. 짧은 오언 절구에서 심원한 진리를 찾아낼 수 있다면 장편의 고시(古詩)에서 단편 소설의 플롯을 배우는 것은 훨씬 쉽다고 여겨지기 때문이다.[9]

혹은 1920년(大正9)에 발표한 「예술일가언(藝術一家言)」(전집 제23권)에 "초당(初唐) 사걸은 당시에 문체를 이루었으니, 가볍고 깊지 않은 글들이라고 비웃음 끊이지 않았지. 그대들은 몸과 이름이 함께 묻혀 사라질 것이나 초당 사걸은 끊이지 않는 강물처럼 만고에 흐르리."라는 두보의 「희위육절구(戱爲六絶句)」와 「몽이백(夢李白)」을 인용하면서 자신의 예술관을 필력한 부분도 있다.

9　다이쇼(大正) 후기 다니자키의 작품에는 「소주기행(蘇州紀行)」(1919년), 소설 「서호의 달(西湖の月)」(1919년), 소동파를 주역으로 하는 희곡 「소동파(蘇東坡)」(1920년) 등에, 서책을 통해 알고 있던 고전(古典) 지식을 기초로 하고 있는 면모를 보여주고 있다. 「소주기행」은 한시를 인용하면서 자신의 여행사를 적은 기행문이다. 「서호의 달」은 여행지에서 본 익사체를 명기 소소소(蘇小小)와 이중으로 오버랩해 묘사한다. 첫머리에는 고청구(高青邱)의 시도 인용되고 있다.

「예술일가언」에는 또 사토미 슌(里見淳)[10]의 '가공할 만한 결혼'을 언급하며 "옛날 두자미(杜子美)가 '말로 사람을 놀라게 하지 못하면 죽어서도 쉬지 못하고'라고 한 그 기백이 이 작품 곳곳에 넘치고 있다."고 말한 부분도 있다. 이러한 기술에도 다니자키의 '지나 취미'를 엿볼 수 있다.

이상, 이 글에서는 「문신」에 대해서 실증을 수반하지 않고 개연성의 문제에 지나지 않는 가설을 서술해 왔다. 문신을 받은 후 목욕을 한다는 설정은 이 여인에게만 한정된 일이 아니기 때문에 〈장한가〉의 영향을 여기서 찾을 수는 없을지도 모른다. 다만, 하코네의 기사를 보고서 '온천수가 기름 엉긴 살결을 부드럽게 씻어 주네'라는 시구를 생각해 냈다는 「이단자의 슬픔」의 기술이 혹시나 정확한 것이라면, 물에 들어가서 녹초가 된 여인을 묘사할 때 다니자키가 〈장한가〉를 전혀 연상하지 않았다고 할 수도 없다고 나는 생각한다.

물론 다니자키가 〈장한가〉의 묘사를 의식적으로 따랐다는 것은 아니다. 만약 양자에 서로 일치하는 측면이 있다고 해도 그것은 오히려 무의식의 일이었을 것이다. 마치 「이단자의 슬픔」의 주인공이 변소에서 〈장한가〉를 떠올린 이유를 처음에 본인도 몰랐던 것처럼.

참고로 한시문과는 관계가 없지만, 사후에 간행된 『설후암야화(雪後庵夜話)』(전집 제19권) 속에서 다니자키는 가부키(歌舞伎) 『요시쓰네 센본자쿠라(義經千本桜)』[11]가 자신의 작품에 미친 영향에 대해 말하고 있다.

---

10 사토미 슌(里見淳, 1888-1983년): 소설가로 본명은 야마노우치 히데오(山內英夫). 【역자 주】

11 『요시쓰네 센본자쿠라(義經千本桜)』(1747년)는 미나모토노 요시쓰네(源義經)가 헤이케(平家)를 토벌해 전승을 올리지만 형인 요리토모(賴朝)에게 배척당해 쫓기는 이야기이다. 요시쓰네는 일본인들에게 비련의 주인공의 대명사처럼 이야기된다. 【역자 주】

1923년(大正12) 정월에 잡지 『신초(新潮)』에 나는 「백호의 탕(白狐の 湯)」이라는 희곡을 실었다. 지금으로부터 40년 전으로 서른일곱 살 때 지은 작품이다. 메이지좌(明治座)에서 5대째 활동 중인 기쿠고로(菊五 郎)를 봤을 때부터 계산하면 27년 전의 일이지만, 이 작품에도 나는 어 릴 때 본 센본자쿠라의 영향이 있음을 느낀다.

그 희곡을 썼을 당시엔 전혀 의식하지는 않았고 나중에서야 그것을 눈치챘다. 이 희곡에는 백인 여자로 나오는 로자로 변신한 여우가 가쿠 타로(角太郎)를 채어 가는 부분에서 둑 기슭에 무성히 자라 있는 싸리 꽃이 바삭바삭 소리를 내고 꽃 아래 잔뜩 몸을 엎드려서 숨어 있는 두 마리의 새끼 여우가 나타난다. 흰 색의 수자(繻子)처럼 반짝이는 아름 다운 동물의상을 입고 있다. 그리고 훌쩍 외나무다리 위로 뛰어 나와 부모 여우를 보고 굽실굽실 인사를 한다.

그런데 이는 분명히 센본자쿠라의 제7막 「가와쓰라호간야카타노바 (川連法眼館の場)」에서 기쿠고로가 연기한 요코카와노 가쿠한(横川覺 範)이 수많은 새끼 여우 위로 훌쩍 뛰어올라 올 때의 장면이 머리에 있 던 것으로 여겨진다. (중략) 무주공비화(武州公秘話)의 호시마루(法師 丸)를 황홀경에 빠트린 죽은 자들의 목, "목은 여자의 힘으로는 상당히 버거웠기에 머리카락을 둘둘 겹겹으로 손목에 말았다. 그때 그 손이 이 상하게도 아름다움이 증가하는 듯했다. 뿐만 아니라 얼굴도 그 손과 마 찬가지로 아름다웠다."라는 부분에서, 목과 여자, 고킨고(小金吾)의 목 과 어린 내시의 요염한 모습과는 표면적으로 아무런 관계가 없어 보이 지만 역시나 어떤 연결고리가 없다고는 할 수 없다. (중략) 그런 식으로 생각해 보면 아직 이 밖에도 센본자쿠라의 영향이 다양한 형태로 여러 방면에서 보이는 듯하다.

다니자키는 또한 후에 『세설(細雪)』의 「세 자매」에 이르러서도 '이 자매들의 소매에도 센본자쿠라의 꽃비가 내리고 있는 듯하다'고 말한다.

창작에 있어서 영향 관계란 그런 것이다. 때로는 작가 자신조차 '뒤늦게 그것을 깨달았다' 혹은 '역시 어떤 연결고리가 없다고는 할 수 없다'고 밖에 말할 수 없는 것이다. 그런 의미에서 이 글에서 지금까지 논의한 것은 탁상공론에 불과할지 모른다.

다만 한시와 창작의 관계에 대해서, 혹은 다니자키와 마찬가지로 여겨지는 인물이 있다. 나루시마 류호쿠를 존경하고 오누마 진잔과 연고가 있던 나가이 가후(永井荷風)가 그 사람이다.

5.

다니자키가 1911년(明治44) 11월, 나가이 가후로부터 절찬을 받고 화려하게 등단한 일은 잘 알려져 있다. 그로부터 9년 후인 1920년(大正9)에 가후는 「비바람(雨瀟瀟)」이라는 소설을 『신소설(新小説)』에 게재했다. 주요 등장인물은 긴푸산진(金阜山人)[12]과 그의 친구 채전당(彩牋堂)과 소반(小半)이라는 여성이다. 소반은 일찍이 채전당이 빚을 갚아주고 기적(妓籍)에서 빼냈는데 젊은 무성영화 변사와 사랑에 빠져

---

12 긴푸산진(金阜山人): 나가이 가후(永井荷風, 1879-1959년)의 필명 중 하나로 이외에 단장정주인(断腸亭主人) 등의 필명이 있다. 나가이 가후는 일본 탐미주의 문학의 선구로 평가되는 최고의 문학가이다. 한시 시인이자 관료였던 아버지 규이치로(久一郎)와 한문학자 와시쓰 기도(鷲津毅堂)의 차녀 쓰네(恒) 사이에서 장남으로 태어났다. 본명은 소키치(壮吉)이다.【역자 주】

서 채전당과 이별하고 다시금 기녀가 된다는 소설이다.

이 소설은 백거이(白居易)나 명나라의 왕언홍(王彦泓), 일본의 모리
슌토(森春濤)[13]의 한시를 인용하는 등, 다니자키의 말을 빌어서 표현
하자면 이른바 '지나 취미'가 농후한 작품이다. 뿐만 아니라 플롯이
사공서(司空曙)의 「병중에 기녀를 보냄(病中遣妓)」(『三体詩』)에서 유래
한다는 설도 있다. 이케자와 이치로(池澤一郎)의 글 「「비바람」에 대한
사견(「雨瀟瀟」私見)」(『江戸文人論』, 汲古書院, 2000)을 보자.

> 万事傷心在目前　만사의 상심들을 눈앞에 두고서
> 一身憔悴対花眠　일신이 초췌하여 꽃을 보다 잠이 드네.
> 黄金用尽教歌舞　황금을 탕진하여 가무를 가르치고
> 留与他人楽少年　남에게 보내어 소년을 즐겁게 하네.

이케자와 이치로는 다음과 같이 말한다(445쪽).

> 이 시에서 '가부키'를 에도 가곡(菌八節)으로 '他人'을 젊은 무성영
> 화 변사로 본다면 일견 다소 단순하다고 생각되는 수필체 소설의 플롯
> 과 부합한다. 앞서 인용한 채전당(彩茜堂) 주인의 편지 말미에 "실제 삼
> 백 전(錢)을 깎은 것보다 지금 조금 아쉬운 듯한 마음, 1관(貫) 30위(位)
> 로 달래보네"도 "황금을 탕진하여"를 부연한 것에 다름 아니다.

다시 말해서 가후는 당시(唐詩)에서 소설의 플롯을 배웠을 가능성

---

13 모리 슌토(森春濤, 1819-1889년): 에도 막부 말기부터 메이지 초기에 활동한 한시인
　　이다. 오누마 진잔과 교우가 깊었고 『新文詩』라는 월간지를 발행하였다.【역자 주】

이 있다는 것이다.

사실 『단장정일승(斷腸亭日乘)』에 따르면 가후는 「비바람(雨瀟瀟)」의 원형이 되는 「홍전당가화(紅箋堂佳話)」라는 작품의 초고를 1917년(大正6) 12월 10일에 썼다. 1917년 12월이라는 연차가 너무나 시사적이다. 가후는 같은 해 발표된 다니자키의 「이단자의 슬픔」을 읽고 일찍이 격찬했던 「문신」을 기억 속에 떠올려 그 기양(技癢)을 기억해 낸 것은 아닌지 생각된다.

그리고 이것도 이케자와 씨가 지적한 부분이지만(441쪽), 「비바람」에는 추해당(秋海棠)에 대한 집착이 나온다. 그리고 『단장정일승』 1930년(昭和5) 7월 1일자 일기에도 추해당에 관한 다음의 일절이 있다.

맑고 바람 시원하니 문 앞에 협죽도화(夾竹桃花) 피고 추해당(秋海棠) 꽃 황매(黄梅)의 시절이 아직 지나지 않았으니, 빨라도 12륜 피어 물들이고 시후(時候) 불순한 때문인가. 응접실 벽에 선고(先考)의 서폭 '추해당' 작품을 바라보니 이내 다음과 같다.

嬌似華清浴後姿	아름답기는 화청지에서 목욕한 자태 같고
斷腸人立夕陽時	석양을 보며 애타게 임을 기다린다
前身薄命憑誰訴	전생이 박명한 것을 누구에게 하소연할까?
今日紅妝不自持	곱게 꾸민 모습을 스스로 지탱하지 못해
傍砌依墻憐寂寞	섬돌 옆 담장에 기대어 적막함을 달래네.
啼烟泣露滴臙脂	안개와 이슬이 눈물처럼 가슴 속을 적시니
多情本是深宮種	多情함이야, 본래 깊은 궁궐 출신이라
仍向秋風繫所思	가을바람을 향해 상념(想念)을 실어보네.

'선고(先考)' 즉 나가이 가겐(永井禾原)의 「추해당(秋海棠)」은 『내청각집(来青閣集)』 권10에 수록되어 있다. 제1구 '아름답기는 화청지(華淸池)에서 목욕한 자태 같고'는 확실히 〈장한가〉를 바탕으로 하고 있다.

물론 가후도 그것을 알고 있었음에 틀림없다. 가후가 〈장한가〉의 도입 부분을 숙지했더라면 「문신」을 읽었을 때 뇌리에 〈장한가〉가 스치는 일은 절대 없었다고 장담할 수 없기 때문이다.

메이지 말년, 다니자키는 『논어』 여러 장과 『열자』를 바탕으로 단편 소설 「기린」을 완성했다. 희곡 「코끼리」는 에도 한시인 『영상시(詠象詩)』를 참고하기도 했다. 이를 전후해서 그는 「문신」을 쓰기도 했는데, 이는 무의식중에 〈장한가〉를 반영한 것이기도 했다. 만약 가후가 소설을 쓰면서 사공서(司空曙)의 시를 활용했다는 설이 옳다면, 그 힌트가 된 것은 단편집 『문신』의 기교였을 가능성도 생각해 볼 수 있는 것이다.

마지막으로 한 가지만 부연해 두겠다. 제4장에서 「요설록」을 언급했다. 이 「요설록」 속에서 다니자키는 "신변잡기나 작가의 경험을 바탕으로 한 작품으로 싫은 마음이 들지 않고 점점 빠져드는 작품은 그렇게 많지 않다. 수년 전에 읽은 나가이 가후 씨의 『비바람』, 지카마쓰(近松秋江) 씨의 『검은 머리(黒髪)』, ─ 뭐 이 두 작품이 기억에 남아 있을 정도다."라고 하고 있다.

뿐만 아니라 가후가 죽은 후 1962년에 이와나미서점(岩波書店)에서 『가후 전집(荷風全集)』이 간행되고, 다니자키도 내용의 견본에 「추억(思ひ出)」이라는 제목의 글을 기고했다(전집 제23권). 다니자키는 "나는 가후 선생에 대해 여러 가지 심히 미안한 짓을 하고 있는 듯하다. (생략) 그렇게 생각하는 제일 첫 번째 이유는 오랫동안 선생의 저작을 다시 읽지 않는 것이다."라고 한 다음 이렇게 말한다.

적어도 한정판 「솜씨겨루기(腕くらべ)」 정도는 다행히 활자가 커서 때를 잡아 천천히 재독해 보려고 생각하고 있지만, 그것도 아직 실천하지 못하고 있다. 그 밖에는 우선 「비바람(雨瀟瀟)」과 「겨울 파리(冬の蠅)」이다.

다니자키는 이렇게 「비바람」에 대한 편애를 반복해서 말한다.

한시문에서 플롯을 배웠을 가능성이 있는 『문신』을 가후는 격찬했고 이에 청년 다니자키는 문단에 화려하게 데뷔했다. 반세기 후에 역시 한시에서 플롯을 배웠을 가능성이 있는 가후의 「비바람」을 노인 다니자키가 그리워하고 있음은 상당히 흥미롭다.[14]

덧붙여서 〈장한가〉는 "이 원한은 면면히 계속되어 절대 끊이는 날이 없을 것이다."라고 마무리된다. 이것도 가후가 존경하는 문호인 모리 오가이(森鷗外)가 『즉흥시인(即興詩人)』의 한 구절을 "베르나르도 없이 그 사람은 불행에 빠져 헤어 나올 수 없다. (생략) 아, 절대 끊일 날 없이 원한이 이어질 것인가."(末路)라고 번역한 것은 이 시구에 근거한다. 오가이는 소설 「무희(舞姬)」를 "내 뇌리에 한 점의 그를 미워하는 마음 오늘날까지도 남아 있도다."하고 맺고 있는데 '이 구절은 혹여 백낙천 『장한가』의 마지막 구절의 영향이 아닌가'(川口朗注, 『森鷗外全集8』, 筑摩書房) 추측하기도 한다.[15] 만약에 이 추측이 옳다면 〈장한가〉의 시구는 계속해서 변형되어 메이지 문학에 영향을 미쳐왔다는 의미에서 이 글을 보강한다고 할 수 있을 것이다.

---

14 『겨울 파리(冬の蠅)』는 수필집인데, 책 제목을 다카라이 기카쿠(宝井其角)의 첫구(発句)에서 따왔다.

15 『新日本古典文學大系明治編25森鴎外集』(須田喜代次 외 校注, 2004), 422쪽 참조.

스키시타 모토아키(杉下元明)

海陽中等教育學校 教諭.
전문 분야는 근세 일본 한문학이다.
저서로『江戸漢詩 / 影響と變容の系譜』(ぺりかん社, 2004),
『男はつらいよ 推敲の謎』(新典社新書, 2009) 등이 있다.

본고는 2005년(平成17) 1월, 일한비교한문학회(和漢比較文學會)
의 정례회(定例會)에서 발표한 내용에 기초한다.

이 글은『日本漢文學研究』창간호에 수록된 杉下元明의「『刺青』
と漢文學」를 번역한 것이다.

번역: 박이진

근대기 일본의 한문교육

한문교재의 변천과 교과서 조사
- 메이지 30년대 전반을 중심으로 -

제 7 장

기무라 준(木村 淳)

1. 머리말

지금까지 필자는 문부성의 검정에서, 교과서 조사가 한문교재 변천에 미친 영향에 대해 메이지 10년(1877)대부터 20년(1887)까지 검정 받은 교과서를 대상으로 삭제된 교재의 문제점을 토대로 하여 고찰하였다. 본고는 그 조사의 연장으로써 메이지 30년대 전반에 검정을 받은 한문교과서를 가지고 검정제도의 실태를 밝혀보고자 하는 것이다.

메이지 5년(1872)의 "學制" 공포 후 얼마 지나지 않아 교과서의 자유발행과 채택제(採擇制)가 지속되다가 자유민권운동에 대한 대책의 일환으로 문부성은 통제를 시작하여, 메이지 13년부터 18년까지는 각 부현(府縣)의 교칙을 실은 교과서를 조사해 채용의 가부를 "調査濟教科書表[조사를 마친 교과서의 표]"로서 배포한다. 여기에 기록된 채용되지 않은 한문교과서를 살펴보면 혁명, 복수, 연애에 관련된 기술이 있는 교재가 문제시되었던 것을 알 수 있다. 이 시기는 모든 교과서를 통해 사회질서의 안정을 위한 것이 교과서 조사의 주된 목적이 있다고 하겠다.[1]

---

1 졸고, 「文部省の教科書調査と漢文教科書」, 『日本漢文學研究』 5, 二松學舍大學 日本

메이지 19년에 검정제도가 시작되면서 교재의 적절성은 과연 그 교재가 학생들의 한문학습에 적당한가 그렇지 않은가라는 기준에 의해 판단되었다. 또한 오자나 훈독(訓讀)의 방법에 관해서도 면밀한 조사가 이루어졌으며, 한문이라는 교과 고유의 문제에 대한 점검에도 무게를 두게 되었다.[2]

검정제도가 개시된 이후 교과서에 관해 문부성이 수정의견을 기록한 부전(付箋)이 첨부된 것이 남아 있어, 교재의 차이만으로는 알 수 없는 불인가(不認可)의 이유를 살펴볼 수 있다. 이 부전에 대해서는 쿠니지 타로(國次太郎), 나카무라 키쿠지(中村紀久二), 다케다 신고(竹田進吾), 카이 유이치로(甲斐雄一郎) 등의 연구가 있으며 산술, 수학, 수신, 역사, 국어 등의 교재 조사 실태나 통제의 내용이 밝혀져 있다.[3] 한문용 교과서에 대해서는 아사이 쇼우지(淺井昭治)의 논고에 주로 야마다 호오고쿠(山田方谷)와 미시마 츄슈(三島中州)의 교재에 관한 부

漢文教育研究所プログラム, 2010.

2 졸고①, 「明治二十年代における漢文教科書と檢定制度」, 『中國近現代文化研究』 10, 中國近現代文化研究會, 2009. 졸고②, 「漢文教材の變遷と教科書調查」, 『中國文化』 68, 中國文化學會, 2010.

3 國次太郎①, 「檢定制度の成立と算術教科書」, 『佐賀大學教育學部研究論文集』 24, 佐賀大學教育學部, 1976; 國次太郎②, 「算術教科書と教科書檢定制度」, 『佐賀大學教育學部研究論文集』 28, 佐賀大學教育學部, 1980; 國次太郎③, 「數學教科書と教科書檢定制度」, 『佐賀大學教育學部研究論文集』 29, 佐賀大學教育學部, 1981; 中村紀久二①, 『檢定濟教科用圖書表解題』, 教科書研究資料文獻, 芳文閣復刻, 1985; 中村紀久二②, 『教科書の社會史-明治維新から敗戰まで』, 岩波書店, 1992; 竹田進吾①, 「田中義廉編『改刻日本史略』への文部省付箋」, 『東北大學大學院教育學研究科研究年報』 52, 東北大學大學院教育學研究科, 2004; 竹田進吾②, 「近代日本における文部省の小學校歷史教科書統制に関する基礎的考察」, 『東北大學大學院教育學研究科研究年報』 54, 東北大學大學院教育學研究科, 2006; 甲斐雄一郎, 『國語科の成立』, 東洋館出版社, 2008.

전의 의견이 이미 인용되어 있다.[4] 그러나 수정의견의 전체상(全體像)
이나 검정제도와 한문교과서의 편집과의 관계에 대해서는 여전히 검
토의 여지가 남아 있다고 생각한다.[5]

따라서 기존의 졸고와 마찬가지로 본고에서도 역시 부전이나 추가
기입(메모)에 남아 있는 수정의견의 분석을 통해, 한문교과서를 보는
검정 시기의 조사 실태에 대해 고찰하고자 한다.

앞선 연구에서 메이지 20년대를 경계로 한 것은 "電氣", "犬", "蠶
氣樓" 등의 다른 분야에 비근한 교재를 갖춘 교과서가 메이지 30년
부터 늘어나기 시작했기 때문이다. 이는 문부성의 교칙에 의거한 것
이라기보다 편집자나 출판사의 판단에 의한 것이라고 현시점에서는
판단하고 있다.[6] 이러한 편집방침으로 당시 교과서 조사를 담당했던
인물들이 어떤 의견을 적어두었는지 도 함께 살펴보고자 한다.

이번 조사범위의 하한선은 "학제" 공포 후 초기의 상세한 중등교
육의 지도요강이 있는 "심상중학교교수세목(尋常中學校敎授細目)"(문부
성 훈령 제3호)이 공포된 메이지 35년 2월 6일의 이전까지이다. 그 이
후는 국어와 한문과에 대해서도 학년마다 구체적인 학습의 정도가
제시되고 검정의 기준도 보다 명확해진다고 추측되기 때문이다. 따
라서 이번에는 교재 구성에 변화를 보인 메이지 30년부터 교수세목

---

4 淺井昭治①,「舊制中等學校の漢文敎材と方谷・中州の詩文」,『三島中洲硏究』2, 二松
   學舍大學 21世紀COEプログラム事務局, 2007; 淺井昭治②,『二松學舍と日本近代の
   漢學』, 二松學舍大學 21世紀ＣＯＥプログラム事務局, 2009.

5 다른 한문교과서 첨부 부전에 대한 언급으로는 安居總子씨의 다음 논고가 있다. ①「國
   語科成立時における漢文」(1),『新しい漢字漢文敎育』59, 全國漢文敎育學會, 2009;
   ②「國語科成立時における漢文」(2)),『新しい漢字漢文敎育』60, 全國漢文敎育學會,
   2010.

6 졸고,「明治・大正期の漢文敎科書」, 中村春作ほか 編,『續「訓讀」論-東アジア漢文世
   界の成立』, 勉誠出版社, 2010.

공포(教授細目公布) 직전인 메이지 35년(1902) 1월까지 검정이 실시된 교과서를 그 대상으로 삼았다.

부전이 있는 교과서는 국립교육정책연구소 교육연구정보센터 - 교육도서관이나 동경서적부설교과서도서관(東京書籍附設教科書圖書館) 동서문고(東書文庫) 등에 분할하여 소장되어 있는데, 이번 조사범위의 부전이 있는 한문교과서는 모두 동서문고 소장본이다. 조사에 있어서는 두 도서관 소장의 교과서를 사용하였다.

2. 수정의견의 형태, 담당자

검정제도에 관한 법규의 변천에 관해서는 선행 연구에서 상술(詳述)한 바 있으며, 본 논의를 진행해 가는데 있어서 필요한 몇몇의 사항들을 언급해 두고자 한다.

메이지 19년 2월 9일 "교과용도서검정조례(教科用圖書檢定條例)"에서는 "해당 도서의 교과용으로서 폐해가 없음을 증명함에 그친다."라는 검정의 목적이 제시되어 있다.[7] 이를 폐지하고 제정된 소학교, 중학교 사범학교용 교과서를 대상으로 한 "교과용도서검정규칙(教科用圖書檢定規則)"(문부성령 제2호, 메이지 20년 5월 7일)에서도 마찬가지로 검정은 교과용 도서로서 폐해가 없는지를 증명하는 것이었다. 메이지 31년(1898) 7월 7일의 고시(告示)에서는 사범학교, 심상중학교(尋常中學校), 고등여학교 용의 교과서에 대해서는 "지금부터 그 도서의 조직 정도, 분량, 기사의 성질, 오류의 다소 등에 관해서는 대략적인 조

---

7 『官報』1034호, 內閣官報局, 97頁.

사 정도에 그치도록 한다."(문부성고시 제59호)로 정해졌다.[8]

검정시의 조사 기준은 메이지 25년 3월 25일의 "교과용도서검정 규칙 제1조 개정"(문부성령 제3호)에서 "사범학교령 중학교령 소학교령 및 교칙의 취지에 합당한 교과용에 적당함을 인정하는 것"으로 명확해졌다.[9] 이런 기준에 따른 조사를 거쳐 검정을 마친 교과서는 『관보(官報)』에 공시되며, 다시 이를 한데 모아 『검정제교과용도서표』로서 각 부현(府縣)에 배포된다.[10]

검정을 희망하는 발행자는 소정의 서류와 수수료를 첨부해서 교과서 2부를 문부성에 제출한다. 검정 조사에 사용된 교과서에는 표지에 작은 사각의 반지(半紙)가 붙여 있고 그곳에는 당시 조사자의 서명이나 낙인이 있는데, 이 서명이나 낙인은 교과서에 붙어 있는 부전에서도 발견되는 경우가 있다.

교과서 조사를 행한 것은 문부성의 도서국(메이지 30년 9월 9일)에서 대신관방(大臣官房) 도서과(메이지 31년 10월 22일)로 변경되고 다시 총무국 도서과(33년 5월 19일)가 되었다. 이 부서(部署)의 도서 심사관이 주로 담당했었으나 도서국, 도서과 이외의 인물들도 조사에 임한 바있다. 이번 연구 범위 내에서 한문교과서의 조사를 맡은 인물로 추정되는 이들은 아레노 후미오(荒野文雄), 다키가와 카메타로(瀧川龜太郎), 와타베 타다노스케(渡部董之介), 쿠마모토 시게키치(隈本繁吉), 나가오 신타로(長尾槇太郎, 號로 雨山 등), 스미토모 도쿠스케(住友德助), 하리츠

---

8 『官報』4583호, 內閣官報局, 101頁.

9 『官報』2618호, 內閣官報局, 261頁.

10 「檢定濟敎科用圖書表」는 「檢定濟敎科用圖書表」8책(敎科書硏究資料文獻第三~九冊, 芳文閣復刻, 1985~1986)을 사용했다.

카 죠타로(針塚長太郎), 키다 사다키치(喜田貞吉)이 해당되겠다. 이번에 가장 많은 서명과 낙인이 보이는 '하야시(林)'란 인물은 (명확한 것은 아니지만) 하야시 다이스케(林泰輔)[11]일 가능성이 높다. 특히 다키가와 (瀧川), 나가오(長尾), 하야시(林) 등이 동경제국대학 고전강습과 한서과(漢書課)를 졸업했으며, 이처럼 보다 수준 높은 한학의 소양을 길러 학술적 공적을 남긴 인물들에게 주목할 만하다.[12]

쿠마모토(隈本), 나가오(長尾), 스미토모(住友)는 메이지 35년 12월 교과서 채택을 둘러싼 뇌물 수수 사건인 교과서 의옥(疑獄) 사건 당초에 교과서 검정시의 수뢰에 의해 검거되었다. 교과서 의옥 사건이 일어난 뒤에 소학교의 교과서가 국정교과서가 되었기 때문에 의옥 사건은 사상통제를 강화하기 위해 주도면밀하게 조직되었다고 보는 경우도 있다. 그러나 중학교용 한문교재의 변천을 추적해 보아도 의옥 사건을 전후한 두드러진 변화가 발견되는 것은 아니므로, 이 글에서는 교과서 의옥 사건을 교재 변천을 좌우한 주요인으로서 다루지 않기로 한다.[13]

---

11 林泰輔(1854-1922): 일본의 한학자로 동경고등사범학교 교수를 역임하였다. 갑골문 해석에 공헌했다. 그의 『朝鮮史』(1892)는 계몽기에 한국에 소개되기도 하였다. 【역자 주】

12 「職員錄 (甲)」은 메이지 30년 11월 1일 현재, 메이지 32년 2월 1일 현재, 메이지 33년 4월 1일 현재, 메이지 34년 4월 1일 현재, 메이지 35년 5월 1일 현재를 참조했다. 사용한 자료는 "國立公文書館所藏 明治・大正・昭和官員錄・職員錄集成"(一日本圖書センター, 1990.)에 수록된 것이다. 「文部省職員錄」은 메이지 31년 5월 1일 調를 참조했다. "長"이란 서명은 針塚長太郎로 추정할 수 있는데, 國次는 각주 385번의 ①논문에서 "針塚"은 "針塚"이란 도장을 사용하고 서명은 없는 것 같다. (229頁)라 했다. 그러므로 한문교과서에 보이는 "長"이란 서명은 다른 인물일 가능성도 있다.

13 교과서 의옥 사건의 개략을 서술한 기초적 연구로 宮地正人(「教科書疑獄事件-教科書國定への過程として」, 我妻榮 編, 『日本政治裁判史錄 明治・後』, 第一法規出版社, 1969)이 있다. 특히 교과서 의옥 사건의 본질이나 隈本, 長尾, 住友의 검거 이유 등에 대해서는 梶山雅史(「明治教科書疑獄事件再考」, 本山幸彦教授退官記念論文集編集委

이름을 기록한 반지(半紙) 외에 교과서의 표지에는 "□(대부분이 뒤에서 붙인 라벨에 가려져 보이지 않음) 圖甲 27호(尋常중학용) 共十"와 같이 제1권에는 사용하는 학교의 종류, 전권(全卷)에는 정리번호와 합계 책수(冊數)가 묵(墨)으로 기록되어 있다. 메이지 32년 "敎科用圖書檢定規則中改正"(文部省 令 2호, 11월 10일)의 공포 시기 즈음부터 주로 제1권에 "□甲1001호(중학교용) 33의 12, 11 受 共六"와 같이 승인 연월일도 기록하게 되었다. 배표지(背表紙)에는 불인가한 것에는 "不"이란 스탬프가 찍혀 있는 경우가 있다.

표제지나 봉한 면에는 "文部省書庫"란 문자가 있고 정리번호나 권수를 기록한 붉은 도장 혹은 짙은 녹색 도장이나, 또는 "檢定出願圖書/文部省圖書課(또는 局)"이란 주인(朱印)을 찍은 경우도 있다. 특히 중요한 것은 "[ ]圖甲 [ ] 号附屬 ([ ]冊)/ 明治 [ ]年 [ ]月 [ ]日檢定 / 尋常中學校 [ ]科"(메이지 34년 경부터는 "中學校 [ ]科"라 됨)이란 주인(朱印)이다. [ ]는 공란으로 뒤에 필요사항을 기입한다. 이 도장에 따라 검정이 행해진 연월일이 구별된다. 더욱 "檢定不認可"란 도장이 있으면 검정을 통과하지 못했음을 확인할 수 있다. 한문(교과서)에서는 "文部省書庫"라는 도장은 반드시 전권(全卷)에 찍혀 있으나 그 외의 도장은 1권에만 찍힌 경우가 많다.[14]

교과서에는 문제가 있는 페이지의 상부나 하부에 갖가지 큼직한 부전이 첨부된다. 그곳에 수정의견이 기록되어 있는 경우도 있는

<hr />

員會編, 『日本敎育史論叢本山幸彦敎授退官記念論文集』, 思文閣出版社, 1985)를 참고했다. 의옥 사건을 발생시킨 長尾의 흑막에 대해서는 樽本照雄(『初期商務印書館硏究』, 淸末小說硏究會, 2004)에서 고찰하였다. (131~158頁)

14 이상의 내용에 대해서는 앞서 인용한 각주 3번의 國次②(223~229頁), 國次③ (267~272頁), 中村①을 주로 참고했다.

데, 때로는 부전 없이 직접 교과서에 기입되어 있는 경우도 적지 않다. 한문교과서의 경우에는 오자, 탈자와 훈점(訓点)에 관한 수정의견이 압도적으로 많고, 이어 교재나 어석(語釋), 교과서의 체제, 활자의 크기 등에 관한 의견이 보인다. 부전은 수정이 필요 없는 교과서에는 전혀 없거나 약간 붙어 있는 정도다. 예를 들면 (A)高瀬武次郎 編, 『新編漢文讀本』5권(六盟館, 메이지 32년 1월 5일, 同日檢定濟, 林·隈本) 은 목차 체제에 다소 어려움이 있음을 적어 둔 부전이 붙어 있었으나, 결국 수정을 거치지 않은 채 검정완료 되었다. 이 부전에는 "본서는 대체로 자못 좋다", "일단은 차질이 없다 林(印)"라고 기록되어 있으며, 전술한 바와 같이 '대략적인 조사'를 행하는 것에 있었음을 나타내고 있다.

부전이나 추가기입만을 모두 모아 계산해 보니, 많은 경우 800여 군데에 의견이 기록된 교과서도 있었다. 수정의견은 개정 전과 개정 후에는 약 70퍼센트에서 90퍼센트 정도 반영시키면 검정은 완료되었다.

3. 부적절한 교재

이 장에서는 수정의견 가운데, 교재의 성질에 관한 것을 다루며, 과연 어떤 교재가 부적절하게 취급되었는지를 검토해보자 한다. 우선 이번 장에서 다루는 교과서를 검정의 연월일순으로 제시한다.

(B) 미야모토 쇼칸(宮本正貫) 편 『중등교과한문독본입문(中等教科漢 文讀本入門)』2권, 고바야시 요시노리(小林義則), 메이지 30년 9월 16일, 메이지 31년 2월 10일 검정, 불인가, 하야시(林)·아레노(荒野). 정정재

판(訂正再版, 메이지 31년 2월 4일)이 동년 2월 10일에 검정을 마침.

(C) 소에지마 타네오미(副島種臣) 열(閱)·쿠니미쓰샤(國光社) 편, 『중등한문독본(中等漢文讀本)』10권, 후카베 유우준(深邊祐順), 메이지 30년 9월 29일, 메이지 31년 10월 28일 검정, 불인가, 하야시(林)·쿠마모토(隈本). 이 교과서는 발행자를 변경하여 출판되었다. 정정재판(메이지 32년 3월 23일)이 동년 3월 31일에 검정을 마침.

(D) 나카네 쿄오시(中根淑) 편, 『찬주한문독본(撰註漢文讀本)』9권·『찬주한문독본변모(撰註漢文讀本弁髦)』1권, 긴코우도쇼세키(金港堂書籍), 메이지 30년 9월 29일, 메이지 32년 1월 25일 검정, 불인가, 하야시(林).

(E) 후카이 칸이치로(深井鑑一郎) 편, 『찬정중학한문(撰定中學漢文)』10권, 요시카와 한시치(吉川半七) 발행, 메이지 30년 3월 15일-7월 17일, 검정 연월일 불명, 불인가. 동서문고에는 6권에서 10권만 소장함. 정정재판(메이지 31년 7월 12일)은 1권에서 8권이 메이지 31년 8월 15일에 검정을 마쳤으나 9권과 10권만은 정정 3판(메이지 31년 12월 3일)이 출판되면서 수정되어 동년 12월 20일에 검정을 마침.

(F) 후카이 칸이치로(深井鑑一郎) 편, 『산수찬정중학한문(刪修撰定中學漢文)』10권, 요시카와 한시치(吉川半七) 발행, 메이지 32년 12월 15일 산수정정(刪修訂正) 4판, 메이지 34년 6월 11일 검정, 불인가, 나가오(長尾). E의 정정재판(1-8권)과 정정3판(9-10권)을 재편집한 것이다. "檢定願無效"의 낙인이 있으나 취급된 방식에 관해서는 불명이다.[15] E의 개정판에는 산수정정 5판(메이지 34년 3월 9일, 동년 6월 11일 검정, 林), 산수정정 6판(메이지 34년 5월 10일)이 있다. 산수정정 6판은 메이

---

15 각주 3의 國次②(230頁).

지 34년 6월 11일에 검정을 마침.[16]

(G) 사사카와 타네오(笹川種郎) 편, 『중등한문독본(中等漢文讀本)』 10권, 다이니혼도쇼(大日本圖書), 메이지 33년 12월 18일, 메이지 34년 3월 27일 검정, 불인가, 하야시(林). 정정재판(메이지 34년 3월 24일)이 동년 3월 27일에 검정 마쳤다.

(H) 미시마 쓰요시(三島毅) 열(閱), 이노우에 히로시(井上寬) 편, 『중등교과신체한문독본(中等敎科新體漢文讀本)』 6권, 오쿠라 야스고로(大倉保五郎) 발행, 메이지 33년 12월 1일, 메이지 34년 4월 11일 검정, 불인가, 하야시(林). 정정재판(메이지 34년 3월 28일)이 동년 4월 12일에 검정 마침.

(I) 요다 하쿠센(依田百川) 교열(校閱), 보통교육연구회(普通敎育硏究會) 편찬, 『신찬중학한문독본(新撰中學漢文讀本)』 10권, 미즈노 케이지로(水野慶次郎) 발행, 메이지 34년 2월 12일, 메이지 35년 1월 24일 검정, 하리츠카(針塚)·키다(喜田). 정정재판(메이지 34년 12월 29일)이 메이지 35년 1월 24일에 검정 마침.

개정판이 나오지 않았던 D와 검정을 마친 후 정정하여 재차 검정된 E를 제외한 위의 교과서는 정정전과 정정후의 검정 연월일이 같은 날짜로 되어 있다. 정정 전에 기입된 수정의견이 언제 전달되었는지 또 얼마나 시간이 걸려 반영된 것인지 그 구체적인 과정은 알 수 없지만, 역시 수정의견에 입각하여 정정한 것으로써 논지를 진행시키고자 한다.

---

[16] 『撰定中學漢文』(訂正再版)과 『刪修撰定中學漢文』(4판)에서 단원이 교체되는 것에 관해서는 각주 5의 安居②가 정리하였다. (215頁, 219~224頁)

그럼 삭제·수정된 교재만을 채택하여 그 문제점을 내용별로 살펴보자. 이어서 거론하고자 하는 바는 다른 설명이 없는 한 모두 삭제되었거나 개정판이 나오지 않은 채 자취를 감춘 교재이다. 저자·단원명·부전의 수정의견 순으로 열거하며, 필요에 따라 분석하고자 한다. 또한, 저자명은 교과서의 표기를 따른다.

(1) 난이도가 부적절

작품의 내용이 어렵다고 본 교재는 다음과 같다.

● 범영(范甯), 「춘추곡량전(春秋穀梁傳) 서(序)」 1·2 "이 글은 高尙하여 淺學으로는 알 수 없어 부적당함"(C 8권, 82裏上黑) "앞에 副島의 가타가나 문장이 있고 돌연 이 고상한 글을 요약했는데 排列이 不備하노라"(上同)

"副島의 가타가나 문장"이란 (2)에서 서술한 소에지마 타네오미의 「후루하시옹 비(古橋翁碑)」 1-4를 가리킨다. 한문이 아닌 소에지마의 이 글 다음에 "고상"한 「춘추곡량전 서」를 배열함이 균형에 맞지 않음을 지적한 것이다.

● 반고(班固), 「반첩여전(班倢伃傳)」, 반첩여(班倢伃), 「도소부(擣素賦)」 "이 부(「班倢伃傳」 중의 "自悼賦")와 다음 부 「擣素賦」는 고상하여 부적당함"(C 9권, 57裏上朱)

사용된 단어들이 어렵다 판정된 교재는 다음과 같다.

● 아사카 신(安積信), 「기단해각불전(記丹海刻佛殿)」 "글이 아름다우나 사용한 글자가 어렵고 기이하여 이해하기 힘드니 소거함이 옳음"(F 3권, 21頁下朱) 「키리시마야마 기(霧島山記)」 "이 편은

마땅하나 뒤로 이동해야만 하니 문자들이 기이하고 심오한 정도가 지나치게 높음"(F 4권, 57頁下朱)

- 나카이 세키젠(中井積善), 「오케하지의 싸움(桶峽之戰)」 "行文이 예스럽고 간략해 일독하여 이해하기 어려우니 여기에 수록함은 적당하지 않을 것 같으니라"(F 3권, 44頁下朱)

- 마쓰시마 탄(松島坦), 「등부악기(登富嶽記)」 "사용한 글자가 어렵고 기이해 초학생에게는 이해하기 어려움"(F 4권, 73頁下朱)

- 오오스기 키요타카(大槻清崇), 「괴후(怪猴)」 "사용한 글자가 平易하지 않고 사실도 괴이하니 삭제함이 옳으니라"(F 2권, 37頁下朱) 밤마다 변소에 나오는 요괴의 정체가 연로하고 거대한 원숭이였다는 내용이다. 단어의 어려움에 더하여 교과서에서는 환영받지 못하는 괴이에 관한 기술을 포함하기에 삭제되었다.

그 외 전고(典故)나 표현이 어려운 교재는 다음과 같다.

- 사카타니 시로시(阪谷素), 「마쓰시마 유기(遊松島記)」, "글의 꾸밈이 지나치고 도리어 난해할 것으로 생각되니 어떤가?"(F 4권, 70頁下朱)

- 나가노 카쿠(長野確), 「이케노 타이세이 전(池貸成傳)」 "많은 전고를 사용하여 초학생에게 필시 이해하기 어려움"(F 4권, 62頁 下朱)

- 사쿠마 케이(佐久間啓), 「앵부(櫻賦)」 1·2 "부(賦)라는 체제는 부적당함"(C 5권, 12表上黑) 「앵부」 2에는 "調-後"(C 5권, 13表上黑)가 있는데 검토가 필요함을 표시하는 것으로 여겨지는 부전이 있다. 그 검토 결과는 삭제되었다. 반첩여(班倢伃)의 부는 내용이 고상하다고 보았으나 부(賦)라는 장르 자체가 교재에 적합하지 않다고 여긴 경우가 있었다.

어렵지만 주석을 늘려 삭제되지 않은 교재도 있다.

● 『전국책·진책(秦策) 하』, 「문신후가 조장을 공격하려 함(文信侯欲功趙章)」"戰國策은 주해 없이는 쉽게 이해할 수 없으니 標注 등이 있어야 한다(주석이 없어서는 안 된다)"(E 10권, 表上朱) 교재 내의 인명이나 어려운 어휘에 대해서 두주(頭註)를 배로 늘려 대처했다. 교재에 등장하는 사상이 난해하지 않은 한, 여러 궁리를 고안하여 삭제를 면한 것도 있었다.

(2) 한문의 격에 맞지 않음

한문으로서 체(體)가 되지 않은 교재의 경우도 있다. 가장 많이 삭제된 하야시 라잔(林羅山)부터 살펴본다. 수정의견의 형태상, 다른 작가도 포함하여 언급하고자 한다.

● 하야시 타다시(林忠, 羅山), 「요시다 료오이 비명(吉田了以碑銘)」 1·2 「요시다 료오이 비명」은 한문으로서 보자면 족히 삭제해야만 하고 「이가라시 아쯔시옹 비(五十嵐穆翁碑)」도 역시 그러니라"(C 7권, 54表上朱) 「이가라시 아쯔시옹 비」는 시바노 쿠니히코(柴野邦彦)가 지었다. 두 쪽 모두 삭제되었다.

다른 교과서에도 하야시 라잔에 대해서 유사한 의견이 기록되어 있다.

"본서는 야사(野史) 및 라잔(羅山)과 켄죠우(顯常) 등의 글에서 한문의 격에 맞지 않는 것을 수록하니 이들을 삭제하고 또한 다른 오류를 수정해야만 옳음. 하야지(林)"(G 1권, 目次1頁下朱)

여기서 제시된 출전·저자의 교재를 순서대로 보자면 이이다 모쿠소우(飯田黙叟)의 『야사(野史)』에서 「어졸번모(圉卒番某)」, 「점의구인(沾

衣救人)」, 「아시다 다메스케(蘆田為助)」, 「충렬강녀(忠烈綱女)」, 「오와리
효동(尾張孝童)」, 「나가사키 효자(長崎孝子)」, 「이카루가 헤이지(斑鳩平
次)」, 하야시 라잔(林羅山)의 「닌토쿠 천황(仁德天皇)」, 「의견순사(義犬
殉死)」, 승려 켄죠우의 「이케노 타이세이(池貸成)」이다. 「이케노 타이
세이」에서는 더욱 "'生平安'의 구에 전후로 접속되지 않으며 다른 것
도 타당하지 않은 곳이 많음"(G 1권, 57頁下朱)라는 의견이 실려 있다.
이상은 모두 1권에 수록되었으며 또한 3권에는 야마가타 슈우난(山県
周南)의 「소오기 법사전(宗祇法師傳)」도 포함되었는데, 정정판에서는
아사카 콘사이(安積艮齋), 아사카 탄바쿠사이(安積澹泊齋), 아오야마 텟
소우(青山鉄槍), 오오스기 반케이(大槻磐渓) 등의 교재로 교체되었다.

- 소에지마 타네오미(副島種臣)의 「후루하시옹 비」 1-4 "이 글은
  가타카나 혼용문을 한문에 바로 위치시켜서 도저히 한문이라
  볼 수 없다."(C 8권, 61表上朱) "이 글은 온당하지 않은 바가 자못
  많음"(C 8권, 60裏下朱)라 한 것처럼 교재에서 문제되는 부분에
  곁줄을 쳤다. 또한, "君이란 누구를 말하는지 확실하지 않아서
  이곳은 문의(文意)가 불명"(C 8권, 68表上朱)이라 하여 판독하기
  어려운 부분에도 부전을 달았다.

- 히토미 카츠(人見活), 「유년독서일록(幼年讀書日録)」 "이 글은 한
  문의 격에 맞지 않아 삭제해야 함."(C 2권, 38裏下朱)

- 시오노야 세이코우(塩谷世弘), 「유묵수기(遊墨水記)」 이 교재를
  수록한 H에는 "본서는 교재의 선택에서 적당함을 얻지 못한
  것이라(後略) 하야시(林)"(H 1권, 緒言一表下朱)란 수정의견이 있
  다. 1권에는 저자명이 없이 편자가 지었다고 추측되는 교재가 2
  편 교체되어 들어갔으며 다른 것에서도 삭제된 교재는 이 1편
  뿐이다. 이 교재의 장에 "이 글은 삭제해야 함"(H 5권, 29裏下朱)

이란 부전이 붙었는데 사이토 세이켄(齋藤正謙)의 「미노오야마
(箕面山)」로 변경되었다. 다른 교과서에도 "이 글은 아정(雅正)한
기가 부족해 반드시 취하기에 족하지 않음"(F 3권, 49頁下朱)이란
의견이 달려서 역시 삭제되었다. 그런데 I에서는 "이 글은 아름
답지 않아 삭제해야만 함"(I 5권, 1表下朱)이란 의견이 있음에도
삭제되지 않았다. 이 글의 범위에서는 I에만 보이는 "不問"이란
붉은 날인이 찍혀 있기 때문이다. 이는 앞에 기재된 의견에 대
해서 다른 인물이 특별히 수정할 필요가 없다고 판단했다는 것
을 나타낸 것이다. 이처럼 같은 교재에 대해서도 그때에 조사한
담당자의 견해나 출판사의 판단에 따라서 삭제되지 않고 해결
된 경우도 있었다.

● 도오죠 코우(東條耕), 「무해주(無海州)」 "가나(仮名)의　塡字(글자
끼워 맞추기)는 한문에 있어서는 바른 사례가 아니다."(I 1권, 28
裏下朱) 야마가 소코오(山鹿素行)가 우스개로 바다가 없는 지방
의 이름을 읊은 와카(和歌)가 두 수 인용되어 있다. 한문으로 번
역하지 않고 "大和"를 "耶摩屠"라는 식으로 가나에 한자를 끼
워맞춘 것이지 정식 한문이 아니기 때문에 교재 자체가 삭제되
었다. 전술했던 I에 보이는 "不問"이란 날인이 있는데, 그 위에
"注意"란 날인이 이중으로 찍혀있었다. 아마도 "注意" 날인이
"不問" 날인보다도 강제력이 강하기 때문에 최종적으로 삭제된
것으로 보인다.

(3) 교육상 부적절

● 다테 마사무네(伊達政宗), 「무제(無題)」·아시카가 요시아키(足利

義昭),「범호(泛湖)」"편 속에 나오는 시를 수록함이 옳다 하겠으나, 이 시의 뜻이 소년의 사상과는 서로 어울리지 못하는 바가 있느니라"(D 弁髦·凡例 下黑, 일부 인용)이란 의견이 보인다. 부전에서는 대상을 특정하지 않았으나 수록된 시는 다테 마사무네의 「무제」와 아시카가 요시아키의 「범호」가 있다. 전자는 "馬上靑年過ぐ[마상의 청년이 지나가네]"로 시작되는데 만년의 감개를 서술한 시이고, 후자는 도회를 좇다가 영락한 자신의 고독감을 노래한 시이다. 모두 중학생에게는 부적절하다고 판단했을 것이다.

● 도이 유가쿠(土井有恪),「매례자 구스이(賣醴者愚水)」"횡포한 일을 기록하였으니 교육에 적절치 않아 삭제함이 옳음."(F 2권, 63頁下朱) 감주 장수 구스이(愚水)가 권력을 등에 업고 늘 '횡포'를 일삼던 어느 일족의 아무개를 길에서 우연히 만나게 되었다. 그런데 그만 그에게 트집을 잡힌 것이다. 평소 기량이 뛰어난 구스이(愚水)였으나 결코 무력으로 그를 제압하지 않고, 그저 말로써 굴복시켰다. 구스이(愚水)가 난폭한 짓을 한 것은 아니지만, 일부 폭력에 관한 기술(記述)로 인해 문제시 된 것으로 보인다.

● 다자이 준(太宰純),「쓰지야 마사나오(土屋政直)」"글에 특별한 정취가 없으며 또한 심정의 수선(修善)에 도움이 되지 않아 삭제가 옳음."(F 2권, 26頁下朱) 알현하러 온 인물이 원래 쓰지야와 함께 근무하던 인물의 자식이었다. 쓰지야가 망부(亡父)의 이름을 물었는데 그 인물은 이름을 잊어버리고서 대답하지 못하였는데 쓰지야(土屋)는 무어라 말하지 않았다. 선부(先父)의 이름을 잊어버렸음에도 책망하지 않은 쓰지야를 어진이로서 평가한 내용인데 이보다 더 감명을 줄 수 있는 일화가 있기에 구태여 수록

할 필요는 없을 수밖에 없다.

● 나카무라 카즈(中村和), 「양자 쯔네의 서울 유람을 보내는 서(送 義子彝遊京序)」 "이 글은 부적당하므로 개칭해야만 함."(I 4권, 18 裏下朱) 교재 전편에 걸쳐 부적당한 부분에는 보라색 연필로 세 로줄을 그어 두었다. 예를 들어 "俳優之在戱台上. 搬演男女私 媒之事. 備極醜態. 使観者津津生淫乱邪慝之心者. 四條之梨園 也. [배우가 무대에서 노는 것은 남녀의 상열지사를 연기함인 데 매우 추태라, 보는 이들에게 음란하고 사특한 마음을 도도하 게 일어나게 한 것이니 시조오(四條, 교토의 지명)의 리엔(梨園, 유 곽)이다, 밑줄은 저자.]"(18裏, 5-6行)란 부분처럼 문제가 있는 표 현이 많다. 확실히 중학생에게는 적당하지 않은 교재인 듯하다.

(4) 과격하고 부자연스런 내용

어떤 교훈이 담겨 있다고 해도 과격하거나 부자연스러움이 나타나 기 때문에 교재로서는 적합하지 않다고 판단한 사례이다.

● 나가이 세키토쿠(中井積徳), 「스즈키 큐사부(鈴木久三)」 "'조후(照 后)'란 글자가 온화하지 않고 또한 사실이 궤격(詭激)에 가까우 니 빼는 것이 옳음."(F 2권, 6頁下朱) 본문에 도쿠가와 이에야스 (徳川家康)를 가리키는 것으로 추정되는 네 군데에 "照后"라 적 혀 있는데 그 옆에 붉은 방점과 함께 올바른 표현이 아니라고 지적되어 있다. 교재의 내용은 이에야스(家康)가 키우던 3마리 잉어 가운데 한 마리를 가신인 스즈키 큐사부가 마음대로 요리 해서 먹어버렸다는 것이다. 이에야스는 격노하여 긴 칼을 뽑아 들고 스즈키를 불렀다. 큐사부(久三)는 칼을 버리고, 물고기나

새 때문에 사람을 목숨을 거둔다는 것의 어리석음을 호소하였다. 얼마 전 사냥 금지 구역에서 새를 잡은 자와 성(城)의 해자(垓字)에서 물고기를 훔친 자를 처형하기 위해 체포했었던 일을 이에야스는 떠올렸다. 이에야스는 큐사부를 용서하고 옥에 갇혀 있던 두 사람을 석방한다. 목숨을 걸고 이에야스에게 간언을 한 스즈키 큐사부의 일화이지만 이것은 "궤격(詭激)에 가까움"이라 판단되었다.

● 사카타니 시로시(阪谷素), 「기표공(記裱工)」 "사실 다소 기이하고 과하다 하겠음."(F 2권, 34頁下朱) 금전에 대한 집착을 버리고자 했던 표구 직인이 돈을 도둑맞았는데, 도리어 훔친 인간에게 돈을 손에서 없애 주어서 좋았다고 감사를 했다는 내용으로 기발하게 만들어졌다고 한 것이다.

(5) 호칭이 부적절

● 라이 산요(賴山陽), 「나는 일보도 양보하지 않겠다(僕不肯讓一步)」 "'殿下'란 글자는 오늘날에는 부적합한 호칭이라 불온."(F 2권, 23頁下朱) "삭제함이 옳다."(上同 上朱) 인물의 호칭에 대해서는 때에 따라 문제시될 수 있기에, 정정이나 삭제에 이른 사례가 적지 않다. I에서는 "'殿下'란 글자는 지금으로는 이에 적당한 호칭이 아니라 불가하다 하리라"(I 1권, 16表下朱, 長野確, 「狎客伴內」) 등의 의견이 붙어 있는데 전술했듯이 I에는 "不問"이란 날인이 찍혀 있었기에 수정되지 않았다.

(6) 출전 자체에 오류를 포함

출전 자체가 그릇되거나 설명이 부족한 부분이 있어서 수정을 가한 사례이다.

● 기쿠치 준(菊池純), 「대만 정벌(征台之役)」"여기 문장이 명료하지 않다."(C 6권, 84表下朱) "미국 배를 빌린 일이 있는 것처럼 말했다 함은 확실하지 않다."(같은 부전, 黑) 明治 5년 3월, 대만 출병을 막 계획하려는 참에 미국은 중립을 지키기 위해 선박이나 물자의 제공을 중지한다고 공사가 언급한 부분 아래 이 부전이 붙여져 있다. 부전은 선박을 빌려준 일에 대해 처음에는 미국과 영국이 승낙했다는 설명이 필요하다는 의견인 것 같다. 삭제할 필요가 없는 교재라고 추정되지만, 이 교과서의 개정판에는 교재의 후반 10편 이상에서 그 절반이 기계적으로 삭제되었기에 후반에 수록된 그 교재는 수정의견의 내용보다도 편집상의 사정으로 삭제되었을 가능성이 높다.

● 오카모토 칸스케(岡本監輔), 「영불동맹군(英佛同盟軍)」 2에는 "咸豊帝(청나라 문종)의 도망간 곳은 열하인데 요동으로 잘못되어 있으니 고칠 것"(C 7권, 36裏下朱)이란 의견이 붙여져 있다. 영불연합군이 북경을 압박했을 때 함풍제는 도주하였으나 교재에는 "咸豊帝挈妃嬪避寇遼東[함풍제는 비빈을 끌고 적을 피해 요동으로 가다]"라고 되어 있다. (같은 頁) 이 부분의 "遼東"을 "熱河"로 수정하여 개정판에 수록되었다.

(7) 본문과 출전과의 불일치

● 「주희의 영특함(朱熹穎異)」『주문공행장(朱文公行狀)』"朱文公行狀의 글과 다르다."(B 2권, 1表上朱) B는 『주자연보(朱子年譜)』에서 채록한 것인데, 그 정정판에서는 수정의견에 따라 『주자행장(朱子行狀)』에서 고쳐서 채집하였다.

이상 삭제·수정된 교재의 문제점을 정리하였다. 역시 사상 조사가 아닌, 중학생에게 적합한 교재를 선별하여 보다 바른 교과서 출판을 목적하는 경향이 강하다. 양질의 한문인가 아닌가의 판단은 어떤 규정에 근거한다기보다 검정조사를 행하는 인물 개인의 기준에 따랐기 때문에 전술한 「유묵수기(遊墨水記)」처럼 평가가 나뉜 교재도 있었다. 그러나 규정은 불분명했으나 그렇다고 꼭 독단적인 것만은 아니었다. 삭제된 교재는 분명 중학생에게 적합하지 않은 것도 있었기 때문에, 부당하거나 무리한 지시는 아니었다고 할 수 있다.

4. 교재 구성에 관한 수정의견

앞 장에서는 개별적 교재의 문제점에 대해 검토했는데, 여기서는 교과서 전체의 구성에 관한 수정의견에 관해서 교칙(敎則)이나 법령의 변화와 대조하면서 정리하고자 한다.

전체적인 검정제도의 법령은 전반적으로 전술했으나 한문에 관련한 교칙을 다소 되짚어 확인하고자 한다. 메이지 27년 3월에는 "심상중학교의 학과 및 그 과정 중 개정"이 공포되는데, 국어와 한문 과목의 시간 증가가 개정의 요점이었다. 이는 "국어교육은 애국심을 成育함에 資料가 되고 또 개인으로서도 그 사상의 교류를 자유롭게 하며 일상생활의 편의를 도모하기 위한 요건이니라"란 이유가 달린다.[17] 더욱, "한문교과의 목적은 다수의 책을 섭렵하고 문사(文思)를 풍부하게 함에 있으니 한문을 모작(摸作)함에 있지 않음을 인지하라"[18]라고 한문의 학습내용에서 작문과 받아쓰기가 삭제되는 대폭 개정이 있었다. 국어교육이 중요시되면서 한문의 지위는 하락했다.

메이지 30년 9월에는 문부성은 중학교 교육의 정비를 위해 각계의 전문가로 구성된 심상중학교 세목(細目) 위원회를 설치하고 이듬해 31년 교과의 목적에서 교수내용이나 방법 등을 "심상중학교교과세목조사보고(尋常中學校敎科細目調査報告)"로 정리하여, 각 교과의 교수용 참고자료로서 배포했다.

시마다 시게노리(島田重禮)·나카 미치요(那珂通世)에 따른 "심상중학교한문교과세목"의 "本旨"에서는 한문의 목적은 한문을 독해하고 작문에 살리기 위해 어휘를 늘리고 "덕성의 함양을 갖춤에 있니라"고 한다.[19] 그래서 이 목적을 달성하기 위한 교재를 제안한다. 우선 『황조사략(皇朝史略)』 등의 국사나 일본의 근세 명가(名家)의 문장으로 입문하고, 『자치통감』을 중심으로 명청·당송의 문장을 다루다가 『사기』, 『맹자』로 나아간다.[20]

이 한문과의 교수세목(敎授細目)은 한문의 목적을 덕육에만 집중하

---

17 『官報』제3199호, 內閣官報局, 2頁.
18 『官報』제3199호, 內閣官報局, 3頁.
19 『尋常中學校敎科細目調査報告』, 文部省高等學務局, 1898년, 漢文科一頁.
20 『官報』제3199호, 內閣官報局, 1-5頁.

고 교재도 역사서에 편중된 것이라 교육계에서는 받아들이지 않았으며 격렬한 반발을 초래했다.[21] 어디까지나 시안(試案)이었으나 교수세목은 수학은 검정에도 강하게 작용했다.[22] 그러나 한문은 오히려 세목에 반대하는 교육계의 논조에 가까운 기준으로 검정이 행해진 것인데 다음의 교과서에 대한 의견에서 알 수 있다.

(J) 아키야마 시로(秋山四郎) 편, 『통감강목초(通鑑綱目鈔)』상하권(킨코우도쇼세키, 메이지 29년 3월 18일, 메이지 33년 11월 14일 검정, 불인가, 나가오)는 교수세목 이전에 출판되었다가, 『자치통감』의 초본(抄本)으로서 전술한 시안(試案)에 따른 교과서이다. 그러나 검정시에는 불인가되었다.

본서는 중학 4학년 5학년 경에 쓰이는 정도로는 이를 현행의 독본과 비교하면 확실히 지나치게 수준이 높고 말이 어려우며 또한 역사의 발췌로써 독본에 충용(充用)하는 것은 또한 완전히 독본의 목적에 적합한 것이 아니라. 이런 종류의 책은 종래 왕왕 검정을 얻은 사례가 있으나 지금 교과서의 종류가 많아 무성하게 퍼진 때에 특별히 이런 종류의 책을 채용해야만 할 필요 없는 것 같으니라. 이상의 이유에 의거해 불인가할 수밖에 없도다. 죠타로(槙太郎), 인(印)(表紙 下朱, 바깥부터 안으로 접혀 들어가 있음)

---

21 『尋常中學校漢文科敎授細目』과 이에 대한 반대의견에 대해서는 久木幸男, 「明治儒敎と敎育(續)」(『横浜國立大學敎育紀要』30, 1989.)을 참고했다.

22 각주 3의 國次③논문, 271-273頁.

같은 책이 많다는 것도 불인가의 이유로 제시되었는데 주목할 것
은 "역사의 발췌"는 "독본의 목적"에 맞지 않는다는 견해이다. 특정
고전에 집중하여 배우는 것보다도 광범위한 내용의 단편을 교재로
배우는 편이 좋다는 인식은 메이지 30년대 전반에서는 편저자나 출
판자들 뿐 아니라 검정을 담당한 인물들도 가지고 있었던 것이다.

한문교과서로 광범위한 교재를 채집하는 편집 방법은 소학교의 독
본이 한 가지로 참고했다. 당시의 소학교 독본에 대해서는

메이지 30년의 심상소학교에서는 지리·역사·이과 등의 교과보다는
당시의 독본을 따라서 각 교과의 교재를 모아서 소위 종합독본의 형태
를 취한 것이 부득이하였다.[23]

라는 지적이 있다. 여기에 근거하면 국어에서는 어쩔 수 없이 광범
위한 소재를 채집하게 되었는데 한문은 오히려 적극적으로 종합독본
의 형태를 본보기로 삼아 교재의 편중을 막으려 했던 것이다.[24]

메이지 34년 3월 5일의 "중학교령 시행규칙"(文部省令 제3호)에서는
"국어와 한문은 보통의 언어 문장을 이해하여 정확하고 자유롭게 사
상을 표창(表彰)하는 능력을 얻고 문학상의 취미를 갖추고 겸하여 지
덕(智德)의 계발을 풍부히 함을 요지로 함"이라고 규정된다.[25] "언어
문장을 이해하여", "사상을 표창하는"이란 실용성, "문학상의 취미"

---

23 吉田裕久, 「明治三〇年代初期の國語敎科書論」, 『國語科敎育』 29, 全國大學國語敎育
會, 1982, 56頁.

24 小學讀本과 한문교과서의 관계에 대해서는 각주 6에 인용된 졸고에 서술했다.

25 『官報』 제5298호, 73頁.

에 대한 배려, 그래서 "지덕의 계발"이란 인간형성을 또한 포함하는 지도가 요구되었다. 교재에 관해서는 "평이(平易)한 한문을 강독해야만 함"이라고 정해졌다.[26] "평이한 한문"이란 구체성이 없으나 난이도 높은 교재는 피할 것을 지시한 것이라 하겠다. 작품의 선택에 대해서는 잇달아 비근한 교재로부터 도덕에 도움이 되는 내용을 광범위하게 갖춘 교과서가 편찬되고 그래서 이를 검정자 측에서도 평가했다. 우선 대상을 삼은 34년 6월에 검정된 (F)『산수찬정중학한문(刪修撰定中學漢文)』에서는 다음과 같은 의견이 있다.

> 본서는 전부 대체로 역사의 발췌에 지나지 않으며 간혹 유기(遊記)·서설(序說)·전기(傳記)의 종류가 끼어 있는데 전체의 균형상으로 보아도 소수이다. 편집의 체제가 적당함을 얻지 못한 것이니라. 특히 과정이 지나치게 높은 글이 많은 제6권 제7권 이후에 있어서는 매우 심하니 부전의 점을 개수해야만 하니라. 죠오타로(槇太郎) 인(印)(F 1권, 1頁上朱)[27]

F가 "역사의 발췌"이기에 채록된 문체에 치우침이 있다고 서술하고 있다. 어려워지는 6권 다음부터의 구성은 6권이『자치통감』3편, 『오대사기(五代史記)』,『당서(唐書)』,『삼국지(三國志)』각 1편씩, 7권은 『한서(漢書)』1편,『사기(史記)』3편, 8권은『사기』6편, 9권은『맹자』27편,『전국책』15편이다. 10권은 당송팔대가, 이백(李白), 도연명(陶淵明) 등 총 36편으로 이루어졌다.

F의 정정판(5판)에서는 6권은 시게노 야스쓰구(重野安繹)나 오스

---

26 上同.
27 각주 4의 淺井①(76頁)에 보이는데 약간 보충했다.

기 반케이(大槻淸崇) 등 일본인의 작품 5편, 왕도(王韜) 등의 서양 역사에 관한 교재 7편, 『오대사기』 2편, 『자치통감』 7편에 정원경(鄭元慶)과 위희(魏禧)의 작품 1편씩으로 구성이 변경되었다. 7권에서 9권까지는 변경이 없고 10권에서는 구양수(歐陽脩)의 「취옹정기(醉翁亭記)」가 삭제된다. 부전에서 개수를 요구한 부분은 전장에서 검토해 보았다. 6권에서 10권까지 특정한 부전보다는 편자가 재검토해서 수정하라는 것으로 보인다. 그런데 개정 후에 F의 조사를 했던 인물과 다른 인물에게도 정정판에서 동일한 수정의견이 기재되어 있다.

> 본서의 교재는 대체로 역사 사실로 이루어져 동식물 또는 기계, 공예 등의 기사에 이르러서는 하나도 수록하지 않았으니 결점이라 할 수밖에 없느니. 그래도 오류는 심히 많지 않고 문장도 격식에 맞지 않는 것이 없느니 우선 가함. 하야시(林)(F 删修訂正5판, 1頁下朱)

교재구성에 결점이 있다 해도 한문 교과서로서는 통용하는 것에 합격된다고 서술한다. 후케이 칸이치로(深井鑑一郎)의 교과서는 메이지 20년대부터 출판되어서 주로 역사서로부터 제재를 채집하는 것으로 일관되었다. 20년대에는 훈점의 오류에 수정의견이 붙어 있으나 소재가 편중되어 있는 것에 대해서는 문제시하지 않았다.[28] 교재의 선택에도 주의가 기울여졌던 점에서 메이지 30년대 한문교과서 검정의 특징을 볼 수 있다.

이 글의 연구대상은 어디까지나 부전이 있는 교과서라는 범위에 한정되지만 완성도가 높다고 하는 교과서로 다음과 같은 것이 있다.

---

28 深井鑑一郎의 교과서의 특징과 수정의견에 대해서는 각주 2의 졸고①에 서술했다.

(K) 국어한문연구회(國語漢文硏究會) 편, 『중등한문독본(中等漢文讀本)』 10권, 메이지 서원(明治書院), 메이지 33년 12월 5일, 메이지 34년 3월 25일 검정, 불인가, 하야시(林). 정정사판(메이지 34년 3월 23일)이 동년 3월 25일 검정을 마쳤다.

이 교과서의 부전에는 다음과 같이 수정의견이 기록되었다.

> 본서는 교재를 편성함에 한 방향으로 치우치지 않았고 체제와 배치의 짜임이 적당하고 오류도 심한 것이 많지 않으니 근래 편찬 중인 것으로는 일단 상등에 속하니라. 하야시(林) (K 1권, 凡例1表下朱)

일단 처음에는 교재의 선택이 편중되지 않았음을 언급했고 오류가 적다고 평가하고 있다. 검정을 통과한 정정4판의 목차를 참고할 수 있지만, 교재의 순서를 대체로 서술해 보면 비근한 교재로 시작하여 일본의 지리·역사를 배운다. 이어서 중국의 교재로 나아가 청나라부터 선진(先秦)으로 나아가 배우게 되는 구성이다.

일본에서 중국으로 나아가는 차례는 메이지 20년대 말에 편찬된 아키야마 시로(秋山四郞) 편의 『중학한문독본(中學漢文讀本)』(金港堂書籍, 메이지 29년 8월 4일 訂正再版, 동년 8월 17일 검정 마침)에서는 한학자가 중국을 존중하고 일본을 낮춰 보는 나쁜 관습을 고치기 위해서 일본의 작품을 우선하여 맨 처음에 배열한 것이다. 그런데 30년대에는 교학상의 배려로 주변에서 배우기 쉬운 일본의 작품에서 시작하여 중국으로 나아간다는 순서를 취했다고 생각할 수 있다.

배열을 고안한 것으로 4권에서 「박물신편(博物新編)」의 「호랑이 잡는 법(擒虎之法)」, 「코끼리(象)」에 이어서 사이토 카오루(齋藤馨)의 「웅설(熊說)」, 사이토 세이켄(齋藤正謙)의 「낙타설(駱駝說)」을 수록하고 있다. 흥미로운 동물을 나란히 관련해서 배우게 된다. 또 1권의 최초 15편은 국문과 한문을 대조하여 국문과 한문에 대해 비교하면서 이해하는 것으로부터 한문의 학습을 시작한다는 기획이 보인다. 이것들은 30년대 전반에서는 복수의 교과서가 시험하고 있는 것이다. 그러면서도 균형이 좋았던 (K) 국어한문연구회 편,『중등한문독본』은 검정시에 이상적인 교과서의 하나로 간주되었다.

그리고 상세한 교수요강이던 메이지 35년의「중학교교수요목(中學校教授要目)」에서는 한문의 "강독(講讀) 교재(教材)"는 대체로 다음과 같이 정해진다. 1학년에서는 국어와 한문의 차이를 이해하고 일본 근세 작가들의 평이한 단편부터 배우기 시작하여, 2·3학년에서는『일본외사(日本外史)』,[29]『근고사담(近古史談)』,[30]『탕음 존고(宕陰存稿)』,[31]『독서여적(讀書餘滴)』[32] 등으로 나아간다. 4학년부터는 중국의 청나라 초기 작품이나 당송팔가문을 더하고 일본의 작품으로는 사토 잇사이(佐藤一齊)나 마쓰자키 코도(松崎慊堂)를 더한다. 시는 당시선(唐詩選)을 다룬다. 5학년에서는『사기』,『몽구(蒙求)』,『논어(論語)』를 더한다.[33]

이것이 메이지 35년 이래의 지도 및 교과서 편집의 기준이었으나 이 교수요강이 나왔다고 해서 바로 교과서의 편집방법이 변한 것은 아니다. (K)『중등한문독본』처럼 메이지 30년대 전반의 편자나 출판

---

29 賴山陽가 지은 일본의 역사책으로 1827년에 출간되어, 막부시대 말기의 尊王思想에 큰 영향을 주었고 明治 시대의 교과서로 널리 쓰여 출간 누적 부수가 100만 부에 달한다고 한다.【역자 주】

30 大槻磐渓가 지은 역사책으로 1864년에 출간되었으며 근세 초기 무장의 일화 등을 모았고 논평을 더했다.【역자 주】

31 막부 시대의 대표적 유학자인 塩谷宕陰(1809-1867)의 문집이다.【역자 주】

32 막부 시대의 대표적 유학자인 安井息軒(1799-1876)의 저술이다.【역자 주】

33 『官報』, 제5575호, 內閣官報局, 107-109頁.

사가 모색을 계속하였고 더욱 검정제도를 담당한 인물들도 이런 모색에 대한 평가를 하게 된 경위를 교재·교과서의 변천을 검토할 때 간과해서는 안 된다. 메이지 30년대 전반의 검정에서 교과서조사는 사상통제의 수단이라는 기능보다도 한문교과서의 변혁을 이끌어 나가는 작용 쪽이 강했던 것은 아닐까.

5. 끝으로

본고에서는 메이지 30년부터 35년까지 검정이 행해진 한문교과서에 기록된 검정을 담당한 인물들에 따라 수정의견을 분석했다. 검정 시의 교과서조사와 교재의 변천에 따른 작용을 일단 살펴보면 질이 떨어지는 작품이나 중학생에게 적절하지 않은 교재를 삭제했다. 부전의 수정의견의 분석을 통하여 어떤 교재가 난이도가 높다든가 질이 떨어진다고 간주하였는지를 분명히 밝혔다.

교과서조사와 교과서의 편집방향에 관해서는 문부성의 검정을 담당한 인물들이 덕육(德育) 외에 배려가 없고, 역사교재에 편중된 문부성에 따른 시안을 부정하여, 그 시기 유행하던 광범위한 교재를 갖추는 편집방법을 평가한 것에서 그 편집방법을 정착시키는 것에서도 일정한 작용을 했다고 결론 내렸다.

본고의 최후에 소개한 국어한문연구회(國語漢文研究會)가 편찬한 『중등한문독본(中等漢文讀本)』 전 10권은 메이지 10년대부터 편집이 시작되어 복수의 고전에서 교재를 채록한 교과서가 도달한 한 사례로 보인다. 그런데 이 교과서처럼 광범위한 교재를 갖춘 방침은 메이지 35년 2월의 「심상중학교교수요목(尋常中學校敎授要目)」 공포 뒤에도 이어지다가 이번에는 이 방침에 대한 반성이 이루어지게 된다. 후속연구로 메이지 30년대 후반부터 40년대에 이르는 교과서를 가지고 메이지 시대에 있어서 검정제도와 한문교재의 변천과의 관계에 대해서 일단 소결하고자 한다.

기무라 준(木村 淳)●

二松學舍大學 非常勤講師.
전문 분야는 일본의 근대기 한문교육이다. 저서로 「漢文教材の變遷と教科書調査:『日本外史』を中心に」(『中國近現代文化研究』16号, 2015), 「漢文教材の變遷と教科書調査:明治後期を中心に」(『中國近現代文化研究』13号, 2012), 「漢文教科書の修正意見:明治三十年代前半を中心に」(『中國近現代文化研究』12号, 2011) 등이 있다.

이 글은 『日本漢文學研究』6호에 수록된 木村 淳 「漢文教材の變遷と教科書調査 — 明治30年代前半を中心して」를 번역하였다.

번역: 임상석

일본에서 한적(漢籍) 수용의 양상과 영향

에도 시대 한적 목록에 대하여

제 8 장

다카야마 세츠야(高山節也)

1. 들어가며

한학(漢學), 한시문(漢詩文), 서화골동(書畵骨董) 및 한방의학 등의 중국문화가 일본 문화 저변에 있었다는 것을 적극적으로 승인한 최후의 단계는 에도 시대일 것이다. 이 시대는 한학, 한문이라는 것이 사회 각 계층에 보편적으로 널리 퍼져 있었고, 당시 문화의 한 면을 확실하게 담당하고 있었다. 게다가 이를 담당한 계층이 대부분 지배계급이었기 때문에 한학, 한문이 문화적, 정책적으로 일본 전국에 퍼져 나갈 수 있었다.

이와 같은 현상이 에도기 일본에서는 어떤 모습으로 나타났을까. 이에 대해 시기적·계층적·정책적·지역적 시점 등 다양한 접근 방법이 있을 수 있지만, 본고에서는 지역적 시점에서, 그리고 쇼군(將軍)의 수도였던 에도에서 멀리 떨어진 히젠(肥前) 사가현(佐賀縣)을 예로 들어 고찰해보고자 한다.

한학 연구와 교육의 텍스트였던 '한적(漢籍)'이라는 서적을 실마리로, 중앙이 아닌 지방의 도자마 다이묘(外樣大名)[1] 영지(領地) 사가번

---

1 江戶 시대에 關が原 싸움 후 德川家를 섬긴 大名를 가리킨다. 譜代大名는 德川家康 가 천하를 장악하기 이전부터 대대로 德川씨 집안을 섬겨 온 大名로 幕府의 요직을

(佐賀藩)의 한학 양태에 관해서 연구해 보고자 한다. '얼마만큼의 한 적이 남아 있는가'에 관한 문제부터 시작하여, 이것이 질적으로 어떤 문제와 관련이 있는가에 대해 개관(槪觀)해 보고자 한다. 그리고 이를 통해 일본의 한학 수용 양태에 대해 새로운 인식을 얻고자 한다.

특정 지역의 문화 현상을 양적으로 파악하기 위해서는, 그 성과의 축적을 확인하면서, 성과의 토대가 되었던 현상과 물적 증거를 확인 하는 작업이 필요하다. 한적이라고 하는 것은, 그 토대 가운데서도 가 장 현저하게 각 지역의 문화 현상을 대표하는 물적 증거라고 할 수 있다.

한적을 양적으로 파악한다는 것은, 우선 어느 특정 지역의 역사적 상황 하에 축적된 한적의 양을 아는 것과 직결되어 있다. 이것은 우 선 현재 어느 정도의 한적이 특정 번(藩) 지배의 영역에 남겨졌는가 를 조사하는 데에서 출발할 것이다.

또한 질적으로 그 관련 양상을 안다는 것은, 한적을 자료로 취급하 는 경우, 수용의 양태를 아는 것이 무엇보다도 간명한 방법이 될 것이 다. 수용의 양태에 관해, 어떤 종류의 한적이 축적되었는가, 또 그것 을 당시의 지배계층이라든지 지식인들이 어떻게 다루었는지를 알게 된다면 이를 통해 지역문화의 표층적 상황에 대해 파악할 수 있다.

한적을 다루는 전형적인 사례로, 당시 저술된 한적목록 기술의 태 도, 그 가운데서도 분류법을 밝히는 것이 당시 한적 수용의 양태를 아는 첩경이라고 하겠다. 중국의 한적 분류, 즉 사부분류(四部分類)가 독자의 가치체계에 의해 형성된 것이라는 것은 주지의 사실이다. 이

차지하였다.

분류법을 계승하였든지 혹은 변경하였든지, 거기에는 에도기라는 시간적 요인과 특정의 지역이라는 지역적 요인에 의해 이루어진 중국적 가치체계에 대한 평가도 포함되어 있다고 할 수 있다. 이것이야말로 일본적 한학 수용의 일면이라고 하겠다.

서민계층의 문화현상 중에, 한적이나 한학의 영향이 어떻게 정착되었는가에 관해서까지 밝히고자 했으나 현재 필자는 이에 관해 이야기할 만한 자료가 없다.

그리고 에도 막부라든가 당시의 저명한 한학자가 아닌, 지방의 도자마 다이묘 지배 영역을 고찰 대상으로 고른 것은, 중국문화 수용의 양태에 관한 한 중국적인 것이 중앙과 비교할 때에 곧바로 연결시키기 어려운 환경이었기 때문이다. 그리고 사가번을 검토 대상으로 선택한 것은 뒤에서도 말하겠지만, 번정기(藩政期)의 사가현 지배 구조와 관계가 있었던 많은 학교와 부속 문고에 조직적으로 한적이 축적되었고, 조직을 단위로 하여 다양하게 현존하기 때문이다. 이는 비교 검토의 자료로는 더할 나위 없이 좋은 대상이 된다.

2. 사가현의 학교와 한적

사가법의 체제[2], 특히 문교 체제의 큰 특징은 나베시마 본번(鍋島本藩)과 세 개의 지번(支藩), 나베시마 씨의 어친류(御親類)와 나베시마

2　佐賀藩은 肥前國 佐賀郡에 있던 外樣藩으로 肥前藩이라고 한다. 鍋島氏가 藩主였기에 鍋島藩이라고도 한다. 藩主는 처음엔 龍造寺氏였다가 후에 鍋島氏가 되었다. 支藩으로 蓮池藩, 小城藩, 鹿島藩이 있다.

이전의 태수(太守)였던 류조지(龍造寺)씨 계통의 자손을 봉한 어친류 동격(御親類同格), 거기에 가노(家老)에 이르기까지 제각각 얽혀 있는 지배 영역을 가진 동시에, 각각 번교(藩校) 혹은 읍학(邑學)을 세웠다는 데에 있다.

나베시마 번 지배 구조에 대해서는 『사가번의 종합 연구(佐賀藩の総合研究)』[3]와 같은 책에서 이미 선행연구가 되어 있었기에 여기서는 일일이 서술하지 않겠다. 그 내용은 사학 연구의 필요 때문이었는지 지배 구조나 경제 상황에 주안을 두었기에 문교 체제나 문화사적 방향성의 검토가 충분히 이루어졌다고 말할 수 없다.

한편, 교육사의 관점에서 보면 번교나 향학(鄕學) 등의 교육 실태, 예를 들면 교과의 내용·교육 과정 등에 관한 연구는 전문적인 연구 업적이 있다.[4] 또한 이들 연구의 기초자료가 된 『일본교육사자료(日本敎育史資料)』·『사가현교육사(佐賀縣敎育史)』, 나아가 이들 저서의 원자료라고 할 수 있는 『구번학교조사(舊藩學校調査)』와 같은 자료가 있었다. 그러나 본고에서 다루고자 하는 한적의 실태와 수용의 양태에 대한 연구는, 『구번학교조사』에 각 학교의 구장서목의 일부가 들어가 있는 정도로, 사실상 거의 등한시되고 있다고 할 수 있다. 이 현상의 첫 번째 이유로 대상이 한적이고, 한적이란 것이 어느새 익숙지 않은 문헌이 되어버린 것과 관련이 있다. 일반 도서관조차 한적을 경원시하는 실정인 이상 일리가 있는 주장이라 하겠다. 그리고 두 번째 이유로 중국학, 한문학 혹은 한적서지학 등의 전문가에게 그 책임을 묻

3　藤野保 편, 『佐賀藩の総合研究』, 吉川弘文館, 1981; 『續佐賀藩の総合研究』, 吉川弘文館, 1987.

4　生馬寬信 等 편, 『幕末維新期漢學塾の研究』, 淡水社, 2003.

지 않을 수 없다.

이러한 점을 감안하여 사가번 지배 구조, 학교 및 문교 체제에 대하여 대략 참고문헌을 소개하는 것으로 책임을 다하고자 한다. 본장은 자료1과 자료2의 표에 의거, 각 장서 단위에 대한 대략적인 설명과 장서 상황의 전체적인 전망만을 하고자 한다.

자료1 「사가현의 체제와 문교」

이것은 번정기의 사가번 지배 구조, 이에 따른 번교·향학 등의 상황, 나아가 그곳에서 이용되고 축적된 한적의 현존하는 조직 및 기관에 관해 일람한 것이다.

資料1　佐賀藩の體制と文教

支配構造と藩校・邑學等	現存文獻
本藩（鍋島治茂　天明元年弘道館）	鍋島文庫（佐賀縣立圖書館） 弘道館舊藏書（佐賀縣立圖書館）
支藩 　小城（鍋島直愈　天明七年興讓館） 　蓮池（鍋島直温　天明四年成章館） 　鹿島（鍋島直彬　安政六年弘文館） 　　　　寬政元年德讓館・後の鎔造館	 小城文庫（佐賀大學圖書館） 蓮池文庫（佐賀縣立圖書館） 中川文庫（祐德博物館）
御親類 　久保田（村田政致　天明八年思濟館） 　白石鍋島・川久保神代	 （一部佐賀大學圖書館　漢籍不明） 不明
御親類同格 　多久（多久茂文　元祿十二年東原庠舍） 　諫早（諫早茂圖　天明三年好古館） 　武雄（鍋島茂正　享保中身教館） 　須古（鍋島茂訓　享保中三近堂）	 東原庠舍舊藏本（多久市鄕土資料館） 諫早文庫（諫早市立諫早圖書館） 武雄鍋島歷史資料（武雄市敎育委員會） 不明
家老 　深堀（鍋島氏　寬永以降羽白館） 　神代（鍋島茂堯　天明六年鳴鶴所） 　橫岳・姉川・太田・倉町各鍋島	 不明 神代鍋島史料（佐賀縣敎育委員會） 不明

자료2 「각 문고의 한적」

이것은 각 문고에 현존하는 한적의 양과. 각각의 사부 분류 각부의 수, 거기에 관련한 장서인을 표시한 것이다(참고로 조선한문학 및 준한적도 포함하였다). 더구나 표 중에 수치는 모두 한적의 수로 책 수는 아니다. 또한 본고 이하의 사부 비율의 기록은 존재하는 한적 부수(총서·조선한문·준한적을 제외)에 대하여 10단위를 1로 하였고, 1단위는 사사오입을 하였다. 예를 들어 경부(經部) 한적이 167점이라면 경부의 수치는 17이 된다.[5]

資料2　各文庫における漢籍
現存漢籍の構成（數字は點數　「」內は關連藏書印）

鍋島文庫	經部 88　史部 109　子部 193　集部 75　朝鮮漢文 2　準漢籍 92
	全 559　「永田町鍋島家藏書印」「謝在杭藏書印」「勘解由小路藏書」
弘道館舊藏書	經部 127　史部 159　子部 80　集部 49　叢書部 1　朝鮮漢文 3
	準漢籍 32　**全 451**　「弘道館藏書印」「弘道館臧書印」
小城文庫	經部 116　史部 68　子部 82　集部 56　叢書部 3　朝鮮漢文·
	漢籍は未計上　**全 325**　「荻府學校」「荻學藏書」
蓮池文庫	經部 40　史部 26　子部 117　集部 58　叢書部 7　朝鮮漢文 2
	準漢籍 20　**全 270**　「鳴琴堂圖書章」「芙蓉館藏書」「成章館藏書」
中川文庫	經部 147　史部 109　子部 244　集部 156　叢書部 6　朝鮮漢文 1
	準漢籍 114　**全 777**　「學館」「鹿州學館」「弘文館」
東原庠舍舊藏本	經部 157　史部 90　子部 112　集部 80　叢書部 2　朝鮮漢文 3
	準漢籍 97　**全 541**　「東原鄕校」「崔山書院」
武雄鍋島資料	經部 85　史部 36　子部 85　集部 12　朝鮮漢文 2　準漢籍 61
	全 281　「武縣庫籍」「茂紀」
諫早文庫	經部 107　史部 28　子部 115　集部 58　朝鮮漢文 3　準漢籍 73
	全 384　「諫早氏臧書記」「好古館圖書記」
神代鍋島史料	經部 67　史部 42　子部 40　集部 19　朝鮮漢文 1　準漢籍 48
	全 217　「鳴鶴所藏書」「崔洲精舍藏書」

5　高山節也의 논문에는 鍋島文庫, 弘道館舊藏書, 小城文庫, 蓮池文庫, 中川文庫, 東原庠舍舊藏本, 武雄鍋島資料, 諫早文庫, 神代鍋島史料에 대한 沿革과 소장 도서에 대한 소개가 있는데 본고에서는 생략하였다.【역자 주】

3. 번정기의 한적 수용: 한적 목록과 분류의 실태

이상으로 자료의 상황에 대해 살펴 보았지만, 지금까지 것만으로 근세 사가번의 문화나 한학의 실태를 판단하는 것은 위험하다. 사가현의 서적에도 근세부터 근대, 그리고 제2차 대전에 이르는 사회 변동에 의한 역사적 재앙이 있었다. 이런 이유로 이전의 상황을 추측하기 위해서는 현존하는 서적만이 아니라 보존된 고문서나 당시 목록 등도 동시에 조사해야 한다. 이렇게 해야 당시 문고에 있었던 한적의 자료 상태도 정확히 알고, 어떤 종류의 한적이 없어졌는지도 밝힐 수 있게 되며 이 결과를 통해 당시 학문이나 문화의 방향성을 보다 확실하게 파악하게 될 것이다. 게다가 당시 수집된 서적목록을 통해 거기에 어떤 분류 의식이 작동되었는지를 알게 된다면, 한학이나 중국문화에 대한 이해도, 비판적 섭취의 방법과 일본적 변개(變改)의 구체적인 사례를 알게 될 것이다.

본고에서는 자료로서 세 종류의 서적 목록을 선택하였는데 중국의 정통적인 사부(四部) 분류와 유목(類目)의 배열에 대해, 이들 서적 목록은 어떤 분류를 하고 있는가를 파악하고 일본의 한적 수용의 일면을 찾아보고자 한다.

여기서 선택한 목록은 이런 목적을 완수할 수 있는 필요조건을 갖추고 있지 않으면 안 된다. 간단히 말해 서명이 '이로하(いろは)' 배열이라던가, 국서(國書)도 섞여 있는 단순한 수납순(受納順)이라던가, 상자순의 목록에 의한 것이라면, 한적에 대한 당시의 인식을 깊이 있게 탐색하기 힘들다. 적어도 한적의 목록이며 동시에 어떠한 분류 의식이 표현된 목록이어야 한다.

세 종류의 목록은 이런 목적에 적합한 동시에 각각 흥미로운 특징이 있다. 다만 이 세 종류 이외에, 구(舊) 나베시마 번 관계의 한적 목록 가운데 유사한 경향을 보이는 것이 있지만 번잡함을 피하기 위해 본고에서는 다음 세 종류로 집약하여 검토하고자 한다.

(1) 오기번(小城藩)[6] 『흥양관소장목록(興讓館所藏目錄)』의 경우(자료3 에도기 한적목록의 분류 ① 참조)

먼저 오기번 문고 구장서에 관한 목록은, 문고 중의 고문서에도 몇 개의 목록이 있지만 본고에서는 내각문고 소장의 『흥양관소장목록 하(興讓館所藏目錄 下)』를 사용하고자 한다. 전부 660점의 한적이 망라 되어 있는데, 기술이 잡다하게 된 것처럼 보이기도 하지만 실제는 개 요가 잘 된 분류라고 할 수 있기 때문이다. 본 목록은 1872년 국가 의 조사에 응해 제출한 것으로, 말미에 '이상 지금 소장하고 있는 도 서 조사를 제출합니다. 전 오기현(明治五年/壬申二月/元小城縣)'이라고 내무성의 원고지에 작성되어 있다. 아마 구번(舊藩) 학교 조사에 응해 제출한 것이 아닐까 하지만, 『일본교육사자료』에 이 기록은 없다.

전체는 1책이며 제목은 『흥양관소장목록 하(興讓館所藏目錄 下)』라 고 되어 있다. 모두(冒頭)에 '전 오기현/흥양관소장목록/국전지부(元 小城縣/興讓館所藏目錄/國典之部)'라고 적혀 있는데 이 부분은 10정표(丁 表) 1행(行)까지이다. 다음은 '도서지부(圖書之部)'로 3행에서 6행, 다

---

6 佐賀藩의 鍋島家는 竜造寺家에서 家系簒奪의 実行 支配를 강화하기 위해 이른바 三 支藩이라고 하는, 小城·蓮池·鹿島, 세 개의 支藩을 만들고 竜造寺一門을 약화시키기 위해 명예직인 家臣團을 조직하였다. 鍋島元茂는 佐賀初代藩主 鍋島勝茂의 庶長男 이었지만 생모 때문에 적장의 자리를 二男인 光茂에게 물려주었다. 元茂는 祖父인 鍋 島直茂에게서 길러졌고 祖父 直茂의 隠居領을 기초로, 아버지 勝茂에게서 받은 分知 를 합해 小城藩을 세웠다.

음은 '양적지부(洋籍之部)'로 8행에서 14정리(丁裏) 4행, 다음은 '도서지부'로 6행, 이하 '한적지부(漢籍之部)'는 8행에서 47정표(丁表) 8행, 다음 '도서지부'는 10행에서 리(裏) 8행에 이른다. 반정(半丁) 10행으로 각행 상부에 서적명이, 하부에는 페이지가 있다. 곳곳에 부족수(不足數), 당본(唐本), 기본(奇本) 등이 기입되어 있다. 제목이 '하편'인 점으로 보아 전체 책 수를 알 수 있고, 상책에서는 서적 이외의 집기(什器) 등도 일람(一覽)하여 보고하였을 가능성이 있다. 메이지 초기부터 현재에 이르는 동안, 약 반수 가까이 손실된 듯하다.

각부마다 서명만이 나열되어 있고 분류도 항목도 세워지지 않았지만, 전체의 서적 배열을 개관만 해보면 한적은 대략 사부(四部)의 순으로 배열되어 있다는 것을 알 수 있다. 다만 경사자집(經史子集)의 구분은 일체 없고 부지불식간에 별도의 부로 옮겨지는 곳도 있기 때문에, 주의해서 보아야 한다.

우선, 모두에 『십삼경주소(十三經注疏)』 2점을 배치하였고, 이어 『사서대전(四書大全)』이하 사서(四書)류가 40점(내구경(內九經) 관계 1점이 섞여 있음), 『효경(孝經)』 관계 3점, 『역경(易經)』 관계 17점, 『시경(詩經)』 관계 10점, 『서경(書經)』 관계 19점, 예(禮) 관계 13점, 『춘추(春秋)』 관계 6점, 오경(五經) 관계 3점, 『성리대전(性理大全)』이하 송학 관계 35점(안에 『경전석문(經典釋文)』이 섞여 있음), 『춘추좌씨전(春秋左氏傳)』 관계 33점까지 대략 경부(經部)의 서적을 열거하였다. 이상, 14정리(丁裏) 7행부터 23정리(丁裏) 10행까지로 전체가 183점이다.

모두(冒頭)에 주소(注疏)를 놓는 것은 흔히 있는데, 이는 경학 문헌을 망라하고자 해서이다. 다음으로 사서류(四書類)를, 이어서 효경을 둔 것은 정통적인 '사부분류'와는 다른 분류법이다. 『사고전서총목』은 일반적으로 경서 내용이 오래된 것을 기준으로, 역(易)·서(書)·시

(詩)·예(禮)·춘추(春秋)를, 그리고 그 다음에 효경(孝經)·오경총의(五經總義)·사서(四書)·악(樂)·소학(小學)을 차례로 하였다.7 이하의 글에서는 이 분류를 중국의 정통분류법 '사고분류(四庫分類)'라고 칭하겠다.

『흥양관소장목록(興讓館所藏目錄)』에서 오경(五經) 앞에 사서(四書)와 효경을 둔 것은, 문헌의 내실보다는 초학자와 관련이 있던 번교의 교육과정과 학생의 인지도, 혹은 본 목록을 편집한 이의 한학 이해도를 반영한 결과라고 하겠다.

오경(五經) 부분은 역(易)·시(詩)·서(書)·예(禮)·춘추(春秋)의 순으로 되어 있는데 '사고분류'의 목록과 다를 뿐만 아니라 육경에 대한 제가의 설, 예를 들면『장자(莊子)』「천운(天運)」편에서는 '시·서·예·악·춘추'로 하고,『한서(漢書)』「무제기(武帝紀)」주(注)에서는 '역·시·서·춘추·예·악'으로 하며,『예기(禮記)』「경해(經解)」에서는 '시·서·악·역·예·춘추'로 하고 있지만,『흥양관소장목록(興讓館所藏目錄)』은 어느 것 하고도 일치하지 않는다. 이 목록은 다소 엉성하게 편집된 것 같다.

비록 오경의 위치가 문제되지 않는다고 하더라도 이하 송유(宋儒) 관계서는 30점 이상이 열거되어 있고, 그 다음으로『춘추좌씨전(春秋左氏傳)』이 있는 것은 문제이다. 우선, 사고분류에서는 성리 문헌은 자부(子部) 유가류(儒家類)에 배치되어 있다. 그런데 이 목록에서는 오경 다음에 자리하고 있다. 본 목록이 사고분류를 무시하고 있다는 증거이다.

---

7 본고에서는 정통한 사부분류 샘플로『四庫全書總目』의 분류를 참고하였는데, 이것은 분류목록의 매우 오래된 전통 가운데서도 정점이 되는 목록이라고 생각했기 때문이다. 일부『四庫全書總目』성립 이전의 목록에 대해서도 이 기준에 의한 비교를 해보았는데, 기준의 변동을 피하기 위한 조치였다고 이해해주시기 바란다.

성리 문헌 다음으로 좌씨전 관련 서적이 배열된 것은, 둘 다 경부라고 인식해서이다. 『춘추좌씨전』을 춘추류에 넣지 않고 여기에 배치한 것은 당연히 문제가 된다. 그리고 좌씨전 뒤에 『춘추외전(春秋外傳)』『국어』를 배치하고, 이어서 『전국책』을 배치하여 사부(史部) 정사(正史)의 연장선에서 이해하려한 의도도 문제가 된다. 즉 성리 문헌은 번학이 정통으로 여긴 주자학 관계서로 경부에 들어갔는데 거기엔 사서와 효경을 오경보다도 상위에 두고자 한 의도와 관념이 있었기 때문이다. 그 다음에 『춘추좌씨전』을 위치시킨 것은, 경부의 계승과 사부(史部) 정사(正史)를 잇게 하고자 해서이다. 즉, 사학(史學)으로 완만하게 이행하고자 한 취지로 인해 이렇게 배치된 것이다. 이는 당시 한학(漢學)과 번교 교육에서 『춘추좌씨전』을 경학 문헌이며 사학 문헌으로 사용한 실태를 반영한 것이라고 볼 수 있다.

다음은 사부(史部)로, 항목은 별도의 표제가 없다(이하 마찬가지이다). 정사는 48점이고 그 다음에 편년(編年) 관계는 26점, 기사본말(紀事本末) 1점, 별사(別史) 3점, 잡사(雜史) 2점, 편년(編年)·재기(載記) 등 잡편(雜編)이 9점이다. 이상 24정표(丁表) 1행부터 28정표(丁表) 9행까지로, 합하여 보면 89점이다.

정사류 가운데 명남감본(明南監本)과 화각본(和刻本) 『사기(史記)』·『한서(漢書)』가 54%, 편년(編年) 29%로 이들의 비중이 높다. 사부는 다른 것보다 섞여 있는 것도 적고, 특기할 만한 사항은 없다.

다음은 자부(子部)이다. 이 부분은 상당히 혼란스럽다. '사고분류'를 보면 자부(子部)에는, 유가(儒家)·병가(兵家)·법가(法家)·농가(農家)·의가(醫家)·천문산법(天文算法)·술수(術數)·예술(藝術)·보록(譜錄)·잡가(雜家)·유서(類書)·소설가(小說家)·석가(釋家)·도가(道家)가 있다.

본 목록의 모두(冒頭)에는 유가류 8점, 도가류 12점, 순자(荀子)·열자(列子)·관자(管子)·묵자(墨子)·한비자(韓非子) 등 잡다한 제자(諸子)가 이어져 있다. 다시 유가·도가로 돌아가서 보면, 성리(性理) 관련서 몇 점이 병가류에 수록되어 있고 이를 포함하여 병가류는 모두 13점이 된다. 여기까지가 이것 저것이 섞여 있는 제자류이다.

다음은 사부(史部) 정서(政書)·사초(史鈔)·전기(傳記) 등에도 속하지만 천문산법류에, 다시 사부 정서류·자부 유서류·경부 소학류(字書 중심)에도 들어가지만 의학류가 된 것이 30점이다. 이상을 보면, 일단은 유목(類目)에 따라 분류하려는 의도는 있었지만, 서적 내용의 잡다함으로 인해 분류하기 어려웠던 듯하다.

예를 들어 『명장보(名將譜)』와 같은 것은 자부(子部) 병가류가, 『성무기(聖武記)』는 사부(史部) 기사본말류가 된 것은 본래부터 그랬던 것일까. 『성무기』는 내용상 군사적 기록으로, 『명장보』와 맥락이 통하지 않는다고 할 수는 없지만, 『역대군감(歷代君鑑)』과 『제범(帝範)』 등 일반 전기류의 맥락과 다르다고 할 수도 없다. 본 목록이 이렇게까지 무리하게 해석한 점은 있지만, 이는 분류가 애매한 자료들이 섞여 있더라도 그래도 끝내 분류를 하고야 말겠다는 의지에서 비롯된 것은 아닐까.

자부(子部)가 이렇게 혼란스러운 것은, 경부(經部) 편집에서 보인 확신적인 태도와 비교해 볼 때 상당히 초보적인 이해도에 원인이 있다고 할 수 있다. 그러나 경학(經學)과 제자학(諸子學)이 일반에 침투한 정도와 이해의 수준이 차이가 있는 데서 기인한 것일 수도 있다. 자부류의 문제에는 이와 같은 시대 상황이 반영되어 있는 듯하다. 28정표 10행에서 38정리 6행까지 총수는 207점이다.

집부(集部)에 관해 '사고분류'는 초사(楚辭)·별집(別集)·총집(總

集)·시문평(詩文評)·사곡(詞曲)의 순이지만, 본 목록은 총집을 별집 앞에 두고, 문집을 시집 앞에 두었다. 이외에 자부(子部) 유서(類書), 경부(經部) 소학(小學) 등은 시문과의 연관으로 인해 자부(子部) 유목처럼 다소 혼재되어 있는 부분이 있다.

우선, 모두에 『문선(文選)』 관련서가 13점, 이어서 육조(六朝) 관계 별집(別集)과 당송(唐宋) 관계 별집, 문장궤범(文章軌範)이 7점, 송명청의 별집 24점, 척독(尺牘) 관계 3점, 시문해독을 위한 사서(辭書)와 『서언고사대전(書言故事大全)』 등 시문계(詩文系) 유서(類書)가 10점, 『고문진보(古文眞寶)』, 『삼체시(三體詩)』, 『당시선(唐詩選)』 등이 약 20점, 당대(唐代) 별집이 12점, 그리고 송(宋)·원(元)·명(明)·청(淸) 시집(詩集)이 이어지고, 마지막에는 다시 유서(類書), 경부소학(經部小學: 韻書)이 있다. 38정리(丁裏) 7행에서 46정표(丁表) 8행까지, 총 172점이다.

집부가 자부(子部) 유목(類目)처럼 다소 유사성을 띠며 혼재되어 있는 이유는 다음과 같다. 상기의 시 별집에 『원기활법(圓機活法)』·『시학대성(詩學大成)』과 같이 시에 관한 유서와 『태평어람(太平御覽)』·『연감류함(淵鑑類函)』 등과 같은 유서가 더해지고, 운학관련 유서인 『패문운부(佩文韻府)』와 『고금운회거선(古今韻會擧選)』 등까지 넣었던 데에 원인이 있다.

마지막으로, 도서지부(圖書之部)는 총 9점이다. 도서지부는 국전(國典)·양적(洋籍)에도 속하지만 여기서는 한적 가운데 도상으로 된 것을 가리킨다. 사고분류에서는, 자부(子部) 예술류(藝術類)는 물론 사부(史部) 지리류(地理類)와 전기류(傳記類)에 배치된 것도 포함하고 있다.

본 목록이 외부의 요청 때문에 편찬되었다는 것은 오서(奧書)와 원고전(原稿箋)의 판심(版心)에 잘 밝혀져 있다. 그러나 기일 내 제출해야 했기 때문인지 급하게 편찬된 것 같다. 그리고 다소 사고분류를 숙지하고 있던 편찬자가 경부의 배치 문제를 포함하여 의도적으로 배치를 전환하였던 것 같다. 특히 경부에서는 사서(四書), 효경(孝經) 을 역경(易經) 앞에 두고 성리 문헌을 좌전(左傳)과 역사서 앞에 배치 시킨 것 등을 보면 편찬자는 사서와 효경을 경학 문헌보다도 중시하 고 성리 문헌의 일부를 경부에 포함시켰으며, 어떤 때에는 경과 비슷 한 것까지 아울렀다. 이는 당시 학문의 체질이나 주자학(朱子學)·송 학(宋學)을 중시하던 경향을 반영한 것이다.

사(史)·자(子)·집(集) 각부에서는 경부와 같은 명확한 편집 의도를 알 수 없다. 그러나 자부의 혼란한 상황과 집부가 다른 부로 확대되 는 경향은 주목할 필요가 있다. 경부도 해당되는 이 경향은 다른 목 록의 내용과 비교하여 밝힐 필요가 있다. 사부의 비율은 정확하지는 않지만 대개 경:사:자:집이 18:9:21:17이 된다.

(2) 하스노이케 번(蓮池藩) 『명금당비장경적보(鳴琴堂秘藏經籍譜)』의 경우(자료3 동② 참조)

하스노이케(蓮池) 문고(文庫) 구장서에 관해서는 『명금당비장경적 보(鳴琴堂秘藏經籍譜)』를 자료로 한다. 하스노이케(蓮池) 문고에는 이외 에 『명금당속장서목록(鳴琴堂續藏書目錄)』·『구목록(舊目錄)』 등이 있지 만 상자 번호에 의한 분류, 혹은 국서와 섞여 있는 등의 문제로 인해 단순 비교가 곤란하기 때문에 본고에서는 『명금당비장경적보(鳴琴堂 秘藏經籍譜)』만을 중심으로 검토해 보고자 한다. 명금당(鳴琴堂)은 하 스노이케 번 제8대 번주인 나베시마 나오토모(鍋島直與)[8]의 호(號)이

---

8 鍋島直與(1798-1864): 肥前 蓮池藩의 第8代 藩主로, 서화·시가에 뛰어났으며 다수

다. 본 목록에 명금당(鳴琴堂)이라고 이름이 붙은 것으로 보아 나베시마 나오토모가 소장하고 있던 한적 목록이었던 것 같다.

나베시마는 1864년 사망하였는데, 이 날을 본 목록이 작성된 하한선으로 추정할 수 있다. 번주 나베시마의 사적(事蹟)은 많이 칭송되고 더불어 현양되고 있다. 그리고 문화적으로도 뛰어난 식견을 가지고 있었던 만큼『명금당고(鳴琴堂稿)』(한시 문집)·『심계유엽집(深溪遺葉集)』(일본 시집)·『천사공경자선(天賜公卿自選)』(米芾詩文集)·『천사원서화기(天賜園書畵記)』등의 저작도 남기고 있다. 본 목록에는 별도로 2인의 보기(補記)가 있지만 본 연구에서는 원본에 기재된 수치를 따른다. 각 부의 점수는 자료3의 ②를 참조하길 바란다.

위와 같은 인물의 장서여서인지 매우 정통적인 분류 목록을 따른다. 송학 관계를 경부에 배치하지 않고, 자부 유가류에 넣은 것은 정통적인 방법으로, 상당히 사부 분류에 해박했던 인물이 작성한 목록이라고 할 수 있다. 그렇지만『사부전서총목(四部全書總目)』만이 아니라『신당서(新唐書)』예문지(藝文志)(이하『신당지(新唐志)』), 혹은『송사(宋史)』예문지(이하『송지(宋志)』),『문헌통고(文獻通考)』경적부(이하『통고(通考)』)와 유사한 분류법을 채용하고 있기도 있다. 사부(史部)에 고사류(故事類)를 놓고 그 다음에 정서(政書) 문헌을 배치하였고, 집부(集部)에 문사류(文史類)를 넣고 그 뒤에 시문평(詩文評) 문헌을 배치한 것은 이상의 분류법과 유사한 방법이다. 매우 수준이 높은 목록학 전문가가 있었던 것은 아닐까 한다.

경부에서, 춘추류를 예악류 앞에 두고 총경류(總經類)를 사서류 뒤에 배치한 것은 사고 분류와 다른 분류이지만, 총경류의 위치는『송

의 저작을 남겼다. 저서로『鍋島直与歌集』,『鍋島直与長歌集』등이 있다.【역자 주】

지(宋志)』와 일치하고 있다. 춘추를 예악의 앞에 두는 목록은 아직까지 본 적이 없다. 단순한 오류일지 모른다.[9] 『송지(宋志)』 경부의 유목(類目)은 '역(易)·서(書)·시(詩)·예(禮)·악(樂)·춘추(春秋)·효경(孝經)·논어(論語)·경해(經解)·소학(小學)의 순이다. 『신당지(新唐志)』도 논어의 뒤에 참위(讖緯)를 놓고, 『통고(通考)』는 효경을 두었지만, 나머지 위치는 『송지(宋志)』와 동일하다. 이를테면 논어류는 후에 사서류로, 경해류(經解類)는 후에 총의류(總義類)가 된다. 소학류 중에 『역문전제(譯文筌蹄)』·『훈역시몽(訓譯示蒙)』·『조사역통(助辭譯通)』이 수록되어 있는데, 소학의 의미로서는 온당하지만 한적에 대한 인식에는 문제가 있는 듯하다.

사부(史部)는 정사(正史)·편년(編年)·잡사(雜史)·전기(傳記)·사평(史評)·고사(故事)·지리(地理) 7개로 분류하였다. 이 유목은 모두 『신당지(新唐志)』·『송지(宋志)』·『통고(通考)』에서 보이는 것으로 대조해 보면 다음과 같다.

『신당지(新唐志)』

정사(正史)·편년(編年)·위사(僞史)·잡사(雜史)·기거주(起居注)·고사(故事)·직관(職官)·잡전기(雜傳記)·의주(儀注)·형법(刑法)·목록(目錄)·보첩(譜牒)·지리(地理) (6종 공통)

---

9 『춘추』 뒤에 『예』를 놓는 것은 에도기 서가에서 간행된 五經에서는 흔히 나타나는 현상이다. 아마 각 경서의 양적 밸런스를 고려한 출판사의 의도에 기인한 것 같다. 여기서도 이를 의식했을 수 있다.

『송지(宋志)』

정사(正史)·편년(編年)·별사(別史)·사초(史鈔)·고사(故事)·직관(職官)·전기(傳記)·의주(儀注)·형법(刑法)·목록(目錄)·보첩(譜牒)·지리(地理)·패사(霸史) (5종 공통)

『통고(通考)』

정사(正史)·편년(編年)·기거주(起居注)·잡사(雜史)·전기(傳記)·위사패사(偽史霸史)·사평사초(史評史鈔)·고사(故事)·직관(職官)·형법(刑法)·지리(地理)·시령(時令)·보첩(譜牒)·목록(目錄) (7종 공통)

이 가운데 모든 항목을 공유하고 있는 것은『통고(通考)』이다. 사평(史評)은 멀리『군재독서지(郡齋讀書志)』[10]부터 시작하여『통고(通考)』또는 사고분류에도 보이는 것이다. 전체적으로 편자는 본 목록 작성에『통고(通考)』를 참조하였던 것 같다. 다만 사고 분류의 사평류와 공통되는 것은『섭사수필(涉史隨筆)』·『독사음평(讀史吟評)』2점뿐이다.『비국어(非國語)』·『양한간오보유(兩漢刊誤補遺)』·『이십이사차기(二十二史箚記)』등은 편자의 판단에 따라 배치한 것이며, 이 밖의 유목에 기재된 문헌의 위치는 반드시『예문지』나 사고 분류와 일치하지 않는 것이 많다. 예를 들면『문헌통고』1점을 위해 고사류를 둔 것,『국어(國語)』·『전국책(戰國策)』·『오월춘추(吳越春秋)』등을 잡사류에 배치한 것,『목천자전(穆天自傳)』·『신선전(神仙傳)』을 전기류에 넣

---

10 『郡齋讀書志』는 南宋 시대 晁公武가 편찬한 私撰 圖書解題目錄이다. 陳振孫이 찬한『直齋書錄解題』와 더불어 南宋代까지의 서적 유통 및 전파 상황을 알려주는 귀중한 자료이다.【역자 주】

은 것 등은 사고 분류와는 달리, 편자가 내용을 기준으로 배치한 것으로 보인다. 즉 분류 항목은 기존의 사서(史書)에 준하였지만 분류 자체는 자유롭게 개변하였던 것 같다.

　자부는, 제자·유가·잡가·소설가·병가·의가·예술가·유서의 8개로 분류되어 있다. 모두(冒頭)에 제자류를 두고 병가·법가와 유가·잡가의 일부를 총괄한 것은 임기응변으로 미량의 문헌을 일괄하려 한 의도인 것 같다. 그렇지 않다면 하스노이케 문고에 많이 있는 총서에서 영향을 받아 '제자총서' 같은 것을 편집하려고 했던 것일까. 이 중에는 본래 유가에 수록되던 『순자(荀子)』·『법언(法言)』·『설원(說苑)』·『신서(新書)』 등도 들어 있다.

　한편으론 유가류도 두었는데, 여기에는 『태극도설(太極圖說)』·『이정전서(二程全書)』·『성리대전(性理大全)』과 같은 송학(宋學) 계열의 문헌만이 망라되어 있다. 즉 유학이라는 항목은 오직 송학만을 위해 설치된 것이다. 경학과 송학 이외의 비정통적 사상서는 항목을 두지 않고 제자로 일괄하였던 것 같다. 잡가 이하의 여섯 목록은 사상서보다는 잡편(雜編), 기술(技術), 사전(事典)이었다. 오기 번(小城藩) 문고의 송학 문헌 취급 방법과 더불어 고려해 보면, 이와 같은 현상은 근세 일본에서 한적을 취급한 독자적 방식이라고 할 수 있다.

　집부의 분류는 적은데, 별집·총집·문사(文史) 세 가지뿐이다. 『신당지(新唐志)』는 초사(楚辭)·별집·총집으로 나누었고, 『송지(宋志)』는 여기에 문사(文史)를 더해 네 가지로 하였다. 문사(文史)의 유목은, 『숭문총목(崇文總目)』에도 보이고, 『통고(通考)』와 『명사(明史)』 예문지에도 있는데, 내용상 시문평류(詩文評類)에 해당하는 것들이다. 본 목록에서는 초사류를 두지는 않았지만 초사류 관계서가 없는 것은 아니다. 『왕주초사(王註楚辭)』·『이소집전(離騷集傳)』·『이소초목소(離騷

草木疎)』3점이 총집류에 있다. 초사의 찬자가 복수여서 그런 것 같다. 별집류는 모두에『육선공전집(陸宣公全集)』·『한창려집(韓昌黎集)』과 같은 개인 전집을 두었고, 이어『주자전집(朱子全集)』·『소노천문초(蘇老川文鈔)』와 같은 문집,『분류보주이태백시(分類補註李太白詩)』·『주죽타시초(朱竹垞詩鈔)』 등의 시집을 차례대로 배치하였다. 문집(文集)이 시집(詩集)보다 우선한 것은 오기 번 문고와 같다. 말미에『고산유고(孤山遺稿)』(內海孤山)·『시성당집이편(詩聖堂集二編)』(大窪詩佛)·『명금당시문고(鳴琴堂詩文稿)』(鍋島直與) 3점이 있는데, 한시문이어서 한적에서 다룬 것인지는 모르겠지만 국서가 한적 목록에 혼입(混入)된 것은 타당하지가 않다. 별도의 보기(補記)는 이보다 더 심하게 18점의 국서가 열거되고 있다. 당시에는 일본인이 지은 한시문을 한적으로 취급하는 것이 일반적이었기 때문에 이와 같은 견해도 존중받을 필요는 있다. 이에 관해서는 다른 목록과 더불어 검토되어야할 것이다.

이상의 검토를 통해,『명금당비장경적보(鳴琴堂秘藏經籍譜)』는 상당한 문헌학적 지식이 있는 편집자가 만들었고,『신당지(新唐志)』·『송지(宋志)』·『통고(通考)』를 참고문헌으로 했다는 것을 알 수 있었다.[11] 그리고 목록도 편집자의 독자적 견해를 따라 자유롭게 배열하였다는 것도 밝혔다. 송학 관련 문헌은 오기 번 문고와 다른 방법으로 특화되었다는 것과 집부는 오기 번 문고처럼 문집이 시집보다 우선시되고 있다는 것이 이 목록의 특징이라고 하겠다. 그리고 한적 중에 국서인 한시문과 사서류가 혼입되어 있는 사례가 있는데 이는 한적에

---

11 『鳴琴堂秘藏經籍譜』에는『宋史』에 대한 기록이 없고, 편자가 이것을 참조했을 가능성도 낮다. 다만, 다른 문고의 문헌을 열람하거나 대출한 기록이 있기에 완전히 그런 일이 없었다고 할 수는 없다. 본번과 小城藩에서 당시『宋史』를 소장하고 있던 기록이 있다.

대한 인식의 문제라고 생각된다. 이에 대해서는 추후의 연구과제로 삼는다.

본 목록에 기재된 한적은, 『명금당비장경적보(鳴琴堂秘藏經籍譜)』의 기록을 보면 635점이다. 사부의 비율은 21:11:24:7이다. 본 목록의 말미에 '墨本雖屬書藝, 古來編目未嘗置于經史子集中. 別自爲一類. 今亦從是'라고 되어 있고, 『순화첩(淳化帖)』부터 『의인유방(義人遺芳)』까지 11점을 기록하고 있다. 이것을 예술류에 넣어 계산해 보면 자부(子部)는 248점으로 비율은 25가 된다.

(3) 본번(本藩)『예휘각경적지(藝暉閣經籍志)』의 경우(자료3 동③ 참조)

본번 구장서인 한적에 관해, 현존 문헌으로는 번정기의 실태를 알 수 없다. 본번 구장서 한적에 대해 기록한 것으로 나베시마 문고의 고문서 가운데『예휘각경적지(藝暉閣經籍志)』라고 하는 목록이 있는데 이것은 대량의 한적을 독특한 분류 방식으로 기록하고 있다. 편자는 아마도 사부 분류를 잘 알고 있었지만 의도적으로 편성을 바꾼 것 같다. 그 밖에 한적을 저록(著錄)한 목록은 있지만 대개가 국서가 혼재되어 있거나 아니면 상자 순으로 되어 있다. 그 중에 대량의 한적을 저록(著錄)한 것으로『귀환성당어장본(鬼丸聖堂御藏本)』이 있지만 이로 하 순서로 된 목록이다. 이런 이유로 본 연구를 위해서는 『예휘각경적지(藝暉閣經籍志)』보다 나은 자료는 없다고 생각된다.

예휘각(藝暉閣)은 이름부터가 한학의 소양이 있는 것처럼 보인다. 제3대 번주 나베시마 쓰나시게(鍋島綱茂) 때에 '관이장(觀頤莊)'이라는 별장(후에 '서쪽의 차실'이라고 불렸다)을 세우고 별장 한쪽에 공자묘를 두었다(후에 귀환성당(鬼丸聖堂)이 되었다). 여기에 부속으로 한적(漢籍)

창고인 예휘각(藝暉閣)이 있었다. 일본서(和書) 창고는 수택부(隨擇府)라고 하였다.

'관이(觀頤)'는 역경(易經) 이괘(頤卦)의 괘사에 '頤, 貞吉, 觀頤, 自求口實', 단전(彖傳)에 '觀頤, 觀其所養也. 自求口實, 觀其自養也. 天地養萬物, 聖人養賢以及萬民'이라고 한 데에서 왔다. '예휘(藝暉)'는 벌레를 없애는 향초로 이것을 벽에 바르면 종이벌레와 나무벌레 등을 없앨 수 있다고 한다. 『서언고사(書言故事)』에는 '藏書以藝草辟蠹'라고 하였다. '수택(隨擇)'은 『고금화가집』의 서(序)에 '所以隨民之欲, 擇士之才也'라고 한 데서 가져 왔다.

귀환성당(鬼丸聖堂)은 당시 번사를 교육하던 곳이었지만 후에 홍도관(弘道館)이 설립되자 학교의 기능을 잃게 되었다. '서쪽의 차실'은 제4대 번주 나베시마 요시시게(鍋島吉茂) 때에 완전히 해체되었다고 한다(堤主禮의 「우중내등기(雨中酒登記)」에 보인다). 나베시마 츠나시게(鍋島綱茂)가 지은 「관이장기(觀頤莊記)」에는 대규모라고 하였지만 실제 그것이 완성되었는지는 의심된다. 화서고(和書庫)는 '수택부(隨擇府)'라고 칭하였지만 현존의 『예휘각경적지』에는 화서도 수록되어 있는데, 이로 보아 수택부는 미완성이었을 수도 있다.

본 목록이 성립된 것은, 나베시마 쓰나시게가 사망하기 직전 에도의 하야시(林) 가문에 헌상한 서적 6점에 대해, 본 목록 말미에 '林家江御遺物'이라고 한 기록이 있는 것으로 보아, 나베시마 쓰나시게가 사망한 1706년까지 소급해 볼 수 있다. 하한은 나베시마 요시시게가 관이장을 없앴던 때가 아닐까 한다. 이 목록은 나베시마 요시시게는 1730년 사망하였기에 나베시마 쓰나시게 사망부터 나베시마 요시시게 사망에 이르는 약 20여 년간에 성립되었을 가능성이 있다. 본고에서 다루는 목록 가운데 가장 오래된 것이다. 각 부의 상자 번호와 책

수, 간단한 해설은 자료3의 ③을 참조하기 바란다.

분류는 크게 사고 분류에 준하여 이루어졌지만 대담한 개변이 있었다. 경서(經書)·사서(史書)·사류(事類)·자서(字書)·잡서(雜書)·시문(詩文)·의서(醫書)·병서(兵書)·도서(道書)·불서(佛書)·은구서수(銀鉤書藪) 등 11개로 분류하고 각각 1번부터 상자 번호를 붙였다(자료3의 ④를 참조).

자부는 '자부'라는 표제는 없지만 그에 상응하는 사류·잡서가 있다. 의서·병서·도서·불서도 같은 차원에서 별도로 두고 있다. 의서·병서를 독립시키는 방식은 『한서』 예문지까지 소급해 볼 수 있다. 도교·불교 등을 별도로 한 것은 남조(南朝) 송(宋)의 왕검(王儉)이 지은 『칠지(七志)』, 남조 양(梁)의 완효서(阮孝緒)가 지은 『칠록(七錄)』까지 거슬러 올라갈 수 있다. 자서(字書)를 별도로 두었는데 이것은 경부(經部) 소학류와 자부(子部) 예술류의 서화를 합하려고 한 것이다. 소학류에 예술계의 문헌을 합한 것은 옛날식의 분류법이다.[12] 말미에 '은구서수'라고 하고 전각(篆刻) 관련서를 별도로 둔 것도 특수한 의도가 있었기 때문인 듯하다.

경서부(經書部)의 내용을 보면, 모두(冒頭)에 『통지당경해(通志堂經解)』가 있고, 『십삼경주소(十三經注疏)』 2종(아마도 南監本과 嘉慶本인 듯하다)이 있으며, 『오경대전』부터 『성리대전휘요(性理大全彙要)』 등이 이어지고, 그 아래로 역·시·서·춘추·오경·총의가 혼재되어 있다. 이어서 사서류가 6상자로 나뉘어져 있고, 서·예·효경이 섞인 상자가 하나 있다. 그 다음에 사부(史部) 전기류·조령주의류(朝令奏議類)·자

---

12 『唐書』 예문지 경부 소학류에 書法筆墨文獻이 수록되어 있고, 『宋史』 예문지 경부 소학류에 書品筆法法帖 등이 실려 있다.

부(子部) 유가류·집부(集部) 별집이 있다. 다시 각 경과 그 밖의 것이 혼합된 것이 5상자이다. 이것으로 경서부는 끝이 난다.

경서에는 유목이 없다. 다만 경서부에 수록된 문헌의 종류를 보면, 편찬자가 경학 문헌이라는 것에 대한 인식이 있었다는 것은 부정할 수 없다. 이런 식견이라면 유목을 세울 수 있었을 것으로 보인다.

사·자·집부를 포함하고 있는 부분은, 사고 분류에서는 있을 수 없는 상황을 보여주고 있다. 사부 전기류에『공자궐리지(孔子闕里志)』·『공성전서(孔聖全書)』·『주자실기(朱子實記)』를 두었고, 조령주의류(朝令奏議類)에『주자주의(朱子奏議)』를 배치하였다. 자부 유가류에『공자가어(孔子家語)』·『성리대전(性理大全)』·『주자어략(朱子語略)』을, 집부 별집류에는『주자대전(朱子大全)』을 넣었다.

이는 당시 학교에서 근본적으로 중시한 유교 문헌과 그 뿌리가 되는 공자에 관한 것, 그리고 당시 막부 관학이었던 주자학파 문헌을 취합했기 때문이다. 사고 분류에서 말하는 경의 개념과는 차이가 많이 난다고 할 수 있지만 이 방법은 본 목록에서만 보이는 독특한 점이라고 할 수 있다. 이에 대해서는 결론에서 다시 언급하겠다.

사서(史書)에 관해서 상세한 구분이 확실한 것은 모두에 있는 십칠사(十七史)와 이십일사(二十一史)[13]뿐이고, 그 뒤로는 사부의 각 종류가 잡다하게 혼재되어 있어 분류가 명확하지 않다. 다만 유목이 섞여 있는 것은 본 목록의 다른 부(部)와도 공통된 현상이라고 하겠다. 사서에도 경서와 마찬가지로 다른 부에서 혼입되는 데에는 원칙이 있었던 것 같다. 집부(集部) 희곡소설류에는『삼국지연의(三國志演義)』를, 자부(子部) 유가류에서는『염철론(鹽鐵論)』·『경세대훈(經世大訓)』

---

13 아마도 汲古閣本과 南監本인 듯하다.

등을, 집부(集部) 총집류에서는 『고금여사(古今女史)』 등을 배치하는 등 사학(史學)과 상응하는 맥락은 인식하고 있었던 듯하다.

사류(事類)는 '유사한 사항'이란 뜻으로 유사 항목을 망라한 백과전서적인 문헌을 의미한다. 이 말을 분류 항목으로 한 예는 적은데 『구당서(舊唐書)』 경적지 자부에 '사류(事類)'가 있지만 본문 중 유목에는 '유사(類事)'라고 되어 있다. 『송사(宋史)』에도 유사가 있다. 둘 다 사고 분류의 '유서류(類書類)'에 해당하는 것으로 본 목록도 이에 해당한다.

모두에 『태평어람(太平御覽)』이 있고, 그 아래에 『삼재도회(三才圖會)』·『당류함(唐類函)』·『백공육첩(白孔六帖)』·『군서집사연해(群書集事淵海)』·『만보전서(萬寶全書)』·『대류대전(對類大全)』·『유서찬요(類書纂要)』·『사문유취한묵대전(事文類聚翰墨大全)』·『금수만화곡(錦繡萬花谷)』·『원기활법(圓機活法)』·『예문유취(藝文類聚)』 등의 대표적 유서들이 배열되어 있다. 다른 부(部)의 문헌 중에 유서(類書) 특유의 망라성을 띤 문헌이나 사례집(事例集)과 같은 것을 가져와 배치시켰는데[14] 사류로서의 통일성은 유서(類書)라는 방향에서 확보한 듯하다.

자서(字書)는 본래 경부 소학류에 해당하는 문헌이라고 할 수 있지만 여기서는 자부 예술류의 것까지 포함하여, '문자' 그 자체를 주역으로 한 새로운 부분을 만들었다. 서예 관계와 문자학이 합치되는 예에 대해서는 앞서 언급하였다. 여기서는 소학 관계서, 예술 관계서 및 기타 문헌의 양을 대비해 보고자 한다. 소학 관계는 62점, 예술 관계는 48점, 기타 54점으로 세 가지로 나누어 볼 수 있다.

---

14 『萬姓統譜』·『百家類纂』·『歷代臣鑑』·『農政全書』 등.

분류가 분명하지 않은 문헌 가운데[15] 문자 관련서는 16점, 운서 관련서는 10점으로, 둘 다 소학·예술 어느 것에나 해당된다. 분류가 분명한 문헌에도 서화·음운·문자 관련이 있기에 소학으로도 그리고 예술로도 판단할 수 있는 것도 있다. 그렇기 때문에 이 두 가지를 아울러 새로운 부(部)를 세울 필요가 있었던 것 같다.

잡서(雜書)는 모두(冒頭)에 총서잡총(叢書雜總) 4점으로『진체비서(津逮秘書)』·『백천학해(百川學海)』·『정독설부(正讀說郛)』·『흔상편(欣賞編)』이 열거되어 있지만, 그 뒤로는 섞여 있다. 역시나 경부 문헌은 극소수이고 기타의 것은 제각각이며 맥락도 분명하지 않다. 그래서 잡서에 잡(雜)이 붙은 것 같다.

본 목록의 성립은『사고전서총목』의 성립 전이다. 그러나 비교 기준인 사고 분류의 유목과 본 목록의 잡서(雜書)에 배열된 서적의 수를 일람해 보고자 한다. 사고 분류에는 없지만 유목이 된 것은 괄호에 넣어 표시하였다.

> 경부 예3, 악1, 소학5, 전9
> 사부 전기3, 사초2, 지리6, 목록1, 사평1, 전13
> 자부 농가1, 의가1, 술수10, 예술15, 보록11, 잡가18, 유서7, 소설가8
> 도가2, 전73
> 집부 총집1, 사곡5, (희곡소설)4, 전10
> (총서) (잡총)6, (자총)1, 전7
> 불명 32

---

15 분류가 분명하지 못하다는 것은 현존하는 목록 중에 동명의 서적을 발견하지 못하였다는 의미로 차후 널리 찾아서 해결해야할 문제이다.

이를 비율로 환산해 보면 경부 6%, 사부 9%, 자부 51%, 집부 7%, 총서부 5%, 불명 22%가 된다(소수점 이하는 사사오입하였다. 이하 동일하다). 불명 부분이 각류에 배분될 수 있다는 점을 감안해 놓고 볼 때에도, 자부의 비율은 너무나 높다. 잡다한 것을 모은 부(部)여서 그런 것 같은데, 자부 잡가류 자체는 그런 것일지 모른다. 그렇기에 목록에서 보이는 잡서 전체의 방향은 자부 잡가류 계통으로서는 문제 없다고 생각된다. 거기에 하나의 특징을 더하면 자부 내부에 소위 사상적 내용을 가진, 특히 유가 혹은 법가 문헌이 없다는 것이다. 잡가로서 『묵가(墨家)』 1점만 있다는 것을 지적해 둔다.

'시문(詩文)'은 바로 시문(詩文)이며 다른 부류가 섞여 있는 경우는 거의 없다. 시문이라는 유목으로 분류되려면 명확한 특징이 있어야 했기 때문인가. 사고 분류에 해당하는 유목과 그 수를 일람해보자.

경부 소학1, 전1

사부 전기1, 지리2, 목록1, 사평1, 전5

자부 잡가3, 유서8, 전11

집부 별집79, 총집102, 시문평5, 사곡8, (척독)7, (희곡소설)1, 전202

(총서) (가총)1, 전1

불명 12

이를 비율로 환산하면 경부 0%, 사부 2%, 자부 5%, 집부 87%, 총서부 0%, 불명 5%가 된다. 집부 관계가 압도적으로 많으니, 시문은 집부라고 해도 좋을 것이다.

그 다음으로 의서·병서·도서·불서는 각각의 문헌으로 구성되어 있다. 말미에 '은구서수'는 전각, 고문자 관계를 수집한 것으로 16점이 있는데 인보(印譜)도 포함되어 있다. 원래대로라면 자부 예술류에 들어가야 했다.

본 목록의 분류 방법은, 오기 번과 하스노이케 번과 동일한 경향을 보이고 있다. 경부에 송학(宋學)을 배치하고 있다. 이것은 당시 학교에서 기본적으로 중시한 유교 문헌과 이것의 뿌리가 된 공자와 그와 관련된 것, 여기에 당시 하야시 라잔(林羅山)을 비롯하여 막부에 밀착해 있던 학파인 주자학 문헌을 수합하였기 때문인데, 사부 분류의 이념에서 '경'이라고 한 개념과는 매우 다르다고 하겠다.

본 목록의 성립 년대를 1735년 정도로 하려면 관정 이학(寬政異學)의 금(禁)(1790년)을 반세기 정도 거슬러 올라가야 하는 것인데, 막부 측에서 주자학을 후원한 것은 후기 정도인 것 같다. 본 목록에 나타나는 송학으로의 경사(傾斜)는 아마도 나베시마 쓰나시게 개인적 이유에 기인한 듯하다.[16]

나베시마 쓰나시게가 유학을 지향하였다는 것은 당시 쇼군인 도쿠가와 쓰게요시(德川綱吉) 앞에서 경서를 진강(進講)하였던 데에서 알 수 있다. 그리고 관이장에 성묘(聖廟)를 건립하는 것과 같은 후원도 하였다. 한편, 하야시 가문과 밀접하게 교류하면서 나베시마 쓰나시게는 송학에 경사되었던 것 같다.

본 목록의 분류법에 대해 또 한 가지 더 중요한 특징을 들어보면 이것은 자부를 말소시키는 현상이 있다는 것이다. 사부 분류는 경사

---

16 鍋島綱茂와 德川綱吉, 林씨 가문과의 관계에 대해서는 『綱茂公御年表』를 보면 1674년(延寶 2년) 林鳳岡에게 서재의 호를 의뢰한 것과, 1698(元祿 11년) 林鳳岡에게 서화의 발문을 의뢰한 것, 그리고 사후 大學頭 林榴岡, 林退省에게 唐本과 그의 유물을 보내던 것에서 알 수 있다. 그리고 1695년(元祿 8년)에 쇼군인 德川綱吉에게 진강하였다.

자집이라는 체계적 분류 구조에서 비롯된 것이다. 자부는 방법과 수단은 다르지만 경학의 누락된 것을 보충하고, 그것을 보익하는 것이다. 그런데 본 목록에서는 자부가 없고, 그 대신에 사류, 자서, 잡서가 있다. 사류(事類)는 자부 유서류에 불과하다. 자서(字書)는 소학까지도 포함하지만 예술 지향의 성격이 강한 자부 예술류(잡서(雜書)도 사상성이 결여된 잡다한 문헌이라고 한다면)와 자부(子部) 잡가류까지 포함할 수 있다.

사상성이 강한 유가 문헌은 경부(經部)에 편입시켰지만, 경부를 보익하는 자부는 사상성이 옅어졌기 때문에 자부를 없애고 그 대신 세 가지 부(사류, 자서, 잡서)를 세운 것은 아니었을까. '경사자집'의 형식적 구조는 그 의미대로 실천하면서, 고전적 분류를 따라 의서(醫書) 이하의 부목(部目)이 부가되었을 가능성이 있다. 편자가 이러한 분류 편찬을 한 것은, 『수서(隋書)』 경적지의 고분류와 사부(四部)의 내용을 이해하고는 있었지만, 당시의 실태를 반영하여 변경한 것이라고 해석할 수 있다. 이를 담당한 편자는 상당히 고도화된 전문성을 가진 사람이었던 것 같다.

의서(醫書) 이하를 제외하고 사부(四部)의 비율을 보면 경사자집 각 수치는 37:14:44:23이다. 전체 한적수는 의서 이하까지 포함하여 1279점이다.

4. 결론

번정기(藩政期) 나베시마 번(鍋島藩)의 한적 수용 실태에 대하여, 중국의 정통한 혹은 일반적인 한적 분류법과 비교하며 검토해 보았다.

이상에서 선택한 세 종류의 목록은 분류 항목에 의도가 있었던 것으로 그 성립 시대순은 다음과 같다.

『예휘각경적지(藝暉閣經籍志)』

本藩, 鍋島綱茂에서 吉茂 시대로, 寶永(1704-1710)에서 享保(1716-1735)년간.

『명금당비장경적보(鳴琴堂秘藏經籍譜)』

蓮池藩, 鍋島直興, 幕末 元治(1864년) 경.

『홍양관소장목록(興讓館所藏目錄)』

小城藩, 明治5年(1872).

각 목록의 특징에 대해서는 이미 서술하였지만, 총괄해 보면 송학에 경사하고 있다는 점이다. 이들 목록에서 '경학'이라고 하는 것은 당시 학교에서 기본적으로 중시했던 유교 문헌과 그 뿌리가 되는 공자, 그리고 당시 하야시 라잔을 비롯하여 막부에 밀착했던 주자학파와 관련된 문헌이다. 위의 목록은 『예휘각경적지』의 방향성을 체현(體現)하고 있으며, 사부 분류의 이념과는 매우 다르다고 할 수 있다. 이와 같은 현상은, 경학이라는 말에 들어 있는 '학문의 기본'이라는 관념에, 나베시마 번에서 행하였던 교육 실천이 더해진 데서 기인한다. 그리고 지번은 당연히 본번의 영향 하에 있으며 통제를 받고, 여기에 '관정(寬政) 이학(異學)의 금(禁)'과 같이 막부의 명령으로 그 방향성이 확정되었던 것도 원인의 하나였다. 『명금당비장경적보』는 사고 분류를 존중하면서, 송학 문헌을 자부 유가에 배치하였기에 별도로 제자(諸子) 유목(類目)을 만들어야 했다. 『홍양관소장목록』은 『예휘각경적지』의 방향성을 그대로 계승하였다.

중국의 사고 분류와 비교해 볼 때, 상기의 목록에서 13경의 비중이 높았건 송학의 비중이 높았건 간에, 위의 세 가지 분류는 일본적 혹은 나베시마적인 분류 관념에 의해 이루어진 것이라고 할 수 있다. 즉, 이들 목록은 중국만큼 사고 분류를 지키려고 하지는 않았다. 심지어『예휘각경적지』에서는 자부(子部)를 없애기도 하였다. 사상성이 강한 유교 문헌을 모두 경부에 편입하자, '경부를 사상적으로 보익하는 자부'라고 하는 의미는 열어졌기에 필요가 없다고 생각해서 자부를 없앴다고 하더라도, 사고 분류가 성립된 이래 장대한 역사를 가졌던 이 전통에 대해 목록 편찬자는 그다지 중시하지 않았던 것 같다. 『명금당비장경적보』의 제자류 창작도 같은 사례로 들 수 있다.

이는 하나의 공통된 특징과 관련이 있는 것 같다. 상기 목록에 기재된 한적수를 경사자집의 비율로 계산해 보면,

본번 29:11:43:18, 하스노이케 번 33:17:38:11, 오기 번 28:14:31:27

이처럼 에도기 수집 한적의 비율인 '고저고저(高低々々)'의 파형을 보여 주는데 이 결과는 현존하는 한적의 비율에서도 대략 동일하다.

사부 전체에선 예외도 있지만 대략 경부와 자부가 다수이며, 사부와 집부가 적은 것을 확실히 알 수 있다. 특히, 사부는 중국에서는 이념이었던 경을 실증하는 의미로 제2의 위치에 있었지만 일본에서는 이런 인식이 거의 없었던 것 같다. 이 비율만으로 결론을 내리는 것은 위험하지만, 송학을 경으로 삼고 자부를 없애버린 사례는 경의 이념을 실현이나 기술보다도 우선하고 있다는 인식을 보여주는 것은 아닐까. 이것이 나베시마씨의 통치 영역에서만이 아니라 당시 전국적인 경향이었다고 한다면, 이는 일본인 전체의 의식 문제이고 매우

중대한 사안이 될 것이다.

에도 막부의 장서는 어느 부(部)에도 대량의 문헌이 포함되어 있으며, 이 경향과는 다르지만, 시부에 젠센(澁江全善)·모리 다츠유키(森立之)의 『경적방고지(經籍訪古志)』에서는 경사자집의 비율이 거의 2:1:2:1이 된다고 하였다. 이들의 주장도 고저고저의 파형을 보이고 있다. 이와 관련하여 시마다 칸(島田翰)은 『벽송루장서원류고(皕宋樓藏書源流攷)』에서 '우리나라(일본)에 전해진 구본은 해외의 것과는 다르다. 경부는 완전하고, 자부는 선본이 많다. 결락된 것은 사부에 있고, 집부에는 송원의 유집이 있다. 예전에는 명경(明經)을 전문으로 하고 경술을 중시하였는데, 가마쿠라와 무로마치 시대에 불교에 대한 글이 많아졌고, 경부(經部)와 자부(子部)가 사부(史部)와 집부(集部)보다 많아지게 되었다. '라고 하였다.[17] 일본의 한적 수집은 고래에는 명경가와 불가와 관련이 있던 사상 문헌이 많았는데, 이것이 에도기 문고의 수집에도 영향을 미쳤는지에 대해서는 좀 더 연구를 해보아야 할 것이다. 이 책은 1907년 저술된 것인데 이미 『경적방고지(經籍訪古志)』에서도 송원판을 중시하였다는 설이 있다. 이는 주의해서 보아야 할 점이다. 어찌되었든 간에 한적 귀중본의 분류 비율과 나베시마 번 한적의 수장 경향이 유사하다는 것은 매우 흥미 있는 현상이지만, 지금은 이 이상의 것을 검토할 만한 자료를 갖고 있지 않다. 다른 번의 목록과 한학자 개인의 목록에 대한 분류, 또는 에도 시대 중국에서 수입된 한적의 분류에 대한 연구는 향후의 과제로 삼기로 한다.

본고는 2007년 11월 사가(佐賀) 대학의 강연을 바탕으로, 2008년 3월 대만(臺灣) 대학에서 있었던 제5회 일본한학국제학술연토회에서

---

17 島田翰, 『벽송루장서원류고(皕宋樓藏書源流攷)』, 上海古典文學出版社, 1957.

발표한 논문을 개정한 것이다. 당시 대북(臺北) 대학의 왕국양(王國良) 선생은 귀한 조언을 해주셨다. 개정에 많은 참고가 되었기에 다시 한 번 감사의 말씀을 드린다.

이노우에 스스무(井上進)의 『서림에서의 조망(書林の眺望)』「미에현 립도서관의 한적: 이노우에 문고(三重縣立圖書館の漢籍:井上文庫)」에[18] 일본 구장(舊藏) 한적의 '일반적인' 경향으로, 경부와 자부가 많고 사부와 집부가 적다고 하였다. 그리고 그 이유로, 보편성을 지닌 문헌을 중시하는 것에 비해 특수한 중국사는 학문적 필요성이 없어져서라고 언급하고 있는데, 묘하게 나베시마 번의 한적으로 실증할 수 있는 부분도 있지만 이노우에가 말하는 '일반적'이라고 하는 범위가 현상으로서의 한적이 아니라 당시 목록의 기재 분류로서 어떤 형태인지에 관해서는 검토를 좀 더 해야 하지 않을까 한다.

---

18 井上進, 『書林の眺望』, 平凡社, 2006, 143면.

資料3　江戸期漢籍目録における分類

3－①小城文庫の場合
◎明治五年『興讓館所藏目録　下』（内閣文庫藏・219-118）　無分類項目
　漢籍之部
　　・注疏・四書・孝經・易・詩・書・禮・春秋・五經・性理・左傳雜史→このあたり
　　　まで經部中心（14丁裏～23丁裏）
　　・正史・編年・紀事本末・別史・以下雜書および雜史書→史部書中心（24丁表～27
　　　丁表）
　　・孔子關係・諸子・性理關係・兵家・雜家關係・天文術數・韻書・醫書→子部中心
　　　ただし史書（政書關係多い）も混入（27丁表～37丁表）
　　・總集（文集）・文抄・別集（文）・總集（詩集）・別集（詩）・詩文評・類書・韻書
　　　等→集部中心（37丁裏～46丁表）
　圖書之部
　　法帖・地圖・畫像等　　　　　　　　　　　　　　　　　　　　　　　全661點

3－②蓮池文庫の場合
　◎『鳴琴堂祕藏經籍譜』（佐賀縣立圖書館蓮池文庫藏　蓮091-5）
　　經部　　易・書・詩・春秋・禮樂・孝經・總經・四書・小學　全213點
　　史部　　正史・編年・雜史・傳記・史評・故事・地理　　　　全116點
　　子部　　諸子・儒家・雜家・小説家・兵家・醫家・藝術家・類書　　　全237點
　　集部　　別集・總集・文史　全69點
　　　　　　　　　　　　　　　　　　　　　　　　　　　　　　　　　全635點

3－③本藩鍋島文庫の場合
　◎『芸暉閣經籍志』（佐賀縣立圖書館鍋島文庫藏　鍋091-33）
　　鍋島綱茂による觀頤莊の造營　聖堂の建立と附屬書庫（漢庫芸暉閣　倭庫隨擇府）
　　　觀頤＝『易』頤卦　頤、貞吉。觀頤自求口實。
　　　芸暉閣＝『書言故事』兩制芸閣　藏書以芸草辟蠹。
　　　　　　　『龜蒙典略』芸香辟紙魚蠹、故藏書臺稱芸臺、閣稱芸閣。
　　　　　　　『杜陽雜編』元載造芸輝堂於第。芸輝香草名也。其香潔白如玉、入土不朽
　　　　　　　　爛、春之爲屑、以塗其壁。
　　　隨擇府＝『古今和歌集』眞名序　古天子、毎良辰美景、詔侍臣預宴筵者、獻和歌。
　　　　　　　君臣之情、由斯可見。賢愚之性、於是相分。所以隨民之欲、擇士之才也。

3 - ④ 『芸暉閣經籍志』　有部目　無類目

　　經書　1~26 番まで　全 365 點　内四書類 94 點　宋學關連文獻含む

　　　經部分類傾向　經解・注疏・大全・易・詩・春秋・五經・四書・孝經・孔子傳・

　　　朱子學關連・宋儒別集等（書・禮等は混配　小學別記）

　　史書　1～26 番まで　全 138 點　十七史・二十一史　以下史書細分類不明瞭

　　事類　1～31 番まで　全 127 點　類書中心

　　字書　1～16 番まで　全 164 點　經部小學類・子部藝術類書畫中心

　　雜書　1～15 番まで　全 144 點　細分類不明瞭

　　詩文　1～33 番まで　全 232 點　別集總集多し

　　醫書　1～6 番まで　全 54 點　醫書のみ

　　兵書　1～3 番まで　全 18 點　兵書のみ

　　道書　1 番のみ　全 13 點　道家・道教・淮南子・山海經等

　　佛書　1 番のみ　全 8 點　佛書のみ（和本含む）

　　銀鉤書藪　無番　全 16 點　篆刻古文字關係書

　　　　　　　　　　　　　　　　　　　　　　　　　　　　全 1279 點

다카야마 세츠야(高山節也)

二松學舍大學 敎授.
전문 분야는 한적서지학이다. 저서로『東京大學總合圖書館漢
籍目錄』(공편, 東京大學總合圖書館, 1995)·『中國古代の文字と
文化』(공저, 汲古書院, 1999)·『松丸東魚蒐集印譜解題』(二玄社,
2009) 등이 있다.

이 글은『일본한문학연구』5호에 수록된 高山節也의「江戶時代
の漢籍目錄」를 번역한 것이다.

번역: 박영미

[ㄱ]

岡崎文夫(1888-1950)

중국 중세사 연구자이다. 교토대 사학과를 졸업하였다. 중국에 유학하였으며 중국 고대사에 대한 실증적인 연구를 하였고, 특히 위진남북조 연구의 개척자이기도 하다.

岡嶋冠山(1674-1728)

에도 중기의 유학자이다. 나가사키 출신으로 중국어에 정통하였으며, 林鳳岡의 문하에서 수학하였다. 『水滸傳』을 번역하였으며 荻生徂徠의 학파가 연 唐話學의 강습회인 譯社에서 강사로 활동하였다.

岡白駒(1692-1767)

에도 중기의 유학자이다. 처음엔 의사로 활동하다가 교토에서 주자학을 배웠지만 후에 古注學으로 전향했다. 백화소설의 주해와 번역을 했다.

岡本況齋(1797-1878)

에도 후기에서 메이지기의 국학자이다. 이름은 岡本保孝이고 況齋는 호이다. 고증학자이며 장서가이다.

岡田正之(1864-1927)

한학자이다. 帝國大學 고전강습과를 1887년 졸업하였다. 동교 교수가 되어 支那文學概論, 支那文學史, 日本漢文學史 등을 강의하였으며 주요 저작인 『日本漢文學史』는 일본 최초의 한문학사 연구서이다.

岡千仞(1833-1919)

호는 鹿門. 1884년 청국으로 가서 『시선』 편찬에 참여하던 포교 승려인 松林孝純의 안내로 유월과 만났다. 『시선』에 7수가 채록되었다.

皆川淇園(1734-1807)

에도 중기의 유학자이다. 한자의 자의와 易學을 연구하였고 開物學을 제창하였다.

境部石積

坂合部石積라고도 쓴다. 아스카 시대의 관료이다. 653년 중국에 유학하였고 후에 견당사가 되었다.

桂庵玄樹(1427-1508)

무로마치 시대의 임제종 승려이다. 日本에서 처음으로 朱熹의 『四書集註』를 강의하였던 岐陽方秀의 訓点을 玄樹가 補正하였고, 거기에 南浦文之가 개정을 한 것이 「文之点」이다. 文之点은 近世 四書 독해의 주류가 되었다.

契沖(1640-1701년)

에도 시대 중기 진언종(眞言宗) 승려이자 고전학자. 일본 고쿠가쿠(國學)의 기초를 닦고, 역사적 가나표기법(歷史的假名表記法)을 제정한 것으로 유명하다. 『만엽집(万葉集)』에 주석을 단 『만엽대장기(万葉代匠記)』를 완성했고 시가집 『만음집(漫吟集)』 외 국어학 관계의 여러 저작을 남겼다.

古城貞吉(1866-1949)

메이지에서 쇼와기의 한학자이다. 중국에 유학하였고, 東洋大 교수가 되었으며 『支那文學史』를 저술하였다.

古賀精里(1750-1817)

에도 후기의 유학자이다. 昌平黌의 敎官이 되었다.

谷時中(1598-1649)

에도 초기 남학파의 유학자. 승려가 되었다가 주자학을 배우고 환속하였다. 南村梅軒의 학문을 계승하여 남학파의 융성을 이끌었다. 문인으로 野中兼山・山崎闇齋 등이 있다.

空海(774-835)

헤이안 시대의 승려로 시호는 弘法大師이다. 804년 입당하여 다음해에 돌아왔다. 고야산에 金剛峰寺를 세워 진언도량을 열었다.

鍋島直與(1798-1864)

肥前 蓮池藩의 第8代 藩主로, 서화・시가에 뛰어났으며 다수의 저작을 남겼다. 저서로 『鍋島直与歌集』, 『鍋島直与長歌集』 등이 있다.

菅茶山(1748-1827)

에도 중기에서 후기의 시인이다. 那波魯堂에게 주자학을 배웠으며, 사실을 묘사한 청신한 시풍으로 유명하다. 賴山陽의 스승이다.

菅原是善(812-880)

헤이안 시대의 관료이다. 문장박사를 거쳐 참의가 되었고 文德·淸和天皇의 侍讀을 하였다. 道眞의 아버지이다.

廣瀨淡窓(1782-1856)

에도 후기의 유학자이다. 신분, 연령, 학력에 관계없이 교육하는 咸宜園을 열어 인재를 양성하였다.

廣瀨旭莊(1807-1863)

에도 후기의 유학자이며 시인이다. 청의 兪曲園은 『東瀛詩選』에서 일본 최고의 시인이라 평가하였다.

久保得二(1875-1934)

중국 문학 연구자이며 시인이다. 1899년 제국대학 한학과를 졸업하였다. 臺北帝國大學 敎授가 되었다.

具原益軒(1630-1714)

에도 전기의 유학자·본초학자이다. 처음에는 양명학을 공부하다가 후에 주자학으로 옮겨 갔지만 만년에는 주자학도 비판하였다.

龜田鵬齋(1752-1826)

에도 후기의 유학자이다. 주자학을 비판하였고 소라이의 고문사학도 배격하였다. 歐陽修 등을 중시하였는데 異學의 禁을 위반하여 천여 명의 제자를 잃었다.

龜田綾瀨(1778-1853)

에도 후기의 유학자이다. 龜田鵬齋의 장남. 문인으로 芳野金陵·圓山北溟·並木爽山·出井貞順·新井稻亭·中島撫山 등이 있다.

龜井南冥(1743-1814)

에도 후기의 유학자이며 의사이다. 소라이학을 배웠으며 문하에 廣瀨淡窓가 있다.

龜井昭陽(1773-1836)

에도 후기의 유학자이다. 소라이학을 토대로 주자학을 수용한 가학을 집대성하였다.

菊池五山(1769-1849)

에도 후기의 시인이다. 청의 袁枚가 쓴 『隨園詩話』를 모델로 1807년 『五山堂詩話』를 간행하여 동시대 시인의 시를 평론하고 소개하였다.

堀杏庵(1585-1642)

에도 전기의 儒醫이며, 林羅山·松永尺五·那波活所와 함께 사천왕으로 불렸다.

近藤正齋(1771-1829)

에도 후기의 북방 탐험가이다. 이름은 近藤重藏이며 正齋는 호이다.

根本武夷(1699-1764)

에도 중기 고학파의 유학자이다. 스승인 오규 소라이의 명으로 山井崑崙과 함께 足利學校에서 七經을 교감하였다.

根本通明(1822-1906)

막말부터 메이지기의 한학자이다. 藩校明德館에서 수학하였고 후에 이곳의 교수가 되었다가 제국대학 교수가 되었다. 주자학에서 고증학으로 전환하였다.

勤子內親王(904-938)

헤이안 시대 다이고 천황의 넷째 황녀로 서화에 능하였다.

岐陽方秀(1363-1424)

임제종의 승려이다. 시도 능하였고 학문도 뛰어났다. 『日本僧寶傳』등의 史傳類를 편찬하였다.

祇園南海(1677-1751)

에도 중기의 유학자, 시인, 화가이다. 服部南郭·柳澤淇園·彭城百川 등과 함께 일본 문인화를 개척한 인물로 평가된다.

吉備眞備(695-775)

나라 시대의 학자, 관료이다. 717년 견당사를 따라 유학하여 735년에 귀국하였다.

吉田篁墩(1745-1798)

에도 중기에서 말기에 활약한 고학파 유학자이다. 水戶藩의 侍醫였다가 무단으로 왕진하여 추방되었다. 청조의 고증학에 관심을 갖고 유학 고전적의 텍스트 비평과 판본의 서지적 고증을 행하였다.

吉村秋陽(1797-1866)

에도 후기의 유학자이다. 佐藤一齋의 제자로, 양명학자이다.

金阜山人 ☞ 永井荷風

[ㄴ]

那珂通世(1851-1908)

동양사학자이다. 慶應義塾을 졸업하였고 1894년 東京高等師範學校 敎授, 1896년 東京大學文科大學 講師를 겸임하였다. 조선, 일본, 중국의 고대사를 비교 연구하였고 『日本上古年代考』를 지어 神武天皇即位紀元의 위작성을 지적하였다.

羅振玉(1866-1940)

중국의 고증학자이다. 금석갑골문 연구자로 辛亥革命 때에 사위인 王國維와 함께 일본에 망명하였다. 滿州國이 건국되었을 때 監察院長이 되었다.

那波活所(1595-1648)

에도 전기의 주자학파의 학자이다. 저서로 『通俗四書註者考』가 있다.

南摩綱紀(1823-1909)

메이지기의 유학자이자 교육자이다. 昌平黌에서 수학하였으며 太政官文部省을 거쳐 東京大學教授, 女子高等師範學校敎授 등을 지냈다. 日本弘道會 副會長, 斯文學會 講師등으로 활동하였으며 御講書始를 담당하였다.

楠本碩水(1832-1916)

막말에서 메이지기의 유학자이다. 楠本端山의 동생으로 廣瀨淡窓, 佐藤一齋에게 주자학을 배웠다.

南淵請安

飛鳥 시대의 학문승으로 渡來人 출신의 지식인이다. 608년 小野妹子를 따라 수에 유학하였다. 수가 멸망하고 당이 건국되는 과정을 보았고 640년 귀국하였다.

南村梅軒

무로마치 후기의 유학자이다. 土佐 南學을 개창하였다.

內藤虎次郎(1866-1934)

동양사학자이다. 호는 湖南이다. '東의 白鳥庫吉, 西의 內藤湖南', '실증학파의 內藤湖南, 文獻學派의 白鳥庫吉'라는 별칭이 있을 정도로 白鳥庫吉와 쌍벽을 이루었다.

[ㄷ]

多紀桂山(1755-1810)

에도 중기에서 말기에 활약한 한방의이다. 이름은 多紀元簡이며 桂山은 호이다. 11代 쇼군 德川家齋의 侍醫였다. 의서의 수집·교정·복각을 하였으며, 고증학 학풍을 수립하였다.

多紀茝庭(1795-1857)

에도 후기의 의사이다. 多紀桂山의 아들로, 이름은 多紀元堅이고 茝庭은 호이다. 고전 의서를 교정하였으며 蘭方 의학을 반대하였다. 그는 서지학에서는 중국을 능가하는 성과를 내었다고 평가된다.

大橋訥庵(1816-1862)

에도 후기의 유학자이다. 존왕양이를 주장하였다.

大內義隆(1507-1551)

무로마치 시대의 쇼군. 문학과 학문을 좋아하였고, 『一切經』등의 문물을 수입하였으며 기독교의 포교를 허가하였다.

大沼枕山(1818-1891)

막말 메이지기의 한시인이다. 梁川星巖의 玉池吟社가 문을 닫게 된 후 下谷吟社를 열어 宋詩風을 고취시켰다.

大窪詩佛(1767-1837)

에도 후기의 시인이다. 宋元의 청신한 시풍을 배울 것을 주장하였다.

大休正念(1215-1289)

가마쿠라 시대 남송에서 간 임제종의 승려이다.

道元(1200-1253)

가마쿠라의 승려로 日本 曹洞宗의 開祖이다. 시호는 承陽大師이다.

桃源瑞仙(1430-1489)

무로마치 시대 임제종의 승려이다. 호는 蕉了·蕉雨·亦庵·卍庵 등이다.

島村重禮(1838-1898)

明治 시대의 유학자이다. 海保漁村에게 고증학을 배웠다. 東京大學의 교수가 되었으며, 이때 加藤弘之에게 건의하여 文學部에 古典講習科 漢書課를 설치하였다.

都賀庭鐘(1718-1794)

에도 중기의 讀本의 작자이며 儒醫이다. 上田秋成의 스승으로 중국 소설을 번안한 작품을 썼다.

東澤瀉(1832-1891)

막말에서 메이지의 유학자이다. 존왕론을 주장하며 필사조직을 조직했다가 유배되었다. 佐藤一齋의 제자이다.

藤原鎌足

中臣 鎌足으로, 아스카 시대의 관료이다. 일본 역사상 최대 씨족인 藤原씨의 시조이다.

藤原佐世(847-898)

헤이안 초기의 관료이며 유자이다. 菅原是善의 문하에서 수학하여 대학두(大學頭)가 되었고 시독을 역임하였다.

藤原頼長(1120-1156)

헤이안 말기의 公卿.

藤田豊八(1869-1929)

메이지에서 쇼와기의 동양사학자이다. 東京帝國大學 文科大學 漢文科를 졸업하였고 중국으로 가서 교육을 담당하였다. 동서교섭사를 연구하였고 1920년에 臺北제국대학 文政學部 부장이 되었다. 저서로 『東西交涉史研究』가 있다.

[ㄹ]

蘭溪道隆(1213-1278)

가마쿠라 시대 남송에서 건너간 승려로 大覺派의 개조이다.

里見淳(1888-1983년)

소설가로 본명은 야마노우치 히데오(山內英夫).

林羅山(1583~1657)

에도 전기의 유학자. 일본 관학의 상징인 林家의 鼻祖. 이름은 忠·信勝. 자는 子信, 호는 羅山·道春·羅浮子·夕顔巷·胡蝶洞·梅花村, 통칭은 又三郎. 1595년 京都 建仁寺에서 불교에 입문했다가 1604년 藤原惺窩에게 유학을 배웠으며, 그의 추천으로 德川家康를 만났다. 1624년에 제3대 德川家光의 侍講을 맡은 이래 막부의 정치에 깊이 관여하였다.『寬永諸家系圖傳』·『本朝通鑑』등의 전기·역사서를 편찬·교정하고, 국정 운영에 관계된 글을 撰述했다. 조선통신사 응접의 임무를 맡아 조선통신사와 관련한 외교 문서는 거의 그의 손을 통해 작성되었다. 후에 私塾을 열어 주자학을 배우는 많은 문인들을 배출했는데 이들은 이후 일본 관학의 기초가 되었다. 그의 손자인 林鳳岡에 이르러서는 관학의 大學頭로 일컬어졌으며, 막부의 敎學을 책임지는 역할을 수행했다. 堀杏庵·那波活所·松永尺五와 함께 藤原惺窩 門下의 四天王으로 일컬어진다.

林鳳岡(1644-1732)

에도 중기의 유학자이다. 林鵝峰의 차남이며 林家學問所가 유시마에 옮겨지고, 관학의 학문소가 되던 때에 大學頭가 되었다. 이 직위는 이후 林家에 의해 세습되었다.

林述齋(1768-1841)

에도 후기의 유학자이다. 막부의 敎學行政을 담당하였다.

林泰輔(1854-1922)

일본의 한학자이자 동양사학자로, 동경고등사범학교 교수를 역임하였다. 갑골문 해석에 공헌했다. 그의『朝鮮史』(1892)는 계몽기에 한국에 소개되기도 하였다. 1886년 帝國大學 고전강습과를 졸업하였다. 조선사와 중국 고대사를 연구하였다. 주요저작으로『朝鮮史』(1892),『朝鮮近世史』(1901),『朝鮮通史』(1912),『上代漢字の研究』(1914),『周公と其時代』(1916),『龜甲獸骨文字』(1921) 등이 있다.

[ㅁ]

末松謙澄(1855-1920)

메이지기에서 다이쇼기의 정치가이자 평론가이다. 伊藤博文의 사위로 호는 靑萍이다. 1878년 영국 캠브리지로 유학하였고, 「源氏物語」를 영역하여 간행하였다. 귀국 후 연극개량운동을 전개하였다.

明極楚俊(1262-1336)

원에서 건너간 임제종의 승려이다.

木村正辭(1827-1913)

막말 메이지기의 국학자이며 萬葉研究家이다. 御講書始를 지냈다.

木下犀潭(1805-1867)

에도 후기의 유학자이다. 佐藤一齋의 제자로 肥後(熊本縣) 時習館 訓導가 되어 竹添進一郎, 井上毅 등을 지도하였다.

木下順庵(1621-1698)

에도 전기의 유자로 德川綱吉의 시강이 되었으며 林鳳岡과 함께 德川家康의 일생을 기록한 『武德大成記』를 편찬하였다. 제자로 新井白石, 室鳩巢 등의 다수가 있다.

夢窓疎石(1275-1351)

가마쿠라 말기부터 남북조 시대, 무로마치 시대 초기까지 활약한 임제종의 승려이다.

武富坥南 (1808-1875)

白華와 함께 옥천음사 소속이었으며 本誓寺에 단체사진이 남아 있다.

武内義雄(1886-1966)

중국 철학 연구자이다. 京都帝國大學에서 狩野直喜에게 수학하였다. 중국고대사상사 연구에 문헌비판의 방법을 도입하여 『노자』, 『논어』 등을 연구하였다.

無學祖元(1226-1286)

가마쿠라 시대 남송에서 간 임제종의 승려이다.

文之玄昌(1555-1620)

에도 시대 전기의 임제종 승려로 島津氏에 출사하여 외교문서를 작성하였다.

尾藤二洲(1745-1813)

에도 중기에서 후기의 유학자이다. 처음엔 고문사학을 배웠으나 후에 주자학으로 옮겨갔다.

[ㅂ]

芳野金陵(1803-1878)

에도 후기에서 메이지기의 유학자이다. 昌平黌의 儒官이 되었고 메이지 유신 후에 대학 교수가 되어 교육과 서적 편찬에 전력하였다.

白鳥庫吉(1865-1942)

동양사학자이다. 帝國大學 사학과를 졸업하였다. 근대적 동양사학을 확립하였으며 서역사 연구의 개척자이다.

白河次郎(1874-1919)

메이지에서 다이쇼기의 신문기자이다. 1907년 帝國大學 한학과를 졸업하였다. 神戸新聞, 九州日報의 주간이 되었고 『支那文學大綱』, 『支那文明史』 등을 저술하였다.

帆足萬里(1778-1852)

에도 후기의 유학자이며 理學者이다. 서구 근세 과학을 받아들였고 三浦梅園의 학설을 발전시켰다.

卜部兼俱(1435-1511)

무로마치기의 신도가로 唯一神道(吉田神道)를 창시하였다.

服部南郭(1683-1759)

에도 중기의 유학자이자 시인이다. 歌人으로 柳澤吉保에게 초빙되었고, 이때 荻生徂徠를 알게 되어 문하에 들어가 수학하였다. 이후 한시 창작에 전심하며 당시 漢詩壇을 이끌었다.

服部宇之吉(1867-1939)

중국 철학 연구자이자 교육자이다. 島田重禮의 사위이다. 중국과 독일에 유학 후 도쿄대 교수가 되었고 京城帝國大學 초대 총장이 되었으며, 東方文化學院 東京研究所 소장을 역임하였다. 중국의 禮 사상을 체계화하였다.

本田成之(1882-1945)

교토대 출신이다. 神宮皇學館 教授를 거쳐 佛敎大(현재 龍谷大) 교수가 되었다. 저작으로 『支那經學史論』, 『支那近世哲學史考』가 있다.

北方心泉(1850-1905)

金澤 상복사 제14대 주지이다. 이름은 蒙, 호는 心泉, 小雨, 月莊, 文字禪室, 聽松閣, 酒肉和尙 등이 있다. 1877년부터 1883년까지 청국포교 사무계로 上海 별원에 근무하였다. 1883년 폐병 때문에 귀국하여 나가사키에서 요양 생활을 하게 되었다. 그 후에 三宅眞軒의 조언을 따라 書學을 본격적으로 배우기 시작해, 1890년에 개최된 제3회 國內勸業博物會에 書作을 출품해 입상하였다. 일반적으로 楊守敬과는 별도로 일본에 북파 서풍을 들여온 서가로 알려져 있다.

北條時賴(1227-1263)

가마쿠라 막부 제5대 집권자(재위 1246-1256)이다.

北條實時(1224-1276)

가마쿠라 중기의 무장으로 학문을 좋아하고 서적을 수집하여 만년에 稱名寺에 이를 보관하였고, 후에 이것은 가나자와(金沢) 문고가 되었다.

[ㅅ]

山崎闇齋(1618-1682)

에도 전기의 유학자·神道家이다. 승려가 되었다가 주자학을 배우며 환속하여 에도와 교토에서 6000여 명의 제자를 양성하였다. 후에 吉川惟足에게 신도를 배우고 神儒一致를 주장하는 垂加神道를 창시하였다.

山鹿素行(1622-1685)

에도 전기의 유학자·兵學者이다. 하야시 라잔에게 입문하여 주자학을 배웠으나 이후 甲州流軍學·歌學·神道를 배웠다. 후에 주자학의 일상에서 유리된 관념적 사변과 내면적 수양을 비판하며 한당송명의 책을 매개로 하지 않고 직접 고대 성현의 가르침을 배워야 한다는 고학적 입장을 표명하였다.

山梨稻川(1771-1826)

에도 후기의 음운학자이다. 고서를 바르게 이해하기 위해 중국 고대의 음운을 연구하였다.

山本北山(1752-1812)

에도 후기의 유학자이다. 처음엔 고문사학을 공부하였으나 후에 절충학을 제창하게 되었다. 박람다식하였으며 특히 小學 연구에 뛰어났다.

山田方谷(1805-1877)

막말에서 메이지기의 유학자이다. 佐藤一齋의 제자로 양명학자이다. 松山藩의 財政整理와 藩政改革에 성공하였다.

山井崑崙(1690-1728)

에도 중기의 유학자이다. 伊藤仁齋・東涯父子・荻生徂徠에게 수학하였다. 足利學校의 고적을 비교 고증하여『七經孟子攷文』을 간행하였다.

三宅觀瀾(1674-1718)

에도 중기의 유학자이다. 형은 大坂 懷德堂의 學主인 三宅石庵이다. 水戶藩에서 벼슬하며 彰考館에서『大日本史』를 편찬하는 데에 참여하였다.

三島毅(1831-1919)

에도 말기에서 다이쇼기의 한학자이다. 東京高等師範學校敎授, 新治裁判所長, 大審院判事, 東京帝國大學敎授, 東宮御用掛, 宮中顧問官, 二松學舍大學의 전신인 漢學塾 二松學舍의 창립자이다. 重野安繹, 川田甕江와 함께 메이지의 三大文宗으로 불린다.

森枳園(1807-1885)

에도 후기의 의사이며 고증학자이다. 이름은 森立之이며 호는 枳園이다.

森春濤(1819-1889)

에도 막부 말기부터 메이지 초기에 활동한 한시인이다. 森槐南의 아버지이다. 鷲津益齋, 梁川星巖에게 시를 배웠다. 1874년 茉莉吟社를 열었고, 다음해 한시전문잡지의 효시인『新文詩』를 창간하였다.

三宅眞軒(1850-1934)

이름은 貞, 통칭은 小太郎, 자는 子固, 松軒, 후에 眞軒, 大小盧라고 호를 하였다. 학문은 富川春塘・井口犀川・永畑亥軒・金子松洞에게 배웠고, 犀川의 사후에 독학을 하였다. 前田家에서 나온『四庫提要』를 정독하였다. 1875년경부터 1883년에 걸쳐 益智館이라는 책방에서 일하였는데, 1883년 이후에 石川縣 전문학교・石川縣 심상중학교・제4고등중학교 교원을 역임하였다.『詩選』이 완성된 다음해 1884년 加賀의 藩政 시대의 장서에 관한 목록인 『石川縣勸業博物館書目』 권1을 편집하였다. 1903년부터 1916년까지 광도고사(廣島高師)에서 교편을 잡았고, 그 후에 동경으로 옮겨가 前田家의 서적을 정리하여 『尊經閣文庫漢籍分類目錄』(1933.4)을 편집하는 등 漢學에 정통한 인물이었다.

三浦梅園(1723-1789)

에도 중기의 유학자이며 의사이다. 유학과 양학을 조화시켜 우주의 구조를 설명하는 條理學을 제창하였다. 철학, 종교, 역사, 문학, 경제, 천문, 의학 등의 다방면에 걸쳐 연구하였다.

澁江抽齋(1805-1858)

에도 후기의 의사이며 유학자이다. 고증학에 정통하였고 森立之 등과 함께 『經籍訪古志』을 저술하였다.

上杉憲實(1410?-1466?)

무로마치 중기의 무장이다. 関東管領이 되어 足利學校와 金澤文庫를 재흥시켰다.

桑原隲藏(1870-1931)

동양사학자이다. 1896년 帝國大學 한학과를 졸업하였다. 1909년 京都大學 교수가 되었다. 과학적 사학의 수립에 뜻을 두고 실증적 학풍을 형성하였으며 동서교섭사, 서역에 관한 연구에서 성과를 내었다.

上田秋成(1734-1809)

에도 중기에서 말기에 활동한 국학자·歌人·讀本 작가이다.

石室善玖(1294-1389)

무로마치 초기의 임제종 승려이다. 원에 유학하여 古林清茂의 법을 이었고 清拙正澄를 동반하여 귀국하였다.

成島柳北(1837-1884)

메이지기의 시인이며 신문기자이다. 騎兵奉行·外國奉行 등을 역임하였고, 메이지 유신 후에 서구를 여행하였으며 1874년 朝野新聞社의 사장이 되어 문명 비평을 전개하였다.

成尋(1011-1081)

헤이안 말기의 승려로 藤原佐理의 아들이다. 1072년 송에 가서 杭州·天台山·浙江省·蘇州·南京·江蘇省·東京·河南省·五台山 등을 순례하였다. 송에서 수집한 불전을 일본에 보내고 송에서 생애를 마쳤다.

星野恒(1839-1917)

메이지기의 한학자이며 역사학자이다. 鹽谷宕陰에게서 배웠으며 1875년 太政官修史局에 들어가『大日本編年史』편찬에 참여하였다. 1888년 제국대학 교수가 되었다.

笹川種郎(1870-1949)

메이지에서 쇼와기의 역사가이자 평론가이다. 帝國大學 國史科를 졸업하였다.

小島寶素(1797-1849)

에도 후기의 의사이다. 서지학에 정통하였고 의서를 교정하거나 傳寫하였다.

小島祐馬(1881-1966)

동양사학자이다. 1920년 靑木正兒와 함께『支那學』을 간행하였다. 프랑스에 유학한 후 京都帝國大學 교수가 되었고 1939년 人文科學研究所 初代所長이 되었다.

松崎慊堂(1771-1844)

에도 후기의 유학자이다. 昌平黌에서 수학하였으며 佐藤一齋의 친구이다. 경의에 정통하였으며 시문에 뛰어난 고증학의 태두이다. 鹽谷宕陰, 安井息軒은 그의 제자이다.

松林孝純(1856경-?)

청에 있을 때의 호는 行本. 越後糸魚川正覺寺에서 태어났다. 오사카의 難波別院敎師敎校 지나어과에서 汪松坪에게 남경어를 배웠다. 1881년 11월 본산 경학부에서 청국 유학을 명받고 蘇州에서 소주어를 배웠다. 이때 유월의『東瀛詩選』편찬에 중개 역할을 하였다.

松本文三郎(1869-1944)

1893년 帝國大學을 졸업하고 1906년 京都帝國大學文科大學 인도철학사 교수가 되었다. 1938년 東方文化研究所 소장이 되었다. 인도, 중국 불교 유적을 조사하였고『支那佛敎遺物』,『印度の佛敎美術』등을 저술하였다.

松本白華(1838-1926)

加賀松任의 사람으로 本誓寺의 26대 지주이다. 명은 嚴護이며 白華·西塘·仙露閣 등의 호가 있다. 막말, 오사카에서 히로세 교구소의 塾에서 수학하였다 1872년 4월 敎部省에 출사하였고, 9월 新門柱 大谷光瑩(現如)와 成島柳北와 함께 歐洲를 시찰하였다. 다음 해에 귀국하여 교부성에 다시 출사하고 1877년 10월부터 1879년 2월까지 동본원사 상해 별원 輪番으로 일하였다. 洋行을 한 전후로 옥천음사·향초음사에 소속되었고, 長三洲를 비롯한 메이지 고관들과 한시를 통해 교류하였다.

松永尺五(1592-1657)

에도 전기의 유자로 교토 출신이다. 林羅山과는 대조적으로 벼슬하지 않고 사숙을 경영하였다. 문하에 木下順庵·貝原益軒·安東省庵 등이 있다.

狩谷掖齋(1775-1835)

에도 후기의 고증학자이다. 젊었을 때는 율령 연구에 몰두하여 한·당의 서적을 섭렵하였다. 일본의 고전을 고증, 주석하였고 금석문을 수집하였다.

狩野良知(1829-1906)

막말에서 메이지기의 한학자이다. 『支那敎學史略』를 저술하였다.

狩野直喜(1868-1947)

중국 철학 연구자이자 문학 연구자이다. 경학에서는 청조 고증학을, 문학에서는 희곡·소설 등을 연구하였으며 돈황 문서를 조사하여 宋學 중심의 중국학에 새로운 바람을 불어넣었다. 東方文化學院 京都硏究所 소장을 지냈다.

柴野栗山(1736-1807)

에도 중기의 유학자이다. 주자학을 관학으로 삼을 것을 주장하였다.

市野迷庵(1765-1826)

에도 중기에서 후기의 유학자이다. 주자학을 공부하다가 고증학으로 옮겨갔다.

市川鶴鳴(1740-1795)

에도 중기의 유학자이다. 소라이학을 배웠다. 本居宣長의 『直毘靈』에 대하여 비판하였다.

市村瓚次郎(1864-1947)

동양사학자이다. 1887년 帝國大學 고전강습과를 졸업하였다. 일본의 근대적 동양사 연구의 개척자라고 평해진다.

市河寬齋(1749-1820)

에도 중기에서 후기의 유학자이며 시인이다. 昌平黌의 學員長이 되었다. 江湖詩社를 세웠고 사실적인 시풍을 확립하는데 힘썼다.

榊原篁洲(1656-1706)

에도 중기의 유학자이다. 기노시타 준안에게 배웠으며 중국의 역대 제도, 명의 법제에 대해 연구하였다.

新井白石(1657-1725)

에도 중기의 학자이며 시인, 정치가이다. 木下順庵에게 주자학을 배웠다. 初名은 傳藏, 이름은 君美. 자는 在中·濟美, 호는 白石·勿齋·紫陽·天爵堂·錦屛山人. 통칭은 勘解由·與五郎. 1693년에 스승 木下順庵의 추천으로 등용되었다. 1711년 이후에는 정치적으로 대개혁을 주도하여 金銀貨改良과 長崎의 貿易制限이라는 2대 사업의 달성에 공헌했다. 외교적으로는 조선통신사의 접대를 간소화했으며, 조선에 보내는 문서에서 將軍의 호칭을 '日本國大君'에서 '日本國王'으로 바꾸게 했다. 이 건으로 '조선과의 대등한 교류'를 주장했던 對馬島의 儒者 雨森芳洲와 대립했다. 저서로는 『古史通』·『古史通或問』·『讀史余論』·『白石詩草』·『東雅』·『本朝軍器考』·『蝦夷志』·『白石手簡』·『新井白石全集』·『新井白石日記』 등이 있다.

室鳩巢(1658-1734)

에도 중기의 주자학자이다. 의사 집안에서 태어나 기노시타 준안에게 수학하였고, 아라이 하쿠세키의 추천에 의해 막부의 유관이 되었다.

[ㅇ]

阿知使主

일본에 기능을 전해주었다고 하는 귀화인으로, '阿智王'으로도 쓴다. 『일본서기』에는 응신천황 20년 아들 都加使主가 黨類인 17현의 백성을 데리고 일본으로 갔다고 한다.

安東省庵(1622-1700)

에도 전기의 유학자이다. 나가사키에 망명한 명의 朱舜水에게 수학하였다.

安積艮齋(1791-1860)

에도 후기의 유학자이다. 아버지는 神官이었다. 林述齋, 佐藤一齋에게 수학하였다.

安井小太郎(1858-1938)

메이지에서 쇼와기의 한학자이다. 호는 朴堂이다. 모계가 朱子學派의 儒者 安井息軒이다. 雙柱塾, 草場塾(京都), 二松學舍에서 수학하였으며 斯文會·廻瀾社에 참여하였다.

安井息軒(1799-1876)

에도 후기에서 메이지기의 유학자이다. 昌平黌에 들어가 松崎慊堂에게 배웠다. 漢唐의 고주에 기반한 고증학을 하였다.

楊守敬(1839-1915)

湖北省 宜都 출신이다. 자는 惺吾이고 호는 鄰蘇이다. 1862년 擧人이 되었고 1865년 景山宮學敎習이 되었으며 금석학에 조예가 있었다. 駐日公使 何如璋의 隨員으로 일본에 갔고 귀국 후에 勤成學堂 総教長이 되었다. 歐陽詢의 서풍을 이어받은 서예가로도 유명하며, 일본의 日下部鳴鶴, 中林梧竹 등과도 친교가 있었다.

円爾辨円(1202-1280)

가마쿠라 시대 임제종의 승려이다. 시호는 聖一國師이다. 1235년 입송하여 1241년 귀국하였다.

黎庶昌(1837-1897)

중국 청대의 관리이며 외교관이다. 1881년 주일공사가 되었다. 曾國藩의 막하에 있었으며 曾門四弟子로 불렸다. 동성파를 중시하였고 呉汝綸과 함께 고문가로 알려져 있다.

鹽谷溫(1878-1962)

중국 연구가이자 한학자이다. 1902년 제국대학 한학과를 졸업하고 독일에 유학한 후 북경 및 長沙에서 연구하였다. 元曲에 관한 연구를 하였으며 중국의 소설·희곡에 대한 연구 및 소개를 한 공이 있다.

鹽谷宕陰(1809-1867)

에도 후기의 유학자로 주자학을 공부하였다. 昌平黌의 儒官이 되었으며 페리의 함대가 일본에 갔을 때 「籌海私議」를 지어 海防을 주장하였다.

榮西(1141-1215)

헤이안·가마쿠라기의 승려로 임제종의 개조이다. 두 차례에 걸쳐 송에 가서 유학을 하였다. 博多에 聖福寺, 京都에 建仁寺, 鎌倉에 壽福寺를 세웠다.

永井荷風(1879-1959년) ☞ 金阜山人

일본 탐미주의 문학의 선구로 평가되는 최고의 문학가이다. 한시 시인이자 관료였던 아버지 규이치로(久一郎)와 한문학자 와시쓰 기도(鷲津毅堂)의 차녀 쓰네(恒) 사이에서 장남으로 태어났다. 본명은 소키치(壯吉)이다. 필명으로 긴푸산진(金阜山人), 단장정주인(斷腸亭主人) 등이 있다.

倪士毅

원나라 사람으로 자는 仲弘, 호는 道川이다.

兀庵普寧(1197-1276)

가마쿠라 시대 남송에서 건너간 임제종의 승려이다.

王國維(1877-1927)

중국의 역사학자이다. 1901년 일본에 유학하였다가 신해혁명 때 나진옥과 함께 일본으로 망명하였다. 금석문, 갑골문 등의 연구에 업적이 있었다.

宇都宮遯庵(1633-1707)

에도 전기의 유학자이다. 교토(京都)에서 사숙을 열었으며 경서의 표점본을 많이 저술하였다.

雨森芳洲(1668-1755)

에도 중기의 유학자이다. 이름은 俊良·誠淸. 자는 伯陽, 호는 芳洲·東五郎·橘窓. 어려서는 京都에서 家業인 醫學을 공부하고, 18세 무렵 에도의 木下順庵 문하에 들어가 유학을 공부하였다. 조선어와 중국어에 능통했으며, 동문인 新井白石·室鳩巣·祇園南海·榊原篁洲와 함께 18세기 일본 학계를 풍미하여 '木門五先生'으로 일컬어진다. 1689년 木下順庵의 추천으로 對馬島의 藩儒가 되었으며, 1702년 부산의 倭館에 건너와 3년 동안 조선어를 익혔다. 이때 조선의 일본어 사전인『倭語類解』편집에 참여했으며, 메이지 시대까지 조선어 교재로 사용된 日朝會話集『交隣須知』를 저술했다. 1711년과 1719년의 조선통신사를 奉行하였고, 통역관의 육성을 위해 처음으로 對馬藩에 조선어와 조선 학문을 가르치는 학교를 설립하였다. 1728년 조선과의 외교 지침서이자 자신의 外交觀인 '誠信外交'를 밝힌『交隣提醒』을 저술했다. 저서로『天龍院公實錄』·『朝鮮風俗考』·『隣交始末物語』·『治要管見』·『芳洲詠草』등이 있다.

宇野明霞(1698-1745)

에도 중기의 유학자이다. 교토에 소라이학을 소개하였지만 후에 이반하였다.

宇野哲人(1875-1974)

중국 철학 연구자이다. 중국과 독일에 유학하였으며 중국 철학과 철학사 연구의 발전에 공헌하였다.

熊澤蕃山(1616-1691)

에도 전기의 양명학자이다. 中江藤樹에게 양명학을 배웠다. 『大學或問』에서 막부를 비판하였다는 이유로 금고되었다.

遠山荷塘(1795-1831)

에도 후기의 승려이다. 廣瀨淡窓에게 입문하였으며 나가사키에서 중국어와 중국 민간음악을 배웠다. 후에 에도에 살면서 『西廂記』를 강의하였다.

源順

헤이안 시대의 歌人, 문인, 학자로 36歌仙 중 한 사람이다.

元田永孚(181-1891)

막말에서 메이지기의 한학자이며 교육자이다. 儒教的 皇國思想에 기반한 교학정책을 기획하였다. 1879년에는 『教學聖旨』를 기초하고, 敎育勅語의 초안작성에 참가하였으며, 1882년에는 『幼學綱要』를 간행하여 메이지 공교육의 이념 형성을 주도하였다.

柳澤吉保(1658-1714)

에도 중기의 大名로 문치정책을 추진하였다.

俞樾(1821-1906)

河南學政提督을 담당하였고, 曾國藩·李鴻章 등과 관계가 깊었다. 北方心泉이 면회할 당시, 유월은 소주에 거주하였고 항주에는 별장이 있었다.

隱元(1592-1673)

명말청초의 승려로 福建省 福州 출신이다.

陰山豊洲(1750-1809)

에도 중기에서 후기의 유학자이다. 고문사파의 시인으로 알려져 있다.

義堂周信(1326-1389)

가마쿠라 시대, 남북조 시대부터 무로마치 시대에 활약한 임제종 승려로 오산문학의 최고봉이라고 일컬어진다.

伊藤蘭嵎(1694-1778)

에도 중기의 유학자이다. 著作에「書反正」,「詩經古言」이 있다.

伊澤蘭軒(1777-1829)

에도 후기의 의사이며 유학자이다. 고증학자로 저명하였다.

一山一寧(1247-1317)

원에서 건너간 임제종의 승려이다.

[ㅈ]

張滋昉(1839-1900)

메이지 시대 중국어 교사였다. 副島種臣과 만나 일본으로 가게 되었고, 興亜會興亜囊, 慶應義塾大學付属支那語科, 舊制東京外國語學校, 帝國大學에서 중국어를 가르쳤다.

齋藤拙堂(1797-1865)

에도 말기의 유학자이다. 昌平囊에서 古賀精里에게 수학하였다. 주자학을 비롯하여 洋學, 병법, 포술 등의 실학에도 힘을 기울였다.

猪飼敬所(1761-1845)

에도 후기의 유학자이다. 手島堵庵에게서 心學을 배웠으나 후에 절충학파로 옮겨갔다.

鏑木溪庵(1819-1870)

에도 말기 淸樂 연주가이다. 穎川 집안에게 청대 음악을 배웠다.

荻生北溪(1673-1754)

에도 시대 중기의 유자이다. 막부의 명에 의해『明律國字解』의 편찬,『唐律疏義』·『七經孟子考文』의 교감과 훈점 등을 하였다.

赤松廣通(1562-1600)

儒者 藤原惺窩에 경복하여 후원을 해주었다. 임진왜란 때 포로가 되었던 강항을 귀국시켰다.

寂室元光(1290-1367)

남북조 시대의 임제종 승려이다.

田岡佐代治(1871-1912)

메이지기의 문예평론가, 중국 문학 연구자인 田岡嶺雲이다. 1884년 帝國大學 한학과를 졸업하였다. 중국 고전의 근대적 재생을 목표로 총서『支那文學大綱』의 저작을 담당하였다. 중국 고전의 일본어역을 최초로 시도한「和訳漢文叢書」(玄黄社)를 출판하였다.

田口卯吉(1855-1905)

메이지기의 경제학자, 사학자이자 법학박사이다.『東京經濟雜誌』를 창간하여 자유주의 경제의 입장에서 보호무역과 정부의 경제정책을 비판하였다. 대규모의 역사자료집『國史大系』와『群書類從』의 출판을 실현하여 역사학의 발달에 공헌하였다.

井上金峨(1732-1784)

에도 중기의 유학자로 진사이학과 소라이학을 배워 절충학을 대성시켰으며 소라이학을 맹렬히 비판하였다.

井上蘭台(1705-1761)

에도 중기의 유학자, 극작가이다. 昌平黌에 입학하여 林鳳岡의 제자가 되었다. 후에 시강이 되었으며 조선통신사가 岡山을 통과할 때 이들을 접대하였다.

井上毅(1843-1895)

정치가로 구마모토 출신이다. 伊藤博文의 밑에서 大日本帝國憲法·皇室典範의 기초를 담당하였다. 敎育勅語·軍人勅諭 등의 칙령과 법령의 기초에 관여하였다.

朝川善庵(1781-1849)

에도 후기의 유학자이다. 片山兼山의 아들이며 山本北山의 제자이다.

足利義滿(1358-1408)

무로마치 막부의 3대 쇼군으로, 재위기간은 1368-1394년이다. 남북조를 통일하고 막부 권력을 확립시키며 금각사를 세워 北山문화를 꽃피웠다.

佐藤一齋(1772-1859)

에도 후기의 유학자이다. 주자학과 양명학에 정통하였다. 문인으로 佐久間象山, 橫井小楠, 渡辺崋山, 中村正直 등이 있다.

舟橋秀賢 ☞ 淸原秀賢

朱舜水(1600-1682)

명의 유학자로 浙江省 餘姚 출신이다. 명이 멸망하자 명의 재흥을 위한 활동에 참가하였다. 군자금을 얻기 위해 일본이나 베트남을 왕래하며 무역을 했는데 鄭成功의 남경 공략이 실패로 끝나자 일본으로 망명하였다. 일본에서 水戸藩의 第2代 藩主인 德川光圀에게 초빙되어『大日本史』편찬에 참여하였으며 水戸學에 영향을 주었다고 한다.

竹添進一郎(1842-1917)

메이지기의 한학자이며 외교관이다. 호는 井井이다. 淸의 天津 領事, 北京 公使館 書記官 등을 역임하고, 1882년 朝鮮弁理公使가 되었다. 1885년 공사를 사임하고 후에 帝國大學 교수가 되어 경서를 강의하였다.

俊芿(1166-1227)

가마쿠라 초기의 승려로 시호는 大興正法國師·月輪大師이다. 송에 건너가 불전, 유서, 잡서 2,000여 권을 가지고 왔다. 天台·真言·禅·律 등 諸宗兼學의 도량을 열었다.

中大兄皇子

38대 天智天皇(재위: 668-672)이다.

中巌円月(1300-1375)

남북조 시대 임제종의 승려이다. 원에 유학하였다.

重野安繹(1827-1910)

에도 말기에서 메이지기의 유학자이자 역사학자이다. 昌平黌에서 수학하였으며, 修史館에서 久米邦武 등과 함께『大日本編年史』의 편찬을 담당하며 실증사학을 주장하였다. 후에 帝國大學에서 國史科의 교수가 되었다.

中井履軒(1732-1817)

에도 중기에서 후기의 유학자이다. 懷德堂의 창시자인 中井甃庵의 차남이다. 주자학을 배우다가 절충학으로 전향하였으며, 蘭學에도 흥미를 갖고 해부소견서를 정리하기도 하였다.

中村正直(1832-1891)

에도 말기의 사상가이자 유학자이다. 昌平黌에서 주자학을 배우는 한편 桂川國興에게 난학도 학습하였다.『西國立志編』을 번역 출판하여 청년들에게 감화를 주었다. 明六社에 참여하였고 사숙인 同人社를 경영하였다.

[ㅊ]

昌住

헤이안 시대의 승려이다.

川路利良(1834-1879)

薩摩 사람이다. 호는 龍泉. 초대 警視總監 등을 역임하였다. 한시집에 『龍川遺稿』(1881)
가 있다.

天室宗竺(1605-1667)

에도 전기의 임제종 승려이다.

靑木正兒(1887-1964)

중국 문학 연구자이다. 교토대학에서 수학하였다. 중국의 문학과 서화, 음식, 풍속 등에
관해 연구하였다.

淸原頼業(1122-1189)

헤이안 시대 귀족이며 유학자.

淸原宣賢(1475-1550)

卜部兼倶의 아들로 무로마치, 전국시대의 유학자이며 일본 국학에도 정통하였다. 호는 環
翠軒이다.

淸原秀賢(1575-1614) ☞ 舟橋秀賢

명경가를 가업으로 하며 천황의 시독이 되었다. 활자 인쇄에 정통하였다.

淸原良賢(?-1432)

남북조 시대, 무로마치 시대의 관리이며 유자이다. 명경박사를 역임하였다. 고주를 근간
으로 신주를 더하여 유교 경전을 강의하였는데, 『고문상서』와 『모시』 강석에 뛰어났으며
조기의 『맹자』 주석을 처음 강의하였다.

淸原業忠(1409-1467)

무로마치 시대의 유자이며 後花園天皇의 侍讀이었다.

淸拙正澄(1274-1339)

원에서 건너간 임제종의 승려이다.

塚田大峰(1745-1832)

에도 후기의 유학자이다. 독학으로 일가를 이루었으며 官學에 대항하였다.

竺仙梵僊(1292-1348)

원에서 건너간 임제종의 승려이다.

增島蘭園(1769-1839)

에도 후기의 유학자이다. 昌平黌 교수에서 막부 儒官이 되었다. 본초학에 정통하였다.

[ㅋ]

快元(?-1469)

무로마치 중기의 임제종 승려로 역학을 배웠다. 아시카가 학교의 교장이 되어 學規를 제정하여, 三注·四書六經·列子·莊子·老子·史記·文選 이외에는 강의하지 못한다는 원칙을 확립하여 유교 중심의 학교를 만들었다.

[ㅌ]

太宰春台(1680-1747)

에도 중기의 유학자이다. 소라이의 경학을 계승하였으며, 현실이 상품 경제 원리로 돌아가는 이상 번의 전매제를 유효한 현실책으로 삼고, 부국강병을 적극적으로 도모해야 한다고 주장하였다. 아울러 주자학의 心의 자기통제능력을 부정하며, 외적인 규범으로서의 예를 중시하였다.

太田錦城(1765-1825)

에도 후기의 유학자이다. 고증학자로 이름이 났다.

太田全齋(1759-1829)

에도 후기의 유학자이다. 한적을 연구하였고 목제활자로『韓非子翼毳』를 자가 출판하였다. 음운론에도 뛰어났다.

[ㅍ]

片山兼山(1730-1782)

에도 중기의 유학자이다. 처음엔 소라이학을 배웠지만 후에 절충학으로 전향하였다.

浦阪靑莊(1775-1834)

에도 후기의 유학자이다.

豊島豊洲(1737-1814)

에도 중기에서 후기의 유학자이다. 절충학을 배웠다.

[ㅎ]

韓大年(1727-1795)

天壽, 즉 中川長四郞이다.

海保漁村(1798-1866)

에도 후기의 유학자이며 고증학자이다. 1857년 醫學館의 儒學 敎授가 되었다. 학풍은 경학을 중시하고 古注疏, 新注를 참고로 하여 注解補証을 하였고, 考證이 정밀한 것으로 정평이 났다.

虎關師鍊(1278-1346)

가마쿠라 말기부터 남북조 시대의 승려이다. 시호는 大覺國師이다.

戶崎淡園(1724-1806)

에도 중기에서 후기의 유학자이다. 소라이학을 배웠다.

胡一桂(1247-?)

자는 庭芳이며 휘주(徽州) 사람이다.

花園上皇

가마쿠라 시대의 95대 천황으로 재위 기간은 1308-1318년이다.

黃遵憲(1848-1905)

중국 청대의 시인이며 외교관이다. 변법자강운동을 하는 한편, 문자개혁과 신시운동도 추진하였다.

後醍醐天皇

96대 천황으로 재위기간은 가마쿠라 말기에서 남북조 시대 초기이다.

| 역자 소개 |

김용태

성균관대학교 한문학과 부교수.

전공은 19세기 한국한문학, 근대 동아시아 한문학이다.

주요 저서로 『19세기 조선 한시사의 탐색』(공저, 돌베개), 『해외문견록』(공저, 휴머니스트) 등이 있다.

박이진

성균관대학교 동아시아학술원 HK교수.

전공은 일본 문학, 동아시아 귀환자 문학 연구이다.

주요 저서로 『韓國における日本文學飜譯の64年』(공저) 외에, 「전후 일본의 이방인들」, 「The Postwar Experience of Repatriates」 등이 있다.

박영미

성균관대학교 동아시아학술원 HK연구교수.

전공은 동아시아의 근대 한문학이다.

주요 저서로 「일제 강점 초기 한학 지식인의 문명관과 대일의식」(박사논문, 2006), 「일제 강점기 한문고등교육기관에 관한 소고」(2015) 등이 있다.

임상석

부산대학교 점필재연구소 HK교수.

전공은 한국 근대문학이다.

주요 저서로 『20세기 국한문체의 형성과정』(지식산업사)과 「A Study of the Common Literary Language and Translation in Colonial Korea: Focusing on Textbooks Published by the Goverment General of Korea」 등이 있다.